COLLECTION FOLIO

Jessie Burton

Les secrets de ma mère

Traduit de l'anglais par Laura Derajinski

Gallimard

Titre original :
THE CONFESSION

Jessie Burton est née à Londres en 1982. Elle a étudié à l'Université d'Oxford avant de devenir comédienne pour le théâtre et la télévision. *Miniaturiste*, son premier roman, a été un succès international et a reçu de nombreuses distinctions. *Les filles au lion* et *Les secrets de ma mère* ont paru aux Éditions Gallimard.

À mes amis

MARIA VARGAS (Ava Gardner) : C'est difficile de pouvoir croire ça à notre siècle.

HARRY DAWES (Humphrey Bogart) : Oui mais ici, vivez-vous dans notre siècle ?

Joseph MANKIEWICZ,
La comtesse aux pieds nus, 1954

Il est possible de revenir du monde fictif à la réalité du quotidien, mais après ce retour, un élément étranger demeure vivant dans notre esprit.

Pauli PYLLKÖ

1980

1

Ce samedi-là – un après-midi de début d'hiver, dans le parc de Hampstead Heath – Elise attendait en réalité quelqu'un d'autre. Le rendez-vous avait été arrangé par John, son colocataire et propriétaire. Elle n'était pas certaine de savoir pourquoi elle venait rencontrer un illustre inconnu, mais elle se fiait souvent aux suggestions des autres. En fin de compte, le type n'était jamais arrivé et alors qu'elle s'éloignait d'une clairière dans les derniers rayons rasants du soleil, Elise aperçut une femme devant un bosquet d'arbres, leur feuillage couleur cannelle dans le ciel turquoise. Les arbres paraissaient immenses comparés au corps de la femme, mais le rapport de taille était pourtant correct. Telle une tiare gigantesque et magnifique, ils donnaient à la femme des allures de reine, ou de déesse de la Nature. Elle observait Elise à travers l'étendue de paysage, salua sa présence d'un sourire comme si Elise était un page au sein de sa cour, un individu chanceux qui s'attirait l'attention de sa maîtresse.

Et peut-être un homme était-il venu retrouver Elise au Heath, en retard, portant une écharpe et une doudoune, peut-être avait-il fait les cent pas dans les feuilles mortes ? Elise ne le saurait jamais. Elle rendit son sourire à la femme qui fit quelques pas dans sa direction – et le cours des choses fut ainsi perturbé. Elise tourna les talons et s'éloigna. Elle jeta un unique regard par-dessus son épaule, la femme lui avait emboîté le pas. Elise avait l'habitude d'être suivie. À dix ans, écoutant en cachette une conversation d'adultes dans la cuisine, elle avait entendu une amie de sa mère lancer, *Elle va en briser des cœurs, celle-ci !* et elle n'avait jamais oublié ces propos. Tout au long de votre enfance, les gens vous disent qui vous êtes, comment vous serez, et cela reste ancré en vous. Elise avait une beauté naturelle ; on le lui avait toujours dit. Elle n'en parlait pas, elle n'y était pour rien, mais elle avait pourtant reçu des propositions de mannequinat ou ce genre de choses ; se faire aborder dans la rue à treize ou quatorze ans… Elle n'avait jamais accepté, n'avait jamais rappelé. Mais c'était ainsi. Malgré les regards scrutateurs, elle s'était toujours sentie invisible, jusqu'à ce que Constance Holden pose les yeux sur elle, devant les arbres cannelle de Hampstead Heath.

*

Elles quittèrent le Heath, approchèrent de la longue grille qui bordait le cimetière, et Elise songea à ce qui allait se produire. Elle n'avait encore jamais été avec une femme. Elle s'arrêta, sans se retourner, patienta immobile comme dans une partie d'Un, deux, trois, soleil. Elle s'imagina lancer un barreau de la grille tel un javelot, aussi loin qu'une athlète olympique, profond jusque dans les tombes où les squelettes voleraient en éclats. Cela prouverait à la femme combien elle était puissante.

Elle pivota et la femme était toujours là, bras croisés, l'air un peu penaud. Elle était de toute évidence plus âgée qu'Elise, mais cette dernière avait vingt ans, et la plupart des adultes de son entourage étaient plus âgés. La femme devait avoir la trentaine. Elise examina ses vêtements : chemise d'homme, long imperméable ouvert dévoilant un jean simple et moulant, une paire de richelieu aux pieds. Un maquillage très léger, une petite bille d'argent au lobe de chaque oreille. Une montre délicate sur un poignet magnifique. Elise resserra les doigts autour d'un barreau de la grille et prit la parole, s'estimant en sécurité dans un lieu public. Cette femme ne pourrait pas l'agresser, ni l'empaler à la pointe d'un barreau. Et le cours de dessin sur modèle vivant avait été annulé, aussi n'avait-elle rien d'autre à faire.

« Un jour, je mourrai. Et ce sera fini », dit Elise, l'index pointé entre les barreaux. Elle n'émit aucun commentaire sur le fait que la femme l'avait suivie.

Celle-ci croisa davantage les bras devant elle et rit, et son rire lui donna un air confiant, une renarde dressée sur ses pattes arrière. Elise regarda derrière l'épaule gauche de la femme les stèles en pierre qui jaillissaient de terre comme des dents de travers. Elles se trouvaient du côté des concessions indigentes, à l'écart des tombes en marbre des défunts pionniers de l'industrie et celles de leurs épouses, non loin, à l'oblique dans la terre. Au-delà, la cheminée en brique du crématorium, haute et droite, ne laissait fort heureusement pas échapper de fumée.

« Vous n'êtes pas près de mourir », dit la femme, et sa voix transperça Elise comme une barre de fer.

Elles se dévisagèrent. « Je peux faire quelque chose pour vous ? » demanda Elise.

*

Elles trouvèrent rapidement une gargote ouverte toute la nuit mais n'y mangèrent rien. La femme annonça qu'elle s'appelait Connie. Elise lui dit que son nom était Elise Morceau. Elles commandèrent une tasse de thé, assises face à face, se réchauffant les doigts sur la porcelaine bon marché. La femme contemplait Elise comme si elle était irréelle. « Je ne fais jamais ça, d'habitude, dit-elle. Et vous ?

— Pas de problème », dit Elise. Puis elle ajouta : « Faire quoi ? »

Connie leva les yeux de sa tasse. « Ça. Faire connaissance de cette manière. Marcher ensemble.

— Non, j'imagine que non. » Elise considéra alors Connie, la vit masquer sa soif de réponse. « Je ne fais pas ça d'habitude, moi non plus », dit-elle, et Connie se détendit manifestement.

Elles discutèrent un peu des quartiers où elles vivaient – Connie, dans les environs, Elise à Brixton. « Vous avez toujours habité au sud du fleuve ? demanda Connie.

— Ouais.

— Vous y êtes née ? »

Elise la regarda. « Ouais.

— Quel âge avez-vous ?

— Vingt-huit ans », dit Elise.

Connie fronça les sourcils. « Je ne vous crois pas. Quel âge avez-vous ?

— Et *vous*, quel âge avez-vous ?

— J'ai trente-six ans. C'est mon âge véritable. Et Connie est mon véritable prénom.

— J'ai vingt ans, dit Elise. Et je m'appelle Elise.

— Vous travaillez à Londres ?

— Je travaille dans un café de Pimlico. Il s'appelle le Seedling. Et aussi comme ouvreuse au National Theatre. Et je suis modèle vivant dans des cours du Royal College of Art.

— Un CV assez éclectique, commenta Connie.

— Vous travaillez au centre-ville ? demanda Elise, et Connie raidit légèrement le dos comme si elle se sentait offensée par la formulation maladroite.

— Je travaille chez moi, dit Connie. Je suis écrivaine.

— Qu'est-ce que vous écrivez ?

— Des histoires.

— Quel genre d'histoires ?

— Des putains de bonnes histoires, dit Connie en riant.

— Vous en êtes sûre ?

— Parfois.

— Est-ce que je pourrais trouver vos livres à la bibliothèque ?

— Oui, vous les y trouveriez. Et en librairie.

— C'est plutôt cool », dit Elise.

Connie plongea à nouveau le regard dans son thé. « Si on veut, oui. » Elle leva les yeux. « Je peux vous inviter à dîner ? »

*

Le vendredi suivant, avant leur dîner du samedi, Elise se rendit à la bibliothèque de Brixton et trouva la lettre H au rayon fiction. Le livre était là : *Cœur de cire*, publié l'année précédente. Elise l'emprunta, remarquant que beaucoup de lecteurs l'avaient déjà fait avant elle. Sur la jaquette en quatrième de couverture, une phrase clamait : « Le livre dont tout le monde parle. »

Quand John rentra du travail ce soir-là, elle lui dit qu'elle avait fait la connaissance de Constance Holden, la romancière qui avait écrit *Cœur de cire*. Elle omit de préciser la rencontre dans le Heath, ne voulant pas donner l'impression qu'elle était du genre à se faire draguer dans les parcs. Elle rencontrait les gens lors de soirées raffinées où se rendaient les auteurs. John ne montra pas un grand enthousiasme, étant donné que Constance Holden n'écrivait pas de polars dont les couvertures aux titres embossés représentaient immanquablement une silhouette d'homme s'échappant d'un immeuble en feu. Il n'avait pas non plus étudié son œuvre à l'école. En bref, il n'avait jamais entendu parler d'elle.

Ce soir-là, Elise lut *Cœur de cire*. Le texte était intense, dur, passionné, rempli de phrases qu'elle avait envie de souligner. L'affection d'Elise bascula de la femme à l'homme au fil de sa lecture ; pauvre Beatrice, l'étrange créature maudite mariée à un homme qui la menait dans une danse folle. Mais Frederick se montrait si séduisant, si raisonnable. Beatrice était amoureuse d'un homme qui la mettait en danger. Mais amoureuse, pourtant : amoureuse, amoureuse. Allait-elle en réchapper ? Quelles répercussions cela aurait-il sur sa fille, Gaby ? C'était percutant, énergique, violent et révélateur, une sorte d'anti-histoire d'amour qui semblait déborder de passion.

Ce soir-là, Elise songea à l'amour, le livre de

Connie grand ouvert sur la poitrine, cet ouvrage au dos craquelé par l'usure sous la couverture plastifiée de la bibliothèque. L'amour. Qu'éprouvait-on ? Elise estimait avoir évolué toute sa vie à pas de loup autour d'un cratère volcanique aux profondeurs insondables mais empli d'une puissance, d'une force qu'elle n'avait encore jamais eu l'occasion de voir. Dans cette pénombre se trouvaient quantité d'âmes heureuses, mais quantité de cadavres aussi.

*

Pour le dîner – leur premier rendez-vous, en réalité – elles s'étaient retrouvées dans un restaurant de Dean Street à Soho, le Mariposa. Connie l'avait choisi ; des box sombres, des lampes en cuivre et des banquettes de velours rouge usé dont on sentait les nuances sans véritablement les voir. Elise descendit l'escalier dans un espace souterrain qui s'étira soudain devant elle : agité, enfumé, bourdonnant. Des femmes au trait d'eyeliner épais, vêtues de robes en velours à épaulettes, se collaient aux employés fatigués de la City et aux hommes dont les longues chevelures s'échappaient de leurs chapeaux branchés. Denim, cuir, nicotine, argent – Elise les goûtait presque sur sa langue comme des éléments naturels.

Connie était déjà là et avait commandé une bouteille de vin. Elle émergea de l'ombre pour accueillir son invitée, et Elise fut surprise de voir à quel point elle avait fait un effort pour s'apprêter. Elle était sublime : robe de soirée noire unie, chaîne en or, ses cheveux roux ébouriffés avec une perfection décontractée. Elise éprouva une brusque jalousie :

elle voulait avoir trente-six ans, être propriétaire de sa propre maison, avoir publié des romans comme *Cœur de cire*, connaître des endroits à Soho où venait dîner pareille clientèle.

« Bonsoir, dit Connie.

— Bonsoir », dit Elise. Elle baissa les yeux vers ses vêtements : jean noir et T-shirt blanc. « Si j'avais su, je me serais mieux habillée.

— Tu es magnifique. » Connie tendit la main et toucha l'épaule d'Elise. Elles échangèrent un sourire.

« Je suis venue directement après mon service au café, dit Elise en se glissant dans le box.

— Le Seedling.

— Ouais », répondit Elise, enchantée que Connie s'en soit souvenue.

Sans lui demander son avis, Connie lui servit un verre de vin. « Et quand tu travailles au théâtre, tu peux regarder les spectacles ?

— Chaque fois, oui.

— Ça t'arrive de t'ennuyer ?

— Tout le temps. » Connie éclata de rire alors que le serveur apparaissait, un jeune homme à la taille fine et aux paupières chargées de khôl. Elise s'efforça de ne pas le dévisager. Connie choisit le pot-au-feu accompagné de légumes verts. Elise parcourut rapidement la carte et opta pour le steak. « Santé, dit Connie en levant son verre. Buvons aux boulots de serveuse, d'ouvreuse et de modèle vivant. » Elle prit une profonde gorgée de vin. « Y a-t-il d'autres choses que tu as envie de découvrir ?

— D'autres choses ?

— Des métiers ? Des pays ?

— Je ne sais pas, répondit Elise.

— Qu'en pensent tes parents ?

— Je ne sais pas », dit Elise, et elle scruta Connie comme pour la défier de poser d'autres questions. Connie n'en fit rien. « J'ai des idées pour des pièces de théâtre, continua Elise.

— Des pièces de théâtre ?

— Oui. J'aimerais écrire une pièce.

— Alors tu devrais. »

Elise n'était pas sûre de vouloir écrire une pièce de théâtre mais cela devait certainement paraître impressionnant. Elle restait assise dans l'obscurité d'une des trois salles du National, les yeux levés vers le plafond tandis que les décors descendaient ou remontaient, transformant des espaces vierges en salons victoriens, en tragédies grecques transposées dans des mondes postapocalyptiques, en idylles rurales anglaises, en paysages japonais, indiens ou new-yorkais. Elle essayait parfois d'écrire une scène mais le sens lui échappait, et, pour finir, la tâche s'avérait trop considérable et elle se satisfaisait de plans inachevés. Elle ne pouvait pas coucher le monde sur papier. Le tourbillon en elle, son mouvement, sa nature abstraite, avait une logique parfaite. Elle estimait qu'un jour il parviendrait à émerger. *Mais*, songeait-elle, *pas encore*. « J'aime être le modèle d'un artiste, dit-elle.

— Pourquoi ? » demanda Connie.

Quand Elise ôtait ses vêtements et avançait devant tous ces étudiants, son corps était attendu, volontaire et adaptable ; ses lèvres, ses mains, ses seins, sa gorge, l'intérieur de ses cuisses. Elle demeurait figée des heures durant à écouter le crissement des crayons sur l'épais papier et elle arpentait les recoins de son esprit. Elise était si douée pour rester immobile que l'université d'arts plastiques la sollicitait en permanence. Et parfois, quand les étudiants avaient quitté les lieux en fin de journée, elle patientait dans les toilettes et revenait en douce dans l'atelier, circulant entre les chevalets où l'on avait laissé le travail quotidien. Elle était en quête d'elle-même, bien qu'elle ait fourni la carte du territoire. Elle errait parmi la forêt en papier de ses propres membres, attendant l'instant où elle découvrirait l'artiste qui l'avait véritablement capturée. Mais personne n'y était encore parvenu ; le trésor demeurait enfoui.

Elle ne dit rien de tout cela à Connie. « Parce que c'est paisible.

— Mais tu restes toujours dans la même position ?

— Oui.

— Pendant des heures ? » Elise haussa les épaules et Connie esquissa un sourire. « Tu aimes qu'on te regarde, ajouta Connie.

— C'est mal ?

— Non. Mais c'est assez inhabituel de l'avouer sans détour. » Connie sourit à nouveau. « Tu veux venir ici ? » demanda-t-elle.

Elise resta un instant perplexe. « Où ça ?

— Ici », dit Connie en tapotant le siège à côté d'elle. Elise obéit, sentant les doigts frais de Connie se poser de part et d'autre de son visage, comme si elle essayait de la modeler et de lui façonner une forme nouvelle. « Je pourrais encadrer ce visage », remarqua Connie.

Le vin donnait à Elise l'impression de perdre tout contrôle. « Ça risque de te coûter cher », dit-elle. Elle ferma les yeux sans savoir si l'autre femme comprendrait qu'elle plaisantait.

Connie tint le visage d'Elise plus délicatement

encore dans le creux de ses paumes. Elle se pencha. Son souffle était chaud et sucré. Elise voyait la courbe de ses lèvres fines, son regard concentré dans la lueur des bougies. « Combien ça coûterait ? demanda Connie.

— Cinquante livres pour un baiser. »

Connie rit. « J'ai dit encadrer, pas embrasser. »

Les paumes de Connie s'écartèrent et Elise se sentit prise en flagrant délit. Elle saisit les mains de Connie posées sagement sur ses cuisses et les replaça sur son visage. « J'ai lu ton livre, dit-elle. J'ai lu *Cœur de cire*.

— Oh ?

— Tu es très douée », ajouta-t-elle en étreignant les mains de Connie, et celle-ci s'esclaffa.

*

Au réveil, Elise découvrit qu'elle avait dormi dans un lit inconnu. Elle souleva la couette : elle portait encore sa culotte et son T-shirt, mais plus son pantalon. Quand l'avait-elle retiré ? Il était par terre, comme les contours blancs d'une victime assassinée. Ses chaussures étaient posées à un angle curieux, retirées d'un coup sec dont elle n'avait aucun souvenir, les semelles face à face. Où était-elle donc ? La pièce était sombre mais Elise distinguait les murs au papier peint rayé de vert, une petite armoire, une corbeille à papier, une pièce parfaitement ordonnée. Une grosse boule de poils écaille de tortue, aux pattes et au poitrail blancs, trônait au milieu de la pièce et l'observait.

« J'espère que Ripley ne t'embête pas », lança une voix sur le pas de la porte.

Elise se tourna. « Ripley ?

— Le chat. Chuuut, n'essaie pas de t'asseoir. » Connie s'approcha avec un gobelet d'eau et deux aspirines qu'elle posa sur la table de chevet près de la tête d'Elise.

« Merci », marmonna-t-elle.

Connie ouvrit les rideaux de la chambre, et la faible lumière de novembre tira un grognement à Elise. « Pardon », dit Connie mais elle ne referma pas les rideaux.

« Qu'est-ce qu'il s'est passé ? » demanda Elise d'une voix rauque. Connie tarda à répondre. Elle contemplait le jardin. « Connie ?

— Qu'est-ce qu'il s'est passé quand ?

— Hier soir.

— Tu ne te souviens pas ?

— Si. Non. »

Connie contourna le lit et s'assit au pied, face à Elise. « On est allées dîner. On a trop bu, on est revenues ici et tu t'es évanouie dans le canapé.

— Je me suis évanouie dans le canapé ?

— Oui. Et je t'ai portée jusqu'ici.

— Tu m'as portée ? »

Elles se dévisagèrent. Connie sourit.

« Je suis désolée, dit Elise. J'aurais dû rentrer chez moi. »

Connie tendit le bras et posa la main sur le front d'Elise. « Je ne l'aurais jamais permis. Pas dans l'état où tu étais. Tu es bien installée ici ?

— Quelle heure il est ? »

Connie consulta sa montre. « Onze heures vingt. »

Elise ferma les yeux. Quelque chose clochait dans le fait qu'il soit onze heures vingt, mais elle resta étendue là. « Oh, putain. *Putain*. Je dois aller travailler aujourd'hui.

— Certainement pas. Qu'est-ce qui peut bien être ouvert un dimanche ? N'y va pas.

— Je dois y aller. Le café.

— Et si je te paie ces cinquante livres ?

— Quelles cinquante livres ?

— Ah, donc tu étais vraiment ivre. Laisse tomber. »

Elise se sentit mal à l'aise.

« Oublie donc le café », dit Connie.

Tu peux dire ça, toi, pensa Elise. « Il faut que j'y aille, répéta-t-elle en se redressant aussi péniblement qu'une vieillarde.

— Elise, ma puce, recouche-toi.

— Connie...

— Tu n'es pas en état de faire quoi que ce soit. Recouche-toi. »

Elise s'allongea. Elle se sentait au bord des larmes. « Je vais t'hypnotiser pour que tu n'ailles pas au travail », dit Connie.

Elise plissa les yeux. « Tu blagues ?

— Oui. Je n'ai jamais obtenu mon diplôme d'hypnotiseuse. »

Elise se dégoûtait mais elle rit pourtant. Connie la considéra d'un air doux. « Tu veux que je te prépare un sandwich au bacon ? demanda-t-elle.

— Oui. S'il te plaît », gémit Elise.

Elle regarda Connie disparaître et l'entendit parler au téléphone. Bientôt, des effluves de bacon frit s'élevèrent dans l'escalier, parcoururent le couloir et s'insinuèrent sous la porte jusqu'aux narines d'Elise. Elle ferma les yeux et rêva d'un nouveau corps. Elle avait vraiment envie d'un bain chaud.

*

Connie revint avec un sandwich au bacon et deux mugs de thé sur un plateau. « Tiens, dit-elle. Mon plus bel ouvrage. »

Elise parvint à s'asseoir. « Merci. Il faut combien de temps pour aller à Pimlico, d'ici ?

— Ne t'inquiète pas pour ça, dit Connie. Je les ai appelés.

— Tu as fait *quoi* ?

— Le café Seedling. Quel nom ! Je leur ai dit que j'étais ta colocataire et que tu avais attrapé un virus.

— Et ils t'ont crue ?

— Bien sûr que oui.

— C'était Gabe ?

— C'était un homme. Je ne sais pas si c'était *Gabe*. Mais il te souhaite un bon rétablissement. J'ai dit que ça prendrait quelques jours et que le docteur t'avait conseillé d'éviter le surmenage. »

Elise scruta le sandwich. C'était un sentiment étrange, que quelqu'un d'autre prenne votre vie en charge. « D'accord. Merci. »

Connie but son thé à petites gorgées. Elise déchiffra le message tout autour : I ♥ BIRD-WORLD. « Je n'aurais pas dû ? demanda Connie d'un air inquiet. Parfois, il m'arrive de dépasser les bornes…

— Non. Il n'y a pas de bornes. Je n'aurais vraiment pas pu travailler. C'est juste que… je ne m'attendais pas à ce que tu les appelles.

— Je pense que je t'ai rendu service. »

Elise n'était pas sûre de conserver son emploi. Elle n'était pas sûre que ça lui importe. Elle tendit la main vers le mug de Connie et leurs doigts se frôlèrent. « Tu es vraiment allée au parc de Birdworld ?

— Avec mon amie et son fils. C'était surtout pour le petit. Mais j'ai fini par y passer un bon moment. Des flamants roses, des pingouins, des mésanges. La totale.

— J'ai du mal à t'imaginer à Birdworld.

— Je me sentais parfaitement dans mon élément, à Birdworld.

— Tu es trop glamour.

— Elise, rien ni personne n'est plus glamour qu'un flamant rose. »

Elles rirent. C'était de la séduction, Elise le savait – une séduction étrange, fébrile et post-gueule de bois. Quelle direction prendre ensuite, que faire ? S'était-il passé quelque chose la nuit précédente ? Ça n'en donnait pas l'impression. « Tu as envie de prendre un bain ? demanda Connie, comme si elle avait deviné.

— J'aimerais bien, oui, dit-elle avec un tel empressement qu'elles s'esclaffèrent à nouveau. Je me sens tellement affreuse. Je suis vraiment désolée.

— Oh mon Dieu. Tu es magnifique.

— Tu mens. Ma peau !

— Tu es belle. Ne t'inquiète pas. Je vais t'en faire couler un. »

Connie laissa Elise manger son sandwich. Il n'y avait pas de baignoire dans l'appartement de John, et la porte de la maison de Connie lui semblait si loin. Le pain gras était pareil à une manne providentielle, Elise sentait la chair se reformer autour de ses os, mais elle savait aussi que la journée se déployait de manière incontrôlable.

Soudain, elle pensa : *Connie va me garder prisonnière*. Sa gueule de bois paranoïaque nourrissait un souhait à peine masqué, celui d'être déchargée de toute maîtrise de soi : une enfant dans le giron d'une femme puissante et talentueuse qui ne laissait pas d'insignifiants détails comme la déshydratation altérer ses talents d'actrice lorsqu'elle excusait Elise à son travail, qui la gardait au chaud chez elle par une froide journée de novembre, qui lui faisait couler un bain, qui lui offrait un lit propre et frais.

Quand le bain fut prêt, elle s'y glissa et crut qu'elle allait éclater en sanglots dans la pureté de l'eau chaude.

« Je vais m'éclaircir les idées au Heath ! » cria Connie.

Elise était stupéfaite que Connie lui fasse confiance au point de la laisser seule à la maison. *Je pourrais être une voleuse !* pensa-t-elle. *J'aurais pu me débrouiller pour m'introduire chez elle et lui piquer des objets ou son sac à main. Mais bon, il suffit de me regarder. Je n'arrive même pas à articuler une phrase entière.*

Elle imagina Connie en sorcière des bois, à l'affût d'autres Gretel à ramener chez elle, les y attirant avec du pain d'épices et des bonbons. Mais une heure plus tard, Connie était de retour, les joues roses et le journal du dimanche sous le bras, disant : « S'il y a bien une catégorie de gens que je regarderais se faire massacrer avec joie, c'est ceux qui laissent leurs chiens chier *n'importe où* sans jamais ramasser derrière eux. »

Connie pétillait ce jour-là – elle était plus douce, plus ouverte qu'elle ne l'avait été au restaurant de Soho – et elle était plus tendre avec Elise. Elle s'assit avec elle dans le canapé du salon, et alors que la pénombre tombait tôt en ce mois de novembre, Elise ne quitta pas la maison. Elles regardèrent un épisode de *We, the Accused* sur BBC2 car Connie aimait le roman de 1935 et voulait voir ce qu'ils en avaient fait. Elise somnola, la tête sur les genoux de Connie, et finit par s'assoupir tandis que les doigts de Connie lui massaient les tempes avec une tendresse qu'elle ne se souvenait pas d'avoir connue, de toute sa vie adulte.

2017

2

J'avais quatorze ans quand j'ai tué ma mère. Avant cela, je l'avais maintenue en coulisses, où elle faisait toujours quelque chose de bien plus intéressant que les autres mamans, n'attendant qu'un simple signal de ma part pour faire son entrée dans ma vie. Mais elle n'était jamais prête, elle n'apparaissait jamais. Vers dix ou onze ans, je disais à mes camarades de classe qu'elle s'était enfuie avec un cirque russe et qu'elle vivait dans une tente en peau de yack. Je rédigeais de son écriture maintes cartes postales de paysages montagneux que j'apportais à l'école. « Vous voyez ? Elle est là-bas. Je vous l'avais bien dit.

— Y a pas de timbres sur les cartes », rétorqua un dénommé Hamilton Tanner. Je le détestais.

« Elles sont arrivées dans des *enveloppes*, contrai-je. Mon papa les a jetées. »

Je cherchais toujours à creuser la strate de fiction suivante et à m'y retrancher. Depuis ma plus tendre enfance, j'avais beau imaginer chaque récit possible, ma mère demeurait pourtant une histoire sans réponse. D'après mon père, elle était partie avant mes un an mais j'éprouvais plus intensément son absence à mon entrée à l'école primaire. Quand toutes les mamans attendaient à la grille, bavardaient les bras croisés et se balançaient de droite à gauche tandis que leurs enfants tiraient l'ourlet de leurs doudounes. Aux fêtes d'anniversaires, ces mêmes mamans organisaient d'agréables après-midi de jeux, de goûters et de divertissements, s'assuraient que je recevais davantage d'attention si bien que les autres enfants me détestaient. C'était plaisant de se faire choyer mais je me demandais toujours : *Où est-elle en cet instant ? Que fait-elle ? Pourquoi ne le fait-elle pas avec moi ?*

J'aimais les histoires de bébés qui sortaient de plantes ou qui, du royaume animal, prenaient soudain forme humaine. J'étudiais les mythes grecs – où un bébé pouvait naître d'un rayon de lumière, d'un éclair d'orage, d'un cygne. Je ressentais une certaine affinité avec ces bébés, ces sortes d'humains différents – une affinité dangereuse, devrais-je ajouter, car en réalité je n'appartenais moi-même qu'à l'espèce humaine parfaitement ordinaire. Ovide n'aurait jamais rien écrit à mon sujet. Je n'avais rien de divin. Mais d'où venais-je, de quel corps ? Quel cœur avait battu pour mon père ?

Je ne trouvais aucune réponse et je commençais à utiliser ma mère invisible pour me nimber d'une aura mystérieuse et inhabituelle plutôt que pitoyable. J'offrais des drames inconsistants, des romances, de folles suppositions. J'essayais de toutes mes forces. D'après mes souvenirs, il y avait eu l'histoire de l'acrobate russe, celle de la criminelle en cavale (elle avait volé un collier de diamants inestimable mais ce n'était pas sa faute) et celle du bateau – elle était capitaine d'un navire commercial qui écumait les Bahamas. Mais les enfants sont de nature suspicieuse, ils sont adeptes de l'ordre et de la normalité. Mes camarades de classe me trouvaient bizarre, voire dangereuse. Quel genre de créature étais-je pour que ma mère ne veuille même pas rester auprès de moi – moi qui lui compliquais son existence de voleuse de bijoux ? Quand nous lisions ces mythes et ces fables à l'heure du conte, Hamilton Tanner, dont les sentiments de haine étaient réciproques, m'avait dit : « Ta maman a fait un pacte avec le diable. Elle a été changée en bête monstrueuse. »

*

Tout ce que je savais de ma mère, je l'avais appris de mon père : elle s'appelait Elise Morceau, elle m'avait eue très jeune, quand ils vivaient à New York. Et elle était partie, trente-quatre ans plus tôt, avant mes un an. Nous n'avions aucune photo de famille, tous ensemble ; mon père n'en avait pas. Aucune trace d'elle sur papier, ni parmi la collection d'objets qui lui avaient jadis appartenu et qu'elle avait laissés derrière elle. D'après mon père, il n'avait jamais réussi à la retrouver après sa fuite – soit il avait abandonné, ne souhaitant pas la pourchasser, soit elle lui avait demandé de s'en abstenir. Il n'en disait rien. Je guettais les moments propices – qui étaient rares – pour poser des questions à son sujet, et de temps à autre, Papa laissait échapper quelques informations. *Elle était courte sur pattes.* (Courte sur pattes ! Comment cela peut-il contribuer à dessiner une personnalité – ou de fait, une capacité à fuir aussi vite ?) *Ses cheveux étaient de la même couleur que les tiens.* (J'aimais celle-ci.) *Elle était compliquée. Elle était positive.* Une fois, alors qu'il avait trop bu : *Ça n'aurait jamais marché. Elle était caractérielle.*

Papa m'affirmait ne plus s'en souvenir très bien, ou que trop de temps s'était écoulé – *et il nous est arrivé tellement de choses depuis, Rosie – et tu vas bien, non ?* Je ne connaissais donc pas les circonstances dans lesquelles il avait rencontré Elise, ni pourquoi il avait obtenu ma garde. Je savais que leur séjour à New York avait été plutôt court car il m'avait ramenée en Angleterre avant mon premier anniversaire. Il voulait me protéger et m'éviter de souffrir, sans doute, et il s'était attelé à tenir le rôle de mes deux parents, me demandant juste de ne penser qu'à moi-même et à ma vie, et non au passé. Il avait toujours été aimant. Il voulait m'épargner. Mais je ne peux m'empêcher de croire que ce refus de trouver les mots adéquats a causé plus de tort qu'autre chose.

C'est difficile pour lui d'en parler, m'avait dit ma grand-mère Cherry, la mère de Papa, avant sa mort. J'estimais que c'était plus difficile de ne *pas* en parler mais il semblait qu'un consensus avait été atteint sans qu'on m'ait mise dans la confidence ni expliqué les raisons. Ma grand-mère Cherry restait elle aussi bouche cousue au sujet d'Elise, comme si parler d'elle risquait de déclencher une malédiction.

Quand je lui avais demandé si elle avait rencontré Elise, elle m'avait répondu que non. « C'était une femme difficile », avait-elle dit, et j'avais trouvé injuste de parler ainsi d'une personne qu'on n'avait jamais rencontrée. Mais aux yeux de ma grand-mère, comment Elise pouvait-elle être autre chose qu'une femme difficile, une femme réalisant pareil tour de passe-passe, à disparaître ainsi dans une boîte de prestidigitation ?

Aussi avais-je fini par la tuer moi-même. Les aventures fictives que je lui avais inventées devinrent aussi embarrassantes pour moi qu'elles l'avaient été pour mes camarades de classe. À quatorze ans, je n'avais plus besoin que les Hamilton Tanner de ce monde me disent ce qui était advenu de ma maman. Elle ne s'était pas brisé la nuque sur un trapèze russe, elle ne croupissait pas dans une cellule de voleurs d'émeraudes, elle n'avait pas non plus fait naufrage contre des récifs aux Bahamas. Ce n'était pas une bête monstrueuse. Elle était juste… morte. Et mon père était d'accord : il semblait penser qu'il valait mieux prétendre qu'elle n'avait jamais existé, un conte de fées à oublier dès l'âge adulte. Il s'était comporté ainsi depuis mon enfance et, à mesure que je grandissais, je ne pouvais l'expliquer que d'une seule manière : il ignorait comment briser le sort. N'ayant jamais appris ma langue maternelle, il ne pouvait pas me l'enseigner. Il valait absolument mieux qu'elle soit morte.

Mais alors que j'atteignais la vingtaine, je commençais à rencontrer des gens dont les parents – des gens avec qui ils avaient vécu toute leur vie – étaient vraiment morts. J'étais témoin de leur chagrin dévastateur, de cette incrédulité étourdissante, cette sensation que la douleur ne se tairait jamais. J'avais assisté aux funérailles de la mère d'une amie, j'avais regardé le cercueil disparaître derrière un rideau, mon amie regardait elle aussi, le visage rendu méconnaissable par la tristesse. La perte de *ma* mère était pour moi une forme de douleur tout aussi palpable bien que différente. La version de mon chagrin était une boîte verrouillée, une maison dont je ne possédais pas la clé, un lieu sur une carte dont je ne savais pas prononcer le nom.

Peut-être qu'un jour il se révélerait à moi, et me submergerait comme il se doit, mais je n'évoquais jamais à personne cette peur. Je n'avais pas de maman, je n'en avais jamais eu, alors comment pouvais-je me languir de ce que je n'avais jamais vraiment perdu ?

Je ne parle à personne du désir insoutenable. Du questionnement. Je leur dis, *Ce qu'on n'a jamais eu ne peut pas nous manquer !*

*

J'ai traversé de longues périodes sans jamais penser à elle. À d'autres moments de ma vie, j'ai ressenti son absence avec intensité. Quand les moteurs de recherche se développèrent sur Internet, je la traquai dans cette toile d'existences éparses – mais je ne trouvais jamais Elise Morceau au cours de ces longues nuits solitaires avec pour seule compagnie une bouteille de vin de trop et des sites généalogiques pareils à d'irrésistibles trous noirs. Mon hypothèse voulait que Morceau ne soit pas son vrai nom. Un terme qui évoquait le morcellement, le partiel, ce ne pouvait être qu'une plaisanterie d'après moi – de sa part. C'était stérile. Mes périples virtuels n'aboutissaient jamais à rien.

Je ne crois pas qu'elle ait livré à mon père toutes les pièces de son puzzle – mais entre amants, qui le fait ? Sauf que, dans son cas, elle lui avait sans doute donné encore moins. Un nom d'emprunt tiré d'une liste de personnages fictifs. Elle n'avait donné à mon père que des miettes dérisoires, qu'il m'avait transmises, et avec lesquelles je ne pouvais rien faire du tout.

3

Mon compagnon Joe et moi passions la dernière semaine de l'été 2017 avec mon père, qui vivait désormais en France. Mon père s'était récemment rétabli d'un cancer de la prostate et avait frôlé du doigt sa propre mortalité ; sa femme, Claire, était originaire de Bretagne et ils étaient venus y élire domicile dans une petite maison qui avait appartenu à ses parents. Ces derniers temps, nos visites étaient devenues bien trop rares, remplacées par nos seuls échanges de SMS – ce détail, ajouté à sa rémission, rendait notre voyage très important. Joe trouvait que mon père et moi étions « constipés » dans nos sentiments – à l'inverse, la famille de Joe vous donnait l'impression de jouer un rôle dans une production amateur de *La Chatte sur un toit brûlant*.

Mon père aimait l'océan. Il avait toujours aimé vivre près de l'eau et la Tamise avait fini par ne plus lui suffire. Joe et moi avions placé presque toutes nos économies dans l'entreprise de burritos de Joe, Joerritos, et quand ils nous avaient invités à passer les vacances dans leur chambre d'amis, nous avions accepté malgré les réserves de Joe. C'était une erreur sur le court terme, mais pas sur le long terme. Nous restions cloîtrés ensemble, à scruter le ciel de plomb derrière la fenêtre. La mer était sombre et striée de bandes grises changeantes ; je rêvais de soleil et de plages dorées. Dès le début du séjour, Papa avait affiché un comportement étrange, tantôt bavard, tantôt taciturne. J'étais presque physiquement malade à l'idée que le cancer ait pu revenir. « Il va bien ? » demandai-je à Claire le lendemain matin de notre arrivée, alors qu'il était allé chercher du pain au marché avec Joe.

Claire, petite dans la pénombre de sa cuisine bretonne, retira ses lunettes et se frotta les yeux. « Matt va bien – si tu veux parler du cancer. Mais je pense qu'il s'inquiète pour toi.

— Il s'inquiète ? Pourquoi ?

— À toi de le lui demander. » Elle soupira. « Je crois aussi qu'il est un peu déprimé. » Elle ferma les yeux. « Ça arrive aux hommes d'un certain âge.

— On a fait tout ce chemin ! dis-je comme si, au lieu d'un simple trajet en voiture entrecoupé d'une traversée en ferry P&O, nous avions voyagé six mois durant dans une caravane de chameaux pour les retrouver au milieu du désert.

— Je sais, rétorqua Claire d'un ton calme. Parle simplement avec lui, Rose. Je pense qu'il aimerait que tu essaies. »

Papa a eu de la chance, avec Claire. Quant à Claire, j'ignore si elle s'estime particulièrement chanceuse mais je suis heureuse qu'elle existe. Ils se sont rencontrés alors qu'ils avaient une cinquantaine d'années, à une fête estivale d'un ami d'ami, et ils se sont mariés quand j'avais vingt-six ans. Cela ne m'avait pas échappé que mon père s'était retrouvé avec une Française, compte tenu du nom de famille de ma mère, mais je ne lui en ai jamais rien dit. Claire est loin d'être une marâtre. Elle comprend mon père et elle l'aime, c'est évident, mais en restant toujours fidèle à ses propres valeurs. C'est parce qu'elle a déjà été mariée, je pense. Elle a commis des erreurs et en a tiré les leçons, et je parie qu'elle a choisi un genre d'homme différent, cette fois-ci. Elle exerce une certaine influence sur Papa – manifeste à travers son sang-froid, sa vision de leur avenir – mais elle le fait avec tact, avec douceur. Je l'admire pour ça. Papa en a besoin. Il a besoin de savoir où il en est, je commence à m'en rendre compte.

Je me suis souvent demandé ce qu'il avait dit à Claire au sujet de son passé, de l'homme qu'il avait été avant d'être mon père. Elle ne m'a jamais posé de questions, ça c'est certain. Dans leur chambre d'amis, une photo encadrée de mon père et moi est placée sur la commode. Je dois avoir deux ans, un petit chignon sur le sommet du crâne agrémenté d'un ruban fluo. Je traîne un peu du pied et je tiens la main de mon père tandis que l'on pose dans ce qui ressemble à un zoo miniature. Il était musclé, à l'époque. Cheveux bruns, jambes écartées en position de combat. J'ignorais, évidemment, qui avait pris la photo. J'avais dû poser la question jusqu'à comprendre qu'il ne le fallait pas. Personne ne l'avait prise. Nous l'avions prise nous-mêmes.

*

« On va se promener ? » demandai-je à mon père cet après-midi-là.

Il inclina la tête, un geste machinal, en contemplant les flots par la fenêtre basse à l'avant de la maison. « À la plage ? » proposa-t-il comme s'il y avait autre part où aller.

Nous descendîmes jusqu'à la plage de galets en contrebas de la maison, évitant les carcasses de crabes, nous baissant pour ramasser une coquille de couteau ou d'huître délavée, les débris d'existence marine incapable de survivre une fois hors de l'eau. Les mouettes décrivaient des cercles au-dessus de nous en criant. Je pensai : *Claire se trompe. Voilà la conversation où il va m'apprendre que le cancer est revenu. Phase terminale.*

« Tu reprends le boulot dès ton retour ? demanda-t-il en se baissant vers les galets.

— Ouais. Dès qu'on rentre à la maison. »

Mon père scruta l'horizon interminable de l'océan Atlantique. J'observai son profil, les angles fins de son visage, le nez large, les pommettes saillantes aussi nettement dessinées que des os de seiche, ses cheveux gris ébouriffés. Il avait soixante-quatre ans, j'en avais trente-quatre. Ç'avait toujours été lui et moi, nous deux. Je savais qu'il détestait le fait que je travaille dans un café, même si c'était un établissement sympa et branché, le Clean Bean. Combien de fois avais-je entendu l'expression « cerveau hors pair » lorsqu'il parlait de moi ? J'avais un bon cerveau dans bien des domaines, j'imagine, et j'aurais dû faire plus d'efforts, bien que je ne sache jamais exactement ce que signifiait « plus d'efforts ». Même ma meilleure amie, Kelly, s'était mise à aborder le sujet, à insinuer que j'avais passé l'âge de travailler au Clean Bean. *Tu peux faire ce que tu veux, Rosie ! T'es tellement intelligente. Il faut juste que tu y croies. S'il te plaît.*

Papa ne semblait pas comprendre que les choses aient pu en arriver là, alors qu'il avait été le témoin le plus proche et le plus ancien de mon existence. J'avais renoncé à me défendre mais je défendais encore Joe. Nous allions faire de Joerritos un véritable succès. Nous n'évoquions jamais Joerritos devant mon père. C'était un sujet quelque peu explosif.

« Rosie, dit-il. Je pourrais te donner… de l'argent, tu sais. Pas grand-chose, mais un peu. Il n'y a pas une matière que tu aimerais étudier ou quelque chose que tu voudrais faire ? Une langue étrangère ? Une compétence particulière ?

— Papa. »

Il leva les mains. « Pardon, pardon. » Il fit une pause. « Et tu as déjà un diplôme.

— Oui, j'ai un diplôme. » Le sujet revenait régulièrement sur le tapis depuis une décennie, par intermittence. Dix années peuvent passer vite quand on ne fait pas attention. Après avoir obtenu mon diplôme de littérature anglaise, j'avais surtout tenu des postes de secrétariat dans des entreprises plutôt correctes et intéressantes. Mais je ne m'étais jamais mis la pression. J'avais surtout une fonction de facilitatrice, de conseillère et de gestionnaire des ambitions ou des idées des autres. Quand Joe avait évoqué le projet risqué d'une camionnette à burritos deux ans plus tôt, j'avais décidé de démissionner de mon boulot et de me joindre à lui pour planifier notre propre entreprise. Je m'étais dit : *Je suis bonne cuisinière*. Et j'avais peur de n'être qu'une subordonnée le restant de ma vie professionnelle.

« Est-ce que tu es heureuse ? » me demanda soudain mon père.

Je le regardai, alarmée. *Non*, voilà le mot que j'avais envie de prononcer. Et en entendant ce mot résonner dans ma tête, j'eus le sentiment que ce n'était pas une réponse digne d'une femme de mon âge en bonne santé. Dans le battement de mon sang, dans la gorgée d'un verre d'eau, dans le regard furtif d'un inconnu, je voyais le bonheur. J'avais connu le bonheur – sauf que j'avais l'impression de pouvoir goûter le bonheur des autres bien plus intensément que le mien. Je n'aurais pas su dire ce qui me rendait heureuse, mais j'étais fatiguée de toujours essayer de m'améliorer. De chercher, parmi tous mes *moi* merdiques, le meilleur *moi*. Joe sortait simplement du lit et il était Joe, là où je n'arrivais jamais à échapper à mon moi défaillant, ou à tous mes *moi* potentiels. Internet m'annonçait au quotidien qu'il existait de nombreuses voies vers le bonheur : un bon pantalon de yoga, une bougie parfumée. Une plante qu'on appelle succulente. Mais Internet laissait aussi filtrer un deuxième message, une flèche subliminale qui transperçait pourtant la chair : à trente-cinq ans, on était censé avoir trouvé sa voie.

J'étais légèrement déprimée. « J'ai été un peu stressée, je pense.

— J'ai parlé avec Joe au marché, continua Papa. Il m'a dit que vous songiez à fonder une famille. »

Je me tournai vers lui, incrédule. « Joe t'a dit ça ?

— Juste comme ça, en passant. Sur le long terme.

— D'accord.

— Ce qui est normal, j'imagine, pour une femme de ton âge, de penser à ça.

— Ouaip, dis-je d'un ton sec.

— Peut-être que ça te révélera à toi-même, dit-il.

— *Quoi ?*

— Peut-être que ça…

— J'ai bien entendu la première fois. »

Mon père sembla peiné. « Je me suis mal exprimé. Je veux juste te dire, Rosie… qu'un bébé, c'est pas une mauvaise chose.

— Tout dépend de quel bébé on parle.

— Ça lui a réussi, à Kelly, non ? » continua-t-il en ignorant ma réponse. Je connaissais Kelly depuis ma première semaine de primaire ; et mon père aussi, car nous étions inséparables depuis le début, toujours l'une chez l'autre. Elle avait à présent une fille de quatre ans, Molly, et elle m'avait récemment confié, la voix tremblante, avoir ressenti les tout premiers indices physiques d'une seconde grossesse. Elle n'était pas la seule – la plupart des amis qu'il me restait de l'école ou de l'université étaient désormais de pragmatiques producteurs de bébés, faiseurs de mariages et acheteurs de maisons. Je ne répondis rien.

Mon père se racla la gorge. « Quand j'ai cru que j'allais, tu sais… *mourir*… je voulais juste… tout ce que je voulais, c'était savoir que tu aurais une vie correcte quand je serais parti.

— Mais tu n'es pas parti. Alors je peux continuer à mener une vie de merde !

— Rosie, sois sérieuse. Je sais que ça n'a pas toujours été facile pour toi. Mais je veux te dire – je pense que tu ferais une excellente maman. »

Je fus incapable de parler, l'espace d'un moment. « Papa, finis-je par prononcer d'une voix rauque. Arrête. »

Il se tut et nous gardâmes le silence. Je faisais tourner et tourner un galet dans ma paume. « Comment tu peux dire que ça me révélerait à moi-même ? demandai-je soudain. Qu'est-ce que je faisais pendant les trois dernières décennies ?

— C'est pas ce que je voulais dire.

— Mais tu l'as quand même dit. Et tu n'en as pas le droit.

— Je suis désolé. J'ai merdé, hein ? »

C'était la fin d'après-midi, un vent du large fouettait l'écume blanche des petites vagues. L'automne était quelque part dans les parages. Je songeai à Londres, à ce qu'il y avait là-bas, à ce qu'il y manquait. « Non, tu n'as pas merdé, Papa, dis-je. Tout va bien. »

4

Le dernier jour, environ une heure avant que Joe et moi ne retournions à Londres, j'étais assise avec Papa à la table de la cuisine, attendant que le café matinal soit prêt. Joe était encore au lit et Claire faisait son footing. J'avais passé une mauvaise nuit, je m'étais tournée et retournée entre mes draps, l'esprit troublé. C'était l'air frais, me disais-je. Les gens affirmaient toujours dormir mieux quand ils quittaient la ville, mais je trouvais l'air cristallin et l'écho interminable du ressac presque physiquement perturbants car j'étais incapable de dissimuler mes états d'âme habituels de la même façon que je les dissimulais dans la stupeur des lumières clignotantes et des gaz d'échappement londoniens. Mon moi demeurait tapi sous les strates de Londres, caché parmi la multitude. Ici, en bord de mer, je me sentais nue.

Le visage de Papa était pâle et crispé. Ses lèvres serrées comme s'il essayait de retenir sa respiration. Il baissa les bras vers le banc où il était installé et en souleva deux livres qu'il posa sur la table éraflée que Claire avait dénichée des années plus tôt dans un marché aux puces local. Les livres étaient entre nous, deux éditions de poche innocentes.

« Tu les as déjà lus ? demanda-t-il. Tu les as eus au programme, pendant tes études ?

— Comment ça ? »

Il les poussa vers moi et je les saisis à contrecœur. Le premier s'intitulait *Cœur de cire*, le second, *Lapin Vert*. Les couvertures étaient datées mais imaginatives, la police d'écriture simple mais les illustrations élaborées. *Cœur de cire* figurait un cœur géant en premier plan, gravé à l'ancienne dans une surface de bois. Il était divisé à l'image des douze signes du zodiaque mais les symboles usuels – le Bélier, le Cancer, le Taureau – avaient été remplacés par les traditionnels attributs soi-disant féminins : une casserole, une aiguille, une pelote de laine, une fleur pressée, le tout dessiné à l'épaisse encre noire élisabéthaine. Celle de *Lapin Vert* était plus originale, un dessin à main levée, une simple ligne verte jetée d'une main de maître pour représenter une silhouette de lapin, sauf qu'en y regardant à deux fois les contours du lapin pouvaient aussi être ceux d'une femme. Les deux livres avaient été écrits par une dénommée Constance Holden.

« Non, répondis-je. Je me suis intéressée à l'époque victorienne.

— C'est une très bonne autrice. Enfin, *c'était*.

— Elle est morte ?

— Je ne sais pas. Tu ne les as jamais lus, c'est vrai ?

— Non, Papa, dis-je avec exaspération. Pourquoi tu me demandes ça ?

— Tu devrais les lire. Ils ont connu un grand succès à l'époque de leur sortie. »

Je me demandai s'il s'agissait d'un début de sénilité ; les sophismes de la conversation, l'attrait soudain pour les objets du passé, l'envie de tirer de l'eau au puits de sa propre existence pour s'apercevoir que personne ne veut regarder le contenu du seau.

« Les couvertures sont belles », dis-je en feuilletant les pages de *Lapin Vert*. Elles étaient décolorées sur les bords, la typographie petite et démodée. « Mais qu'est-ce que tu fais avec ce genre de livres, toi ? »

Il ne répondit rien. Je levai les yeux. « Tu essaies juste de t'en débarrasser ? Tu ne les as pas lus, c'est ça ?

— Ta maman… », commença-t-il, avant de s'interrompre. Il prit une inspiration.

J'étais désormais aux aguets, mes doigts enserrant le livre souple. « Quoi ? Qu'est-ce qu'elle avait, ma maman ? »

Entre nous, l'air s'épaissit. Mon père désigna le nom de l'autrice sur la couverture. « Ta mère connaissait Constance Holden, dit-il.

— Papa, je ne comprends pas. »

Il détourna le regard et le porta vers la mer, derrière la fenêtre de la cuisine. « J'aurais dû te raconter tout ça il y a des années », dit-il.

Je sentis mon cœur battre plus fort. « Qu'est-ce que tu aurais dû me raconter il y a des années ? »

Il reposa le regard sur moi. « Avant que je rencontre ta mère, poursuivit-il en croisant les doigts pour former un poing, Constance et elle – elles étaient ensemble. »

Je le dévisageai. « Ma maman ? » Je posai la main sur la couverture de *Cœur de cire*. « Ma maman était avec cette femme ?

— Oui.

— Ma maman était lesbienne ?

— Je ne sais pas, Rosie. Peut-être que oui. Pendant un temps, elles sont restées inséparables. Enfin, disons que – on t'a eue, toi, alors je ne peux pas… l'affirmer.

— Donc elle était bisexuelle ?

— J'imagine qu'on peut dire ça comme ça. » Mon père avait l'air de vouloir se rouler en boule pour ne plus jamais se redresser.

Je pris une profonde inspiration et serrai *Lapin Vert* comme un talisman. « Wouah, articulai-je.

— J'ai besoin de prendre l'air, dit mon père en lâchant un long soupir. Allons boire le café dehors. »

*

Nous étions assis là, côte à côte sur les galets, une fois encore. Je n'avais toujours pas lâché le livre mais il était désormais posé sur ma cuisse. Les vagues léchaient la plage à quelques mètres de nous et un crabe se déplaçait en mouvements mécaniques le long des flots, pinces levées. Je contemplai le ciel, une brume opaque de nuages. Ma tête pulsait mais tout ce que je voulais c'était en apprendre davantage. « Pourquoi tu me racontes ça maintenant ? » demandai-je. Mon père ne répondit pas, il se contenta de scruter la ligne grise et plate de l'horizon. « Papa ? Tu n'es pas… malade, hein ?

— Non, non. Je vais bien. J'ai juste… Je ne sais pas. Ça me trotte dans l'esprit. Toi. Ta maman. »

Il donnait l'impression de s'inquiéter des performances d'Arsenal en championnat de Premier League mais, je le savais, lors de ces rares occasions où il se montrait communicatif, mieux valait le laisser trouver son chemin tout seul. « C'est quand Joe m'a parlé, dit-il. J'ai juste pensé… ce n'est pas normal, tu vois ? Que tu ne saches rien sur elle, alors que tu envisages de devenir maman toi-même. »

Sans crier gare, les larmes me montèrent aux yeux. Ça me submergeait parfois, à quel point il faisait de son mieux, à quel point il avait toujours été mal équipé, mais à quel point il avait tout fait pour moi. À quel point je comptais pour lui, à quel point je me sentais parfois intensément liée à lui. Je ne dis rien et m'essuyai les yeux.

« Tu m'as toujours posé des questions, Rosie. Tu t'es fâchée contre moi.

— Je sais. Je…

— Et tu as eu raison, tu sais. Et je n'ai jamais dit grand-chose parce que honnêtement – je ne sais pas ce qu'elle est devenue. »

Je me tournai vers lui. « Papa, c'est la vérité, vraiment ? »

Il déglutit et serra la tasse en étain dans son poing. « Oui. Elle a disparu. C'est la vérité.

— Elle a disparu dans une volute de fumée ? »

Il me décocha un regard dur. « Un jour, elle était là, Rose. Et le lendemain, elle n'était plus là. Je l'ai cherchée. Pas pour moi. Pour toi. Tu crois que j'étais en mesure de comprendre ce qu'il se passait ?

— Sûrement plus que moi, en tout cas. »

Il soupira. « Ta maman, elle… on n'était plus en couple, à cette époque. Elle était partie. Elle t'avait emmenée. Et Connie – Constance – était là-bas.

— À New York ?

— Oui. » Il soupira encore. « Mais ta mère est

allée vivre chez une amie. Une femme qui s'appelait Yolanda.

— *Yolanda ?* Mais alors, cette Constance, là ? »

Mon père agita la main d'un air impatient. « Attends, Rose, tu veux bien ? Écoute-moi. Ta maman et Yolanda travaillaient ensemble dans un restaurant de Manhattan. Yolanda en savait aussi peu que moi sur ce qu'il s'était passé. Quand ta mère a disparu, Yolanda m'a appelé et je suis venu te récupérer. J'en avais assez. »

Je n'avais encore jamais entendu cette histoire. J'encaissais tout cela en contemplant la mer. « Tu l'as vraiment bien cherchée ? » murmurai-je.

Il se tourna vers moi, furieux. « J'ai passé des mois à la chercher. J'ai même été convoqué à la police pour être interrogé. » Il fit une pause. « Mais ta maman ne voulait pas qu'on la retrouve. Elle avait disparu. » Il porta le regard vers les flots. « Ce que j'essaie de te dire, Rose, c'est que si tu veux savoir ce qui est arrivé à ta mère – si c'est vraiment ce que tu veux – alors ce n'est pas avec moi qu'il faut discuter. Je n'ai pas les réponses. Et la seule personne qui pourrait les avoir, c'est Connie.

— Pourquoi tu l'appelles par son diminutif ? Tu la connaissais si bien que ça ?

— Assez bien, dit-il avec une expression morne. Mais on n'était pas les meilleurs amis du monde.

— Pourquoi ? »

À présent, mon père semblait regarder la mer comme s'il rêvait qu'elle l'attire par le fond. « Ce n'est pas évident d'en parler. On commet tous des erreurs. C'était – une époque très difficile. Tout ce qui a jamais compté à mes yeux, c'est toi, Rose.

— Si tu tenais à moi, tu m'aurais raconté ça il y a des années. » Je sentis une fois encore les larmes me monter aux yeux et je me levai d'un bond. Le livre *Lapin Vert* tournoya jusque sur les galets. J'y assénai un coup de pied et mon père le récupéra tant bien que mal. « Pourquoi tu m'as laissée inventer des histoires débiles sur elle ? continuai-je. Comment tu as pu garder tout ça secret ? C'est une information précieuse, ça. »

Papa tenta de m'enlacer. Je le repoussai et titubai vers le bord de l'eau. « Je suis désolé, dit-il. Je pensais juste que ça ne t'aiderait pas. C'était tellement déroutant ! On était rentrés en Angleterre, ta mère était Dieu sait où. Je voulais juste que la situation redevienne *stable*. »

Avec précaution, il fit deux pas dans ma direction et je ne m'éloignai pas. « Si tu veux toujours en apprendre plus sur ta maman..., dit-il d'une voix douce.

— Oui, je veux. Tu sais bien que je le veux.

— Je sais. Constance Holden était là juste avant sa disparition. C'est la dernière personne à l'avoir vue. » Mon père fit une pause, le visage aussi pâle qu'un bulbe d'hiver. « Tout ce que je sais, c'est que Connie est allée rendre visite à Elise chez Yolanda, et qu'on n'a plus jamais revu ta mère. J'ignore où est Connie, Rose. Tout ce qu'il me reste de cette époque, ce sont ces foutus livres de poche.

— Je les veux.

— Tu peux les prendre. C'est pour ça que je les ai sortis du carton. Mais Rosie, il est très probable qu'elle refuse de te parler.

— Pourquoi ? »

Mon père soupira encore et se pinça l'arête du nez comme à son habitude lorsqu'il était mal à l'aise. « Ce n'était pas une époque heureuse. Alors si tu la retrouves, il faudra que tu sois prudente.

— *Pourquoi ?* »

Il eut l'air malheureux. « Ta maman était... influençable. Toi, tu es forte.

— Je ne suis pas forte.

— Tu es plus forte que tu ne le crois. » Il se tourna vers la mer. « Parfois, Rose, on dit et on fait des choses sans envisager une seule seconde les conséquences de nos actes.

— Je n'arrive toujours pas à croire que tu ne m'aies jamais parlé de tout ça plus tôt.

— Crois-moi, j'y ai pensé. Mais qu'est-ce que tu aurais pu faire ? Je t'aurais imposé ces informations alors que tu étais trop jeune pour y faire quoi que ce soit, ou pour considérer la situation sous différents points de vue.

— Papa, j'ai trente-quatre ans.

— Ça n'aurait pas été juste. Ç'aurait été un trop lourd fardeau.

— Tu ne penses pas que j'ai porté un lourd fardeau quand même, depuis tout ce temps ?

— Que je te le dise aujourd'hui n'est peut-être pas juste non plus. Même *moi*, je ne perçois pas tous les points de vue, Rosie, et pourtant j'étais présent. Mais je t'ai dit tout ce que je savais. Connie était une femme charmeuse et ta mère était envoûtée. » Il posa le livre entre mes mains et tourna les talons pour retourner à la maison, vidant sur le sol rocailleux les restes de café au fond de nos tasses.

« Mais merde, qu'est-ce que je suis censée faire, Papa ? » demandai-je.

Il s'arrêta mais ne se retourna pas. « Retrouve Constance Holden, si tu veux des réponses. Je n'en sais pas plus. »

1982

5

Les vingt-six tableaux principaux de Frida Kahlo avaient été envoyés du Mexique afin d'être exposés dans la Whitechapel Gallery, à la condition qu'ils voyagent tous ensemble, ou pas du tout. Connie et Elise arpentèrent les salles, le regard plongé dans ces petits portails vivants. Feuillages, bébés, sang et beauté, un livre de prières d'un genre différent, ses pages déchirées et suspendu au mur. Illumination par une femme, sa bouche refermée sur de silencieuses louanges hurlantes, une poésie qu'on ne pouvait pas vous enseigner à l'église. Et toujours, ce regard : un examen d'elle-même, savant et suspendu, qui parvenait à vous inclure aussi.

Électrifiée par ces images, Elise observait le joli cou de Connie, les boucles qui tombaient dans une tentative maladroite de dompter sa chevelure – ses cheveux couleur roux renard, le décolleté rond de son T-shirt révélant une constellation de taches de rousseur éparpillées sur ses clavicules. Ses doigts posés sur ces mêmes clavicules, puis désignant ce tableau ou celui-là, en mouvement, toujours en mouvement, si minces et pâles, comme les doigts d'une jouvencelle sur une tapisserie médiévale. Son parfum d'eau de Cologne, citron et feu de bois. Son petit menton qui s'élargissait pour dessiner un visage en forme de cœur, des yeux gris-vert et des sourcils impeccables pareils aux ailes d'une colombe en fin de vol. Elle était si rousse et si anglaise comparée à l'énigme mexicaine qui lui faisait face. Frida et Constance auraient pu être deux créatures de deux planètes différentes et, pourtant, elles inspiraient à Elise un même sentiment. Depuis deux ans qu'elles étaient ensemble, Elise avait atteint un point où elle aimait tant Connie qu'elle ne tiendrait pas longtemps sur terre si Connie venait à mourir la première. Son corps succomberait, à l'idée que Connie avait été rappelée aux dieux.

Elise n'avait encore jamais connu ceci : l'esprit autant que la chair. Son père ignorait toujours qu'elle était amoureuse d'une femme ; il n'en saurait jamais rien. Elle avait quitté la maison à seize ans, sa mère était morte bien avant. Et Elise avait commencé le plus beau chapitre de sa vie – peut-être l'unique beau chapitre de sa vie.

*

Connie avait invité Elise à venir vivre chez elle environ six mois après cette première matinée de gueule de bois à Hampstead, et Elise s'était assise à même le sol dans l'appartement de John avec seulement deux sacs en toile, le cœur battant en guettant le vrombissement de la minuscule Citroën rouge. *C'est la bonne décision,* se disait-elle en descendant l'escalier, les sacs heurtant ses hanches comme les seaux d'une laitière. Elle avait laissé un mois de loyer dans une enveloppe sur la table de la cuisine, que Connie avait payé. *Ça semble être la bonne décision*.

La route entre Brixton et Hampstead avait été longue. Elise admirait l'habileté avec laquelle Connie passait les vitesses et accélérait sans hésitation à l'orange. « Cette ville est merveilleuse, avait-elle dit à Connie. Tu imagines à quoi ressemblait le Blitz ? Et le grand incendie ?

— En matière de désastre, je préfère encore ces enfoirés de banquiers », avait rétorqué Connie dans un éclat de rire, lâchant le volant pour poser la main sur celle d'Elise. Elle avait des doigts secs et puissants. Et c'était une conductrice si assurée ! Elles avaient patienté à un feu rouge, main dans la main, et Elise avait gardé les yeux rivés dehors jusqu'à ce que le feu passe au vert et que Connie lui lâche la main, fonçant dans Euston Road, longeant Saint Pancras, les femmes debout sur le trottoir de York Way, puis vers le nord en direction de Hampstead.

*

Après l'exposition de Kahlo, Elise et Connie se tinrent côte à côte, regardant les voitures circuler çà et là dans la rue. Elles marchèrent en silence vers la station de Whitechapel, sans se tenir la main. « Elle a vraiment parcouru tout le gamut de couleurs et d'émotions », finit par remarquer Connie, comme si elle parlait d'une amie. C'était le mois d'avril, légèrement venteux, et les boucles roux pâle de Connie étaient soufflées en tous sens.

« Le gamut ? » répéta Elise. Elle ignorait ce qu'était un gamut. Le terme avait des sonorités yiddish. Elle était encore bouleversée par le côté intime des tableaux. Elle voulait ressembler à Kahlo, connaître le moindre centimètre brisé d'elle-même et l'accepter pourtant. Elle regardait Connie et voulait la toucher, mais on ne savait jamais qui observait. Bientôt, tout ce qu'elles avaient ensemble allait changer. Bientôt, *Cœur de cire* allait être adapté à l'écran par Hollywood et s'intitulerait *Terres de cœur*. Elles allaient partir à Los Angeles pour assister au processus. Soudain, Elise eut envie de s'agenouiller sur l'asphalte de l'East End et de le sentir tout près contre ses paumes. C'était sa ville après tout.

« Eh bien, tu sais, continua Connie. Sa maladie infantile. Puis l'accident – les opérations. À quel point elle voulait des enfants. Les fausses couches. Ce *mariage*. »

Elise haussa les épaules. « Je ne sais pas.

— Mourir à quarante-sept, à peine, ajouta Connie. Quel gâchis, de mourir si jeune !

— Pas toujours, dit Elise. Et quarante-sept ans, ce n'est pas *jeune*. »

L'air décontenancé, Connie poursuivit. « J'ai du mal à mettre le doigt dessus, je ne sais pas pourquoi j'ai pitié d'elle.

— Je n'ai pas pitié de Frida Kahlo, répliqua Elise. Je ne pense pas que Frida Kahlo aurait envie de ta pitié. Elle était en colère, à en juger par certains de ses tableaux. Elle était plutôt déterminée à te montrer ce qu'elle avait envie de te montrer. »

Connie s'esclaffa. Elise détestait quand elle faisait cela, comme un verre d'eau qu'on déverse sur une bougie allumée. Elle n'y pouvait rien si elle éprouvait ces choses-là si intensément. L'art n'était pas la vérité, c'était un mensonge raconté pour dire la vérité. C'était ce qu'affirmait le professeur de dessin au Royal College of Art où elle était modèle vivant. Et la vérité revêtait des aspects différents. C'était une question d'angle, de l'endroit où on était placé qui donnait un point de vue différent selon ce qu'on avait besoin de voir. L'art, c'était être sans cesse à l'affût d'un élément auquel se raccrocher.

« Frida Kahlo, continua Elise, fouillant son sac en quête de son ticket de métro et s'imaginant à la place du professeur de dessin, elle a travaillé sur toutes les personnes de son entourage, visiblement. Elle s'est servie d'elle-même. Mais a utilisé tous les autres aussi. Tout son entourage a servi d'ingrédient à son pétrin. »

*

Le métro s'arrêta devant le quai de Whitechapel, elles montèrent à bord et s'assirent côte à côte sur la District Line en direction de la station Monument. Connie semblait fatiguée. Elle posait la tête contre la fenêtre. Elise roulait et déroulait le programme de l'exposition alors que le wagon les faisait tanguer et que les lumières des tunnels clignotaient et défilaient en trombe. Depuis qu'elle avait rencontré Connie, elle avait senti son cœur mûrir à toute vitesse, pareil à une pêche dans un hangar surchauffé. Il avait gonflé, gagné en masse, s'était éloigné de cette pierre qui vivait en elle depuis toujours. Comme le jour de son emménagement, quand elle s'était approchée de la portière de la Citroën de Connie, elle se sentait toujours plus vieille que cinq minutes auparavant, sans se rendre compte qu'il pouvait s'agir d'un symptôme de sa grande jeunesse.

Connie avait dit : *Je voudrais que tu t'épanouisses*. Pourquoi Connie lui souhaitait-elle cela ? songeait Elise tandis qu'elles filaient vers le centre-ville à bord du métro. Qu'est-ce que Connie attendait d'elle ? *Je veux juste t'aimer*, répondait-elle. *C'est le plus grand privilège, de pouvoir t'aimer. Bon, et maintenant, si tu écrivais cette pièce de théâtre ?*

Lorsqu'elle se rendait chaque jour à ses divers boulots à travers la ville, Elise n'éprouvait plus ce désir douloureux en songeant à Connie. Son visage était placide comme un lac, sa chatte, une braise chaude. Mais son amour grandissait, la pressait vers le sol, il faisait naître des racines qui s'ancraient toujours plus profondément. Elle n'avait pas fait grand-chose depuis qu'elle était avec Connie, elle le savait. Elle avait désormais vingt-deux ans, et tout était encore blotti en elle. Une poule d'eau écervelée, voilà ce que Connie avait fait d'elle. Des rides sur l'eau ; un oiseau inepte, le désir la réduisant au noir et blanc. Elle se sentait si impuissante, et si heureuse.

6

Elise se tenait sur le seuil du bureau de Connie et l'observait en silence. Elle n'entrait jamais. Connie était si concentrée qu'elle ne la remarqua pas, la tête inclinée au-dessus de son travail, le bras circulant sur une feuille de papier. Ripley leva la tête du tapis et la reposa. Il se roula sur le flanc et la dévisagea. Connie était une sorcière, elle vivait avec son animal familier et couchait ses incantations sur le papier, pensa Elise. Quand elle était près de Connie, elle se sentait exactement comme Ripley, elle se délectait dans la chaleur et la sécurité de sa présence. Elle voulait être celle qui se roulait en boule à ses pieds sur le tapis. Connie travaillait de plus en plus tard, affichant parfois un air peiné en fin de journée, ou distrait au petit déjeuner, au déjeuner ou au dîner, mais elle diffusait aussi une sorte d'euphorie qu'Elise trouvait exaltante.

« Connie ?

— Hmm ?

— Tu veux une tasse de thé ?

— Non, merci.

— Un biscuit ?

— Non. »

Elise restait là. La femme de ménage de Connie, Mary O'Reilly, était au rez-de-chaussée. Elise n'aimait pas quand elle était là. La première fois qu'elle avait rencontré Mary, au début de sa relation avec Connie, cette dernière travaillait à l'étage et Elise lisait le journal dans la cuisine. Elle avait entendu le verrou de la porte et s'était crispée tandis qu'entrait un inconnu – avec sa propre clé ! Puis des bruits de pas, le dos d'une femme coiffée d'un bonnet en laine, qui déposait souplement son sac à dos sur une chaise de la cuisine et se dirigeait vers les produits ménagers sous l'évier. À cet instant seulement, Mary s'était retournée et avait vu Elise assise à la table. Mary, la cinquantaine, mince, pareille à un fonctionnaire mandarin solennel et blasé qui comprenait les secrets de son empereur. « Bonjour, avait dit Mary en serrant son bonnet du bout des doigts. Alors, c'est vous, la personne de passage.

— Oui, c'est moi, avait dit Elise. Je suis de passage. »

*

« Qu'est-ce que tu écris ? » demanda Elise. Le dos de Connie se raidit. Elle s'interrompit mais ne se retourna pas.

« Quelque chose.

— Quelque chose ? »

Connie reposa son stylo mais ne se retourna pas. « S'il te plaît, El.

— Pardon. »

Connie écrivait ; personne n'en saurait jamais davantage. Elise savait qu'il ne fallait pas poser ce genre de questions, qu'elles étaient puériles et envahissantes mais elle se sentit agacée ce jour-là. Le voyage à Los Angeles se profilait, dans moins de deux semaines – elle avait donné sa démission au café et avait effectué son dernier jour au National Theatre. Elle avait informé l'école d'art qu'elle partait quelque temps en Amérique et qu'elle ne pourrait plus venir poser pour les cours de modèles vivants. Elle avait donné l'impression qu'elle avait des projets là-bas, puis elle avait posé une dernière fois dans l'atelier traversé de courants d'air, à écouter le crissement des mines de crayon. Elise tirait un trait sur tout ce qu'elle avait créé ici, et sur ce qu'elle aurait peut-être aimé garder, sauf sur Connie – car elles partaient ensemble à Los Angeles, car il était impossible qu'elles soient jamais séparées. Mais voilà que Connie refusait de se retourner.

« Moi, je te dis toujours tout ce que je fais, commença Elise en s'appuyant contre le chambranle de la porte, s'efforçant de paraître naturelle. Quand tu me poses une question, je te réponds toujours. »

Connie pivota brusquement sur son fauteuil de bureau. Elle semblait exaspérée. « J'écris au sujet d'un lapin vert, dit-elle.

— D'un quoi ?

— D'un lapin vert.

— D'accord. »

Connie serra la mâchoire. « S'il te plaît. Ne fais pas ça.

— Faire quoi ? »

Connie se massa le front. « Je suis désolée. Je suis juste… Je te montrerai quand j'aurai terminé, tu veux bien ?

— D'accord. » Mais Elise hésitait encore. « Comment ce sera, à ton avis ?

— Le livre ? »

Elle écrivait donc un livre. « Non. Los Angeles.

— Oh. Une piscine digne des tableaux de Hockney, répondit Connie. Le soleil. Les faux-semblants.

— Et Sorcha s'occupera vraiment bien de Ripley ? »

Sorcha était une amie de Connie, une ancienne camarade d'université à Manchester. Elle était désormais professeure d'histoire moderne. Mais comme nombre d'amis de Connie, Elise ne l'avait jamais rencontrée.

« Bien sûr que oui. » Connie l'examina. « Quelque chose ne va pas, El ? Tu veux continuer à travailler au Seedling ? Tu ne veux plus partir ? Qu'est-ce qu'il y a ?

— Non. Rien. Ne t'inquiète pas. »

Elise monta dans leur chambre, s'allongea sur le dos et songea à L.A. Elle en savait peu de choses. C'était, semblait-il, un endroit de rêves, un endroit où les conséquences de la célébrité étaient grotesques. Des stars de cinéma à travers le siècle emportées par la drogue et l'alcool, victimes de l'humiliante obsolescence ou de l'hubris d'une trop grande exposition médiatique. Le territoire de la course aux dollars, où la valeur d'une actrice était estimée non pas à l'aune de son talent mais de ses cachets. *Un mauvais film et tout s'effondre*, avait dit Connie. *J'espère franchement qu'on ne fera pas un mauvais film*.

*

Malgré Mary qui faisait claquer les portes des placards en bas, Elise aimait le calme dans la maison de Connie, un calme qu'elle n'avait jamais connu avant, et qu'elle était fière d'avoir réussi à trouver pour elle-même. Connie l'avait appâtée dans sa maison, et Elise désirait à tout prix, non pas s'échapper, mais rester. C'était le premier endroit qui lui donnait l'impression d'être chez elle. Elle était libre de projeter ses rêves éveillés sur les étagères de livres surchargées et sur les meubles dépareillés, semblables au décor d'une scène de théâtre amateur après le départ des acteurs.

Cette nuit-là, alors qu'elles étaient étendues dans le lit, Elise dit à Connie qu'elle lui faisait penser à une amande. Elle avait la sensation qu'elles s'étaient disputées plus tôt et qu'il fallait réparer quelque chose. Il fallait instiller un peu de folie. « Si tu étais un fruit à coque ou une noix, c'est ça que tu serais », ajouta Elise.

Connie était allongée sur le flanc, le dos tourné à Elise, et Elise posa la main sur le crâne parfait de son amante, respira le parfum de ses cheveux aussi sucré qu'une pâte d'amande. « Je pourrais te moudre et te mélanger à un gâteau », poursuivit Elise. Connie rit et Elise regarda la contraction de ses omoplates saillantes, sentant le désir monter en elle.

« Je ne me sens pas l'âme d'une amande, dit Connie. Je ne serais pas plutôt une noix de cajou ? » Elle roula pour faire face à Elise et l'attira dans l'arc de son aisselle. « Et toi, tu es quel genre de noix ? »

Elise aimait le fait que Connie ne dédaigne jamais les méandres de ses considérations nocturnes, tandis qu'elles se laissaient porter et transporter dans les marées de mots et d'idées, tandis qu'ensemble elles façonnaient un monde, une époque comme un lit de rivière qui n'appartenait qu'à elles. « Je suis une noix du Brésil.

— Ma tendre noix du Brésil. » Connie émit un petit grondement affamé. « Mes préférées. »

C'était typique de Connie. Elle transforma une histoire de noix en une réflexion sur l'amour, une magicienne de la métaphysique qui enchantait Elise. Elle posa la main sur la joue de Connie, la fit glisser jusqu'à son omoplate, à ces pâles épaules constellées de taches de rousseur. Connie attirait votre regard ; mais une fois attiré, vous ne saviez plus quoi faire. Vous n'aviez pas forcément envie d'approcher davantage, de peur de ne pas y être autorisé. Connie ne paraissait jamais consciente de sa puissance. Elle ne saisissait pas à quel point sa voix pouvait être méprisante. Mais à présent, elle gardait le silence, elle attendait. Elle ne bougerait pas tant qu'Elise n'aurait pas fait un autre mouvement.

Elise l'embrassa sur la bouche, tendrement, entendit l'exquis soupir de plaisir qu'elle émit, sentit les mains de Connie la saisir et l'attirer contre elle, le geste le plus naturel au monde.

*

Elise se réveilla tôt. Connie était une dormeuse magnifique, si immobile et silencieuse, pareille à une créature de la forêt sortie du sous-bois pour se réfugier contre le cœur humain d'Elise, sans savoir qu'Elise pouvait d'une minute à l'autre la dépecer et la dévorer vivante. Connie était un miracle mais

Los Angeles approchait, et Elise l'appréhendait. Elle enfouit cette peur, un élément corrosif qui avait déjà provoqué tant d'ennuis. C'était comme une couche de rouille sur son âme, toujours là.

« Je t'aime », murmura-t-elle, et les mots flottèrent dans l'air, dans l'attente d'être saisis au vol.

Connie se réveilla, et Elise put lire la surprise sur son visage. Sous le drap, ses membres émirent un bruissement de feuillage. « El, dit-elle avec un sourire, enfouissant son visage dans le cou d'Elise. El. Je t'aime aussi. »

2017

7

Je commençai *Cœur de cire* dans le ferry qui nous ramenait à Portsmouth, échangeant à peine un mot avec Joe. Je ne lui avais pas répété les propos de mon père. J'étais furieuse contre lui d'avoir discuté de nos bébés imaginaires avec Papa. J'estimais sans doute que ce genre de détails – les rouages intimes de notre couple, de mon corps – ne devaient pas être évoqués autour d'un simple café dans un bistro français. Joe semblait deviner mon humeur et, sachant qu'il valait mieux me laisser tranquille, il traîna sur le pont avant de se laisser tomber dans un fauteuil et de parcourir les comptes Instagram de blogueurs culinaires et de chefs cuisiniers.

Cœur de cire avait été publié en 1979, suivi par *Lapin Vert* en 1983. *Cœur de cire* était court et élégiaque, l'intrigue évoquait par quelques détails un décor des années 1970 qui demeurait pourtant curieusement atemporel. Le roman mettait en scène une femme du nom de Beatrice Jones – dont le mari entretenait une longue série d'aventures extraconjugales – qui, après en avoir découvert l'existence, finissait seule et victorieuse. *Lapin Vert* était un livre furieux, plus enraciné et plus sensuel – mais il demeurait cependant une variation du premier. *Lapin Vert* présentait le récit d'une femme amoureuse qui, elle, n'aspirait pas à être seule. J'essayais d'imaginer mon père en train de lire ces ouvrages, et je trouvais l'idée assez déroutante. Mais si je comptais traquer les secrets d'Elise et de Constance, je devais accepter qu'il ait des secrets, lui aussi. En fin de compte, il m'avait donné ce que j'avais toujours voulu – une fenêtre sur sa vie avec ma mère, même si celle-ci était encore mi-close, une chambre avec une vue partielle – et je n'étais pas certaine que cela me plaise.

Pourtant, je persistais. Puisque mon père – à contrecœur et douloureusement – m'avait livré Constance Holden, je n'étais pas près de la lui rendre. J'aimais *Lapin Vert* en particulier, les existences qu'il contenait, vécues et perdues, les personnages qu'on autorisait à s'épanouir au-delà du dernier paragraphe sans réponse définitive. De retour à Londres, je le lisais dans le bus qui m'amenait au café, tanguant d'un côté et de l'autre. J'allais aux toilettes avec. J'attendais que la bouilloire siffle sans interrompre ma lecture, transformée deux jours durant en femme à un seul bras dont la tête et le cœur avaient fusionné avec la tête et le cœur des personnages de Connie. J'y cherchais bien entendu ma mère à travers les pages, mais comment pourrais-je la reconnaître si je l'y voyais ? Elle était invisible et envahissait cependant les tréfonds de mon esprit, à l'instar d'une grappe de ballons de fête foraine qui me transportaient hors du temps et hors de l'espace, leur ficelle prête à me soulever de terre.

Constance Holden ne semblait pas appartenir à

cette catégorie d'auteurs dont on connaît le nom sans même avoir lu les livres. Ce n'était pas une Spark ni une Angelou, ni une Lessing, ni une Atwood. Elle s'était lentement dissoute – comme tant d'existences littéraires de femmes, éclipsées par d'autres noms. Et pourtant, le style de Connie était inimitable – même si des gens s'y étaient essayés ensuite, remarquai-je. *Lapin Vert* était un roman sur la solitude de la vie, la dévastation d'un amour qui dérape. C'était un livre sur l'éternel besoin de la compagnie des autres, et le désir constant de repousser tout le monde. Mais je souhaitais tellement, debout dans ce bus, que tout se termine bien pour Rabbit, une femme verte et immature, une femme d'espoir et de jalousie et de nouveaux départs.

Comme je souhaitais qu'un livre entre dans mon cœur et change le cours de ma vie ! Tandis que je lisais les mots de Connie, j'éprouvais une délectation terrifiante à l'idée que cette femme ait connu ma mère de façon si intime – à en croire mon père – et sache peut-être ce qu'elle était devenue. Avoir conscience de ce lien entre nous m'était douloureux car je ne savais pas quoi en faire, si ce n'est lire une œuvre de fiction. Je ne voulais pas d'une fiction : je voulais quelqu'un qui puisse me dire la vérité.

*

Je demandai à Zoë, l'étudiante en littérature qui travaillait au Clean Bean, un vrai rat de bibliothèque, si elle avait déjà entendu parler de Constance Holden. Zoë écarquilla les yeux tandis qu'elle abaissait la buse de vapeur dans le cappuccino d'un client.

« Oh, la vache, dit-elle. *Lapin Vert*, mais c'est un de mes livres préférés !

— Je viens de le terminer.

— Je suis juste triste qu'elle n'en ait écrit que deux.

— Tu sais pourquoi elle n'en a pas écrit d'autres ? »

Zoë, qui avait vingt ans, avec son piercing au septum et ses fins cheveux blonds teints en bleu, prenait tout très au sérieux, depuis les romanciers jusqu'à Netflix, et je l'adorais pour cela. « Il y a eu plusieurs théories, dit-elle. Elle a écrit un essai très connu un an après la sortie de *Lapin Vert*, et il était inclus dans littéralement tous les cours de théorie féministe que j'ai suivis.

— Est-ce qu'elle y annonçait qu'elle n'écrirait plus ?

— Pas exactement. Mais c'est la dernière chose qu'elle ait publiée. Ça s'appelle *L'Invasion de sauterelles*. Je peux t'apporter mon exemplaire, si tu veux.

— Ce serait vraiment cool. Merci, Zoë.

— Pas de souci.

— Tu sais si elle encore en vie ? »

Zoë fronça les sourcils. « Je suis quasiment sûre qu'ils auraient publié sa nécrologie dans le journal. Je ne pense pas qu'elle soit morte. Elle était super connue. Elle l'est encore, d'une manière un peu plus étrange, plus confidentielle, presque sectaire.

— Comment ça, étrange et confidentielle ?

— Pourquoi est-ce qu'elle aurait arrêté d'écrire, alors qu'elle était au sommet ? Il fallait qu'elle écrive *davantage*. On avait besoin d'elle ! Mais elle a arrêté. C'est tellement dommage. »

Zoë frissonna ; elle éprouvait tout avec intensité.

Je me sentis honteuse car moi, du haut de mes quatorze ans de plus, j'avais oublié comment faire.

*

De retour à l'appartement, assise à la table de la cuisine, je cherchai Constance sur Internet. Zoë avait raison : que Constance Holden ait souhaité qu'on l'oublie, ou que les autres aient choisi de l'oublier – ou rien d'aussi délibéré –, elle n'avait écrit que ces deux romans, puis *L'Invasion de sauterelles*, et rien d'autre. Les seules photos que je trouvai étaient des portraits granuleux datant des années 1980 : en noir et blanc, une chevelure en désordre et relevée sur le sommet du crâne, un chemisier ample, une bouche pincée mais ornée de rouge à lèvres. Elle semblait jeune, et je me mis à l'imaginer ainsi, bien qu'elle ait sans doute plus de soixante-dix ans aujourd'hui. La biographie au dos des livres de Papa était très datée, mais il n'y avait aucune information sur Internet pour la mettre à jour. Où était-elle à présent ?

« C'est qui, *elle* ? demanda Joe en regardant l'écran de mon ordinateur portable par-dessus mon épaule.

— Constance Holden.

— Qui ?

— Une autrice. Je viens de lire ses romans.

— Elle est canon.

— Les photos sont anciennes, dis-je. Mais peut-être que c'est devenu un vieux canon. » Je pivotai pour lui faire face. « Joey, Papa m'a raconté quelque chose quand on était en France. Cette femme connaissait ma mère. »

Joe parut aussitôt méfiant. La moindre évocation

de ma mère lui donnait cet air : c'était plus fort que lui. Il avait vu trop de larmes, il avait déambulé à travers mes trop nombreux brouillards obscurs. « D'accord, dit-il.

— Et je vais la retrouver.

— Rosie…

— Si, je vais le faire.

— Tu es sûre que c'est une bonne idée ?

— Bien sûr que non. Mais il faut que j'essaie. C'est la première fois…

— Non, je comprends. D'accord.

— Quoi ?

— Ne te fais pas de faux espoirs, c'est tout, d'accord ?

— Non, promis. »

On savait tous les deux que c'était faux.

« Il faut qu'on aille chez mes parents, dit-il. Tu es prête ? »

Je soupirai et rabattis l'écran de mon ordinateur, rechignant à ce qu'on me fasse retourner à la réalité. « Comment ça s'est passé, hier soir ? » demandai-je. Joe avait invité un « ange » investisseur à boire un verre, afin de voir si cela l'intéressait de financer notre nouveau projet d'entreprise – un food-truck de burritos.

« Bien ! dit-il avec enthousiasme.

— Et ?

— Ça prend du temps ce genre de choses », l'entendis-je déclarer alors qu'il s'éloignait.

Je hurlai intérieurement. Ma bouche, fermée en apparence, était pourtant grande ouverte, et un ouragan surnaturel s'en échappait avec violence. Depuis deux ans, c'était moi qui effectuais les lourdes tâches dans notre duo. Je fermai les yeux, blessée par son manque d'enthousiasme devant ma découverte de Constance Holden et de son éventuel lien avec ma mère. Ces choses-là prenaient du temps et ne le rendaient jamais.

Deux ans plus tôt, Joe avait voulu transformer son amour de la cuisine mexicaine, des musiques nouvelles et du voyage en un projet solide, et un food-truck de burritos arpentant les festivals de musique à travers le monde était le carrefour où se rencontraient ces trois passions. J'avais admis que c'était une bonne idée – c'était vraiment une bonne idée, c'était romantique ! – et en ce début de trentaine, il nous semblait important de nous accrocher au moindre indicateur tangible de romance et d'aventure. L'idée enchantait Joe, et il avait d'abord été enthousiaste à l'idée d'obtenir ses permis de vente, de contacter les organisateurs de festivals.

En revanche, c'était une mauvaise idée de démissionner de son poste de broker à la City au même moment, et d'investir l'héritage de son défunt grand-père dans l'achat d'une camionnette, puis de vivre du reste. Il fallait qu'il rénove l'intérieur du véhicule et le transforme en cuisine dernier cri, mais ça aussi allait « prendre du temps ». Joe était têtu et il ne se rendait pas compte – ou ne voulait pas reconnaître – combien le milieu des food-trucks sur les festivals était brutal et compétitif. Il fallait le vouloir vraiment, mais Joe n'adorait que l'idée. Il n'était absolument pas équipé, ou pas disposé, à repousser ses limites.

Les parents de Joe lui avaient acheté l'appartement que nous partagions, et j'y vivais sans payer de loyer. Cet élément m'obligeait toujours à tenir ma langue (à moins que l'alcool ne soit de la partie) quant à l'absence de progrès de Joerritos – je n'avais placé aucun investissement dans son appartement et, par conséquent, je n'avais aucun droit à commenter la manière dont il gérait son projet, ni son impact sur notre couple. C'était loin d'être idéal. L'appartement protégeait Joe comme une sorte de cercle magique et, d'après moi, lui avait fait peu à peu oublier ce qu'était le travail acharné et ce que l'on éprouvait à vivre sans filet de sécurité.

Nous étions ensemble depuis neuf ans. Nous passions de bons moments, bien évidemment. Beaucoup de bons moments. Sinon, pourquoi serions-nous toujours ensemble ? Je l'aimais vraiment. C'est juste que, parfois, je me demandais si les autres couples se traînaient ainsi au fond de l'océan, et pour quelles raisons. Parce qu'ils croyaient tous en l'amour ? Parce qu'il n'y avait pas d'autre option ? Lors de nos disputes, j'éprouvais une lourdeur dans mes bras, mon estomac, mes épaules, qui n'avait rien d'une torpeur d'après-midi. Les querelles avec Joe pesaient sur mon corps. Mais plus récemment, je n'étais même plus en colère après lui : c'était devenu trop épuisant. C'était une mauvaise passe ; ce n'était rien. C'était peut-être un nouveau sentiment de résignation qui naissait ; une sensation sous-marine qui n'appartenait qu'à moi. J'avais l'impression de devoir la porter chaque jour. Rompre avec lui était inconcevable. Nous avions traversé ensemble la moitié de notre vingtaine, ce n'était pas négligeable. Kelly avait eu beaucoup de copains, beaucoup d'amants ; pareil pour plusieurs amies d'école. Pas moi : j'avais trouvé mon rocher et je m'y étais accrochée.

Joe n'était pas l'archétype du panier percé ; il ne dépensait pas des sommes folles mais l'argent qu'il possédait était consacré aux « investissements » pour l'entreprise. Et l'amour était moins attrayant quand j'étais la seule à me souvenir de maintenir un stock correct de papier toilette, à organiser quelques repas au restaurant, ou deux semaines de vacances en été, et la seule qui pensait à acheter une jolie bougie ou un coussin en guise de pathétique marqueur de maturité dans notre existence partagée. Mes grands-parents m'avaient légué un peu d'argent et j'en avais investi la moitié dans Joerritos sans en parler à mon père. Il y avait peu de chances qu'il puisse me léguer le moindre bien.

Ma colère s'affûtait, me devenait plus nette et accessible. Personne ne s'en doutait. J'étais douée pour tout garder en moi. Mais dès que je voyais un chef à la télé présenter des échantillons de spécialités gastronomiques mexicaines (où l'on ne parlait d'ailleurs jamais de burritos), ou évoquer la civilisation maya ou arpenter des ruines aztèques, je changeais de chaîne. Je m'étais mise à détester les burritos. J'éprouvais l'échec du lancement de l'entreprise chaque matin en partant pour mon service au Clean Bean, et à chacun de mes retours. La camionnette continuait à rouiller dans l'allée de la maison des parents de Joe, où sa mère avait accepté de la garder à condition qu'elle reste sous une bâche afin que personne n'en voie sa hideuse couleur d'orange brûlée. Elle payait aussi les taxes automobiles et les assurances. Je ne crois pas que le père de Joe l'ait su.

Une année s'était transformée en deux, l'héritage du grand-père de Joe était presque entièrement dépensé et nous en étions au même point : à goûter des recettes de burritos, à dire que nous tenterions cette foire agricole ou cette fête de village. C'était un terrible angle mort qui provoquait nos disputes seulement quand nous étions très ivres car si je m'avisais d'insulter la camionnette, cela revenait à attaquer l'existence même de Joe, et tous ses espoirs – cela revenait à piétiner ses rêves et à moquer ses tentatives de réussite. Il se montrait d'une sensibilité manipulatrice dans cette histoire, et je savais qu'un faux pas suffirait à retarder l'horloge à burritos encore davantage.

*

Je n'étais pas inquiète pour notre déjeuner chez les parents de Joe car si je ne m'y amusais jamais vraiment, j'étais en territoire connu. Joe avait une sœur, Daisy, de trois ans plus jeune que nous mais déjà mariée et mère de deux enfants qui attiraient une grande partie de l'attention et me permettaient d'éviter d'être l'objet d'un examen trop minutieux. C'était depuis longtemps une source de tension pour Daisy, qui avait tout fait correctement : de bonnes notes à l'école, une année sabbatique avant la fac, un diplôme universitaire et une formation qualifiante, du saut à l'élastique pour des associations caritatives, un marathon, un mariage avec un époux solvable, deux enfants, les kilos en trop de ses grossesses déjà perdus – et Joe, qui n'avait rien fait de tout ça, était de façon imperceptible mais pourtant évidente le préféré des parents. J'avais rencontré les amis de Daisy à son mariage avec Radek, et ils étaient aussi compétitifs qu'elle. Comparée à eux, Daisy se plaisait à croire qu'elle était un peu anticonformiste, car elle fumait parfois de l'herbe et elle s'était fait tatouer un petit symbole de paix dans la partie intérieure de son bras. Elle n'avait rien d'anticonformiste et le symbole de paix ressemblait au logo de Mercedes-Benz. Elle avait travaillé à la City comme son père avant d'avoir ses enfants. Radek y était encore, il y travaillait chaque heure que Dieu faisait. Je passerais aussi mon temps dehors, si j'étais marié à Daisy.

Au cours de ces déjeuners dominicaux, nous parlions souvent de la scolarité de Lucia, six ans, ou des fièvres de bébé Wilf. La mère de Joe était médecin généraliste. Son père, Ben, était censé prendre sa retraite d'une structure financière où il exerçait un poste de direction que je n'avais jamais très bien compris. La relation avec Ben était plus facile, une vie entière passée à réseauter et à projeter sa voix à travers des salles de comité faisait de lui une compagnie plutôt prévisible et manipulable. Dorothy, elle, était plus compliquée. J'avais toujours eu l'impression qu'elle estimait que Joe n'avait pas atteint son « potentiel », et que c'était moi, en quelque sorte, qui n'avais pas réussi à l'y mener. Il est même possible qu'elle estime que c'était entièrement ma faute. Récemment, cela me rendait rebelle et irritable. *C'est sa mère : elle était là en premier !* pensais-je.

*

Alors que nous approchions de la maison de Ben et Dorothy, la camionnette à burritos était là, cachée sous sa bâche. Je sortis de mon sac les roses que j'avais achetées à la station Shell et en décollai l'étiquette. Nous passâmes près de la camionnette sans un mot et filâmes directement vers la porte d'entrée, pour y soulever le heurtoir en cuivre.

Lucia vint ouvrir. Elle portait sa bombe d'équitation rouge. « Tu as la taille parfaite pour un jockey, lui dis-je en entrant.

— Je sais ! » lança-t-elle avant de galoper dans le couloir sur son cheval invisible, jusqu'à la grande extension qui abritait la cuisine. « Ils sont arrivés ! hurla-t-elle.

— Salut ! cria Ben depuis le salon.

— Bonjour, Ben ! » dis-je d'un ton enjoué. Il apparut sur le seuil et nous nous embrassâmes sur la joue.

« Je peux vous servir à boire ? demanda-t-il en tapotant l'épaule de son fils.

— Un verre de rouge, avec plaisir, dis-je.

— Ouais, moi aussi, dit Joe qui traîna les pieds vers la cuisine comme s'il avait quatorze ans.

— J'apporte ça tout de suite », dit Ben, et il descendit l'escalier de la cave. Ils avaient une cave à vin mais ils n'auraient jamais employé ce terme. Ils auraient juste dit qu'ils avaient quelques portants à bouteilles.

Je suivis Joe, passai devant l'horloge ancienne et prétentieuse, puis le portrait studio de Daisy adolescente. Il y avait aussi d'innombrables photos de classe, et les collages d'apparence innocente mais savamment organisés des vacances en famille à travers les années 1990, tout le monde découpé dans des maillots de bain à rayures, Dorothy arborant une chevelure permanentée peu avantageuse. Je sentis un voile épais de claustrophobie m'envelopper, et je m'arrêtai un instant pour souffler.

« Ah ! dit Dorothy. Les voyageurs sont de retour ! »

Je lui souris et lui fis la bise. « Voilà pour vous, dis-je en lui tendant les roses.

— Oh, merci ma chérie. Oh, elles viennent du Maroc ! Je me demandais bien comment une rose pouvait pousser ici à cette époque de l'année. Lucia, tu veux les mettre dans un vase ?

— Je fais du cheval, dit Lucia.

— Ça te prendra une minute, à peine.

— Je m'en charge », dis-je. Je repris les roses, consciente que leur identité nord-africaine avait suscité la désapprobation de Dotty : empreinte carbone ou racisme ? Difficile à dire.

« Comment ça va ? demanda-t-elle.

— Bien, merci », répondis-je, alors qu'une gêne se mêlait à ma claustrophobie et s'installait rapidement au centre de mon estomac. Daisy apparut à la porte de la cuisine. « Salut ! » dis-je.

Elle me fit la bise, elle aussi. « Salut, Rose.

— Où est Rad ? »

Daisy leva les yeux au ciel. « Enterrement de vie de garçon. Ils devraient pourtant être déjà tous mariés, à cet âge.

— Ouais.

— Mais en fait, c'est un remariage. Ils sont bien mieux assortis, cette fois-ci. »

Dorothy soupira. « Tu peux appeler ton père et lui demander qu'il vienne couper la viande ? Mais qu'est-ce qu'il fabrique en bas ?

— Je crois qu'il est allé chercher du vin, dis-je.

— Non, il essaie d'enregistrer un truc sur Sky, dit Lucia.

— Encore ? Va le faire pour lui, Lucia. Je ne veux pas que ça refroidisse. Vous êtes arrivés juste à temps, tous les deux », ajouta Dorothy, mais elle ne regardait que moi.

*

Au déjeuner, nous discutâmes essentiellement du mariage d'un couple que personne ne connaissait sauf Daisy. Je regardais ses lèvres bouger et remarquais combien elle paraissait exténuée. J'essayais de me retrancher en moi-même, songeant à Constance Holden qui s'était peut-être entichée de ma mère, mais Daisy avait une voix insistante et, comme elle ne cessait de jacasser, je me mis à rêver d'un changement de sujet. Des glaires dans les poumons de Wilf, ou du programme scolaire de Lucia, ou la dernière fois que cette dernière avait surpassé ses camarades de classe – (« même si c'est mieux de la laisser avec eux parce que c'est très important qu'elle sache interagir avec les enfants de son âge »). J'eus une vision soudaine de ce à quoi Lucia pourrait ressembler d'ici quinze ans. Je la vis sans amis, une intello complètement paumée. C'était moche. Je contemplais la salle à manger à la décoration quelconque, les portraits pompeux des lointains ancêtres victoriens de Dorothy. L'horloge ancienne tinta dans le couloir.

« Et en parlant de mariage, vous en êtes où, tous les deux ? » demanda Daisy alors que je débarrassais les assiettes.

Joe se raidit et j'affichai un sourire neutre. « Vous vivez dans cet appartement depuis tellement longtemps ! » continua Daisy d'une voix gaie. Je n'étais pas dupe. « Quand est-ce que tu vas faire d'elle une honnête femme, Joe ?

— Oh mon Dieu, dit Joe.

— C'est juste une *question*.

— C'est une question de merde ! rétorqua Joe. Et si je suis heureux comme ça ? »

Daisy renâcla. « Maman est un cochon ! » s'écria Lucia, et je ne pus réprimer un rire.

« Donc vous ne croyez pas au mariage, tous les deux ? demanda Daisy. Ce n'est pas grave si c'est le cas !

— Oh, mon Dieu. *Merci,* Daisy. Pendant une seconde, j'ai eu peur que tu désapprouves notre choix », se moqua Joe. Mais sans même parler de la maladresse indiscrète de Daisy, je fus troublée de voir à quel point Joe était furieux. « Maman, lâcha-t-il. Dis-lui de la fermer. Elle fait toujours ça. C'est ridicule.

— Mais tu n'aspires pas à la *sécurité,* Rose ? » demanda Daisy.

Je la dévisageai. Que pouvait-elle bien savoir de la vie de son frère ? Ne voyait-elle pas qu'à l'exception de l'appartement avec ses quatre murs et son toit Joe ne m'apportait pas le moindre sentiment de sécurité ? Que ces jours-ci, ses offrandes émotionnelles étaient floues et incertaines, imbibées de ses propres préoccupations ? Peut-être que non. Peut-être que tout était bien dissimulé aux yeux de ceux qui ne voulaient pas voir. J'éclatai de rire, ne sachant pas quoi faire d'autre.

« Rose, pourquoi tu te moques toujours de moi ? demanda Daisy.

— Je ne me moque pas, dis-je. Promis. »

Elle m'observa avec animosité. Dorothy intervint. « Daisy, bon sang, repose donc ce verre de vin. Tu es fatiguée. Elle est tellement *fatiguée* », me dit-elle directement comme si j'avais provoqué cette projection brouillonne d'insécurité et de bile chez sa fille adulte. « Les enfants en bas âge sont si épuisants.

— Comment veux-tu qu'elle le sache ? répliqua Daisy.

— *Daisy*, la coupa sèchement Dorothy. Va t'asseoir au salon.

— Non mais *putain…* », dit Joe.

Ben gardait le silence. Daisy se leva et sortit de la salle à manger avec des airs de duchesse blessée. Je savais par mes amies que les enfants en bas âge étaient épuisants mais aucune d'elles ne se comportait comme ça quand elles étaient fatiguées. Je me demandais si Daisy n'était pas dépressive.

« Ils ont des problèmes, chuchota Dorothy.

— Dotty, intervint son mari, prenant enfin la parole avec un ton d'avertissement, les yeux rivés sur Lucia.

— Oh, bref, ajouta Dorothy avec un sourire. Tout le monde a des hauts et des bas. »

Il y avait quelque chose de condescendant dans sa voix qui m'agaça. Daisy n'aurait pas dû s'en sortir aussi facilement après ce qu'elle m'avait dit, mais ce fut pourtant le cas – c'était toujours le cas.

« Papa, on va voir la camionnette ? » proposa Joe.

Dorothy, Wilf, Lucia et moi fûmes abandonnés parmi les restes d'un sempiternel déjeuner dominical. « Lucia, ma puce, va dans la salle de jeux et trouve-nous un puzzle à faire ensemble, dit Dorothy.

— Je déteste les puzzles, Mamie.

— On les déteste tous, ma chérie. Mais obéis à Mamie. »

D'un geste mécanique, Lucia posa son feutre et se laissa glisser au bas de sa chaise comme si elle se déversait au sol.

Dorothy soupira encore. « Comment va ton père, Rose ? » Elle posait toujours la question en ces termes – jamais « Comment va Matt ? ».

« Il va bien, merci. Il est en Bretagne. »

De l'index, Dorothy suivait les contours d'une pivoine brodée sur la nappe, encore et encore. « J'imagine que tu lui manques.

— Il est avec Claire.

— Tu vas y aller pour Noël ? »

J'éprouvai aussitôt un sentiment de danger. Dorothy aimait organiser les fêtes de Noël en amont. Voulait-elle que j'aille en France à Noël ? Était-ce une tentative pour m'éloigner de son fils ? « Non, je ne pense pas. Je vais rester avec Joe. Où qu'il soit. »

Dorothy leva les yeux sur moi. Quelle expression ! C'était si étrange. Je me sentis démunie en la regardant, comme si un halo de défaite entourait sa tête. Et qui semblait descendre vers ses yeux, lui fermer les paupières. « Noël », murmura-t-elle.

Mes yeux se posèrent sur son verre de vin. Était-elle ivre ? *Noël* – la façon dont elle avait prononcé le mot, je vis cette époque de l'année approcher à nouveau tandis que nous amorcions le dernier quart de l'année. Toutes ces dynamiques invariables que Dorothy traversait depuis plus de trente ans se remettraient en place – les mêmes disputes, les mêmes chants, la même dinde. Je le percevais dans sa voix. J'avais envie de tendre le bras et de lui prendre la main, lui dire qu'elle n'était pas obligée de faire tout ça – laissez Joe cuisiner, laissez Daisy tout organiser ! –, mais je m'abstins. Dorothy ne sollicitait pas ce genre d'intimité. Même après tant d'années, j'avais toujours un statut d'invitée ; je ne me sentais jamais intégrée à leur famille.

« Tout va bien, Dorothy ? demandai-je. Vous voulez un verre d'eau ?

— Non, non, merci. » Elle leva les yeux vers moi et je la vis reprendre le dessus. « Oh, Rose, j'espère sincèrement qu'ils n'auront pas trouvé plus de rouille sur la camionnette. »

8

Zoë avait raison au sujet de *L'Invasion de sauterelles* et je le dévorai. *Toutes les femmes ont droit au privilège de l'échec, mais peu en jouissent vraiment*, écrivait Constance. *C'est un privilège de commettre des erreurs monumentales et d'obtenir une seconde chance comme si rien ne s'était passé. Les hommes le font sans arrêt, puis on les châtie en tant qu'individus. On pense aussitôt aux politiciens. Aux hommes d'affaires. Aux assassins. Ces démons blancs qui détruisent notre monde. Les femmes sont des démons aussi, bien sûr. Mais quand une femme foire quelque chose, c'est souvent au nom de toutes les autres femmes, comme si nous évoluions au sein d'une même sphère. Et pourtant, nous devrions avoir le droit de foirer ! L'inhibition dans la vie d'une femme est pire qu'une invasion de sauterelles !*

J'aimais l'audace de ses points d'exclamation. J'aimais le livre tout entier. Mais Constance s'y montrait universellement politique. Je voulais son aspect personnel. *Les femmes sont des démons aussi, bien sûr*. Je voulais connaître ses erreurs à elle – les erreurs monumentales qu'elle avait commises dans sa vie, et les liens qu'elles avaient avec ma mère. Je repensai à ce qu'avait dit mon père, comment Elise avait été envoûtée.

J'avais également fait des recherches plus poussées sur Internet. Constance Holden n'était pas dans l'annuaire : son adresse avait été retirée du domaine public et je ne pouvais donc pas simplement me présenter à sa porte. Ses livres, eux, étaient bien référencés sur Internet. D'après une critique, *Lapin Vert* montrait « une femme, une autrice dans l'âge d'or de son écriture : fluide, alarmante, évoluant sans effort entre douleur brute et défiance peinée ». Il avait gagné plusieurs prix littéraires l'année de sa parution, et s'était depuis vendu à plus d'un million d'exemplaires. Dans les deux livres, Holden semblait préoccupée par la relation mère-fille, l'amour, la nature et les conditions des châtiments émotionnels, et les occasions manquées. *Cœur de cire* avait été adapté à l'écran et le film, *Terres de cœur*, connaissait un succès indémodable. L'actrice principale avait gagné un oscar – la légendaire Barbara Lowden. Le livre n'avait jamais été en rupture de stock mais Constance n'avait plus rien écrit depuis *Lapin Vert*. D'après certaines coupures de presse, elle n'avait pas souffert du syndrome de la page blanche, elle avait simplement encaissé son pourcentage des recettes au box-office de *Terres de cœur* et pris sa retraite. Cela ne me semblait pas logique mais, de toute évidence, elle n'avait plus jamais rien publié.

Je découvris qu'en 1997 on avait tenté d'interviewer Constance. Un journaliste de l'*Observer* avait voulu faire comme moi – comprendre pourquoi quelqu'un chercherait ainsi à disparaître au sommet de sa gloire. Son agente, une dénommée

Deborah Clarke, avait refusé de coopérer, visiblement à la demande de Holden. Le journaliste remarquait que Holden avait toujours été « évasive » à propos de son enfance, remettant souvent en question l'intérêt de peler les différentes peaux de son passé quand les ouvrages suffisaient à jouer le rôle de codes pour déchiffrer une vie vécue. D'après le portrait brossé par le journaliste, Constance avait accordé une interview à l'époque de la sortie de *Cœur de cire* qui demeurait aujourd'hui introuvable sur Internet, dans laquelle elle avait évoqué un père dans l'armée, une existence nomade à déménager au fil de ses stationnements, sans jamais rester en place assez longtemps pour pouvoir s'enraciner. « Mais les racines ont quelque chose de conservateur, de toute façon », citait le journaliste en tirant la phrase de cette précédente interview : « Le rôle des racines est de nous mettre en place, et de nous y maintenir. » D'après le journaliste, Connie ne s'était jamais mariée, elle ne mentionnait jamais de compagnon ni d'enfants. Tout ce que le journaliste avait pu déterrer, c'était qu'à une époque Holden était partie vivre en Amérique, puis peut-être en Grèce, et enfin dans un obscur cottage quelque part dans la campagne du sud de l'Angleterre. Il n'avait retrouvé la trace d'aucun ami, d'aucune famille. L'épicier du village où vivait apparemment Connie s'était montré « brusque » et « protecteur », ce qui avait convaincu le journaliste qu'elle était effectivement dans les parages. Puis la piste s'était stoppée net. Personne n'avait accepté de l'aider. Le journaliste avait tourné cet inconvénient à son avantage, faisant de son article une mystérieuse énigme littéraire. Mais il n'apportait aucune résolution finale.

L'article remontait à vingt ans, et personne n'avait plus jamais pris la peine de chercher.

*

Je relisais l'introduction de *L'Invasion de sauterelles* au Clean Bean en attendant l'arrivée de Kelly, quand elle franchit tant bien que mal la porte du café avec sa fille, Molly. Mon cœur se gonfla à leur vue, si familière, si chaleureuse.

Kelly n'avait jamais été la plus appliquée à l'école, mais elle était de loin la plus intelligente et la plus flexible. Nous formions un curieux duo car j'étais bien plus intello et timide, mais nous nous adorions. Elle tirait une certaine joie de mon étrangeté, et moi de ses capacités. Alors que nous traversions tous des périodes d'effroyable panique à l'idée d'intégrer la bonne université, Kel estimait que d'ici dix ans nos lettres de motivation n'auraient franchement aucune importance comparées à ce qui suivrait. *Mais !* comme le faisaient remarquer d'autres amis en l'absence de Kelly, *elle peut se permettre de dire ça, Kel. Elle, elle a du* CHARME.

En réalité, si charmante soit-elle, Kelly avait travaillé très dur pour se maintenir la tête hors de l'eau, sans l'aide de sa famille, sans aucune relation. Elle avait grimpé les échelons un à un, avant d'atterrir sur l'île paradisiaque qu'avait été son métier en milieu de vingtaine : un boulot d'assistante styliste, puis directrice artistique d'un magazine influent. Elle était ensuite devenue une icône d'Instagram – @thestellakella : reine du goût, experte en collaborations diverses, avec plusieurs milliers d'abonnés. Les boutiques de meubles et de prêt-à-porter commençaient à ressembler à l'intérieur de la maison de @thestellakella – difficile de savoir exactement à quel moment la frontière s'était brouillée, mais c'était le cas. Contrairement à tant d'autres opportunistes d'Internet, Kel bénéficiait du poids et des preuves de son expérience passée. Puis il y avait eu Dan, qui est aujourd'hui son mari, le genre de gars Instagrammable qui affiche une détermination infaillible depuis l'âge de cinq ans – bien que Kelly répète sans cesse qu'à leur première rencontre *Le mec ne savait même pas se faire cuire une patate*. Puis il y avait eu Molly. *Je n'aurai jamais d'autre enfant*, avait affirmé Kelly après la naissance de Mol. *Plus jamais*.

Mol avait désormais quatre ans, et Kelly devait accoucher de son second bébé en mars.

Mol s'installa sur une chaise, sortit ses crayons et son carnet, puis s'immergea aussitôt dans son propre univers. Elle dessinait une maison carrée et la remplissait d'impitoyables traits fuchsia ravissants. Elle ne s'en tint pas aux bordures de la maison, la couleur s'échappa des murs, dans toutes les directions. Nous aurions tout aussi bien pu être absentes, deux adultes dont la présence était d'une telle évidence qu'elle n'aurait rien remarqué si nous nous étions changées en statues de sel.

« Elle était un peu grognon tout à l'heure, chuchota Kelly en s'asseyant.

— Tu veux quelque chose, Mol ? » demandai-je. J'avais déjà commandé deux cafés crème à Zoë, me souvenant que Kelly ne tournait qu'au déca.

« Non merci, Rose », répondit Mol.

Je regardai la fillette, sa tête baissée. J'aimais être avec elle – surtout les balades dans les parcs. Mol, qui courait toujours devant, s'accroupissait avec aisance pour ramasser des brindilles couvertes de lichen, ou une feuille particulièrement splendide. Son centre de gravité était si bas qu'elle se baissait et se redressait comme un jouet à ressort. Elle avait déjà le regard aiguisé de Kelly ; mon amie avait encouragé dans son esprit en formation l'importance de l'observation, le plaisir et l'émerveillement à percevoir les choses intéressantes du quotidien, à les sortir de leur contexte et à les transformer en baguettes magiques, en couvertures féeriques, autant de matières idéales pour une séance de travaux manuels et de collage une fois de retour chez elles. Je connaissais bien ces œuvres car je les suivais sur Instagram quand je n'arrivais pas à les accompagner au parc. J'avais vu des feuilles éclaboussées de peinture dorée qui avaient récolté plus de vingt-cinq mille likes.

Zoë apporta les cafés et contempla Kelly et sa fille d'un regard rayonnant. Les gens faisaient souvent ça, avec ces deux-là – elles paraissaient si parfaites, exactement comme devraient l'être une mère et sa fille. Je m'apprêtais à prendre ma tasse. « Attends », dit Kel, et je compris ce qui s'annonçait. La tête de Mol était parfaitement positionnée entre les deux tasses, et Kelly avait déjà sorti son téléphone. « Continue à dessiner, ma chérie », dit Kelly mais c'était comme si Mol ne l'avait même pas entendue : elle était si habituée au téléphone qu'elle n'y prêtait plus attention. Une fois la photo prise, Kel fit défiler trois ou quatre filtres avant de trouver celui qui capturait l'instant plus clairement que l'instant lui-même. « Enfant crème », ditelle à voix haute en pianotant les mots en guise de légende pour sa photo, puis elle cliqua sur Envoyer et rangea le téléphone dans son sac. Je me demandai distraitement si elle avait mentionné le lieu et, auquel cas, si le Clean Bean verrait sa fréquentation augmenter dans les jours suivants.

Mol et Dan étaient les contributeurs réguliers mais passifs de l'histoire addictive que Kelly tissait en ligne. Dans mon for intérieur, je pensais toujours que c'était étrange d'instrumentaliser son enfant et son compagnon, de les présenter tous les jours à des inconnus, sans jamais que Mol soit en mesure de donner son accord – mais Kelly était ma meilleure amie et elle faisait bien plus de sa vie que je n'en faisais de la mienne avec Joe. Et une chose était indiscutable : Mol était un contenu idéal. *C'est une communauté,* disait Kel – *de soutien et d'intérêts ! Les filles qui ont commencé à me suivre il y a quelques années se mettent toutes à avoir des enfants. Et ça marche !* Mol était véritablement et agréablement amusante, et Kelly ne semblait jamais d'humeur à discuter les angles éthiques et philosophiques de ses décisions. J'imagine que c'était son choix, et cela ne faisait plus l'ombre d'un doute qu'avec ses publicités et ses parrainages, ses nuits d'hôtel gratuites et le fait que j'avais vu plusieurs femmes en une semaine porter un pull que Kel avait déniché dans une petite boutique de Stockholm – @thestellakella était un phénomène de culture populaire.

« Comment va Joe ? demanda Kelly en tirant sa tasse vers elle. Et comment ça se passe avec Joerritos ? »

Je sentis le poids de ses mots sans pouvoir en juger la température. Je devinais, de diverses façons, que Kelly en avait ras le bol de Joe mais qu'elle se contenait.

« Il va bien. Il discute avec un investisseur. »

Kelly remua son café. « Un investisseur », répéta-t-elle en drainant le mot de toute sa magie.

Je trouvai curieux qu'elle prenne des nouvelles de Joe en premier, mais je ne m'en formalisai pas. « Et comment ça va, toi ? Tu te sens bien ? »

Kelly baissa les yeux vers Mol. « Ouais, ça va pas mal. Les nausées matinales se calment, heureusement. »

Je secouai la tête, incrédule. « Je ne sais pas comment tu fais. »

Elle rit. « Tu pourrais y arriver aussi, Rosie, si tu y étais obligée.

— Tu le penses vraiment ? »

Elle me lança un regard surpris. « Bien sûr. Franchement, si j'y arrive, n'importe qui peut le faire. » Nous savions toutes les deux que c'était faux mais je ne fis aucun commentaire. « Ah, oui, je voulais te dire… Je vais faire évoluer @thestellakella vers un truc de double maternité. On va voir où ça mène. » Elle agita les mains avec fermeté. « De mère d'un enfant unique, à mère de deux enfants – toute une aventure. »

Fascinée, je dévisageais ma plus ancienne amie. Kelly était si douée pour ce genre de choses : fabriquer des histoires simples pour un large public. Kelly donnait l'impression que l'on pouvait s'identifier à elle, mais elle avait aussi une grande assurance ; si ses projets absurdes aboutissaient toujours, c'était parce qu'elle y croyait profondément, et parce qu'elle comprenait que beaucoup de gens étaient perdus de nos jours, qu'ils avaient besoin d'un guide. Moi comprise.

« Ça semble bien, dis-je. Je voulais te demander un truc, en fait. À propos de ma mère.

— Ta mère ? »

Comme avec Joe, l'inquiétude envahit le regard de Kelly, mais je persistai. « Tu te souviens quand on était petites si mon père t'a dit quoi que ce soit sur elle ? Ou évoqué le moindre détail sur elle en ta présence ? »

Kelly tourna la tête pour regarder dehors, par la fenêtre du café. Je voyais qu'elle cherchait la meilleure réponse possible. Elle avait passé de nombreuses heures chez nous après l'école ou les week-ends, elle dormait à l'appartement, mon père nous emmenait au cinéma ou nous déposait au centre commercial. Kelly connaissait ma vie aussi bien que moi, voire mieux. « Pourquoi tu me poses la question maintenant ? demanda-t-elle.

— Quand on était en France, mon père m'a parlé d'une femme que connaissait ma mère. Je crois qu'elles étaient amantes.

— D'accord. » Kelly croisa les bras sur la table. « Ça devient intéressant.

— Écoute. Tu étais tout le temps chez moi. Est-ce que mon père a jamais parlé d'une certaine Connie ? Constance Holden ? Elle a écrit ce bouquin. » Je tapotai la couverture de *L'Invasion de sauterelles*.

Kelly le regarda avec intérêt. « Je suis désolée, Rosie. Non. Ça remonte à trop longtemps. » Elle me contempla d'un air tendre. « Ça va ?

— Oui, ça va. Enfin, j'étais un peu sous le choc.

— Tu en as parlé à Joe ?

— Ouais. Enfin, je n'ai pas tout dit. Je lui ai dit que Constance Holden était une écrivaine que ma mère connaissait.

— Et ? »

Je haussai les épaules. « Que c'était pas grand-chose. »

Elle soupira.

« De toute façon, il n'aime pas beaucoup quand j'évoque trop ma mère.

— Eh bien, je pense que c'est parce qu'on ne sait jamais quoi dire ou quoi faire, Rosie. »

Je baissai le regard vers la table. J'étais à nouveau assise avec mon père sur cette plage bretonne. Je fermai les yeux, me sentant au bord des larmes.

« Tu es sûre que ça va ? demanda Kelly.

— Oh, oui oui. Bien sûr. » Je tendis le bras et lui serrai brièvement la main, sentant les plaques tectoniques de notre amour se déplacer à nouveau.

« Maman, quand est-ce qu'on y va ? » demanda Mol.

Je détournai le regard vers le comptoir où Zoë nettoyait le percolateur, son jeune visage tendu par la concentration, les petits boutons d'acné sur son front semblant souligner sa tendre et adorable beauté. Ma vie me paraissait immatérielle, mais mon corps était comme lesté et je m'enlisais.

*

Après nos au revoir, je décidai de ne pas rentrer directement à la maison. Je sortis du café et allai m'asseoir sur un banc dans un parc adjacent, ressassant la conversation avec mon père. Je ne pensais pas à son commentaire méfiant sur Constance Holden, mais plutôt à cette façon qu'il avait eue de me pousser à apprendre une langue étrangère ou à avoir une compétence particulière, comme si la femme que j'étais aujourd'hui ne suffisait pas. *Je me souviens qu'on te promettait à de grandes réussites !* était un refrain que j'entendais souvent. En réalité, je n'avais connu qu'un véritable événement sismique. Je n'avais pas suffi pour que ma mère ait envie de rester.

Cette évidence avait fini par me rattraper. Elle m'avait rongée et rongée encore jusqu'à ce que je n'aie plus la force de lutter contre le message qui s'était enroulé autour de mon cœur pendant une trentaine d'années. Et à présent, je ne savais plus qui j'étais, ni ce que j'étais censée faire. Je n'éprouvais aucune sympathie envers moi-même. J'avais honte de mon immobilisme et de mon incompétence – parce qu'à dire vrai tout le monde a connu des pertes, des hontes, des pensées obsessionnelles, mais ces gens-là paraissent pourtant s'en sortir. Ils y parviennent, j'ignore comment – ils avancent, ils se fabriquent une vie bien à eux. Je ne m'en étais pas sortie, moi. J'étais captive du fantôme d'une femme, et d'un compagnon qui vivait dans son propre univers fantasmé, et je n'avais rien accompli dans ma vie. Je n'avais pas de Molly, je n'avais pas pléthore d'abonnés Instagram, ni de livre à mon nom, ni de femme avec qui habiter au bord de la mer.

Et puis merde, pensai-je. *Et puis merde*. Je sortis mon téléphone et tapai dans la barre de recherche : *Deborah Clarke, agente littéraire*.

L'inhibition dans la vie d'une femme est pire qu'une invasion de sauterelles.

1982

9

Sur l'autoroute de Los Angeles depuis l'aéroport à bord du taxi envoyé par l'agence de film, Elise, en proie au décalage horaire, rêvait déjà de repartir. *Mais le style de vie là-bas !* lui avaient dit les gens, aussi était-elle restée avec Connie en quête de ce style de vie. À Londres, Constance avait émis des réserves sur ce voyage, elle aussi. Mais à la voir en cet instant, elle qui contemplait l'étendue de la ville derrière ses lunettes de soleil et se tournait de temps à autre vers Elise en souriant, celle-ci se demandait en quoi consistaient exactement les réserves de Connie. Elles avaient reçu un appel de son agente, Deborah, juste avant de quitter l'Angleterre. Barbara Lowden – *la* Barbara Lowden, lauréate d'un oscar à deux reprises, grande dame non seulement dans cette ville mais sur chaque écran de cinéma du monde occidental – avait accepté le rôle de Beatrice Jones. À cette nouvelle, Connie et Elise s'étaient dévisagées, hébétées, avant de pousser des cris et des hourras, et d'aller se prendre une cuite monumentale au pub à 16 heures.

Elise avait lu un article sur L.A. chez le coiffeur, qui décrivait la ville comme un « lieu de rêves étranges et de cocktails baptisés *Brain On*, de boissons aux algues, de joints et de régimes sur mesure à partir du groupe sanguin, de villas dissimulant leurs vérités derrière de sombres portes ». *Est-ce que je pourrais vivre là-bas ?* s'était-elle interrogée. Elle songeait sans cesse à la scène du roman *Le Parrain*, dans laquelle Tom Hagen arrive à Los Angeles pour y rencontrer un directeur de studio de cinéma et aperçoit une jeune fille prépubère qui sort d'un pas titubant du bureau de l'homme, pareille à un faon blessé. Elle pensait à des pattes de faon brisées, à Bette Davis, à Joan Crawford, les longs cils qui masquaient la pauvreté d'une starlette, et comment, malgré tout cela, le glamour ne fanait jamais.

Au-delà de ça, les plages ; oui, le soleil ; et oui, les opportunités à portée de main. Mais, en réalité, Elise ne voulait que Connie. Elle voulait la paix et le calme, et les petits détails de la vie. Connie était solide en ce moment : elle débarquait à Los Angeles avec son célèbre roman ancré en elle, aussi bien physiquement dans son corps que dans son esprit. À l'image d'une amulette, il la protégerait dans un endroit comme L.A., où elle se serait jadis sentie si démunie. Elise n'avait pas d'amulette. Elle n'avait que Connie.

*

À l'instar de toutes les villes, certains quartiers qu'elles traversèrent étaient abjects ; on y trouvait une couche de brume polluée, un air d'esclavage, le flux ininterrompu des voitures. *La santéééé avant tout !* hurlait un panneau publicitaire. Dans le taxi, la radio clamait : « Achetez ! Achetez !

ACHETEZ ! » Les publicités n'en finissaient jamais ; le monde autour d'elle semblait sur le point de l'engloutir. Elles passèrent devant un immense donut métallique tournant, érigé devant un restaurant. Le donut, bulbeux à souhait et aussi haut qu'un éléphant, avait rouillé sur son mécanisme. Paralysé mais très présent, il les surplombait, inquiétant ; Elise tenta de prendre une photo mais le taxi était déjà loin et le donut ne ressemblait déjà plus qu'à un minuscule bonbon à la menthe. Le taxi passa devant un autre panneau publicitaire géant qui enjambait la route. On n'y voyait qu'un visage de femme, immense et immaculé, des yeux superbes, et les mots, LA FEMME DU PRÉSIDENT.

« Oh, mon Dieu ! » s'écria Connie d'une voix aiguë. Elise grimaça. Cette voix aiguë ne lui ressemblait pas. « C'est *elle*. Tu y crois ? C'est Barbara Lowden !

— On devrait peut-être aller voir le film ? proposa Elise.

— On devrait, oui, dit Connie. Je n'arrive pas à y croire. Elle est... Enfin quoi, y a-t-il quelqu'un de plus célèbre qu'elle ?

— La reine d'Angleterre ? Le pape ? »

Connie sourit et réajusta ses lunettes de soleil. « Je parie que les gens ont plus envie de coucher avec Barbara Lowden. »

Barbara Lowden. Bientôt, elles la rencontreraient. Comme cela paraissait improbable.

Silvercrest, le studio qui produisait *Terres de cœur*, avait loué une villa pour Connie. Le taxi atteignit West Hollywood et sillonna les rues silencieuses et fleuries pour s'arrêter enfin devant une bâtisse de style colonial espagnol, calme et immobile, entourée d'une végétation pareille à une jungle discrètement maîtrisée, des sentinelles de cactus adroitement plantés le long des murs, les fenêtres sombres et impénétrables. Elise était ébahie de sentir à quel point la maison de Hampstead lui semblait lointaine, et plus lointain encore le minuscule appartement de Brixton. Tous ces endroits où elle avait toujours été chez elle mais qui ne lui avaient jamais appartenu.

« Tu es prête ? demanda Connie.

— Prête », répondit Elise, sans trop savoir pour quoi elle était prête exactement.

Connie sonna à la porte et quelque part au fond de la villa s'éleva un tintement. En moins d'une minute, une employée vint leur ouvrir en uniforme de femme de chambre. Elle se prénommait Maria, invraisemblablement. Maria était jeune et timide, tout l'opposé de la Mary O'Reilly de Londres.

*

Elise savait parfaitement que la ville ne lui devait rien. Les montagnes étaient là, la plage, la lumière. Elle aimait la lumière, le ciel couleur lavande au crépuscule. Constance et elle s'installèrent face à face dans le salon tandis que Maria préparait le thé. Elles étaient légèrement sidérées, silencieuses. Elles avaient réussi, elles étaient là.

Plus tard, étendue dans le lit gigantesque au bout de la maison sans pouvoir trouver le sommeil, Elise écoutait l'arrosage automatique sur la pelouse. Connie dormait profondément mais Elise était frappée par le souvenir du visage de Maria, son masque de politesse qui ne parvenait pas à dissimuler la fatigue dans ses yeux.

10

« Dans tout Hollywood, les mariages partent en fumée, dit Barbara Lowden. Ici les hommes sont des monstres.

— Vraiment ? demanda Elise.

— On est vraiment des monstres, dit Matt.

— Et les femmes aussi, ajouta Barbara en riant.

— Alors ça, c'est *faux*, rétorqua Shara.

— Mes amis affirment que Los Angeles vous ronge le cerveau, dit Connie avant de porter son verre de gin à ses lèvres.

— Je connais un dealer qui peut t'aider pour ça », dit Matt, et tout le monde s'esclaffa.

Connie pensait sans doute se comporter de façon naturelle devant Barbara mais Elise trouvait qu'elle agissait bizarrement. Afin de célébrer l'imminence du tournage de *Terres de cœur*, elles avaient été invitées à un dîner de bienvenue dans un restaurant appelé Gino's, un établissement de Beverly Hills dans North Crescent Drive à la réputation légendaire – une bâtisse d'un étage en stuc blanc où des bougainvilliers aux floraisons roses éclatantes grimpaient sur la façade dans l'air nocturne. Des bougies éclairaient l'allée menant à l'entrée, une porte verte ordinaire qui s'était ouverte à leur approche, comme mue d'une volonté propre. Leur table était à l'écart près d'un petit bassin dans un patio, un losange turquoise illuminé où des pétales flottaient sans direction particulière.

Ils étaient sept. Connie, Elise ; une amie américaine de Connie rencontrée à l'université, Shara, et son mari anglais, Matt ; un des producteurs du film, Bill Gazzara ; le réalisateur, Eric Williamson, et la pièce de résistance : Barbara Lowden.

Avant de quitter la villa, Elise avait dit à Connie qu'elle doutait vraiment que Barbara soit présente.

« Je pense qu'elle aime être vue », avait rétorqué Connie.

Et maintenant que Barbara était effectivement présente, qu'elle était là devant elles, Connie feignait un flegme qui ne parvenait pas à convaincre Elise. Elise – pourtant habituée aux soirées de théâtre, le théâtre réel, digne et diligent, qui auraient dû l'immuniser contre les effets du glamour – trouvait Barbara absolument à la hauteur de ses espérances. Cette femme était miraculeuse sans être surfaite. Pas artificielle, pas une simple paire de pommettes immatérielles flottant dans l'air, ni même deux yeux notoirement sombres et immenses. Elle était plus que belle : c'était *Barbara Lowden*.

Beatrice Jones, le personnage qu'elle incarnait dans *Terres de cœur*, était une matriarche dévastatrice. C'était un rôle débordant d'esprit et de libido, de magnifiques moments de cruauté infligée et subie qui feraient pleurer d'envie toutes les actrices quadragénaires. Ce genre de rôles ne courait pas les rues.

Barbara Lowden n'était pas quadragénaire. Elle devait avoir entamé la cinquantaine, compte tenu de la longévité de sa carrière, de l'aspect grainé, nostalgique et doux de ses premiers films, mais sa beauté élastique s'était affirmée à mesure que s'écoulaient les décennies.

À regarder Barbara avancer vers la table du restaurant, Elise eut l'impression d'être en présence d'un archange. Et voilà qu'elle descendait s'asseoir parmi les humains ! La tête de Barbara était petite mais léonine, et elle avait le front haut. Ses dents lorsqu'elle souriait – et elle adressa un bref sourire à Elise – étaient larges. Et cette bouche extraordinaire ! Le sourire était criant d'honnêteté. De légères nuances du Sud imprégnaient encore son accent : chaudes, profondes et vibrantes, malicieuses et musicales. Les intonations traînantes de la classe ouvrière qu'elle avait soi-disant eues à ses débuts s'étaient depuis longtemps évaporées. Quand elle s'assit, l'air sembla ondoyer autour de l'espace qu'elle occupait désormais. Son aura poussa Elise à se demander pour qui était réellement ce dîner.

« Alors, comment tu trouves L.A. ? » lança Matt tandis que tout le monde prenait place.

Quelques secondes s'écoulèrent avant qu'Elise comprenne qu'il s'adressait à elle.

Elle avait appris à connaître Matt et Shara au cours des trois dernières semaines. Les deux couples passaient beaucoup de temps ensemble, car Shara et Connie avaient soif de rattraper le temps perdu. Shara avait deux modes de fonctionnement : extatique à la vue de son ancienne amie, ou épuisée par tout. Elle avait proposé de les emmener faire du shopping à Melrose, si elles le souhaitaient. Elle y allait rarement, ces temps-ci, mais elle connaissait les endroits parfaits pour une manucure, un massage ou un soin du visage au jus de kiwi. Shara n'était pas simplement américaine ; Shara était *californienne*. Elle était peintre, issue d'une famille fortunée, elle avait un immense studio lumineux avec vue sur la mer. Elle semblait gentille, et son histoire s'étirait sur six générations intimement liées à cet État, à une époque où la ruée vers l'or avait fait scintiller le soleil, la terre et l'eau, et où les maisons de bois n'avaient rien à voir avec les centres commerciaux et les boissons baptisées *Brain on*. Elise n'imaginait pas que le passé ait pu être plus simple, mais elle était heureuse d'avoir rencontré Shara et Matt, et d'apprendre à connaître les amis de Connie, un fragment de son passé. Cela lui donnait un sentiment de légitimité.

Elle considéra la question de Matt. À dire vrai, elle trouvait l'endroit bizarre. Comme ces lieux étaient étranges, un centre de travail et non de vie, où même la plus simple des fêtes autour d'une piscine revenait à poser des jalons pour un emploi ! Sans compter les sinistres intonations hypocrites des serveuses, les imbécillités plus que douteuses sur les panneaux publicitaires, et une abondance générale, vertigineuse, qui lui était profondément désagréable. *On l'adore ou on la déteste !* avait affirmé Shara à Connie et Elise quand elles avaient visité la maison de Matt et Shara à Malibu ; sous-entendu que si elles la détestaient, elles n'étaient que des Européennes ringardes et arrogantes.

« C'est assez différent », lui répondit-elle.

Matt éclata de rire. « Différent de Londres ?

— De partout.

— Tu es déjà allée à New York ? demanda-t-il.

— Jamais. »

Il la regarda d'un air sérieux. « Je crois que ça te plairait, là-bas. »

Un jour, alors qu'ils étaient chez Matt et Shara en bord de mer et qu'ils contemplaient l'océan, Elise avait été secrètement convaincue d'avoir vu de plus jolis littoraux dans le sud de la France, et le sable de Malibu était abrasif. Elise aimait les talents de conteuse de Connie qui les avaient amenées jusqu'ici, mais elles passaient leur temps à planifier des projets pour le lendemain, sans jamais saisir l'instant présent.

Shara avait l'âge de Connie, tandis que Matt était plus jeune, environ trente ans. Il était plutôt petit, mince, et dégageait une énergie brute et débordante, un visage fin et attirant, l'ombre d'une barbe mal rasée et des cernes sous les yeux. Ses cheveux en broussaille formaient une tignasse fauve négligée. Il était scénariste, apparemment. Connie racontait que Shara l'avait rencontré dans un bar à Manchester et qu'il l'avait suivie ici pour réaliser ses rêves. Jusqu'à présent, aucun de ses scénarios n'avait été accepté. D'après Connie, les parents de Shara avaient d'abord pensé qu'elle avait épousé un lord anglais mais la déconvenue avait été rapide. Matt était très... normal. *Ça le blesse,* disait Connie. *Les Américains peuvent être encore plus snobs que les Anglais. Tous les hommes naissent égaux ? Tu parles.* Ce soir-là, il portait un blazer blanc dont il avait remonté les manches. Il paraissait très agité. *C'est l'argent de Shara,* disait Connie. *Il ne sait pas comment gagner sa vie.*

Les cigales chantaient dans les collines en arrière-plan tandis que le groupe remplissait les verres, et Elise fut déçue de découvrir qu'elle n'était pas assise à côté de Barbara, mais entre Matt et Eric Williamson, qui avait Barbara à sa gauche. Elle croisa le regard de Connie et elles échangèrent un regard conspirateur.

Eric Williamson était petit et lumineux, comme un cristal vibrant près de la table. Il avait les cheveux gris, le visage tendu et bronzé. Il n'avait pas l'air d'un type à porter une casquette et à s'asseoir dans un fauteuil de réalisateur. Il ressemblait davantage à un philosophe dans un corps de professeur de fitness. Il ne paraissait pas vouloir discuter avec elle.

« Tu penses qu'il n'y a que des crétins, c'est ça ? » murmura Matt.

Elise se sentit à découvert. « Non, se défendit-elle. Ce n'est pas ce que je pense.

— C'était aussi ce que je pensais, au début. À mon arrivée. Mais en fait, il faut être intelligent pour survivre ici. J'ai rencontré plus d'hommes et de femmes brillants ici que n'importe où ailleurs dans le monde. Et j'ai visité beaucoup d'endroits dans le monde. Évidemment, *certains d'entre eux* sont cons comme des balais, continua-t-il avec un sourire. Mais il faut avoir plus d'idées, d'enthousiasme et de ténacité qu'on peut imaginer.

— Il faut aussi veiller à ne pas se laisser trop influencer », l'interrompit Barbara en apparaissait soudain derrière eux, une main sur le dossier de la chaise de Matt. Elise se raidit à cette proximité. « Des fois que ça te revienne en pleine gueule, tu vois ? » ajouta Barbara. Elle tenait sa cigarette entre deux doigts et la fumée s'enroulait dans les cheveux de Matt.

Il se tourna vers elle, l'air détendu. « C'est noté, dit-il.

— Je voulais juste que ce soit clair, dit Barbara. Ça me semblait nécessaire.

— Vous ne croyez pas qu'Elise devrait faire un essai sur caméra ? demanda Matt en se tournant pour s'adresser à la table tout entière.

— Moi ? demanda Elise.

— Avec ton visage, dit-il.

— Juste avec mon visage ? » demanda-t-elle, et tout le monde s'esclaffa. Barbara regagna sa chaise. « Je ne suis pas actrice, continua Elise.

— Il suffit de bien savoir mentir, répliqua Matt.

— Hé là ! dit Barbara, mais elle souriait.

— Je dirais que les écrivains doivent bien savoir mentir, et les acteurs, eux, doivent être honnêtes », affirma Connie.

Shara suçota un quartier de citron et le laissa retomber dans son verre de vodka tonic.

« Donc tu sais bien mentir, Connie ? » demanda Elise.

Connie la regarda. « La plupart du temps. Je sais aussi bien dire la vérité.

— Est-ce que tu considères Londres comme chez toi, Elise ? » s'enquit Shara. La lumière tamisée du patio s'attardait sur ses épaulettes blanc crème et sur le collier d'ambre posé sur son décolleté bronzé. L'emphase sur les mots *chez toi*, la façon insistante dont Shara les avait prononcés et la conversation de Connie en menteuse avisée mettaient Elise mal à l'aise.

« Je m'enfuis souvent », dit-elle.

Matt rit et Elise crut percevoir un éclat de déception dans les yeux de Shara. Elise n'était pas certaine que Shara puisse concevoir une vie entière à déménager, ni l'absence de parents, ni le confort pervers de l'auto-apitoiement lorsqu'on n'arrive jamais là où l'on est censé être. « Enfin, dit-elle, j'avais l'habitude de m'enfuir souvent. Avant Connie. »

*

Le décor de *Terres de cœur* avait été transposé en Amérique. Londres était devenu New York, et les monts Catskill remplaçaient désormais la campagne anglaise. Les prises de vues extérieures – le village de Beatrice, la forêt avoisinante, l'appartement de sa fille Gaby à Greenwich Village – seraient filmées in situ. Toutes les scènes intérieures seraient tournées dans les studios de Silvercrest. Le roman de Connie devait ainsi être disséqué et écartelé sur toute la largeur d'un continent, afin d'être ensuite recollé pour former un ensemble final cohérent.

« Est-ce que ça te dérange, Connie ? demanda Barbara. Qu'il soit devenu américain ? »

Connie étudia un instant la question. « Je retournerai mon chèque dans la plaie », dit-elle, et tout le monde s'esclaffa.

« Alors, mesdames, vous allez rester toutes les deux dans les parages pour la durée du tournage ? voulut savoir Bill Gazzara. Vous seriez les bienvenues, évidemment. »

Elise ne put déchiffrer l'expression de Connie – du moins au début – et cela ne lui plut pas.

« On ne sait pas encore, répondit Connie. On ne voudrait pas s'imposer. »

*

Barbara fut bonne actrice, ce soir-là. Elle n'était pas dupe. Matt avait raison : on ne survivait pas longtemps à L.A. en étant idiot. Elle devait savoir que sa présence allait être bénéfique au film. D'après la légende, Barbara avait eu quatre maris – en vérité, elle était aussi célèbre pour ses mariages que pour son jeu d'actrice. On lui attribuait souvent la citation *J'aime les hommes mais je n'arrive jamais à en manger un entier*. Personne ne savait cependant si elle l'avait réellement prononcée. Elise l'observa déguster son cocktail de crevettes avec délicatesse. Comme Shara, une vodka-tonic pétillait devant elle : Elise n'avait pas vu les verres arriver ; elle était aveugle aux petits détails mais avait une conscience paranoïaque de tous les aspects plus larges. Un serveur lui versa du vin blanc, elle regarda le liquide frais former une pellicule de condensation sur le verre, attendant désespérément qu'on apporte le repas. Barbara, Connie et Eric parlaient à présent de *Cœur de cire* et du thème principal de l'ouvrage, comment une personne peut renaître sans être morte pour autant.

« Je crois en ce genre de réincarnation, affirma Barbara. Sauf qu'on n'est pas obligé de renaître pour commettre indéfiniment les mêmes erreurs. Il y a quelque chose en nous qui se répète sans cesse.

— Quand il s'agit de la tequila et moi, j'aurais tendance à être d'accord, dit Bill.

— Il faut voir de quel côté tombe la pièce de monnaie, dit Eric. Il faut avoir de la chance.

— Le passage à côté du cercueil, Constance. Quand Bea dit à Gaby qu'elle la déçoit ? *Bon sang*, lâcha Barbara.

— Oh, appelez-moi Connie, s'il vous plaît. »

Bill poussa un gloussement. « C'est *incroyable*. Mais pourquoi est-ce qu'elle ne réplique rien ?

— Bea est plus intéressante que sa fille, déclara Shara. Gaby – oh cette femme ! Je ne pourrais jamais la supporter.

— C'est juste une enfant, dit Matt. Lâchez-lui les baskets.

— Eric et moi, nous avons travaillé quatre fois ensemble, dit Barbara en levant son verre en direction d'Eric. Nous nous connaissons *très bien*. Je te connais très bien, Eric. Ça va être palpitant. Ça va être un excellent film. Mais c'est dommage que tu n'aies pas pu avoir Derek Yelland derrière la caméra.

— Barb, il a quatre-vingt-quatre ans, rétorqua Eric. Il a fait un infarctus l'an dernier. Laisse-le un peu souffler.

— Derek ne l'aurait pas fait, de toute façon, dit Bill. Je lui avais proposé *Jours de gloire* mais sa femme refuse qu'il reprenne le travail. Elle ne le laisse même plus quitter le ranch. Je crois qu'il est bridé.

— C'est probable, dit Eric. Quoi qu'il en soit, ça ne lui correspondait pas. Je l'adore, ce type, mais ça remonte à quand la dernière fois que Derek a tourné un film avec des scènes aussi intimes que l'exige ce film-là ? C'est simple : tout le monde gémit de plaisir ou se met sur la gueule.

— Je ne vais pas souvent au cinéma », avoua Connie.

Barbara afficha une grimace théâtrale à son intention, se cachant les yeux d'une main. « C'est une *attaque* ou quoi ? » demanda-t-elle, mais elle porta la main à sa tempe et pointa l'autre vers

Connie d'un geste ridicule, afin que tout le monde saisisse qu'il s'agissait d'une plaisanterie. « Vous aviez l'air tellement anglaise !

— Nous autres, les Anglais, on ne fait pas de film, répliqua Connie. On préfère se raconter des histoires autour d'un feu de bois dans les marais sous une pluie battante.

— C'est sûrement mieux, dit Barbara. Tant de films sont un ramassis de conneries.

— Ce que je cherchais, dit Bill pour tenter de ramener l'attention à lui, et ce que j'ai *obtenu*, c'est quelqu'un qui sait raconter une histoire, qui est apprécié des acteurs mais qui possède un sens de l'épique qui va au-delà des personnages individuels évoluant dans l'intrigue. Quelqu'un qui a une vision débordante, mais qui sait aussi la traduire pour une femme au foyer de l'Ohio ou une infirmière à Detroit ou un homme d'affaires londonien. » Il posa les mains fermement sur la nappe comme s'il s'agissait d'un autel. « Il nous fallait une personne au grand cœur. Au lieu de ça, on a eu Eric ! » Tout le monde rit. « Je blague, mon pote. C'est un plaisir absolu que tu fasses ça avec nous. On est tous ravis, à Silvercrest. »

La compagnie sembla touchée par cette affirmation et savoura l'instant : un réalisateur de films doté d'un cœur. On trinqua.

« Mauvaise ville pour avoir un cœur », déclara Barbara avec un rire sec tandis qu'elle allumait une cigarette. L'éclat de la flamme, l'aisance naturelle de son inhalation – *C'est une réplique de film ?* s'interrogea Elise. Son timing était trop parfait.

Ils levèrent leurs verres à la remarque de Barbara. Puis à Barbara, puis à *Terres de cœur* et finalement à Connie – le plus plaisant des toasts,

« car sans toi, Connie, déclara Bill, rien de tout ça n'aurait pu exister.

— Oh, je suis sûre que vous auriez trouvé un autre roman, Bill », répliqua Connie, mais Elise voyait qu'elle était touchée et heureuse.

Les hors-d'œuvre furent servis. Elise n'était pas sûre de savoir qui les avait commandés mais ils étaient là – terrines, minuscules salades et architectures délirantes de mousses qui pouvait être avalées en une seule bouchée. Elle imagina des pâtes. Peut-être qu'elles viendraient ensuite ? Barbara déclina tout : elle se suffisait visiblement de cocktail de crevettes et de vodka-tonic.

« Ursula Inning était enthousiaste à l'idée de jouer ta fille, dit Eric. D'après moi, elle ne faisait pas l'affaire. »

Barbara fronça les sourcils. « Urse ? Elle voulait jouer ma *fille* ?

— Heureusement qu'on a eu Lucy Crenshaw.

— C'est qui, déjà ? demanda Barbara.

— Oh, elle est *magnifique*, dit Shara.

— Elle a quel âge ? s'enquit Barbara.

— Dix-huit ans, répondit Eric.

— Oui, et bientôt vingt-huit ans, murmura Bill.

— Dans quel film je pourrais l'avoir vue ? » demanda Barbara.

Eric leva les yeux au ciel. « Tu vois *très bien* qui c'est, Barb, dit-il. C'est la fille de Chubby Crenshaw. Elle a abandonné ses études à Juilliard pour le tournage de *Destin rouge*.

— Chubby Crenshaw ? » renâcla Connie en se couvrant la bouche pour réfréner un rire.

Shara la dévisagea. « *Charlotte* Crenshaw – tu sais, la mannequin ?

— Non, désolée. Je ne vois pas du tout, dit Connie.

— Mariée au compositeur Tom Crenshaw ? persista Shara. Ça fait des années qu'elle a pris sa retraite, ils gèrent un élevage de lamas à Topanga. Et c'est au tour de sa fille de faire parler d'elle.

— Mais comment tu sais tout ça, bon sang ? lâcha Matt.

— Grâce aux magazines, dit Shara.

— Moi, je me contente d'écrire les romans », soupira Connie.

Elise avait l'impression d'être à table depuis quinze ans.

« Et pourquoi Lucy n'est pas là ce soir ? demanda Barbara. Si c'est ma fille ?

— Elle termine un tournage dans l'Est. Elle sera de retour la semaine prochaine.

— Et les hommes ? fit Barbara. On a déjà le rôle principal, les gars ? Qu'est-ce qui prend tant de temps ?

— Tu as l'embarras du choix, dit Eric.

— Chéri, j'ai toujours l'embarras du choix. » Barbara semblait génétiquement incapable de ne pas donner à ses conversations la tonalité d'un dialogue de comédie loufoque. « Trouvons des gars du théâtre, dit-elle. Pas de camés, par pitié. C'est vraiment insupportable.

— Je suis d'accord avec toi, dit Eric. Totalement d'accord.

— C'est impossible de trouver tout en un seul homme. Je n'y arrive jamais. Je veux la bite de l'un et l'esprit d'un autre, et je ne trouve jamais ces deux foutues choses-là au même endroit. »

*

Au grand bonheur d'Elise, il y avait des pâtes en plat de résistance ; des farfalles au jarret de bœuf ou des tagliatelles aux courgettes et haricots cannellini. Elle prit une portion de chaque. Les hommes aussi, et Connie. Shara opta pour le plat végétarien, portant de petites rondelles de courgette à sa bouche, tournant les rubans de pâtes dans son assiette, encore et encore, comme si elle préparait le repas au lieu de le manger. La conversation sur les acteurs s'estompa, les convives changèrent de place, allumèrent des cigarettes, commandèrent des brandys et divers desserts. Ils évoquèrent Reagan et Thatcher d'un ton plutôt détaché, la nourriture semblait les avoir mis sous sédatif et personne ne faisait trop d'efforts.

« Il n'a pas été acteur aussi, par le passé ? demanda Elise.

— Il était meilleur dans son ancien boulot », répliqua Barbara.

La soirée perdait peu à peu sa structure. Connie et Barbara se dirigèrent vers la fontaine, bras dessus bras dessous comme les femmes d'un roman de Jane Austen. Elise regarda Connie s'adresser à Barbara et la faire rire. Bill et Eric étaient encore à table, s'écartant de la nappe souillée, discutant du scénario rédigé par un nouveau prodige new-yorkais nommé Daniel Stein. Matt les écoutait et Elise se demanda ce qu'il éprouvait. Daniel Stein avait vingt-six ans et il était déjà mis à l'honneur. « Il est doué, dit Bill. Il a lu le roman de Connie et... il le pige totalement, et il en a fait un scénario qu'on a juste envie d'embrasser. Tu sais, Barb a adoré le roman, mais elle n'aurait jamais signé sans le scénar de Danny. Il a réussi à faire chanter le texte. »

Shara se leva de table pour aller aux toilettes. « Chéri », dit-elle en posant la main sur l'épaule de Matt. Mais elle n'ajouta rien.

Matt et Elise la regardèrent disparaître dans le bâtiment principal. « Tu écris ? lui demanda-t-il en se détournant de Bill et Eric.

— Non, répondit-elle. Tu travailles sur quelque chose, en ce moment ?

— Ces derniers temps, c'est surtout de la poésie, dit-il.

— Wouah. Et tu as déjà été publié ?

— Dans de petits magazines, surtout locaux. Tu devrais venir surfer un dimanche. Si jamais tu t'ennuies.

— Je ne m'ennuie pas.

— Ça risque de t'arriver.

— Je n'ai jamais surfé de ma vie.

— Je t'apprendrai.

— D'accord. »

Matt ne regardait pas Elise en cet instant, mais en direction de la fontaine et de la lente progression de Barbara et Connie. Les femmes étaient indifférentes à tous les autres, tête contre tête, jusqu'à ce qu'un serveur vienne chuchoter à l'oreille de Barbara. « Mon chauffeur est arrivé », dit Barbara d'une voix forte. La soirée arrivait à son terme et il était à peine 21 heures. Shara revint des toilettes, un sourire aux lèvres. Ils se levèrent tous pour se dire au revoir, mais on s'adressa naturellement à Barbara avant tout. Chacun embrassa la star d'une bise légère, pareil aux membres d'une famille habitués à un rituel particulier. Elise s'exécuta aussi, sentant le contact légèrement moite de sa joue, les effluves de vanille et les arômes de Marlboro.

« Téléphone-moi, dit Barbara à Eric. Connie ! s'écria-t-elle en prenant la main de Connie. C'était comme rencontrer une âme sœur. »

Connie sourit. « Le plaisir était pour moi.

— J'ai hâte de donner à Beatrice la passion qu'elle mérite.

— Merci.

— On va se revoir bientôt. »

Barbara lâcha la main de Connie. Elle adressa un sourire à Elise. Puis elle disparut.

*

Dans le taxi qui les ramenait chez elles, Connie et Elise disséquèrent la soirée. « Je crois que c'était un des soirs les plus dingues de ma vie, dit Connie.

— Je ne savais pas que Matt était poète », dit Elise.

Connie s'esclaffa. « Matt et sa foutue poésie. »

Elise grimaça au ton de Connie, et cette dernière dut sentir qu'elle avait dépassé les bornes. « Elise, tu ne connais pas ses poèmes. Il les lit parfois à voix haute pendant les dîners. Tu es carrément obligée de poser tes couverts pour l'écouter. Tu imagines si je faisais pareil, moi ?

— Shara m'a paru un peu bizarre, dit Elise. Matt semblait l'agacer.

— Elle n'est pas sortie depuis un moment.

— Oh ? Pourquoi ? »

Connie gardait le regard rivé sur le paysage derrière la vitre. « Elle a fait une fausse couche, l'année dernière. Elle était enceinte de six mois.

— Oh, mon Dieu.

— Ça s'est mal passé. Matt n'a pas su gérer.

— Comment ça ? »

Connie soupira. « Je ne sais pas exactement. Mais il n'a pas été présent à ses côtés.

— Pourquoi ce serait à lui de gérer mieux que Shara une chose pareille ? »

Connie garda le silence un moment. « C'est vrai. Mais d'après ce que j'ai pu entendre, il n'a pas essayé de comprendre ce que ça lui avait fait, à elle. Shara… s'est repliée sur elle-même et il n'a pas insisté. Et maintenant, je crois qu'elle le lui fait payer.

— On n'imaginerait pas ça d'elle, en la voyant.

— Barbara n'est pas la seule à avoir des talents d'actrice. » Connie passa le bras autour d'Elise, qui vint se blottir contre son épaule.

« Ce n'est la faute d'aucun des deux, dit Elise.

— Non, bien sûr que non. Ça a dû être affreux. Mais c'est la façon dont tu rebondis, après. Elle a mon âge, Elise. Elle a trente-huit ans. Lui, il a encore des siècles devant lui. Si je lis bien entre les lignes, cette grossesse était inespérée pour eux. »

Elise ferma les yeux et songea qu'au cours des soirées il y avait invariablement des conversations non partagées. Matt et Shara, et leur bébé invisible, perdu tel un fantôme au sein de leur couple. Elise se demanda si Shara éprouvait encore une douleur dans son corps, ou si c'était désormais uniquement dans sa tête, un invité occasionnel qui la guidait au bas d'un escalier qu'elle était la seule à pouvoir emprunter.

11

Le lendemain, Elise était assise au bord de la piscine de leur maison, jambes dans l'eau, et songeait à sa mère. Elle avait sept ans quand Patricia Morceau s'était appuyée au plan de travail de la cuisine et avait expliqué à sa fille qu'elle avait une boule bizarre dans le cerveau. Les chirurgiens la lui avaient retirée, ainsi que la parole, et si Patricia avait réappris à parler, son discours était erratique, bien différent d'avant. Elle n'avait plus aucun filtre. Ni Elise ni son père ne savaient jamais ce qu'elle risquait de déverser ; des paroles douces ou empoisonnées.

Quelques semaines après l'opération, la famille avait assisté à la fête de fin de représentation d'une pièce pour laquelle Patricia avait réalisé les costumes. Si le changement n'était pas perceptible à première vue, il l'avait été quand Elise avait regardé sa mère attentivement. Ses yeux étaient différents. Ils avaient été jadis sombres, bleu-gris, mais ils avaient pâli, comme passés à l'eau de Javel. Ses pupilles étaient minuscules et ne semblaient plus alignées. Sa mère était partie.

Elise bougeait les jambes de gauche à droite dans l'eau bleu clair en se remémorant la façon dont Patricia l'avait clouée sur place lors de la réception, avec ces yeux-là, comme si elle devait imposer à sa fille un changement qu'elle-même refusait. Elise n'avait pas su comment réagir avec sa mère, dont le crâne recueillait désormais les drains boueux d'un bassin rocailleux. Elle avait envie de lui dire quelque chose – n'importe quoi – qui puisse l'aider, mais Patricia lui faisait comprendre avec dureté qu'il n'y avait rien à dire ni à faire. L'extraction de la tumeur avait fait exploser les repères maternels. Il n'y avait plus de bavardages anodins, tout semblait vain. Ce fut bientôt Elise qui perdit ses mots, et elle ne pouvait rien faire d'autre que de garder en elle cette compassion indésirable.

Dès que Connie l'interrogeait sur sa défunte mère – et elle le faisait fréquemment –, Elise avait le sentiment de pouvoir lui dire la vérité, qu'elle n'avait jamais partagée avec personne. Elle raconta à Connie comment la tumeur était réapparue deux ans plus tard, et que cette seconde occurrence avait été trop destructrice, trop lourde, et que sa mère en était morte. *Je suis tellement, tellement désolée*, avait dit Connie. *Elle doit te manquer*.

À l'époque, Elise avait menti et rétorqué qu'on finissait par s'y habituer. Elle avait affirmé que tout allait bien, maintenant, que ces choses-là arrivaient. À la stupéfaction d'Elise, Connie semblait avoir accepté ces propos, permettant ainsi de maintenir la légèreté dans leur relation.

Je dois être une bonne menteuse, pensa-t-elle en agitant les jambes dans l'eau.

« Cet endroit aurait plu à ma mère », dit-elle à voix haute. Dès qu'elle eut prononcé ces mots, elle sentit flancher sa voix. Qu'était-il en train de lui arriver, ici ?

Connie, qui protégeait sa peau pâle sous un parasol à la table et écrivait dans un carnet, regarda dans sa direction.

« Pardon ?

— Je pensais juste à Shara, dit Elise.

— Pauvre Shara.

— Elle tenait vraiment à avoir ce bébé ?

— Oui, j'en suis certaine. Sa sœur en a quatre, je crois.

— Et toi, ça t'arrive de penser à un bébé ? demanda Elise.

— Tu veux dire, à avoir un bébé moi-même ? » Connie posa son stylo. « Plus trop, maintenant. Avant, oui. J'aimerais bien ne plus avoir mes règles, que ça ne pose plus jamais de problème. Qu'est-ce qui te fait penser à tout ça ?

— Je te l'ai dit, lâcha brusquement Elise. Shara.

— D'accord, répondit Connie avec douceur. Bon, puisque tu poses la question. Je ne veux pas être mère, Elise. Je n'en ai pas le temps. Ça semble exiger beaucoup de travail. Je ne suis pas plus intéressée que ça. Je ne l'ai jamais été, en fait. J'aime bien leurs petits pieds et leurs petites oreilles. J'aime leur beauté. Mais ils finissent par grandir et leur unique but est de te quitter. C'est comme ça. Pour être honnête, Elise, je trouve ça déchirant. D'imaginer que quelqu'un puisse me faire subir ce que j'ai infligé à mes parents.

— Donc en résumé, tu es une grande sentimentale qui ne veut pas avoir le cœur brisé.

— Ah ! Je ne sais pas. » Connie fit une pause, l'air pensif. « Il y a autre chose, qui n'est pas si simple à expliquer.

— Qu'est-ce que c'est ?

— Eh bien, d'après ce que j'ai pu voir, chez les gens autour de moi qui ont des enfants, quand les enfants sont petits, tu es plus ou moins contraint de vivre dans l'immédiat. C'est une sorte de vigilance constante. Tu es toujours concentré sur l'instant présent, sur les tâches en cours.

— Oui, c'est sûrement vrai.

— Et je suis certaine que les parents pensent à l'avenir. Mais l'écriture, c'est exactement l'inverse. Je vis dans des espaces temporels différents. Je vis dans un présent fictif, et j'invente sans cesse un avenir – et je réimagine le passé.

— Tu ne penses pas que les parents font ça, eux aussi ?

— Peut-être. Mais ils sont obligés de revenir dans un présent ordinaire. Moi, non. Du moins pas aussi souvent. Et j'ai vécu tellement de temps là, dans ma tête, que je ne suis pas sûre d'avoir envie de renoncer à mes libertés fondamentales. »

Elle est si brillante, pensa Elise. *Et elle ferait une très bonne mère.*

« Et puis, continua Connie. J'aime la beauté de tant de choses. La beauté des enfants, à mon sens, ne supplante pas la beauté ou la satisfaction de ces autres choses.

— Tu oserais tenir ces propos publiquement ? »

Connie grimaça. « Mon Dieu, non. On ne me laisserait plus jamais parler d'autre chose. De même, ils ignorent tous que je suis homo. Tu imagines un peu ? Ça n'en vaut pas la peine, putain.

— C'est logique alors que tu ne veuilles pas d'enfant. » Elise se laissa glisser dans la piscine et fit des longueurs. Elle nageait la brasse, la tête hors de l'eau.

« Je ne sais pas si je dois être vexée ou contente, dit Connie. Pourquoi c'est logique ?

— Parce que tu es toi. »

Elise plongea et ouvrit les yeux. Sous la surface, le monde était dilaté et brouillé, d'un bleu encore plus éclatant. Elle s'imagina capable de respirer sous l'eau. Vivrait-elle là si elle le pouvait – pas là, prisonnière d'un rectangle chloré, mais dans l'océan comme une sirène, une longue nageoire, évoluant entre les récifs ? Ses poumons étaient douloureux ; elle remonta. Connie était agenouillée au bord de la piscine et semblait préoccupée. « Et *toi*, tu en as envie ? demanda-t-elle.

— Envie de quoi ?

— D'avoir des enfants ?

— Je ne sais pas, Connie. » C'était la vérité.

« Tu es trop jeune, de toute façon.

— Non, c'est faux. »

Connie soupira, ce qui agaça Elise davantage. « Tu ne devrais pas me dire ça, rétorqua-t-elle. Que je suis trop jeune. Tu le dis souvent. J'ai presque vingt-trois ans. »

Connie faillit répliquer mais se ravisa. Puis elle dit : « Tu *es* jeune, mais pas *trop* jeune. Je suis désolée. » Puis elle retourna à son carnet de notes, à l'ombre.

12

Elles décidèrent de rester à West Hollywood pendant le tournage des scènes en intérieur de *Terres de cœur*. Quinze jours s'étaient encore écoulés ; elles étaient à Los Angeles depuis maintenant six semaines. Pendant cette période, elles avaient passé trois jours à San Francisco et un week-end prolongé à Monterey qui avait inclus un détour par Salinas car Connie voulait voir où avait vécu Steinbeck. « Tu y vas pour trouver l'inspiration ? avait demandé Elise.

— Non, j'y vais parce que je suis curieuse. »

Les lieux qu'elles avaient visités étaient époustouflants. La taille des séquoias, les vues sur l'océan depuis les falaises, le soleil pareil à une déesse de juillet dorait la crête des vagues et les épaules humaines avant le crépuscule qu'accompagnaient les cris de chouettes et d'autres créatures nocturnes. Elise aurait voulu s'attarder dans la forêt mais elles parcouraient l'autoroute et dormaient dans des motels, et Connie les emmenait partout en voiture, à toute vitesse. Elise imaginait qu'elles étaient deux femmes à l'époque de la

Frontière, orpailleuses en butte aux humiliations des hommes venus faire fortune ici, eux aussi.

Parfois, quand Connie écrivait, Elise sortait un carnet et s'y essayait à son tour. Rien ne venait. Cette situation lui était presque physiquement douloureuse. Comment Connie faisait-elle ? Elle s'en sortait si bien, ici, sans cesse en train d'écrire, sans doute à propos du lapin vert, mais elle n'en disait jamais rien. Elle s'était même liée d'amitié avec Barbara Lowden. Les deux femmes se retrouvaient – afin de discuter du personnage de Barbara, affirmait Connie. Elle insinuait que c'était parfois épuisant, mais quand Elise faisait remarquer qu'elle n'avait pas à céder au moindre caprice de la star, Connie rétorquait qu'elle ne cédait à rien du tout.

« Tu ne trouves pas ça bizarre ? demanda Elise. De la regarder ? »

Connie éclata de rire. « Non. C'est un être humain. Un être humain très drôle. Elle est célèbre depuis si longtemps qu'elle se comporte différemment avec les autres. Je trouve ça fascinant. »

Elles ne s'étaient pas encore accordées pour savoir si elles lèveraient le camp avec l'équipe de tournage à destination des Catskill mais le séjour à Los Angeles, et en Amérique plus généralement, semblait extensible à l'infini. Elles allaient souvent à Malibu rendre visite à Shara et à Matt. Ils s'asseyaient tous les quatre autour d'un feu de camp, les épaules enveloppées de châles, le visage réchauffé par les flammes, sous les étoiles qui constellaient le ciel, et Elise observait le couple, imaginait leur douleur secrète.

Ce fut Matt qui suggéra de passer deux jours dans le parc national de Joshua Tree. « Ce n'est qu'à trois heures d'ici, dit-il. Et attendez de voir les étoiles, *là-bas*. Et les rochers. »

Elise l'écoutait avec admiration tandis qu'il parlait des silhouettes qu'ils formaient, de leurs couleurs changeantes au soleil couchant.

« Pas question, dit Connie. Je ne veux pas mourir sous les dents d'un coyote.

— Tu n'apprécies pas la tranquillité de la forêt, Connie ? » demanda Shara.

Connie fit la moue. « C'est comme dans l'espace. Personne ne t'entendra hurler si tu es en train de mourir.

— C'est un peu exagéré, dit Matt.

— Il n'y a rien à faire dans la nature, franchement, poursuivit Connie. Sauf peut-être lutter contre l'affreuse certitude de l'ennui qui nous guette.

— J'aimerais beaucoup y aller », dit Elise. Mais la conversation était déjà passée à autre chose et personne ne sembla l'entendre.

*

Elise avait remarqué que Connie et Matt ne discutaient presque jamais ensemble – quand cela leur arrivait, ce n'était ni difficile ni glacial, mais Connie cautérisait chacune de ses tentatives pour engager la conversation.

« Tu as un problème avec Matt ? » lui demanda-t-elle un jour, sur le chemin du retour de Malibu. Elles avaient désormais une voiture de location longue durée, et le tapis de sol était plein de sable rapporté par les semelles d'Elise, impossible à nettoyer.

« Matt ? Il est sympa, dit Connie. Je pense simplement que Shara n'aurait pas dû l'épouser.

— Pourquoi ?

— Il est médiocre.

— Ah bon ?

— Tu ne trouves pas ? Il ne parle que des endroits qu'on devrait visiter, ou qu'il a déjà visités. Ça m'insupporte.

— Il veut *partager*, Connie.

— Il veut se *vanter*. Je peux aller au foutu parc de Joshua Tree sans lui. »

Connie était devenue plus impitoyable dans leurs nouvelles relations sociales, songea Elise : impressionnante et éblouissante, certes, mais aussi trop critique des manies d'autrui. Peut-être cela venait-il de la relation qu'elle avait nouée avec Barbara Lowden – une sorte de transplantation d'assurance, à travers une certaine osmose. Ou alors de la conviction que Matt n'avait pas suffisamment soutenu Shara après la fausse couche. Peut-être avait-elle raison, pensa Elise : peut-être la paix se trouvait-elle dans l'attention portée à son épouse, plus que dans le cœur d'un plant de peyotl. Et Matt, alors ? Qu'avait-il éprouvé pendant tout ce temps ? Quelqu'un avait-il seulement pris la peine de le lui demander ?

« Tu savais que Shara s'appelle en fait Sahara ? Mais elle a retiré le premier "a" pour agacer sa mère hippie, et pour essayer de paraître normale, dit Connie dans un rire. Elle est arrivée comme une tornade à l'université de Manchester, tu peux me croire.

— Mais qu'est-ce qu'elle foutait à Manchester ?

— À cause du boulot de son père. Elle a passé la

moitié de son enfance en Angleterre. Mais c'est ici qu'elle a trouvé sa place.

— Et Matt, il a trouvé sa place ici ? »

Connie lui décocha un regard en coin. « À toi de me le dire. »

Connie n'avait pas besoin de lui faire un dessin. Une fracture tangible s'était formée entre Matt et Shara – Elise le voyait bien, comme le perçoit si souvent un enfant issu d'une union malheureuse. Shara était dure et entêtée, et Matt paraissait agité, trop enjoué, surinvesti dans divers projets allant de l'arrosage de leurs cactus les nuits de pleine lune à la préparation d'excursions. Puis il devenait maussade, méditait sur l'injustice du monde, les difficultés de la vie. Elise compatissait ; elle avait l'impression que Matt se sentait intellectuellement supplanté par Connie comme elle l'avait été, un jour – et elle n'arrivait pas à tisser de liens avec Shara. Elle appréciait l'enthousiasme de Matt et les efforts qu'il faisait envers elle, alors que si peu de gens s'en donnaient la peine.

Un jour, Shara invita Elise et Connie dans son atelier pour leur montrer ses tableaux. Les femmes entrèrent avec trépidation. L'endroit était vaste et lumineux, et partout des toiles étaient posées contre les murs. Les tableaux étaient grands et abstraits, la plupart couverts d'assemblages de cercles à demi perceptibles.

« Avec ceux-là, dit Shara, l'index pointé, je voulais faire un commentaire sur l'immanence de la maternité. »

Elise ne savait pas quoi répondre, mais Connie acquiesça de la tête. Qu'est-ce que Connie peut bien connaître de la foutue immanence de la maternité ? se demandait Elise, mais elle se rappela aussitôt qu'une moitié du travail de Connie consistait à être curieuse, et l'autre moitié, à afficher un air d'autorité.

« Celui-là, Shar, dit Connie. J'aime beaucoup celui-là. » Elle montra une des plus grandes toiles. Elise scruta les nuances infinies de ces cercles, pareils à des yeux plantés dans les siens, mais cessa rapidement son observation : un vide qui cherchait à l'entraîner vers le fond.

« Prends-le, dit Shara.

— N'importe quoi, répliqua Connie. Je te l'achète.

— Vraiment ?

— Vraiment. »

Elise traîna dans l'atelier, convaincue qu'elle devait les laisser seules. Elle repensa au jour de son vingt et unième anniversaire, Connie et elle avaient pique-niqué à Hampstead Heath, près de l'endroit où leurs regards s'étaient croisés pour la première fois. En plus de la tourte au porc et de la saucisse achetées chez le boucher, Connie avait préparé un gâteau au chocolat. Elise se rappelait cette sensation inédite d'être choyée, enfin – sentiment mêlé à un désir physique débordant, en contraste avec le panier de pique-nique digne du Club des Cinq et les bouteilles de soda au gingembre qu'avait apportés Connie. À son anniversaire suivant, Connie leur avait acheté des billets pour une représentation de *Beaucoup de bruit pour rien* au National Theatre. « Afin que tu aies une soirée libre et que ce soit ton tour d'être accompagnée à ton siège par une ouvreuse », lui avait dit Connie. Penelope Wilton tenait le rôle de Béatrice et Michael Gambon celui de Bénédict. Connie et Elise avaient ri, s'étaient tenu la main dans le noir.

Elise éprouva soudain un éclair irrationnel de haine envers Connie, de se trouver ainsi prise au piège. Elle aurait voulu avoir trente-huit ans, se faire offrir des tableaux par ses amis américains. Elle aurait voulu rouler au volant d'une voiture en direction de West Hollywood. Elle aurait voulu vivre au bord d'une plage à Malibu. Mais elle n'était qu'une simple spectatrice. Rien n'était à elle. Et en l'espace d'un seul instant, Connie pouvait lui retirer le peu qu'elle possédait.

2017

13

J'étais assise dans le salon de notre appartement, les yeux rivés sur le Post-it chiffonné où j'avais griffonné le numéro de l'agente littéraire, Deborah Clarke. *Bonjour, je suis une grande fan de Constance Holden !* Ça ne fonctionnerait jamais – c'était bien la dernière personne que son agence autoriserait à approcher. J'imaginais que Deborah Clarke ne devait plus y travailler car le temps avait passé, et cela jouerait sûrement en ma faveur – mais quelle que soit la personne chargée des affaires de Constance Holden, il y avait peu de chances qu'elle me transmette la moindre information. *Bonjour ! Je crois que Constance a un lien avec la disparition de ma maman, j'aimerais beaucoup lui parler – vous pensez qu'elle serait disponible ?*

J'envisageai, rien qu'un instant, de dire la simple vérité. Donner le nom de mon père, dire que je voulais juste rassembler les différentes pièces du puzzle de ma petite enfance. Imaginez un instant – être honnête, tout simplement. Je n'avais jamais pris cela en considération. Tout ce que j'avais en tête, c'était mon père qui me disait d'avancer prudemment avec elle, qu'elle était forte là où ma mère avait été faible, et que Constance refuserait peut-être en bloc de me parler d'Elise Morceau.

J'allais m'inventer un nom, décidai-je. Une identité simple et neutre qui pouvait facilement se perdre dans les méandres d'Internet. Laura et Brown, deux noms répandus pareils à une paire de serre-livres, qui pouvaient aisément dissimuler une vraie vie. C'était bien sûr tentant de prendre un alias exquis du genre Miranda, Isabella ou Penelope, accolés à un nom de famille comme Storm ou Montgomery, mais c'était risqué. Je cherchai l'agence littéraire sur Internet. Ils avaient une assistante, Rebecca Forrester, et par chance en cette époque de transparence, son adresse mail et son numéro de téléphone étaient communiqués sur la page.

Je m'appelais Laura Brown et je voulais écrire une lettre à Mme Holden. Où devais-je l'envoyer ? Je pianotai les chiffres sur mon téléphone et attendis. Au bout de trois sonneries, quelqu'un décrocha. « Clarke et Davies, Rebecca à l'appareil, que puis-je pour vous ? dit une femme à la voix agitée.

— Bonjour, Rebecca. » J'avais un ton idiot, décontracté. Je fus prise de panique et mon esprit se tétanisa. « C'est au sujet de Constance.

— Ah, Dieu merci vous me rappelez ! dit-elle, hors d'haleine.

— Je...

— Attendez une seconde. » Un bruit de froissement se fit entendre à l'autre bout du fil. « Vous avez déjà trouvé quelqu'un ? demanda Rebecca. Elle commence à s'impatienter.

— À s'impatienter ?

— Bon, ne lui dites pas que je vous en ai parlé, continua Rebecca. Mais elle a refusé tous les autres candidats et nous ne savons plus trop quoi faire.

— Non, oui, bien sûr, lâchai-je, prise de vertige.

— Alors, vous avez trouvé quelqu'un ? Il nous faut quelqu'un de toute urgence. »

Mon cerveau turbinait à plein régime. J'ignorais totalement de quoi parlait Rebecca mais je savais qu'en lui refusant ce qu'elle voulait je risquais à mon tour de la voir refuser ma demande. « Oui, dis-je.

— Fantastique. Vous pouvez m'envoyer ses coordonnées et son CV ?

— Si je peux vous envoyer ses coordonnées et son CV ? répétai-je pour essayer de gagner du temps et m'éclaircir les idées.

— Oui ? ! »

Je tentai de me ressaisir. « Bien sûr. Bien sûr. Je vous les envoie par mail ?

— Oui, dit Rebecca d'un ton plutôt impatient. Vous pouvez le faire tout de suite ?

— Tout à fait. Par contre, je travaille à domicile aujourd'hui. Le message sera envoyé de mon adresse personnelle. De... » Je m'interrompis. Une bouteille de sauce pimentée McIntyre était posée sur la table de la salle à manger, oubliée là parce que Joe n'avait pas débarrassé. « Il sera envoyé de mcintyre0553@gmail.com. » Ma tête pulsait. « Ça vous convient ?

— Bien sûr, dit Rebecca. Je l'attends. Je vous rappelle après l'avoir lu. Il faut que je file à un rendez-vous.

— Pour être honnête... Vous pourriez plutôt me faire un retour par mail ? C'est que, mon bébé dort et le téléphone la réveille toujours. »

Putain, pensai-je. *Mais qu'est-ce que je fous, putain ?*

« Pas de souci. On se recontacte. » Elle paraissait de plus en plus stressée, comme si elle devait résoudre cinquante-cinq autres problèmes dans la journée. Elle raccrocha.

Je venais de déclencher quelque chose, mais j'ignorais quoi. Le projet avait besoin de lumière et d'eau. J'étais abasourdie par la vitesse à laquelle j'avais tissé mon mensonge. J'ouvris le clapet de mon ordinateur portable et m'attelai à concevoir un CV pour Laura Brown. Je n'arrivais pas à croire que j'étais en train de le faire, mais pourtant si, j'inventais tout avec une facilité déconcertante.

Laura Brown avait mon âge. Elle avait étudié à la même université, la même matière. Si tentant soit-il de lui octroyer une carrière inhabituelle et ambitieuse, je préférai rester dans un domaine fictif plausible afin de ne pas être prise au dépourvu dans le rôle d'une diplômée en physique lauréate d'un prix Nobel junior, ou d'une traductrice de romans russes.

Cela dit, j'améliorai ses résultats et lui attribuai une mention très bien.

Puis je me rendis à l'évidence que, dans ma précipitation hébétée pour concocter cette comédie au téléphone, je n'avais même pas essayé de comprendre à *quoi* candidataient les candidats. J'allais devoir le deviner, au risque de tout faire capoter avant même d'avoir commencé. Une aide à domicile pour Constance ? Du secrétariat ? C'était ridicule. Je pris une profonde inspiration. *On va faire un mélange*, pensai-je, et je ne m'étais pas sentie aussi vivante depuis des mois.

Laura Brown avait été bénévole dans des œuvres caritatives, avait été employée trois ans en librairie, puis elle avait travaillé comme assistante dans une école du Costa Rica. J'étais abasourdie de constater à quelle vitesse mes inventions jaillissaient. Je trouvais des adjectifs pour décrire Laura bien plus aisément que je n'en trouvais pour moi-même. Elle était appliquée, enthousiaste, positive, méticuleuse. Comme moi, elle consacrait son temps libre à de longues promenades.

Pour finir, ce ne fut pas le CV qui me posa problème, mais la création de la fausse boîte mail. Je pénétrais plus profond dans la forêt en direction de Connie et cela aurait très mauvaise allure si j'étais prise en flagrant délit – mais je ne voulais semer aucun petit caillou dans mon sillage. Je priais pour que personne n'ait déjà choisi l'adresse mcintyre0553@gmail.com. J'eus de la chance, si l'on pouvait parler de chance dans ce scénario.

De : mcintyre0553@gmail.com
À : rebecca@clarkeanddavies.com

Rebecca,
Merci d'avoir pris mon appel. Veuillez trouver ci-joint comme convenu le CV de Laura Brown. Laura sera ravie de rencontrer Constance pour ce poste, et de discuter avec elle de toutes ses exigences. C'est une candidate fabuleuse, elle vient juste de se libérer sur le marché du travail, à la suite du départ de son employeur à l'étranger. Il était fort déçu de la perdre ! Laura est digne de confiance, avenante et touche-à-tout, nous estimons qu'elle serait un atout idéal et flexible pour votre cliente.
Dans l'attente de vos nouvelles.
Bien cordialement.

Je ne signai pas. Rebecca mettrait peut-être cela sur le compte d'une étourderie de ma part, rapport à mon bébé grognon fictif, et avant d'avoir le temps de faire machine arrière, je cliquai sur

Envoyer. Quelle folie si facile. J'éteignis mon ordinateur et sortis marcher, comme si le fait de laisser derrière moi l'équipement technologique coupable pouvait me libérer de ma déception et de mon désespoir. J'errai quinze minutes dans le petit parc au bout de notre rue et quand je rentrai à l'appartement, Joe était assis dans le canapé et feuilletait un mensuel culinaire. « Salut, dit-il. Tu as une idée pour le dîner ?

— Salut », dis-je. Je m'installai à côté de lui et je l'embrassai sur la joue. « Non, pas d'idée. »

Joe ne réagit pas. « Tu es allée voir Kelly ? demanda-t-il. Elle va poster des photos en direct de l'accouchement sur Instagram ?

— Bien sûr que non. » Mais je m'interrogeai néanmoins. « C'est dingue qu'elle ait encore un bébé. On dit toujours que ça te prend après trente ans. Mais moi, à trente ans, je n'avais pas du tout envie d'un enfant.

— Non, ça c'est sûr, répondit Joe.

— Tu n'en voulais pas non plus.

— Et *on*. C'est qui, *on* ? continua Joe. Ça vient quand ça vient. »

Je savais qu'il ne comprenait pas ce que je voulais dire, pas totalement. Le corps de Joe n'avait jamais vraiment changé. Oui, il était plus poilu et plus gros – mais à bien y regarder, il était plutôt resté le même, aussi bien dedans que dehors. Pour moi, qui avais été choquée par les premières douleurs inhabituelles de mon bas-ventre à douze ans, par le sang qui s'était mis à couler, moi qui avais passé mes examens de A-levels cinq ans plus tard, pliée en deux par la souffrance – qui, chaque mois comme la lune, semblais gonfler et dégonfler, et qui sentais ces différentes nuances de moiteur interne prédisant soi-disant ma fertilité –, je connaissais l'intérieur de mon corps mieux qu'il ne connaissait le sien. Les inconnus dans la rue ne l'avaient jamais détaillé avec intensité comme ils m'avaient détaillée, moi. Et j'avais atteint un stade où mon corps risquait de ne plus remplir ses fonctions, de ne pas produire un être humain avant qu'il ne soit trop tard.

« La passion me manque, Joe, déclarai-je soudain. Entre nous deux.

— Ouais », répliqua-t-il, mais je ne parvenais pas à déterminer s'il s'agissait d'un ton d'accord, de défaite, ou les deux. « Sauf qu'elle ne peut pas durer éternellement.

— Tu es sérieux ?

— Je ne vois pas comment c'est possible.

— Certains y arrivent, pourtant. » Je me demandais ce que représentaient *beaucoup* de relations sexuelles, en quantité.

« Si tu avais un bébé, tu l'appellerais comment ? » demanda Joe en refermant son magazine.

Nous avions déjà eu cette conversation, elle était généralement très abstraite, hypothétique, distante. Mais quelque chose dans sa voix m'alarma.

« Difficile de trouver un nom quand on n'a pas encore rencontré la personne, dis-je. Mais il faudrait que ce soit quelque chose qui ne suscite pas de moqueries. Quelque chose qui ne soit pas en rapport avec moi. Je ne pige pas pourquoi les gens donnent des noms bizarres à leurs enfants. Donner un nom débile à ton enfant, c'est tellement injuste. » Joe paraissait amusé. « Quoi ? Je le pense franchement.

— C'est ce que je vois.

— Oh, les gens peuvent bien baptiser leurs

enfants comme ils veulent. Jaune, Hamburger, Pissenlit. Je suis mal placée pour juger.

— Hamburger, c'est pas mal.

— Hammie ! Descends de cette balançoire !

— Ça sonne plutôt bien. »

Ce qui nous fit rire. On s'entendait bien. Vraiment. Quiconque nous aurait vus en cet instant, assis là dans notre canapé, aurait pu penser, *Oui, ils ont tout compris*. Et peut-être que c'était le cas. Peut-être que les compromis perpétuels et les frustrations, ce sentiment chronique que votre vraie vie vous attendait au détour d'une rue – ou derrière vous sur la route après avoir manqué une intersection –, peut-être que tout cela n'était qu'une condition pour vivre, et plus encore, pour essayer de vivre en compagnie de quelqu'un d'autre ?

Si vous me posiez la question *Aimes-tu Joe ?*, je répondrais oui. Mais je n'aimais pas la personne que j'étais lorsque j'étais avec lui. Je n'aimais pas la façon dont j'avais… *glissé* lentement au fil des ans. J'étais convaincue qu'il existait de nombreuses autres personnalités bloquées en moi et qu'elles le seraient indéfiniment si je restais sur cette route – cette route toute droite, ma main dans la sienne. Mon père n'avait jamais eu de relation longue durée avant Claire, si bien que je n'avais jamais vu comment les gens négociaient les hauts et les bas d'une vie entière passée ensemble – les actes ennuyeux, l'obligation de trouver une certaine grâce dans la répétition, dans les défauts, dans l'ennui.

J'aimais mon passé avec Joe mais, au fil des ans, nous nous étions chacun réduits et modelés afin de nous adapter à la forme particulière du présent. Une envie de sabotage naquit dans mon sang. Si j'y laissais libre cours, allait-elle se répandre ? Et en même temps, j'étais tiraillée par l'envie de m'excuser – de ne pas être plus enthousiaste à propos de Joerritos, de ne jamais savoir ce que je voulais, de ne pas être quelqu'un comme Kelly.

« Joey, tu penses quoi de toute cette histoire de bébé ?

— Je ne sais pas, répondit-il avant de faire une pause. Est-ce que c'est le bon moment ? Avec mon entreprise ? »

Quelle foutue entreprise ? eus-je envie de hurler. Je n'arrivais pas à croire à quel point nous étions dans le fantasme. Il ne semblait pas y avoir d'issue possible.

Il gardait les yeux rivés sur le tapis, comme pour lire l'avenir dans les microscopiques fibres de tissu. « Et toi, tu en penses quoi ? demanda-t-il. Tu veux un bébé ? »

Je le regardai. Je savais que j'avais commencé à jouer aux devinettes avec la Nature, que j'arpentais un escalier d'Escher où l'on avance sans jamais aboutir nulle part. Les femmes plus âgées me répétaient souvent, *On ne peut pas se mettre Dame Nature à dos !* comme si Dame Nature était une collègue susceptible prénommée Janet, mue par un ensemble de règles tatillonnes mais qui, admettait-on à contrecœur, était douée dans son travail. Ces femmes-là pouvaient se permettre de se montrer complaisantes, rabâcheuses et quelque peu intimidantes. Elles percevaient cela comme un droit accordé à celles qui s'en étaient tenues à leurs décisions, conscientes ou non, et qui avaient fait de leur mieux.

« Un bébé, c'est un truc que tu ne peux pas

rapporter au magasin, Joey, dis-je. La seule chose que j'aurais faite dans ma vie qui soit totalement irréversible.

— Je sais bien, chérie.

— Et puis ça coûte cher, aussi. On a de la chance d'avoir l'appartement mais il n'y a qu'une seule chambre.

— On mettra le bébé dans un tiroir.

— Sois sérieux. Vivre à Londres, ça coûte une fortune. »

Mais ce n'était pas le coût qui m'inquiétait. Quand j'étais étudiante, on ne parlait jamais de bébés. On parlait d'autres formes de réussites, de celles qui n'émanaient pas de l'intérieur d'un corps. Diplômes, utilité, ailes fixées par de la cire tandis qu'on s'envolait vers le soleil. La plupart de mes amies étaient comme moi, des femmes mythiques aux ailes de cire. Mais l'une après l'autre, elles étaient tombées enceintes et avaient eu des enfants – si beaux, tous les uns autant que les autres – et elles avaient utilisé les plumes de leurs ailes brisées pour bâtir leur nid. Je n'éprouvais jamais ni chagrin ni jalousie à l'arrivée de ces nouvelles. Je n'éprouvais qu'émerveillement et excitation – et un soulagement non des moindres à l'idée que, cette fois encore, ce ne soit pas tombé sur moi. Je pouvais profiter de la présence de ces enfants, et rentrer chez moi au calme en fin de journée.

J'étais assez intelligente pour savoir qu'on ne maîtrisait jamais les aléas de son propre corps, mais j'étais tout de même optimiste à l'idée que l'on puisse, en milieu de trentaine, parvenir à un certain sentiment de solidité. Sauf que je n'y étais jamais parvenue. Je ne voulais plus en discuter. Je voulais que Joe se charge d'exprimer le désir et la détermination que l'on attendait de nous, ce qui était sûrement injuste de ma part. Je n'arrivais pas à prononcer les mots. Au lieu de cela, je démarrai mon ordinateur portable et là, tout beau tout neuf, s'affichait un mail de Rebecca.

« Oh, mon Dieu, lâchai-je.

— Quoi ?

— J'ai postulé pour un boulot.

— Tu postules pour des boulots, toi ?

— Attends. »

J'ouvris le message, le cœur battant. Joe essaya de le lire mais je me levai du canapé et me rendis à la chambre. « Qu'est-ce qu'il se passe ? » cria-t-il après moi, mais je ne répondis pas.

Laura semble parfaite ! avait écrit Rebecca. *J'en ai discuté avec Deborah, qui a parlé avec Constance. Laura pourrait-elle se rendre chez Constance demain à 14 heures pour un entretien ?*

Sainte mère de Dieu.

Bonjour, Rebecca. Oui, pianotai-je, *elle devrait être disponible en journée cette semaine. Je confirme juste cet horaire auprès d'elle et je reviens vers vous au plus vite. Pouvez-vous me renvoyer l'adresse exacte ?*

C'était risqué mais je n'avais pas le choix.

Bien sûr, me répondit Rebecca. Elle se hâtait visiblement dans cette affaire, soit pour impressionner sa chef, soit pour se débarrasser de ce dossier. *C'est au 17 Dacres Road, NW3 5RP.*

Parfait, écrivis-je.

Je m'assis au bord du lit et envoyai un SMS à Zoë.

Salut Z, on peut échanger nos horaires de service demain ? Désolée pour le changement de dernière minute. Je t'en serais vraiment très reconnaissante.

Zoë me répondit aussitôt. Aucun problème. Biz.

Merci, écrivis-je.

J'attendis de voir cinq minutes s'écouler à ma montre. Je rouvris alors le clapet de mon ordinateur et répondis au dernier mail de Rebecca. *Laura est disponible demain à 14 heures. J'attendrai votre retour et vos commentaires, puis nous prendrons le relais.*

Merci, répondit Rebecca. *Croisons les doigts !*

Et ce fut terminé. Je m'allongeai sur la couette. *Ça ne va jamais fonctionner*, pensai-je. *C'est impossible. L'agence littéraire va bien finir par reprendre contact avec la personne qui leur avait proposé les candidats au départ. Je ne vais pas m'en tirer à si bon compte.*

Mais j'estimais avoir environ vingt-quatre heures avant d'être grillée. Et avant ça, j'allais m'assurer d'entrer au 17 Dacres Road et de rencontrer Constance Holden face à face.

14

N'ayant jamais vécu au nord de la Tamise, j'allais très rarement à Hampstead Heath. Si je voulais de grands espaces verts, j'allais à Richmond Park, où je savourais l'immensité du ciel et les dorés de l'automne, songeant à Henry VIII qui y chassait le cerf – dont les descendants broutaient d'ailleurs encore sous les chênes. Je gravissais pourtant Parliament Hill en cet instant. Je me dirigeais vers le célèbre panorama du paysage londonien, l'horizon entier visible d'est en ouest, les tours familières, Gherkin, Walkie-Talkie, le Shard, le dôme de la cathédrale Saint Paul, l'orbite vide de la grande roue The Eye – une incantation brisée de sorcière en direction de Soho, la géographie moderne scintillant sous le soleil. C'était un mois d'octobre clément ; les gens se promenaient en T-shirt et lunettes de soleil, avec une insouciance qui ne laissait pas présager la poigne grisâtre de l'hiver londonien qui nous saisirait d'ici à peine huit semaines. Comme hébétée, je passai à côté de caniches cotonneux, je regardai un husky aux yeux bleus traîner dans son sillage une femme dont les bras fins tiraient sur la laisse avec un soupçon de sauvagerie. Je vis des hommes, leurs jambes blanches jaillissant de leur short ; des enfants qui filaient en trottinette.

J'étais présente sur cette colline, et n'y étais pas vraiment. J'avais le sentiment de flotter au-dessus de moi-même, observant mes propres pieds évoluer à toute vitesse en direction de la sortie du parc de Hampstead Heath. J'étais Rose Simmons, et j'étais Laura Brown. J'étais le nord, et j'étais le sud, et je n'étais nulle part sur la boussole. Sans m'en rendre compte, je descendais la colline vers Dacres Road pour rencontrer une personne qui avait connu ma mère. Une femme qui, d'après mon père, avait peut-être des choses à me dire. Je tentai de me ressaisir, de me souvenir de tout ce qu'avait accompli Laura Brown dans sa vie.

Je n'avais rien raconté à Joe. Je ne voulais ni de ses reproches ni de ses doutes. Je voulais faire cela toute seule. Je me rendis pourtant compte, en m'engageant dans Dacres Road, que personne n'était au courant de ma venue ici. Et si Constance venait à entrevoir le visage de ma mère sur le mien, qu'elle me retenait prisonnière, me nourrissait à travers les barreaux d'une cage afin de m'engraisser pour me passer au four ? Je mourrais là-bas, sans la moindre réponse à mes questions, et personne ne retrouverait jamais la trace de Rose Simmons.

*

Les maisons de Dacres Road se dressaient sur trois étages, agrémentées de petites mansardes et de caves visibles depuis les marches du perron menant aux portes d'entrée surélevées. Les murs en brique étaient d'excellente qualité, ayant enduré plus d'un siècle de pollution londonienne. Ils étaient d'un marron rougeâtre foncé, soigneusement bâtis, et les alcôves des baies vitrées peintes en blanc cassé. Des haies impeccables et des rosiers touffus complétaient le lierre qui se déversait des porches décorés de vitraux. Une luxueuse sérénité – mais à bien y regarder, la plupart des bâtisses étaient désormais divisées en appartements. Il semblait inévitable qu'une écrivaine comme Constance vive dans une de ces majestueuses demeures de Hampstead – et j'en étais heureuse, à dire vrai, car ce serait sûrement mon unique chance d'en découvrir l'intérieur.

Numéros 11, 13, 15 – plus j'approchais, plus mon pouls s'emballait. *Frappe juste à la porte*, me dis-je. *Qu'est-ce qui pourrait t'arriver de pire ?*

Je pensais – j'étais convaincue, même – qu'elle allait ouvrir la porte et me reconnaîtrait aussitôt, que les traits d'Elise Morceau lui sauteraient aux yeux. J'imaginais Constance m'emmenant à New York, où je retrouverais l'appartement dans lequel j'avais passé mes premiers jours. L'histoire de ma mère se dévoilerait, la boucle serait bouclée : le risque en valait la peine.

J'atteignis le numéro 17. La façade était couverte de lierre qui envahissait le linteau du porche. Les carreaux sous mes pieds étaient noirs et blancs, fendus ici et là par le temps. Des vitraux carmin et jaune, bleu et violet décoraient la porte d'entrée vert bouteille. Le heurtoir en fer forgé avait la forme d'une main de femme émergeant délicatement d'une manche. Je soulevai cette main et la laissai retomber sur la boule métallique en dessous, puis j'attendis. Au bout d'une dizaine de secondes, je vis à travers les vitraux une silhouette bouger dans le couloir, grande et sombre, changeant à mesure qu'elle approchait, ses contours pareils à des rides à la surface d'une eau noire.

Tu pourrais partir en courant, pensai-je. *Tu pourrais faire comme si rien de tout cela n'était arrivé.*

Mais j'en avais marre de faire comme si. Je voulais connaître la vérité.

Soudain, Constance était devant moi, la porte grande ouverte, son visage et son corps encadrés par la bouche béante de cette maison. Elle se figea en me voyant. Ses yeux s'attardèrent sur les miens une seconde de trop.

Maintenant, songeai-je. *C'est maintenant que tout va s'expliquer !*

« Je peux vous aider ? » demanda-t-elle.

Je m'étais attendue à une femme légèrement plus négligée, je l'avoue. Une romancière recluse était censée être une vieille femme, une créature à l'hygiène corporelle douteuse, stockant des quantités faramineuses de boîtes de céréales, une bique un peu folle et ménopausée, la chevelure grasse plaquée sur son crâne qui dissimulait pourtant un cerveau de génie. Constance Holden ne ressemblait pas à cela.

Elle avait l'air dure, je dirais : son corps semblait dur. Son corps était une véritable leçon. Pas le moindre gramme de graisse superflu, un pull soigneusement serré autour d'elle, un pantalon noir ajusté mais s'évasant au niveau des chevilles. Un unique bracelet en or au poignet. Cheveux blancs relevés en chignon. Des lunettes en demi-lune à monture en écaille suspendues autour du cou. Elle avait des yeux clairs et de larges pommettes. Les portraits photographiés dans les années 1980 me revinrent en mémoire comme une série de poupées russes jaillissant d'elle.

En chair et en os, elle était plus distinguée. Avait-elle vraiment connu ma mère, l'avait-elle embrassée, enlacée, blessée ? S'était-elle inquiétée de ce qu'était advenue l'enfant d'Elise ? Mon souffle se trouva soudain bloqué dans ma gorge ; j'étais incapable de parler. Je piétinai un instant sur le carrelage bicolore, m'efforçant de ne pas la saisir par les bras et de m'écrier, *C'est moi, Rose. J'ai grandi*. Je me souvenais de ce qu'avait dit mon père ; que je devais être prudente.

« Tout va bien ? demanda-t-elle, interrompant mes cogitations.

— Ah… oui. Pardon. Vous êtes Constance Holden ? » Ma voix se crispa. *Je n'aurais pas dû venir*, pensai-je. *J'aurais mieux fait de ne jamais venir*.

Les yeux intelligents de Constance me dévisagèrent. « Vous êtes là pour l'entretien.

— Oui.

— Entrez. » Elle ne sourit pas, ne me tendit pas la main. Elle fit un simple pas de côté.

J'entrai dans le couloir, prise de nausée. Je tournai les talons pour la regarder fermer la porte, luttant un instant avec le loquet. C'est alors que je remarquai ses doigts. Elle avait les articulations enflées, son pouce se dressait à un angle curieux et ses autres doigts ne se dépliaient pas aisément dans la même direction. Ses mains semblaient appartenir à une autre personne, cousues là lors d'une cruelle expérience, dotées d'une volonté propre.

Elle me surprit en train de les scruter, et je détournai aussitôt les yeux vers le mur. Elle avait opté pour du vieux rose contrastant avec ses meubles verts anciens, et sur une étagère basse qui occupait tout un pan de mur dans le couloir, elle avait exposé une vingtaine de pots difformes. « Ils sont jolis, dis-je d'un ton trop enjoué, agitant la main.

— Ils viennent de la péninsule du Yucatán », répondit-elle. Elle avait une voix forte, vigoureuse. Présente.

« Vous vivez ici depuis longtemps ? demandai-je.

— Je suis propriétaire de cette maison depuis presque quarante ans. Mais je n'ai pas toujours vécu ici. » Elle plissa les yeux. « Vous vous appelez comment, déjà ?

— Laura Brown. » Le nom glissa de mes lèvres aussi facilement que le mien.

Qui époussetait ces poteries ? me demandai-je. Que se passerait-il si un ourlet de manteau venait à en faire basculer une ? Peine de mort, sans doute. Mon regard se mit à parcourir les lieux, absorbant tout ce que je voyais. J'avais l'impression de traquer cette femme – mais de façon maladroite, et elle saurait exactement comment me contrer.

Je lui demandai s'il m'était possible de passer aux toilettes, et Constance tendit ses doigts indisciplinés vers une porte sous l'escalier.

Ce n'était qu'un petit WC, judicieusement dénué de thématique marine. J'actionnai le verrou et m'assis sur la cuvette, la tête entre les mains. L'endroit était sombre, doré et velouté, une petite pièce entre de hauts murs. Je restai assise dans cette gemme cubique, et j'essayai d'uriner en silence. J'avais fait des folies pour entrer dans cette maison. Mais j'en avais peur. Je m'aspergeai le visage d'eau et m'intimai l'ordre de me ressaisir.

« Voulez-vous faire l'entretien dans le salon ? » demanda Constance après que je fus sortie. Elle était encore dans le couloir, comme une sentinelle dans sa propre maison.

« Merci.

— Comprenez-vous ce que je cherche exactement ? » me lança-t-elle par-dessus son épaule en me guidant jusqu'au salon. La lumière de cet après-midi d'octobre dansait à travers l'immense baie vitrée. Sous nos pieds s'étalaient des tapis persans et, tout autour de nous, les murs curieusement hauts étaient peints d'un bleu métallique. Des sérigraphies étaient suspendues pêle-mêle ; j'aurais aimé les contempler une à une, mais je savais que c'était impossible. Les fauteuils et le canapé étaient couverts de roses en velours et semblaient confortables bien que fatigués.

« Ils ne m'ont pas dit grand-chose », rétorquai-je. Constance leva les yeux au ciel. « Mais j'ai lu *Lapin Vert*. » Elle se figea. « C'est…

— Vous n'êtes pas universitaire, hein ?

— Non.

— Dieu merci. »

Elle m'examina à nouveau. J'avais l'impression que mon visage avait perdu une couche. Elle se dirigea ensuite vers un fauteuil et s'y installa. Il l'avala presque tout entière. « Asseyez-vous, mademoiselle Brown, je vous en prie.

— Appelez-moi Laura.

— Quel âge avez-vous, Laura ?

— J'aurais trente-cinq ans en juillet.

— Cancer ? »

Je la regardai avec surprise. Je ne l'avais pas imaginée versée dans l'astrologie. « Tout à fait.

— Vous aimez vous cacher, comme les crabes ?

— J'espère que non », répondis-je.

Je n'arrivais pas à la cerner. Constance m'avait cernée la première et je ne connaissais pas les règles du jeu. Je n'avais aucune arme, je ne me sentais ni brillante ni spirituelle, qualités que Constance s'attendait sans doute à voir transparaître chez moi. Constance était trop puissante, trop brusque, trop habituée à plier le monde à sa convenance. On ne m'avait encore jamais parlé de la sorte. Les principes élémentaires de la politesse ne la préoccupaient pas, de toute évidence.

Elle leva les mains. « C'est à cause d'elles. Arthrose sévère. Ils continuent à prendre des pincettes à l'agence, alors quand les candidates se présentent – et c'est toujours des filles –, elles ne se rendent pas compte de l'aide considérable dont j'ai besoin.

— Et de quelle aide avez-vous besoin exactement ? »

Elle me dévisagea d'un regard approbateur. « Je vis seule. Je n'ai pas de partenaire ou de moitié. Je peux m'habiller seule. Pour l'instant. Tant que mes vêtements sont à fermeture Éclair et sans trop de petits boutons. Je peux faire chauffer la bouilloire. Me verser une tasse de thé. Je peux ouvrir un livre et le lire. Mais les mouvements de motricité fine me sont difficiles. J'opte pour les chaussures sans lacets, ces derniers temps. Manger des spaghettis bolognaise est un véritable bordel. Je ne décortiquerai plus jamais des crevettes en public, je ne boirai plus jamais un bol de soupe.

— Je suis désolée.

— Merci.

— Vous pouvez écrire ? »

Constance me décocha un regard perçant. Puis quelque chose sembla se fissurer sur son visage.

« Je nous prépare une tasse de thé ? » demandai-je.

*

Elle m'indiqua le chemin, je me rendis au fond de la maison qui s'ouvrait sur une cuisine de taille moyenne magnifiquement équipée et donnant sur un jardinet agrémenté de petits arbres fruitiers et de larges pots de menthe. J'ouvris les placards un à un jusqu'à trouver les mugs de Constance. Sa collection contrastait avec l'impression d'élégance et de puissance qui régnait dans le reste de la maison. Ils étaient de la même engeance que les vieux fauteuils en velours élimé, des tasses délavées de la marque Cadbury qui avaient sans doute contenu des œufs de Pâques des années plus tôt, d'autres où l'on pouvait lire SAUVONS LES ENFANTS, SAUVONS LES BALEINES, I ♥ BIRDWORLD avec une illustration d'un émeu qui avait connu des jours meilleurs.

« Vous êtes allée cueillir les feuilles de thé ou quoi ? s'écria Constance depuis le salon.

— J'arrive », dis-je en saisissant le mug I ♥ BIRDWORLD.

Je revins auprès d'elle avec le thé. « Je la pose juste ici le temps que ça refroidisse. »

Elle regarda la tasse d'un air incertain. Elle avait placé les mains sur ses cuisses, et je me demandai si elle buvait ou mangeait souvent en compagnie d'autres personnes. « Je suis en train de terminer un roman, dit-elle. Ce sera sûrement mon dernier. » Je sentis une gêne croître dans mon ventre comme une colombe noire pressée contre mes côtes. « Je peux taper au clavier mais très lentement. Je déteste les ordinateurs. Je préfère écrire à la main. Sauf que mon écriture est affreuse. Alors je suis un peu coincée.

— Je vois.

— Je me lève tard. Je ne vous attendrai jamais avant 10 heures. Je prends un café, puis j'écris jusqu'à 13 heures, je m'arrête pour déjeuner. » Elle poussa un soupir. « Je ne sais pas comment ça va fonctionner.

— Quel est le sujet de votre roman ? » demandai-je, regrettant aussitôt ma question. Je le vis sur son visage ; le mécontentement et la résignation en lutte contre le désir de m'en parler – ou du moins, d'essayer.

« Ça pourrait vous intéresser de m'aider ?

— Oui. Et je ne poserai plus jamais ce genre de questions. »

Elle sourit et leva les mains. « En dehors de toutes ces tâches ennuyeuses, vous savez gérer un planning ?

— Oui.

— Vous pouvez travailler chez moi certains soirs ? Me faire la cuisine ? Est-ce que vous savez cuisiner au moins ?

— Oui, je sais cuisiner.

— Et qu'attendez-vous vraiment de cet emploi ? »

Je me trouvai soudain en panne de mots.

« Je vois, dit Constance d'un air dubitatif. Je vais être franche, Laura. Vous êtes la candidate la plus âgée que l'agence de recrutement et Rebecca m'aient donné de rencontrer. Je n'estime pas que vous soyez *vieille*, loin de là. C'est juste que toutes les autres avaient à peine vingt ans. Elles avait l'air d'être en transition, vous voyez ? Ce n'était qu'un boulot intérimaire pour elles. Des limbes. Et pour être absolument honnête, je crois que la majorité d'entre elles avait peur. Vous sauriez m'expliquer pourquoi vous êtes ici ?

— Vous avez lu mon CV ? »

Elle agita les mains. « J'y ai jeté un coup d'œil. Ils se ressemblent tous, à mon avis. Et les gens en brodent souvent la moitié. Je préfère discuter de visu. Je suis douée pour percevoir les personnalités, vous savez.

— Bien sûr.

— Alors pourquoi voulez-vous ce travail ? Vous êtes juste en recherche d'un emploi, actuellement ?

— Non. Je cherche quelque chose de particulier.

— Ah ? Et quoi donc ?

— J'aimerais… me rendre utile. »

Constance s'esclaffa. « Vous seriez très utile. » Elle s'adossa dans le fauteuil et m'examina. « Mais vous serais-je utile, moi ?

— Pardon ?

— Vous essayez de me dire que vous voudriez travailler ici par pur plaisir altruiste ?

— Eh bien… non. Enfin, j'ai besoin d'un travail. Avant tout. Et puis je pense que c'est un poste intéressant. Et j'ai besoin de changement. » Un air de vérité planait dans l'atmosphère, enfin, et je sentis le rouge me monter aux joues.

C'était comme si elle l'avait senti, elle aussi. « De changement ? Vous n'êtes pas heureuse là où vous êtes ?

— Je fais quelques heures dans un café. Ce n'est pas… stimulant.

— Mais si vous travaillez ici, vous n'auriez personne d'autre à qui parler, à part moi. Et je n'irais pas jusqu'à dire que préparer des tasses de thé soit plus stimulant que préparer des tasses de café.

— J'ai l'impression que vous essayez de me dissuader d'accepter le poste.

— Je veux juste que vous compreniez. Je ne suis pas ici pour vous divertir, pour vous raconter des histoires. J'ai essentiellement besoin d'une femme de chambre avec des talents de dactylo. »

Sa brusquerie, sa rudesse – je comprenais pourquoi tant de candidates avaient été rebutées par Constance, ou avaient flanché sous son regard implacable. « Je n'attends rien de votre part », déclarai-je, et je fus contrainte de détourner les yeux, rougissant de ce mensonge. Quand je me tournai à nouveau vers elle, elle attendait que je poursuive. « Madame Holden…

— Appelez-moi Connie, je vous en prie.

— Connie. J'aimerais beaucoup obtenir cet emploi. C'est la vérité. Je ferai ce que vous voulez. Je vous laisserai tranquille quand vous voudrez être tranquille. Je vous ferai la cuisine. Je taperai vos textes à l'ordinateur. Vos mains sont à vous, et elles le seront toujours. Mais vous pouvez avoir les miennes, si vous le souhaitez. »

Constance parut décontenancée. Personne n'avait dû s'offrir à elle depuis longtemps, de quelque manière que ce soit. Ses yeux s'embuèrent un instant, mais elle cilla et je détournai le regard pour lui épargner la gêne. Elle ne devait pas supporter l'idée de pleurer devant moi, imaginai-je. En toute honnêteté, je ne m'étais pas non plus préparée à de telles effusions de ma part, mais une part inconsciente de moi-même avait dû deviner qu'il ne fallait pas gâcher cet instant. J'ignorais comment les choses se passeraient avec l'agence de recrutement mais j'effleurais aujourd'hui une opportunité que je risquais de ne plus jamais avoir. J'étais déjà trop impliquée – il fallait qu'elle me veuille plus que les autres. Il fallait qu'elle ait envie que cela fonctionne.

Elle me dévisagea comme si elle cherchait à comprendre un mystère ou comme si elle contemplait une œuvre d'art déroutante. « Il y a autre chose, dit-elle.

— Oui ?

— L'agence de recrutement par laquelle Rebecca est passée. »

Une vague de nausée déferla dans mon ventre. « Oui ?

— Combien vont-ils prendre de marge sur vos revenus ?

— Euh… Vingt pour cent ?

— Hmm, dit Constance. Pour avoir fait quoi, exactement ? Toutes les personnes qu'ils m'ont envoyées avant vous n'étaient que des rabat-joie. Ils m'ont fait perdre mon temps.

— J'imagine que ça fait partie du processus de recherche. Un peu comme une agence matrimoniale, plaisantai-je, regrettant aussitôt mes propos.

— Voici ce que je vais faire. Je vais appeler l'agence de recrutement et leur faire savoir qu'ils peuvent arrêter leurs recherches.

— Ah ? » Mon cœur se mit à battre plus fort. Si Connie mentionnait mon nom à l'agence, ma couverture volerait en éclats. Ils n'auraient aucun dossier au nom de Laura Brown. Une seule personne connaissait mon nom, Rebecca.

Connie interpréta mal mon hésitation et fronça un sourcil. « Vos principes vous empêchent d'être d'accord avec moi ? »

Mon cerveau s'emballait. « Je vais appeler les

recruteurs moi-même. Je vais leur dire que le poste ne m'intéresse plus. Qu'ils peuvent me rayer de leurs listes. Je pourrais leur dire que j'ai déjà trouvé ailleurs ? »

Connie acquiesça. Un élan paranoïaque me portait à croire que ses soupçons s'étaient confirmés. Mais si tel était le cas, pourquoi était-elle si motivée à m'engager ? « Vous devriez faire ça, effectivement, dit-elle. Mais je vais leur faire savoir que je ne cherche plus personne.

— D'accord. » Tout cela allait forcément mal finir.

« Ensuite, revenez me voir sans intermédiaire, poursuivit Connie. Je vous paierai en direct, en liquide. Et je dirai à Rebecca que l'agence de recrutement m'a trouvé quelqu'un, que je finalise les derniers détails. »

J'éprouvais un léger vertige. « Mais… Rebecca ne voudra pas s'en charger elle-même ? »

Connie haussa les épaules. « Ça m'étonnerait. Ce n'est pas vraiment dans ses attributions. Elle était d'ailleurs un peu agacée de devoir s'en occuper. Elle me trouve acariâtre et je suis certaine qu'elle a peur de moi. »

Je repensais à la voix stressée de Rebecca au téléphone, à sa hâte de se débarrasser de l'affaire au plus vite. *Il nous faut quelqu'un de toute urgence*. Il y avait de grandes chances que ces deux éléments jouent en ma faveur.

Connie sourit. « Parfait. C'est entendu. C'est plutôt bien d'économiser un peu d'argent, vous n'êtes pas d'accord ?

— Si, dis-je en sentant l'adrénaline me parcourir le corps. C'est vrai. »

J'étais inquiète mais décidai de ne pas trop y

penser et de plutôt voir jusqu'où me mènerait la chance. J'imaginais les pièces au-dessus de nos têtes, les tiroirs et les placards débordant de lettres et de journaux intimes – de photos, même – qui dévoileraient peut-être un portrait de ma mère, et de moi, par extension. Si je devais cuisiner des marmites entières de bolognaise pour les trouver, j'étais prête à prendre le risque.

« Excellent, Laura. Parfait. J'ai un bon pressentiment à votre sujet. Quand pouvez-vous commencer ? »

*

Nous nous saluâmes et convînmes que je viendrais le lundi à 10 heures, deux semaines plus tard. Je marchai vers la station de métro et me sentais extraordinairement bien. L'invitation de Connie à pénétrer dans son monde avait enroulé de délicats fils étincelants autour de moi, comme si j'étais une chrysalide tissée par ses doigts malades. Pendant trente-quatre ans, j'avais présenté au monde une seule et unique version de moi-même. Je venais de l'abandonner au terme de quelques minutes en compagnie de Connie.

15

Lorsqu'il apprit que j'avais décroché un nouvel emploi, la réaction de Joe fut absolument décevante. « Ce n'est pas une bonne idée, si tu veux mon avis, dit-il.

— Pourquoi ? rétorquai-je sèchement. Tu me répètes toujours que le café ne m'offre aucun espoir d'évolution.

— Oh, arrête, Rose. Tu sais bien pourquoi. C'est juste *bizarre*. Tu vas dire à cette femme que tu la connais par ton père et ce qu'il t'a raconté ?

— Pas encore, non. »

Il rejeta la tête en arrière et ferma les yeux. « Tu vas travailler chez elle, et tu vas lui mentir.

— Non, je ne vais rien lui dire, c'est tout.

— Elle ne risque pas de te poser des questions en voyant ton nom de famille ?

— Je ne lui ai pas donné mon vrai nom. »

Joe se prit la tête à deux mains. « Oh, mon Dieu. Rosie, non. C'est dangereux.

— Tout va bien. J'avais besoin… de me protéger.

— Non, tout ne va pas bien. Pas bien du tout. Qu'est-ce que tu fous ?

— J'en sais rien ! m'écriai-je. J'avais juste…

J'avais juste envie de le faire, OK ? Il fallait que j'agisse. Que je change quelque chose. »

Il me dévisagea d'un air alarmé. « Changer quelque chose ? »

Je sentais les larmes me monter aux yeux. « Oui. » S'il y avait bien quelque chose que je ne voulais pas, c'était qu'il articule à voix haute les doutes que j'éprouvais moi-même. Je ne voulais pas m'entendre dire que c'était une mauvaise idée, une sorte de folie, surtout venant d'une personne en qui je plaçais toute ma confiance. « Je voulais juste *voir*, dis-je. Tu ne peux pas comprendre.

— Tu pourrais te faire arrêter pour un truc pareil.

— Je ne vais pas me faire arrêter. »

Il soupira. « Bon, je ne veux surtout pas que tu sois déçue.

— Crois-moi sur parole, Joe. Quand il s'agit de ma mère, je ne peux pas être plus déçue que je ne le suis déjà. »

Il posa la main sur mon épaule. Elle était lourde comme du plomb et j'avais envie de l'écarter d'un geste brusque mais cela ferait monter la dispute d'un cran, ce qui m'était insupportable. « Tu risques d'être blessée.

— C'est une vieille femme, Joe. Qu'est-ce qu'elle pourrait bien me faire ? Me tuer à coups de canne ?

— Rosie, tu sais très bien que je ne parlais pas de ça. Je ne pourrai jamais comprendre ce que tu traverses… Savoir que ta mère est partie. N'avoir aucune réponse à tes questions. Mais je pense vraiment que c'est une mauvaise idée.

— Eh bien, je le fais quand même. Et tu es plutôt mal placé pour me parler de mauvaises idées.

— Qu'est-ce que tu cherches à me dire, là ?

— Joe, je te soutiens avec tes burritos, ta camionnette, et tout le reste, depuis *tellement longtemps*.

— Rose, ce sont deux choses totalement différentes.

— Et je te demande maintenant de me soutenir. Juste pour ça. Sans me poser de questions. Soutiens-moi, c'est tout.

— D'accord », dit-il, mais je sentais qu'il s'agissait seulement de désamorcer le conflit, de faire redescendre ma voix à son niveau habituel tandis qu'elle montait lentement dans les aigus.

« Et ton père est au courant ? demanda-t-il.

— Non, et je ne veux pas qu'il le soit. C'est trop compliqué. Ça ne regarde que moi.

— D'accord, répéta Joe d'un air dépité. D'accord. »

*

Ce soir-là, j'envoyai un SMS à Kel : On peut dîner ensemble ? J'ai un truc à te raconter.

Elle répondit : ??? Je suis dispo mardi.

J'attendais de voir si ce serait effectivement le cas, elle annulait souvent en dernière minute car Dan et elle se débattaient parfois avec la gestion parentale. Nous convînmes de nous retrouver à notre endroit préféré, un restaurant de ramen situé dans une ruelle de Soho où les vitres étaient toujours embuées et où les *bao* étaient succulents.

« Alors ? » demanda-t-elle en se glissant sur le tabouret de bar avant de déchirer l'emballage des baguettes bien que nous n'ayons pas encore passé la commande.

« J'ai un nouveau boulot. »

Je le perçus clairement – si fugace mais si

évident dans ses yeux : l'instant de déception. Mon cœur se serra et je me rendis compte à quel point j'avais placé mes espoirs en elle. Kelly s'attendait à ce que je lui annonce une grossesse ; c'était l'espoir qu'elle avait placé en moi. Je le savais parfaitement. Elle connaissait mes dilemmes concernant la maternité, elle souhaitait qu'ils soient résolus une bonne fois pour toutes. L'annonce d'un bébé l'aurait ravie bien plus que l'annonce d'un nouveau boulot. Ma meilleure amie, qui aimait tant son travail, qui savait à quel point je luttais pour trouver ma voie.

« Oh, mon Dieu ! lança-t-elle. Tant mieux pour toi ! C'est quoi ?

— Je vais travailler comme assistante pour la romancière dont je t'ai parlé.

— La romancière ? »

Je soupirai intérieurement. C'était typique. Ces derniers temps, Kel était très présente à nos rendez-vous, enthousiaste et ouverte, mais elle n'absorbait plus les informations que nous échangions comme par le passé. Avant, nous étions chacune l'encyclopédie existentielle de l'autre, le moindre chapitre était couvert de notes dans les marges et en bas de pages. Mais ses manques d'attention grandissaient depuis la naissance de Mol. D'habitude, cela ne me dérangeait pas ; c'était dans l'ordre des choses, je le savais, et j'aimais Mol de tout mon cœur. Je savais aussi que nous ne pouvions pas avoir quatorze ans éternellement, et je ne jugeais pas les marées hautes et basses de mon existence particulièrement mémorables. Mais sa réaction ce jour-là me perturba. Ce boulot était vraiment important. Il incarnait le début d'une nouvelle période – d'une nouvelle *moi*, peut-être.

« La romancière, Constance Holden », dis-je. Elle affichait encore une expression impassible. « Celle qui connaissait ma mère, d'après mon père. *L'amante.* »

Tout lui revint en mémoire. « Oh, mon Dieu. Sérieusement ? »

J'acquiesçai.

« Putain. C'est carrément dingue.

— Ah bon ? »

Elle me regarda, un sourcil levé. « Ouais. Clairement. Elle sait qui tu es ?

— Non. J'ai pris un faux nom. »

À cet instant, Kelly me dévisagea bouche bée. « Tu as fait *quoi* ?

— Tu as bien entendu. J'ai pris un autre nom. »

Je voulais que Kelly rie devant tant d'audace, devant mon refus d'abandonner mon passé et mon avenir potentiel entre les mains d'autrui. Je saisissais le destin par les cornes, ce à quoi elle enjoignait toujours ses abonnés Instagram. Mais elle ne prononça pas un fichu mot. Elle continua à me dévisager en silence. Le serveur vint à notre table et nous commandâmes deux bols de *tonkotsu*.

« Tu ne dis rien ? demandai-je.

— Je ne sais pas quoi dire. Comment a réagi Joe ?

— Il n'était pas franchement enthousiaste. J'ai envie d'une bière. » J'attirai l'attention du serveur. « Tu en veux une ? » Elle tapota son ventre rond. « Oh, pardon. Bien sûr.

— Il est sans doute inquiet, me dit Kelly.

— Je suis un peu dégoûtée que personne ne veuille me soutenir dans cette histoire.

— C'est juste légèrement… légèrement barré, Rose. C'est quoi, ton faux nom ?

— Laura Brown. »

Elle enregistra l'information. « Rose, c'est un genre de… fantasme ? »

Je ravalai l'envie présente de la remettre à sa place. « C'est exactement pour ça que je le fais. Parce que tout n'a toujours été qu'un fantasme. Et maintenant, je vais essayer d'obtenir la vérité.

— Mais si tu veux à ce point la vérité, pourquoi ne pas lui dire simplement qui tu es ? Tu as attendu ce moment toute ta vie.

— Exactement. Je ne peux pas entrer chez elle et lui annoncer les choses comme ça. Mon père m'a expliqué qu'elle avait un tempérament assez fort, et, d'après le peu que j'ai pu en voir, il a raison. J'ignore ce qui a pu se passer entre ma mère et Constance, et je crois qu'il n'en sait rien non plus. Si je lui explique qui je suis vraiment, elle risque de me renvoyer direct. Elle risque de tout nier en bloc. Et j'aurai perdu le seul et unique lien qui pourrait me mener à ma mère. Perdu pour toujours.

— Si Constance est *effectivement* un lien…, murmura Kelly avec douceur.

— Elles se connaissaient, c'est certain. Papa était catégorique. Et si elle est le dernier lien vivant, il faut que j'apprenne à la connaître. Il faut que je la garde auprès de moi. Il faut que je gagne sa confiance.

— Comment veux-tu qu'elle te fasse confiance si elle apprend que tu as pris un faux nom ?

— Parce qu'elle ne l'apprendra pas.

— D'accord. D'accord. Envoie-moi juste un SMS quand tu seras là-bas, OK ? Elle pourrait t'empoisonner ou je ne sais pas quoi.

— Pourquoi elle ferait une chose pareille ?

— J'en sais rien ! Tu ne la connais pas !

— C'est vraiment bizarre de dire un truc pareil », lâchai-je.

Un silence gêné s'installa et les ramen furent servis, à notre grand soulagement.

« Comment va Dan ? demandai-je avant d'avaler une cuillère de bouillon. Oh, mon Dieu, c'est délicieux.

— Il bosse tout le temps, dit Kelly. Et Joe ?

— L'inverse. »

Cela aurait pu être amusant – l'occasion de sauver notre soirée, mais Kelly n'entra pas dans le jeu. « Tu pourrais rompre avec lui, tu sais », déclara-t-elle. Je la dévisageai, mes baguettes suspendues en plein geste. Sa mâchoire était tendue avec une détermination que j'avais pu voir maintes fois en presque vingt-cinq ans. « Il n'en *mourra* pas, Rose.

— Je sais bien, Kel. Je sais qu'il n'en mourra pas.

— Non, je ne crois pas que tu le saches, Rosie. Vraiment, je pense que tu ne le sais pas. Quelque part en toi, très profond, il y a cette... cette certitude que ça y est, ce sera comme ça pour toujours. Que c'est lui ton lien indéfectible. Qu'il vaut mieux continuer à vivre dans ce duo. Même si... tu n'y es pas heureuse.

— Kelly. » Je sentais mes poils se hérisser.

« Il n'a même pas de travail, affirma-t-elle.

— Il a les burri... »

Elle leva ses baguettes comme pour écarter les forces démoniaques. « Oh, bon sang. Je ne veux plus jamais entendre ce mot.

— D'accord.

— Et le sexe, alors ?

— *Quoi*, le sexe ?

— Eh bien, d'après ce que tu m'as dit récemment, ce n'est pas terrible. Enfin, je suis mal placée pour en parler parce que moi, je n'ai même pas de relations sexuelles en ce moment. On est trop fatigués. » Elle soupira. « Désolée. Je ne sais pas, Rosie. C'est juste que... est-ce que tu le regardes après ces neuf années en pensant, *Je veux que tu sois le père de mes enfants* ? »

Je la dévisageai. « Wouah », laissai-je échapper d'une voix rauque, les joues en feu. Je savais qu'il y avait une certaine logique dans ses propos mais je n'étais pas prête à abandonner. « Quel rapport avec les enfants ?

— Je... Il faut vraiment que quelqu'un te le dise. J'essaie de t'aider. Vraiment. Excuse-moi. Et pour tout te dire... Tu sembles toujours convaincue que tout le monde autour de toi est dans une meilleure situation que la tienne. C'est des conneries.

— Je...

— Je suis *épuisée*. Plus épuisée que je ne l'ai jamais été de ma vie. Et j'ai parfois l'impression de tout porter pour la famille. » Sa voix se brisa. « Et c'est Dan qui reçoit tous les lauriers. Il part au boulot le matin et ne voit même pas le quart de ce que je fais. Et je passe tellement de temps à cogiter que je n'arrive presque plus à dormir. Et ce bébé me tend tellement la peau, je ne suis pas prête pour tout ça. Je ne suis pas prête. » Elle s'interrompit, prit une profonde inspiration. À ma grande surprise, elle pleurait. Kelly ne pleurait jamais.

Je tendis aussitôt la main vers elle. « Kel. Tu as raison. Oh, mon Dieu, je suis vraiment désolée. »

Elle prit ma main et la serra. « Ça va, dit-elle. Je comprends. Ça va. »

1982

16

Barbara avait pris l'habitude de téléphoner régulièrement à la villa de Connie et Elise. Cette dernière s'agaçait de voir Connie s'élancer comme une ado le soir du bal de promo quand son cavalier sonne à la porte. Elle portait le téléphone à la chambre et il était sous-entendu qu'Elise ne devait pas l'y suivre : c'était pour le travail, c'était important. Elise détestait le cordon bouclé qui s'étirait tel un serpent dans le couloir. Pour ajouter à sa frustration, elle n'avait pas grand-chose à faire. Elle aurait pu prendre son carnet de notes, bien sûr, mais elle se sentait envahie par une sorte d'hébétude dans cette maison. L'activité frénétique, l'enthousiasme et le débit de parole rapide des gens qu'elle avait rencontrés lui donnaient l'impression que ses propres membres étaient modelés dans l'argile.

Elle était étendue avec Connie au bord de la piscine, immobiles sur leurs chaises longues, quand le téléphone sonna à nouveau. Connie se leva d'un bond.

« Tu savais que Lowden n'est pas vraiment le nom de famille de Barbara ? s'écria Elise alors qu'elle s'éloignait. Son nom de naissance, c'est Betty Sheinkovitz.

— Qui t'a dit ça ? » demanda Connie, sans s'arrêter pour écouter la réponse.

C'était Matt qui l'avait dit à Elise. Matt qui lui avait dit qu'il n'était pas étonnant que Barbara ait voulu fuir le Sud, avec un nom pareil. *Est-ce qu'il y a quelqu'un dans cette ville qui utilise son vrai nom ?* avait-elle demandé, et il avait ri.

*

Une quinzaine de minutes plus tard, Connie revint. « Barb veut que le film gagne un oscar », annonça-t-elle avec un sourire.

Elise grimaça. « C'est pour ça qu'elle appelait ?

— Ouais », rétorqua Connie, sur la défensive. Elle se laissa tomber sur la chaise longue.

« Et il va en gagner un ?

— Aucune idée, ma chérie. Mais c'est ce que veut Barb. Elle dit que Don va faire grimper le film au box-office et qu'on va vendre beaucoup plus d'entrées. » Don Gullick était l'acteur choisi pour jouer le personnage de Frederick aux côtés de Barbara. Hélas pour cette dernière, il penchait plutôt du côté des drogués que du type sensible shakespearien. Eric avait eu beau plaider en sa faveur, tous ses arguments n'avaient été que de terribles platitudes.

« Barb affirme qu'elles n'arriveront jamais, Lucy et elle, à obtenir de pareils résultats financiers, même à deux, poursuivit Connie. Tu le crois, ça ? »

Barb, Barb, Barb. Si elle n'avait pas été aussi agacée, Elise aurait affiché un sourire teinté d'une ironie douloureuse en entendant le surnom de

Barbara, qui lui évoquait le piquant des barbelés. « Bon, ce n'est pas non plus le film de *Barb*, dit-elle. Ce n'est pas un one woman show.

— Si, en quelque sorte, rétorqua Connie. J'ai un peu de peine pour elle. Je ne suis pas sûre que Don sache jouer la comédie. »

Connie était impliquée dans le film ; c'était compréhensible. Elle se sentait vivante au sein du projet : investie, importante. Mais Elise était perdue. Elle se débattait pour ne pas rester sur la touche, en vain.

« Est-ce qu'ils savent qu'on est en couple ? demanda-t-elle à Connie. Enfin, Shara et Matt le savent – mais Barbara ? Et le reste ? Est-ce qu'ils… comprennent ?

— Bien sûr que oui.

— Et qu'est-ce qu'ils en pensent ?

— Je crois qu'ils s'en contrefichent. Mais qu'est-ce qu'il te prend de me demander ça ?

— C'est juste que… Je ne sais pas. Tu ne m'as jamais vraiment présentée comme ta petite amie.

— Ça ne me semblait pas nécessaire. Je pensais que c'était parfaitement évident, qui tu étais.

— Et qui suis-je, alors ? demanda Elise en se redressant.

— Pardon ?

— Qui suis-je ? »

Connie releva ses lunettes de soleil et, les yeux plissés, les replaça prestement sur son nez. « Tout va bien ? » s'enquit-elle.

Elise ne voulait pas pleurer. Elle voulait n'avoir besoin de rien, ni de personne. Mais c'était trop tard : elle voulait Connie – sa force, son amour et le plaisir étourdissant d'être le centre d'attention d'une telle personne et de son affection. Elle abattit la paume de ses mains sur la chaise longue. « Pourquoi est-ce que je suis ici ? »

Connie, inquiète, se redressa à son tour et fit basculer ses jambes d'un côté de la chaise afin de s'asseoir face à elle. Elle se déplaça aussitôt et vint l'enlacer. « Tu es ici parce que je t'aime. Parce que j'ai besoin de toi. Parce que tu es unique. Je n'avais jamais rencontré personne qui me fasse ressentir ça.

— Donc je suis ici pour toi. »

Connie réfléchit un moment. « Eh bien, oui. Je crois que oui. Mais libre à toi de tirer ce que tu veux de cette expérience. Je ne t'ai pas *traînée* ici de force, Elise. Je veux que tu passes un bon moment.

— Mais tu ne me dis plus jamais ce genre de choses, marmonna Elise contre l'épaule de Connie. Ces choses que tu me disais au début.

— Quelles choses ?

— Que tu avais besoin de moi. Que j'étais unique.

— Je suis désolée, dit Connie en l'étreignant avant de déposer un baiser sur le sommet de sa tête. J'ai vraiment besoin de toi. Tu es unique. »

*

L'orage qui couvait entre elles traversa le jardin sans éclater au-dessus de leurs têtes. Elise se sentait à la fois innocentée et assagie. Connie se montrait parfois négligente, et Elise ne voulait pas qu'on la prenne en pitié comme Shara. Elle avait pourtant le sentiment que la moindre manifestation d'autonomie, d'assurance ou d'exigence la placerait dans une position précaire. Quand elle exprimait ses désirs – recevoir l'attention de

Connie, autrement dit son respect et son amour –, elle paraissait puérile, capricieuse. Elise contempla la surface de l'eau. Elle n'avait plus envie d'être une sirène. Elle voulait se sentir à sa place sur terre.

*

Connie l'emmena un jour sur le plateau de tournage. Dans le hangar, Barbara les rejoignit d'un pas leste, vêtue d'un ample kimono flottant, d'un bonnet en coton plaqué sur le crâne. Le cœur d'Elise se serra. Quelques semaines plus tôt, elle trépignait d'impatience à l'idée de rencontrer Barbara, mais à présent, quand cette femme s'approchait, Elise ne pouvait plus réfléchir, ne pouvait plus respirer. Elle était trop présente. Barbara n'était pas maquillée mais sa peau était parfaite, pareille à un œuf dur phosphorescent. Ses seins étaient spectaculairement saillants sous son corset. « Je sais, déclara Barbara en les montrant du doigt. Il faudrait que je porte cet accoutrement tous les jours. Mais quelques centimètres plus haut et je n'arriverais plus à porter ma fourchette à ma bouche. »

Par les portes ouvertes, Elise aperçut une file de figurants indigents menés le long de la route, arborant les couleurs de la paysannerie hollywoodienne : brun-gris, quelques touches de rouge airelle, des palettes changeantes de blanc sale. « C'est qui ? demanda Elise.

— Ils tournent un film sur les pères fondateurs, répondit Barbara avec un léger renâclement tandis que Connie tendait le cou pour les observer. Bienvenue dans le Nouveau Monde. Venez attendre avec moi dans ma loge, mesdames. Ma scène ne sera pas tournée avant longtemps. »

Sous le soleil de juillet, Barbara se hissa dans une voiturette de golf garée là, encadrée par Elise et Connie sur la banquette. Son kimono était si ample qu'il débordait sur les cuisses de Connie et d'Elise, et gonflait de part et d'autre du véhicule. L'ourlet scintillait au soleil telles les nageoires d'une gigantesque raie manta. Barbara plongea les doigts entre la ligne plongeante de ses seins, assénant un coup de coude accidentel dans les côtes d'Elise tandis qu'elle sortait un briquet et une cigarette, calant cette dernière entre ses lèvres comme un cow-boy, en contraste flagrant avec son sévère bonnet calviniste.

« Ma clope de secours, déclara Barbara. Est-ce que tu le sens dans l'air, Elise ?

— Sentir quoi ? »

Barbara tira sur sa cigarette et souffla une volute grise. « Le *début*. J'adore les débuts.

— Moi aussi », dit Connie.

Barbara tira sur l'avant-bras de Connie. « C'est toujours le milieu et la fin qui font chier. »

Connie éclata de rire, les yeux plissés vers le ciel céruléen. « Peut-être juste la fin. »

Barbara mit sa main en visière pour se protéger du soleil tandis qu'elles roulaient lentement. « Je suis exténuée.

— Tu ne préfères pas être seule pour te préparer ? » demanda Elise.

Barbara renifla. « Non, non. » Elle s'interrompit un instant. « Mon ex-mari fait son gros connard », lâcha-t-elle brusquement. Elle avait la voix rauque, ses mains tremblèrent sur ses cuisses avant qu'elle ne parvienne à les maîtriser. Elle regarda Connie. « Il est revenu vers une heure du matin, Connie.

— Oh, mon Dieu. Je suis désolée », dit-elle.

Connie. Connie et Barb. Barbara semblait se confier à Connie avec tant d'aisance. Ou alors était-ce parce que Barbara avait l'habitude de lire des articles sur elle-même, de se voir hors de l'immédiateté intime du cercle de sa propre existence – hors d'elle-même, en réalité – et ne concevait donc pas que ce genre de propos puissent lui causer du tort. Elise songeait qu'à force de voir ses expériences et sa vie portées à l'attention du public, Barbara aurait appris à rester bouche cousue mais on finissait peut-être par oublier comment vivre autrement, au bout d'un temps.

« Il veut de l'argent, dit Barbara. Il sait que je tourne un nouveau film alors il vient flairer l'aubaine.

— Tu lui en as donné ? » demanda Elise en s'efforçant de rester associée à la conversation.

Barbara pivota pour lui faire face. « Ne te marie jamais, ma puce. Si j'ai bien un conseil à te donner, c'est celui-là.

— Pourquoi je me marierais ? » lâcha Elise.

Barbara ne répondit pas. Elise constata qu'avec ses quatre ex-maris, Barbara n'avait pas vraiment suivi ce petit conseil elle-même. Barbara et Connie poursuivirent leur discussion, et Elise se débrancha, les yeux fermés dans un rayon de soleil.

En secret, elle considérait l'idée du mariage – au sein duquel l'on devient une seule et même personne, une *nouvelle* personne – absolument irrésistible. Imaginez un peu : s'annihiler de la sorte, avec l'approbation générale ! Il était si difficile *d'être* une personne. Imaginez trouver un meilleur soi-même, empreint de bonté et de considération, votre propre cœur transformé en une nuit, par la simple présence d'une autre personne étendue à vos côtés ! Imaginez laisser l'autre prendre les rênes alors que vous avez encore l'impression d'avancer épaule contre épaule ! Que cela puisse être si simple !

Avec Connie ces derniers temps, rien n'était simple.

Alors que la voiturette roulait toujours, Elise songea : *Je pourrais prendre un avion pour New York*. Elle n'y avait jamais été mais elle n'avait pas besoin d'interroger Connie à ce sujet, comme elle l'avait fait pour L.A. – tout le monde connaissait New York : les taxis jaunes, Greenwich Village, les bagels et Tiffany's. Le bleu David Hockney de la piscine se fondit en une autre vision, le feuillage bruissant de Central Park. Elise pensa à *Gatsby le Magnifique*, à la chanson *I'd be rich as Rockefeller !*, aux pizzas préparées par des immigrants napolitains comme le père de Bill Gazzara. Elle aurait aimé y être transportée comme Dorothy au Pays d'Oz, mais quand elle rouvrit les yeux, elles étaient toujours assises toutes les trois dans la voiturette de golf et serpentaient avec lenteur entre les studios.

*

La loge de Barbara était étonnamment dépourvue de meubles : une longue étagère au mur et un immense miroir entouré de petites ampoules allumées, un canapé bas en velours rouge, une chaise en bois rustique incongrue et un valet à vêtements sur lequel étaient suspendus les costumes de

Beatrice Jones. Sur l'étagère, Elise repéra des pinceaux à maquillage, des pots et des lotions, un scénario lourdement annoté et corné, une bouteille d'eau, une autre de vodka, trois verres sales et une flopée de cartes de félicitations. À côté, un énorme bouquet de lys, un panier de fruits et un cendrier débordant de mégots. Un petit frigo bourdonnait dans un coin.

Du pouce et de l'index, Barbara défit délicatement la cellophane autour du panier de fruits. « Vous voulez une pomme, les filles ? »

Elles déclinèrent toutes les deux.

« Ils m'envoient toujours des fruits mais l'acidité, c'est une vraie saloperie. Une bière, alors ? Asseyez-vous. »

Connie et Elise prirent place sur le canapé. Malgré les apparences, il était inconfortable. Tout semblait si étrange. Une fois encore, Elise estima qu'il n'était pas normal qu'une star comme Barbara les invite dans son sanctuaire. Une personne comme elle devrait être sur la réserve et méprisante. Pourquoi les choses se déroulaient-elles ainsi ? Dans un bruissement de tissu, Barbara se rendit au frigo d'où elle sortit deux bouteilles de bière. Elle les ouvrit d'un geste brusque et les leur tendit. Déroutée, Elise prit la sienne et en avala une petite gorgée. « Merci », dit-elle. Connie buvait déjà la sienne.

Barbara s'affala sur la chaise en bois. « Alors, vous vous êtes décidées à nous accompagner dans les Catskill ? »

Elles ne répondirent pas et Barbara rit. « Oh, mince. Alors notre histoire va se terminer comme ça ? » Elise avait envie de la frapper. « Lucy a raison.

— Lucy Crenshaw ? demanda Connie. Quel rapport avec elle ?

— On se posait juste la question, dit Barbara en regardant Elise. On pensait que vous aviez eu votre dose du pays. »

Connie but une autre gorgée de bière. « Qu'est-ce qui te fait penser ça ? On reste.

— Super, déclara Barbara. Comment vous trouvez la bière ?

— Froide », répondit Elise.

Barbara tapota son corset. « Je tuerais pour en prendre une, moi aussi. Mais je vais m'abstenir. Imaginez avoir des gaz dans un attirail pareil. Mes nichons risqueraient de gonfler encore plus et on serait obligé de venir me décrocher des projecteurs au plafond. »

Elise éprouva une certaine stupéfaction. Elle se sentait oppressée par le caractère superficiel de la personnalité de Barbara, mais elle fut surtout chamboulée d'apprendre qu'elles allaient rester en Amérique. Elle agrippa sa bouteille. Quand Connie avait-elle prévu de le lui annoncer, exactement ? Venait-elle juste de prendre la décision, à cet instant, provoquée par Barbara ? Elise s'irritait. Dans le rôle de la partenaire plus jeune de Connie, dénuée de talent visible, elle avait l'impression de devoir toujours paraître déférente, alerte, souriante – et elle commençait à trouver tout cela difficile. Elle voulait simplement que Connie la considère avec le même degré d'admiration qu'elle accordait à Barbara – qu'elle lui parle sur le même ton assuré réservé à Bill ou Matt.

Soudain, Elise regretta de ne pas avoir accepté d'aller surfer avec Matt. Être dans l'eau à cet instant, ou même simplement marcher sur la plage

– plutôt que d'être coincée là, dans une pièce étouffante avec un panier de fruits indésirable et la lumière intense des ampoules. Épuisée, elle s'enfonça dans le canapé et serra davantage sa bouteille.

« Tout va bien, ma puce ? » demanda Barbara en détachant le nœud de son bonnet en coton blanc pour laisser apparaître ses bigoudis. Elle parut plus humaine mais son visage attirait toujours autant l'attention, pareil à un tourbillon surnaturel.

« Je me sens un peu faible, mais ça va, merci.

— Tu veux prendre un peu l'air ? s'enquit Barbara.

— Tu veux rentrer à la maison ? » demanda Connie.

*

Barbara appela le directeur de la production et lui demanda de préparer une voiture pour la raccompagner à la villa. Elise protesta qu'elle n'en avait pas besoin, qu'elle allait bien. Connie lui dit qu'elle était pâle et qu'un après-midi au bord de la piscine lui serait profitable. Elle cessa de protester, laissa Barbara et Connie dans la loge.

« Elle va bien ? entendit-elle Barbara demander à Connie, derrière la porte. Elle voulait vraiment être seule ?

— Ça va aller.

— Connie, il vaudrait mieux que tu ailles avec elle. Ce n'est qu'une enfant.

— Si je la traitais comme une enfant, Barb, elle détesterait ça. »

Elise n'était pas réellement malade, elle voulait

juste s'éloigner de Barbara, et que Connie l'accompagne. Seule avec Connie, voilà où elle voulait être. Longeant le couloir en direction du rectangle de lumière, Elise avançait lentement sur le lino. Elle voulait partir, plus que tout – rentrer à Londres, rien que Connie et elle. Elle avait le sentiment, la conscience douloureuse et excitante, que cette nouvelle vie saisie à pleines mains était en train de lui filer entre les doigts. Elle se posta dehors dans la lumière éclatante et attendit qu'on vienne la chercher, regardant les figurants sortir en file indienne d'un autre hangar ; des centurions romains, leurs casques scintillant au soleil.

*

Elise savait qu'elle ne pouvait pas contrôler Connie. Elle ne pouvait pas tout savoir à son sujet, n'en serait jamais capable. Elle ignorait si les paroles que lui adressait Connie avaient déjà été offertes à quelqu'un, ni si elle les offrirait encore, à une autre. Rien n'était permanent.

De retour à la villa, elle prit aussitôt le téléphone et composa le numéro de Matt et Shara à Malibu. Matt décrocha.

« C'est moi, dit-elle.

— Elise, répondit-il. Comment ça va ?

— Pas mal. Je me demandais si… Je peux parler à Shara si elle est là ?

— Shara ?

— Oui.

— Attends. »

Il y eut une pause, un bruit de pas. Elise patienta. Shara finit par prendre le combiné. « Salut, Elise. Quoi de neuf ?

— Est-ce que je peux poser pour toi ?
— Pardon ?
— Pour un tableau. Tu as besoin d'un modèle ? »
Encore une pause. « Ah… eh bien. Enfin, les œuvres que je fais sont plutôt abstraites, Elise. Je suis vraiment désolée, mais je n'ai pas besoin de modèle pour le moment. »
Elise sentit une immense vague de rage inexplicable s'élever en elle. « Bien sûr. Je suis désolée. C'était une idée débile.
— Non. C'est une proposition adorable. Je suis désolée que mon travail actuel ne me…
— Tu n'as pas à te justifier, dit Elise. Je suis vraiment désolée de t'avoir demandé ça, Shara. Je n'aurais pas dû. Je te dis à bientôt.
— Hé… »
Mais Elise raccrocha avant d'en entendre davantage.

2017

17

En ce premier lundi au service de Connie, à la mi-octobre, j'arrivai juste un peu après 10 heures. Elle me confia aussitôt une clé car elle ne voulait pas s'embarrasser chaque jour à descendre l'escalier jusqu'à la porte. D'après ce que j'avais vu, elle ne prenait pas de petit déjeuner car je me rendis directement à la cuisine pour préparer du café et l'endroit était immaculé.

« J'aime bien quand il est préparé dans cette cafetière italienne, dit Connie. Mais il faut surveiller très attentivement qu'il ne bouille pas sur la cuisinière.

— C'est noté.

— Et aussi, Laura, je vous prie d'ouvrir mon courrier.

— Vous êtes sûre ? »

Connie me dévisagea, ses yeux cillant comme ceux d'une chouette. « Je ne reçois jamais de correspondance très importante, et je ne peux pas perdre trente minutes à me dépatouiller avec une enveloppe qui m'apprendra qu'un autre opérateur m'offre une bien meilleure connexion. »

C'était le deuxième élément de son intimité que

Connie me cédait sans y penser. Je songeai qu'elle n'était peut-être pas dérangée à l'idée que j'entre librement chez elle ou que j'ouvre sa correspondance car sa véritable intimité était dans sa tête, un endroit auquel je n'aurais jamais accès. « Et puis, Laura, ajouta-t-elle comme si elle lisait dans mes pensées, je ne reçois presque jamais de courrier. »

*

À 13 heures, Connie descendit manger le déjeuner que j'avais préparé. Elle aimait visiblement les repas d'école maternelle : sandwichs au jambon, carottes crues, paquets de chips, des aliments faciles à manipuler. J'avais au moins découvert un secret à son sujet en regardant la boîte à biscuits : Constance aimait le chocolat.

« J'ai expliqué à l'agence de recrutement que j'avais trouvé un poste ailleurs.

— Oh.

— Vous avez dit à Rebecca que vous… aviez engagé quelqu'un de votre côté ?

— Oui », répondit-elle en terminant son sandwich avec une grande concentration. J'attendis qu'elle finisse de manger, qu'elle repose la croûte dans son assiette, puis qu'elle me demande quel genre d'imposteur j'étais et qu'elle m'ordonne de quitter sa maison pour toujours. J'avais l'impression d'attendre qu'une hache s'abatte sur ma nuque.

« Elle n'a pas voulu de détails ? » tentai-je.

Connie émit un petit grognement. « Elle ne voudra pas de détails avant qu'on me retrouve morte au pied de l'escalier, après trois semaines de silence radio sans répondre à ses appels. Alors seulement Rebecca fera un effort à mon égard qui dépasse le minimum syndical. En parlant de ça, vous avez vu que Fiona Wilkins est morte ce week-end ? continua-t-elle en déchirant l'emballage d'une barre de Lion.

— Non, répondis-je avant de poser sur la table un plateau de muffins à la carotte que j'avais décidé de préparer. C'est affreux.

— Ça fait trente ans qu'elle ne cesse de mourir. Je la croyais déjà morte, en fait. »

Fiona Wilkins ; une romancière sans doute moins talentueuse que Connie, mais immensément populaire et pleine aux as grâce à une série de romans ayant pour personnage central une nonne-détective prénommée Giovanna qui luttait contre le pape et ses assassins dans la Rome du XVIe siècle. Je n'avais pas vu l'adaptation télévisée mais j'avais aimé tous les livres. Fiona Wilkins, qui avait vécu dans le voisinage de Connie, qui avait essayé de se lier d'amitié mais qui avait échoué lamentablement, de toute évidence.

« J'aurais aimé inventer une nonne-détective, dit Connie. Mais bon, on n'emporte pas nos royalties au paradis. Ou bien si ? Pauvre Fiona Wilkins. On est tous en train de crever.

— Pas vous.

— Mais si. Enfin, elle était plus âgée que moi, au moins. Vous pouvez me faire du thé ? Vous avez pris une barre chocolatée dans la boîte ?

— Non.

— Oh, bon sang, Laura.

— Je n'aime pas le chocolat.

— Comment est-ce possible de ne pas aimer le chocolat ? Est-ce que j'étais au courant de ça ?

— Le sujet n'a pas été abordé pendant l'entretien », répondis-je, et elle lâcha un petit rire.

J'allumai la bouilloire. « Vous saviez qu'elle avait six enfants ? » demanda Connie. Elle avait terminé sa barre de Lion et passait à un Bounty. Je m'inquiétai un instant des risques de diabète. « Six foutus mômes. Et où sont-ils, maintenant ?

— Sûrement à son chevet.

— Et son mari était un *incapable*. Pas étonnant que ses romans se ressemblent tous.

— Je les aime bien.

— Quoi ?

— Je les ai trouvés faciles à lire ! Et bien documentés. Et puis, ils étaient tous différents.

— La nonne résout toutes les énigmes à la fin ?

— Oui.

— Et elle se retrouve dans de fâcheuses situations, mais finit toujours par s'en tirer ?

— Bien sûr. »

Connie renifla. « La répétition demande parfois un certain talent. Peut-être qu'on devrait envoyer des fleurs.

— Je peux m'en occuper, dis-je.

— Très bien. Faites-le. »

Connie poussa un soupir. Elle pouvait avoir des airs de vieille femme quand elle était fatiguée. Presque. Ses yeux ne se départaient jamais de leur éclat et son esprit caustique était plus discret. J'éprouvai soudain une pointe de culpabilité en pensant à ce qui m'avait poussée à la retrouver, aux réponses que je comptais lui soutirer. Et je me demandai : combien de romans couvaient encore dans cet esprit ? J'aurais aimé lire une version de Giovanna la nonne-détective écrite par Connie. Le résultat aurait été spectaculaire. Mais c'était sûrement déjà trop tard.

« Elle a écrit ses mémoires, c'était épouvantable, affirma Connie. Comment ça s'appelait, déjà ? *Des mots sur mes maux*, quelque chose comme ça. Bon Dieu. Quel est votre point de vue sur les mémoires ? Vous aimez les lire ?

— Tout dépend des mémoires de qui, dis-je en apportant les mugs de thé. Je n'aime pas les mémoires du genre "J'ai vécu une longue vie bien remplie". »

Je posai la tasse fumante de Connie devant elle.

« Oh, dit-elle. Mettez des sous-tasses. Je *déteste* les marques d'eau.

— Oui, bien sûr », répondis-je avant d'en poser deux à la hâte. Elle déteste les marques d'eau mais tous ses mugs sont moches à souhait, pensai-je.

« Vous ne trouvez pas qu'ils versent tous horriblement dans la confession ? demanda-t-elle. L'égocentrisme ?

— C'est un peu un prérequis, qu'ils soient égocentriques, mais je ne considère pas ça comme un défaut. Pas s'ils apportent quelque chose au lecteur.

— Je doute que les lecteurs puissent s'identifier à ce que j'aurais à raconter », dit-elle.

J'agrippai mon mug. « Pourquoi ?

— Eh bien. Ce n'est pas exactement ce que je voulais dire. C'est plutôt que je n'ai pas envie de le raconter.

— Je suis sûre que vous avez traversé beaucoup de choses. Rencontré beaucoup de gens. »

Connie plissa les yeux. « Je n'écrirai jamais à ce sujet. C'est pour ça que j'écris un roman. »

J'hésitai mais décidai de parler. « J'imagine aussi

qu'il y a le risque d'être poursuivi en justice quand on écrit sur la vraie vie. Certains secrets pourraient sortir du placard.

— Oh, ça ne risquerait pas pour moi. Toutes les personnes que j'évoquerais sont sûrement mortes. »

Un frisson me parcourut le ventre. « Vous leur avez survécu à tous ? »

Connie me regarda. « En quelque sorte, oui. »

*

Elle voulait que l'on passe au salon afin de trier ses factures. Connie n'avait pas d'accès bancaire par Internet ; si incroyable que cela puisse paraître, elle envoyait encore des chèques. Je fis un feu de cheminée – *Oh, ça faisait deux ans que je n'en avais pas fait !* – qui installa une ambiance presque dickensienne. J'aimais m'attarder sur ses dépenses, les factures simples qu'elle payait en tant que citoyenne du Royaume-Uni : téléphone, eau, gaz, taxe d'habitation. Je remarquai non sans intérêt qu'elle faisait de généreux dons à des œuvres caritatives pour les sans-abri, les programmes d'alphabétisation et le dressage des chiens d'aveugles. J'essayais à travers ces détails de décoder des indices au sujet de ma mère – Elise avait-elle été sans abri ? Connie l'avait-elle trouvée dans la rue et lui avait-elle appris à lire ? Ma mère était-elle devenue aveugle et n'avait-elle pas supporté le changement ? *Arrête*, m'ordonnai-je. *Sois patiente. Réaliste. Prends ton temps*.

Connie, semblait-il, aimait le bon vin et les chaussures solides, mais elle ne jetait pas son argent par les fenêtres. Je l'observais, son visage tendu par la concentration alors qu'elle s'efforçait d'apposer une signature correcte dans son chéquier, et je me demandais vraiment comment la situation allait évoluer. Allais-je m'asseoir près d'elle pendant qu'elle me dictait ses textes, comme une secrétaire des années 1940 ? Je repensais à la déception sur le visage de Zoë quand je lui avais annoncé avoir démissionné de mon poste au café ; aux expressions gênées de Joe et de Kelly quand je leur avais expliqué la description de ce nouvel emploi. *La femme qui connaissait ta mère ? Tu es sûre que c'est une bonne idée ?*

Évidemment que je ne savais pas si c'était une bonne idée. Mais je savais que malgré mon mensonge précaire, une seule journée dans la maison de Connie était plus excitante et débordante de potentiel que trois mois derrière un comptoir de café. En entrant chez Connie, n'étais-je pas une certaine Laura Brown – une femme qui, jadis, avait travaillé au Costa Rica et rêvait d'y retourner un jour ? Laura avait vu un jaguar, Laura avait visité un refuge pour paresseux. Laura allait être énergique, confiante, excellente pâtissière spécialiste des muffins à la carotte. Joe était juste déçu car, pour une fois, c'était *moi* l'instigatrice d'une idée folle, *moi* qui avais osé quitter la zone de confort de nos habitudes.

*

La première semaine, je passai l'aspirateur, dépoussiérai et nettoyai, obtenant ainsi l'accès aux zones qui m'étaient fermées en temps normal. Dans le salon, je contemplai des cadres photos brunis pareils à des fenêtres sépia sur une autre époque – une mère en blazer des années 1940, une broche en rameau fixée à la poitrine. Un père, devinai-je, en uniforme militaire. Connie bébé, flanquée d'un garçonnet. Leurs regards doux, leurs esprits insondables. Dans la salle de bains, je repérai des masques hydratants, une kyrielle de crèmes et de lotions ; des tubes de mascara et de rouge à lèvres comme autant de cartouches dans une guerre personnelle. Un matin, j'appliquai délicatement sur mes lèvres des nuances de Rêves abricotés et de Rouge Catin – avant d'essuyer les preuves avec du papier toilette.

Je passai la main sur son peignoir ; en soie mais usé jusqu'à la trame par endroits, ce qui lui conférait davantage de charme. Puis ses bijoux, posés en désordre dans un grand bol en céramique orné d'un serpent enroulé : perles de corail, argent mexicain, or de l'époque édouardienne serti de petits rubis, boucles d'oreilles argentées en forme de feuille de laurier. C'était comme si j'avais été aveugle – ou du moins privée d'un sens inconnu – et que je réapprenais à voir, à sentir, à toucher, me frayant un chemin vers le passé de ma mère. Mais je n'avais encore vu aucune photo de Connie à l'âge adulte, ni d'aucune autre femme. Je n'avais trouvé aucune lettre ni aucun document non plus. Je m'accrochai à l'espoir, ou à la certitude, que j'allais finir par trouver quelque chose dans cette maison, un élément qui me conduirait à Elise.

Les deux endroits interdits étaient la chambre à coucher de Connie, au dernier étage de la maison, et son bureau. Pas qu'elle me considère comme une voleuse. Je pense plutôt que ces pièces étaient psychologiquement *hors limites* et je devais lui prouver que j'étais capable de le respecter. Et même si j'étais une voleuse, qu'aurais-je pu dérober ici ? Quelque chose qui m'avait sûrement appartenu aussi, mais qui risquait de s'avérer impossible à voler.

Nous buvions notre café en ce premier vendredi matin quand Connie m'interrogea au sujet du Costa Rica. « Qu'est-ce qui vous a attirée, dans ce pays ? »

Mon sang se glaça et mon estomac se relâcha. Puis je me souvins : j'étais Laura, pas Rose. Laura n'était pas du genre à se laisser troubler. Laura avait traversé de nombreuses aventures, qu'elle racontait avec talent. « La jungle, répondis-je. Je voulais voir des jaguars. »

À ma stupéfaction, le regard de Connie s'illumina. Je me sentis encouragée. « Vous en avez vu ? s'enquit-elle.

— Non. Ils étaient très discrets. Mais beaucoup de paresseux, par contre. »

Connie rit. « Et comment étaient les enfants ?

— Oh, ils étaient adorables. Ils me manquent.

— Ils aimaient apprendre l'anglais ?

— Oui, beaucoup. Et vous... vous avez beaucoup voyagé ? » lui demandai-je.

Elle sembla considérer la question un moment. « Oui.

— Et vous avez déjà vécu ailleurs ? Enfin, je veux dire... Ailleurs qu'en Angleterre ?

— Oui », répéta Connie, mais malgré son affirmation, le ton de sa voix n'appelait aucun développement. Laura Brown avait peut-être été trop téméraire.

*

À l'appartement, Joe prit des nouvelles de mon nouveau travail. « C'est… très différent de Clean Bean, répondis-je.

— Elle a fait allusion à ta mère ?

— Pas encore.

— Tu n'as pas abordé le sujet ?

— Non !

— Je croyais que tu avais envie de savoir.

— Oui, j'en ai envie, Joe.

— Alors…

— Il ne faut pas se précipiter.

— Et qu'est-ce que tu vas faire, alors ? »

Je posai sur la table de la cuisine l'enveloppe que Connie m'avait donnée. « Cinq cents livres. En liquide

— Wouah. » Il fronça les sourcils. « Elle va à la banque pour retirer tout ça ?

— Ce n'est pas une recluse, Joe. Elle sort.

— Je croyais qu'elle avait, genre, cent ans. »

Ce soir-là dans le lit, Joe roula sur le flanc et me caressa le bras. « Tu écoutes quoi ? » demanda-t-il.

Je retirai mes écouteurs. « Un livre audio.

— Il est bien ?

— Ouais. »

Il posa le bout de son nez contre mon cou et ne me demanda pas de quel livre il s'agissait. J'écoutais *Lapin Vert*.

Je l'aimais avant même de l'avoir rencontrée, racontait la voix de la narratrice. *Je l'aimais en tant qu'idée et, quand elle entra dans ma vie, elle me permit d'être moi-même.*

Joe continuait à me caresser et je le laissai faire. Il devait penser à ma supplique pour sauver notre passion mourante, et il posa les lèvres sur ma clavicule, sur la naissance de mes seins. Je fermai les yeux et retirai les deux écouteurs, mis la narration en pause pour faire ce que nous avions fait tant de fois auparavant. Quand il me pénétra, je m'imaginais faite d'un corps différent. Des jambes que j'avais vues tant de fois dans les magazines. J'imaginais que Joe n'était pas Joe mais une ombre dans les tréfonds de mon esprit. Nous n'étions pas dans le sud de Londres mais dans une chambre fraîche d'un pays chaud où la nature dehors était humide. Un lit, un rideau gonflé par la brise, ma vie détachée d'un présent ou d'un passé, l'avenir à peine plus qu'un éclat lointain. Tout y était suspendu mais vivant, absolument différent du monde réel.

J'étais Rose, mais j'étais aussi Laura. J'ignorais laquelle de ces deux femmes je voulais être.

18

J'ignorais combien de temps je parviendrais à rester ainsi chez Connie. Elle allait peut-être m'encourager à dévoiler davantage de ma vie, et je l'encouragerais à faire de même, et nous tenterions de tirer plus d'informations que l'autre n'était disposée à en divulguer. Ses questions sur le Costa Rica étaient inoffensives mais je me demandais si nous nous engagions dans un jeu qui n'aurait qu'un seul vainqueur. J'avais une autre crainte : que mon père ait pu se tromper complètement sur Connie. Connie ne savait peut-être pas ce qu'était devenue ma mère – Elise l'avait peut-être rayée de sa vie comme elle l'avait fait pour mon père. Peut-être que Connie était tout aussi dans le flou que lui. L'unique solution était de rester là, à attendre de voir comment se déroulerait la suite.

Tu dois croire en toi, me répétait toujours Kelly. J'essayais mais je ne savais pas si je devais croire davantage en Rose Simmons ou en Laura Brown. J'aimais être Laura. Elle était plus audacieuse, plus efficace et plus drôle que Rose. Rose était une créature très différente. Moins assurée, plus effrayée. Elle n'avait jamais voyagé très loin : elle était casanière. Elle ignorait à quoi sa vie était censée ressembler.

Je ne parvenais pas à déterminer jusqu'où développer ma supercherie. Pouvais-je, si je le souhaitais, me réinventer une biographie complète ? Je pouvais éradiquer Joe. Je pouvais m'inventer une mère que j'avais toujours connue et aimée. Une adresse différente. Une vie inédite – à mesure que je la rêvais éveillée, j'étais abasourdie de la vitesse incroyable à laquelle je trouvais des alternatives. J'étais actuellement célibataire, bien que je fréquente un homme de façon informelle – un conservateur de musée originaire de New York, prénommé Leo. Je sortais avec une femme, Carenza, avocate rencontrée un soir dans un bar, qui aimait l'escalade et qui me harcelait pour l'accompagner en vacances, un séjour sportif atroce impliquant l'ascension d'immenses falaises à pic – oh, Carenza ! – quand je voulais juste me reposer dans la piscine de l'hôtel. J'étais pantouflarde, Carenza était aventurière, mais notre couple fonctionnait pourtant. Mes parents vivaient à Bath, à Glasgow ; ils vivaient dans un village près de Dorking. Ils étaient heureux, ils étaient divorcés, ma mère, Sally, vivait à Madrid après être tombée amoureuse d'un agent immobilier espagnol. Qu'on appellera Geraldo. J'y allais souvent le week-end, Sally et Geraldo remplissaient ma valise du meilleur *jamón*.

Tout cela me venait aisément, dénouer les fils de mon identité pour en tisser une nouvelle. Comment était-il possible que je parvienne à abandonner ma personnalité avec tant d'aisance, à verser ces mots et ces fantasmes dans les trous béants qui la constellaient ?

Mais si c'était mon talent, alors pourquoi ne pas l'utiliser ? Personne ne serait blessé car personne n'en saurait jamais rien. Connie allait me poser des questions au sujet de Laura et de sa vie, je m'y attendais, et plus nous passerions de temps ensemble, plus il me serait difficile de garder le silence. Même si j'inventais une histoire quelconque, cela n'aurait aucune incidence sur ma présence dans la maison de Connie. Mieux, cela aurait l'effet d'un bouclier protecteur, je dissimulerais mon vrai caractère derrière les fortifications verbales de mon autre personnalité palpitante. Et quand j'aurais obtenu l'histoire de ma mère, je partirais, emportant la piste de ma fiction, laissant Connie avec les siennes.

*

Lorsque arriva notre conversation suivante, Connie semblait y avoir réfléchi, elle aussi. Elle avait pensé à moi, qui j'étais, d'où je venais. Qui j'aimais, ce que je voulais. Le décès de Fiona Wilkins l'avait peut-être rendue plus expansive et songeuse, lui avait donné envie de tendre la main vers l'être humain le plus proche. Ou peut-être se prenait-elle d'affection pour moi. Mais je résistais encore à la tentation de lui raconter ma vie, véritable ou imaginaire. Je voulais la sienne, rien d'autre.

Elle me demanda de l'accompagner en promenade dans le Heath, aussi nous trouvâmes un foulard et un chapeau, ainsi qu'une veste à épaisse doublure. Ses doigts, presque semblables à ceux d'un bambin maladroit, agrippèrent les ourlets du bonnet en laine et je fus saisie une fois encore par le contraste entre l'élégance de Connie et les mouvements tremblants et saccadés de ses mains.

C'était une journée grise, le soleil était caché mais il ne pleuvait pas.

« Laura Brown », dit Connie tandis que nous gravissions la côte. Elle jouait avec mon nom sur sa langue. « Vous êtes mariée, Laura Brown ? »

Je m'esclaffai. « Si je suis mariée ? Non.

— Vous avez quelqu'un dans votre vie ?

— Oui », répondis-je, songeant à Joe, à Leo, à Carenza. Je me demandais quel nom allait glisser de mes lèvres, et je fus rassurée que Connie enchaîne ses questions.

« Des enfants ?

— Non.

— Vous en voulez ? »

Je gardai le silence. « Je vois, déclara Connie.

— Qu'est-ce que vous voyez ? »

Elle ne répondit pas.

Nous continuâmes notre marche. Je me sentais observée et examinée, j'avais envie de rentrer à la maison où je me sentais plus en sécurité que dehors en sa compagnie. Dehors, l'absurdité de mon comportement – les mensonges, le fait que je sois devenue sa dame de compagnie, en quelque sorte – semblait amplifiée. J'avais le sentiment de pouvoir être appréhendée à tout instant. « Quand j'avais vingt ans, dit soudain Connie en brisant le fil de mes pensées, j'ai écrit un recueil de poèmes pour l'anniversaire de ma petite amie.

— C'était gentil de votre part. »

Connie renâcla. « J'étais fauchée, c'est pour ça que je les ai écrits. Je ne pouvais pas me permettre d'acheter un cadeau correct. Ce n'était pas parce que je me prenais pour une poétesse. » Elle s'arrêta près d'un banc où elle prit place. « Ou peut-être que si ? Après tout, je les ai écrits. Je ne me souviens pas d'avoir éprouvé la moindre honte en les lui offrant.

— Ils parlaient de quoi ?

— J'ai oublié. D'amour, sans doute. De ma conception approximative de l'amour. D'elle, de moi. Ce n'était pas "vingt et un poèmes pour un vingt et unième anniversaire", rien de ce genre. Mais ils m'avaient demandé un certain effort, ça je m'en souviens.

— Vous ne les avez jamais publiés ?

— Mon Dieu, non. Non. On s'est séparées ensuite, une fois de plus. Elle les a laissés dans le coffre de sa voiture. Un vieux tacot qu'elle espérait se faire braquer, plutôt que d'avoir à s'en occuper. La voiture a été volée et les poèmes étaient toujours dans le coffre, alors ils ont disparu avec.

— C'est un peu salaud de sa part. »

Connie haussa les épaules. « Ils étaient à elle. Elle pouvait en faire ce qu'elle voulait. Elle ne souhaitait pas garder de souvenirs de moi, alors ma poésie pouvait bien être volée. Mais elle a décidé tout à coup qu'elle regrettait cette décision. Quand on a recommencé à se parler, elle m'a demandé si je pouvais les lui réécrire, parce que, en fin de compte, elle voulait les récupérer... même si elle les avait délibérément laissés dans le coffre de sa voiture.

— Vous les avez réécrits ?

— Absolument pas.

— Tant mieux.

— Sa voiture portait le nom d'une constellation, Sirius, poursuivit Connie en enfouissant son menton dans son foulard. Quelques années plus tard, j'ai écrit un poème à ce sujet. Intitulé *Sirius*, voyez-vous... un nom étoilé, le concept du destin. » Elle leva les yeux au ciel. « Tellement malin. Il parlait du vol des premiers poèmes. De sa requête franchement arrogante que je les réécrive.

— Et qu'est-ce que vous avez fait de ce poème-là ?

— Rien. Il n'était pas très bon. Mais voilà, ma nouvelle compagne l'a trouvé, et elle s'est vexée que j'écrive un poème au sujet de mes anciennes amantes. »

Je songeai aux paroles de mon père : *Pendant un temps, elles étaient inséparables*. « Elle était du genre jaloux, cette nouvelle amie ? » demandai-je, le cœur battant un peu plus fort.

Connie détourna le regard. *Dites son nom*, pensai-je. *Dites-moi son nom*. « On ne peut pas parler de jalousie. Plutôt un feu d'artifice. J'ai jeté le poème à la poubelle. J'aurais dû être plus prudente.

— Vous aviez parfaitement le droit d'écrire ce poème. »

Connie continua à observer les passants d'un air distrait. « J'ai commis les vieilles erreurs du passé sur les gens du présent. Ne faites jamais ça, Laura. Je vous le dis par expérience.

— D'accord, lâchai-je avec gêne.

— Même si c'est ce que nous faisons tous, ajouta-t-elle. On ne connaît notre première peine de cœur qu'une seule fois. Mais la douleur se réveille à chaque nouvelle rencontre, même si l'on ne s'en rend pas compte. Vous avez déjà eu le cœur brisé ? »

J'étudiai la question si longtemps que Connie finit par se tourner vers moi sur le banc. « Oui », dis-je, mais sans penser à des amants.

Ma voix dégageait peut-être quelque chose d'honnête, ou du moins de sincère. « C'est douloureux, pas vrai ? demanda-t-elle d'une voix douce.

— Oui.

— Mon nouveau roman traite de la responsabilité, annonça-t-elle soudain, et j'eus l'impression qu'elle m'offrait un cadeau. Il s'intitule *L'Inconstance.*

— *L'Inconstance* ?

— Ce que je voulais expliquer à ma copine de l'époque…

— Le feu d'artifice ? »

Connie sourit. « Oui, le feu d'artifice – ou alors à moi-même – c'est que je cherchais l'origine d'une cicatrice qui ne s'efface jamais. De vieilles rides sous une peau nouvelle. Mais le processus *d'écriture* la replace dans un présent reconfiguré. Ce que j'appellerais l'art, ou l'expérience que nous en faisons. Ce qui nous aide aussi à imaginer notre avenir idéal.

— Est-ce que c'est vraiment raisonnable ? »

Connie s'esclaffa. « Non. Je déforme un peu tout mais c'est ma façon de faire. Être dénuée de foi, sauf en la culture artistique – du moins en la fiction –, ne fait pas de moi une meilleure personne que quelqu'un qui ne lit jamais rien. Au contraire, ça me rend terrifiante. Ou terrifiée. Selon le jour. N'est-ce pas une négation de la réalité ? Une personne qui a besoin de voir un acteur pleurer des larmes de crocodile pour comprendre la profondeur du chagrin, une personne qui a besoin d'un poème d'amour pour parvenir à s'approcher du sentiment – peut-être que cette personne peine à vivre dans le monde réel. Elle est probablement déficiente. »

Connie me surprenait. Elle devenait émotive. « Est-ce qu'on n'est pas tous un peu comme ça ?

demandai-je. Le monde réel est parfois… trop dur à supporter. »

Elle agita sa main pareille à une serre. « Ce n'est pas une critique. Je suis certaine de faire partie de cette majorité-là. J'ai besoin des acteurs. J'ai besoin des poèmes d'amour. J'ai trouvé la vie dure, j'ai eu besoin d'histoires. Ce qui est évident, il me semble.

— Sauf que cela fait très longtemps que vous n'avez pas écrit. »

Connie n'apprécia pas le commentaire. Elle renifla et se détourna. « Quand vous êtes venue chez moi la première fois, vous m'avez dit que vous aviez lu *Lapin Vert*.

— C'est vrai.

— Et vous avez pensé que le personnage de Rabbit, c'était moi ?

— Non. J'ai pensé qu'il s'agissait d'une œuvre de fiction. »

Ce n'était pas tout à fait exact.

Connie sourit. « Bien. Parce que c'est l'intérêt. Ce n'est jamais la réalité. C'est le but. Mais le problème, c'est que personne ne peut jamais vraiment définir la réalité. C'est un domaine si instable.

— Je sais. »

Elle se leva. « Je suis prête. Rentrons. J'ai envie d'une tasse de thé. »

19

Quelques jours après cette conversation, je préparais une pizza dans la cuisine quand Connie apparut sur le pas de la porte. « Laura, dit-elle. Vous pouvez rester plus tard ? Je vais recevoir une invitée et je me demandais si vous pouviez préparer le repas.

— Une invitée ? »

La tension dans ma voix était perceptible. *Imagine un peu,* pensai-je. *Ma mère, qui franchirait le seuil de l'entrée.*

« C'est permis, non ? demanda Connie en haussant un sourcil.

— Excusez-moi. Bien sûr.

— C'est mon agente. Deborah.

— Votre agente », répétai-je, me sentant frémir intérieurement. Je me tournai vers le plan de travail. Je devenais folle – pourquoi avais-je imaginé que ma mère viendrait dîner ?

« Laura, quelque chose ne va pas ?

— Tout va bien. » Je montrai la boule de pâte que je pétrissais. « Mais je comptais juste vous laisser une pizza.

— Une pizza, c'est parfait, merci. Et voulez-vous inviter votre compagnon ?

— Je vous demande pardon ?

— Votre *compagnon*. Mon Dieu, mais qu'est-ce qui ne va pas ?

— Rien. Vraiment, tout va bien.

— Je ne connais même pas le nom de votre compagnon.

— Il s'appelle Joe », répondis-je, trop troublée pour concocter un mensonge. Leo et Carenza disparurent face à la curiosité de Connie. « Il travaille ce soir.

— Il fait quoi dans la vie ?

— Il est… antiquaire.

— Mais c'est fabuleux », s'exclama Connie d'un ton sincèrement enchanté. Je rougis et gardai le dos tourné. Je pris une profonde inspiration et songeai à ce qu'aurait pu ajouter Laura. « Quelle période ? voulut-elle savoir.

— Principalement début du XXe. »

Connie émit un son ravi. « Mais pourquoi doit-il travailler ce soir ?

— Il est dans le Yorkshire. Il y a une vente aux enchères dans une grande demeure demain et il veut être le premier sur place.

— Bon, peut-être une prochaine fois.

— Merci, Connie. Ce serait avec plaisir.

— Vous pouvez agrémenter un peu la pizza ? Rajouter autre chose que du chorizo ?

— Bien sûr, oui. J'ai suivi un cours de cuisine italienne. Quand j'ai voyagé… à Padoue. Est-ce que Deborah a des allergies particulières ?

— Padoue ? C'est merveilleux. Elle déteste les anchois. Tout le reste, c'est bon. »

*

Connie s'éloigna et j'entendis la porte du bureau se refermer à l'étage. Je pris place à la table de la cuisine, réconfortée par la pâte à pizza sous mes doigts, la masse spongieuse ployant sous la pression. J'imaginais Laura, vivant dans une mansarde romantique de Padoue, apprenant à découper des tortellinis, à préparer la ricotta et les pizzas à la perfection, de la meilleure et de la plus simple des manières italiennes. Je rêvais d'être cette fille, qui sortait de ses habitudes et accomplissait ces choses-là. Je levai la main et la pâte gonfla comme un organe blanchi et gorgé d'eau, mes doigts ne laissant aucune empreinte de mon passage. Joe, l'antiquaire. Je l'imaginais arpenter les allées interminables des marchés d'antiquité, en quête de la table Art déco parfaite. Pourquoi n'avais-je pas choisi quelque chose de plus simple, comme avocat ou comptable ? Ils n'éveillaient jamais la curiosité ni les questionnements.

Je voulais juste que Joe puisse paraître intéressant. Sans doute pouvait-on dire la même chose de moi.

Qu'il cherche des pièces d'antiquité ou qu'il prépare des burritos, il était impensable de faire venir Joe ici. Mais pire que sa présence à lui, il y avait celle de Deborah. J'envisageai rapidement les scénarios possibles. Et si Connie lui disait que j'avais été envoyée par l'agence de recrutement mais que Deborah rétorquait n'avoir jamais entendu parler de moi ? Elles exigeraient des réponses. Elles appelleraient peut-être même la police. Et si les mises en garde de Joe devenaient réalité et qu'on m'arrêtait ? J'avais l'impression d'avoir réussi à m'introduire dans cette maison – que ma mère s'était rapprochée de quelques millimètres, plus proche qu'elle l'avait jamais été – et je ne pouvais pas me permettre de laisser filer cette occasion. Je ne devais pas être ici à l'arrivée de Deborah. Il fallait que je continue à circuler dans le logement de Connie sans être dérangée par les étrangers.

Je laissai reposer la pâte dans un saladier sous cellophane et montai l'escalier pour aller parler à Connie. À ma grande surprise, sa porte était ouverte. Elle était assise à un étroit bureau près de la fenêtre donnant sur le jardin et l'arrière-façade d'autres maisons. Connie ne m'avait pas entendue arriver. Elle était penchée sur un bloc de feuilles jaunes, son visage de profil affichant une profonde concentration, mais ce que je remarquai surtout, c'était sa façon de tenir son stylo, comme un Occidental tenant des baguettes pour la première fois. Sa prise était maladroite, disgracieuse, perdue en une série d'actions et de situations qui n'avaient pour elle aucun sens.

Je me figeai à quelques centimètres de la porte. Je n'aurais jamais dû voir cela.

« Putain, putain, *putain* », murmura-t-elle avant de jeter le stylo et de se prendre la tête entre les mains.

J'éprouvai soudain une immense pitié. Alors que je cuisinais pour elle et triais sa paperasse, que je lui préparais du thé et lui sortais des barres de Lion, elle ne passait pas son temps à rédiger d'interminables suites de mots merveilleux, mais à essayer de maîtriser la tenue de son stylo.

Je reculai. « Laura », dit-elle.

Je fis demi-tour, honteuse, et alors que nos

regards se croisaient, je perçus sa honte à elle, qu'elle dissimula aussitôt, se redressant sur sa chaise, un coude élégamment posé au bord du bureau.

« Depuis combien de temps êtes-vous là ? demanda-t-elle d'une voix sèche. Vous avez l'habitude d'espionner les gens ?

— Je suis vraiment désolée. » Je voulais lui exprimer combien je la trouvais courageuse mais je me doutais qu'elle détesterait une telle remarque. Elle m'avait dit, plus d'une fois, que ses mains étaient en mauvais état, mais constater de mes propres yeux l'étendue de ses difficultés eut un effet terrible, pire que si je l'avais vue s'escrimer sur une bouteille de champagne. Je fis comme si de rien n'était. Laura Brown saurait se montrer diplomate dans cette situation : afficher une réaction pleine de tact et d'aisance. « Je suis montée vous prévenir que je ne me sens pas très bien. Est-ce que cela vous convient si je termine la pizza et que je prends ma soirée ?

— Ça ne va pas ? demanda Connie. Vous sembliez distraite, dans la cuisine. Tout va bien ?

— J'ai mes règles. » J'étais incapable de trouver autre chose.

Son visage se radoucit. « Ces saloperies, bon sang. Sans vouloir faire de mauvais jeux de mots. Bien sûr, Laura – ne vous inquiétez pas pour le repas. Rentrez chez vous. Reposez-vous. Je vais appeler Deborah et lui demander d'acheter un plat à emporter chez Marks & Spencer. Vous voulez du paracétamol ? Il y en a dans l'armoire à pharmacie de la salle de bains. »

Je sentis quelque chose se détendre en moi ; un muscle invisible que j'avais contracté malgré moi.

Je voulais me précipiter vers Connie et l'enlacer, bien qu'elle ne m'ait pas semblé encline aux câlins. Je repensais à mon manager du Clean Bean, un dénommé Giles. Quand Zoë ou moi avions nos règles, il se foutait bien de nous voir pliées en deux de douleur, ou même vomir dans les toilettes du personnel, dans le cas de Zoë. *Si les hommes avaient leurs règles*, m'avait soufflé Zoë, *il y aurait douze semaines de congé par an et les tampons seraient gratuits*.

Je me sentis coupable d'abuser de la prévenance de Connie, moi qui n'étais qu'une lâche, une hypocrite. « Je vais vous préparer la pizza, dis-je. Vous ne pouvez pas servir un plat de chez Marks & Spencer à votre agente.

— Je l'ai déjà fait, personne n'en est mort.

— Mais c'est pour ça que je suis ici. Pour que vous puissiez profiter des bonnes choses. »

Connie sembla touchée, et alors qu'elle retournait à sa feuille et qu'elle saisissait son stylo une fois encore, je vis rougir ses joues pâles. Une question me vint à nouveau à l'esprit : à quand remontait la dernière fois où quelqu'un avait pensé à elle ainsi, avait pris soin d'elle, avait vécu dans une telle proximité ? J'accueillis avec une véritable surprise son empressement à s'occuper de moi, et je me demandais depuis combien de temps ce réflexe, si humain et naturel soit-il, était demeuré en elle à l'état dormant.

« Oui, dit Connie. Vous avez sans doute raison. Mais allez donc vous allonger un moment dans la chambre d'amis. Prenez du paracétamol et faites une sieste, et si ça ne va toujours pas mieux dans deux heures, alors ne restez pas juste pour moi. »

*

Je décidai d'avaler le paracétamol car c'est ce qu'aurait fait Laura, puisqu'elle venait d'annoncer qu'elle avait ses règles. J'avais une légère migraine, c'était vrai. Je me rendis à la chambre de l'entresol, une petite pièce agrémentée d'un papier peint à rayures vert menthe et meublée d'un lit simple ; sur tous les murs, des affiches sous verre de pièces de théâtre remontant jusqu'en 1975. Il y avait aussi une caisse entière des romans de Connie en langues étrangères, mais je ne les sortis pas, consciente une fois encore de la générosité de Connie, de sa candeur, et que je ne devais pas en profiter. Mon respect pour Connie luttait contre mon désir d'en apprendre plus sur ma mère.

Je m'étendis sur le lit, jugeant qu'il serait maladroit de me glisser entre les draps. Je me demandais si Elise était entrée dans cette maison, si elle s'était allongée sur ce lit – et si c'était le cas, comment cela s'était produit, et quand, et comment tout s'était terminé ? Mais à l'instant où ma tête se posa sur l'oreiller, je m'assoupis – immédiatement, profondément, comme le ferait un enfant lors d'un long trajet en voiture, ou dans les bras de ses parents.

À mon réveil, Connie était debout à côté du lit. La lumière dehors avait viré au crépuscule et l'expression de Connie, hésitante et inquiète, me surprit. « Ah, vous vous réveillez, dit-elle. Deborah est arrivée.

— Quoi ?

— Vous avez dormi trois heures. »

Je m'assis brusquement. « Trois heures ?

— Vous étiez comme ensorcelée. Ou bien ce sont vos règles qui vous font cet effet. Je ne peux plus dormir comme ça. Les jeunes ont tellement de chance.

— Oh, mon Dieu. Je suis vraiment désolée.

— Ne dites pas de bêtises. Une pizza ne met pas longtemps à cuire. Venez faire la connaissance de Deborah. »

*

Je suivis Connie dans le salon. Deborah se tenait près du manteau de la cheminée. Elle était petite, la soixantaine, devinai-je, et l'éclat dur de ses yeux ne laissait pas transparaître grand-chose. Elle portait un immense châle gris, son visage était mangé par une grande paire de lunettes à monture verte. Ses cheveux en épis étaient coupés court, joliment teints, et de nombreux bijoux en plexiglas clinquants aux maintes formes abstraites cliquetaient autour de son cou et à ses doigts. Elle ressemblait à une chouette et en avait l'apparence ronde.

« Deb, voici Laura. C'est mon ange, annonça Connie.

— Deborah », dis-je en avançant vers elle. J'étais encore embrumée mais je me rendis compte qu'il me faudrait rester vigilante. « Je suis Laura. » Je lui serrai la main.

« La nouvelle assistante, dit Deborah qui leva le visage vers moi avec un sourire peu avenant. Vous êtes un ange ou un démon ?

— Ignorez-la, Laura », dit Connie.

Deborah me serra la main et me dévisagea attentivement. « Vous voulez un verre de champagne, toutes les deux ? demandai-je.

— Oui, s'il vous plaît, répondit Connie.

— Pas étonnant que Connie vous apprécie. Très bien, lâcha Deborah. Pourquoi pas ? »

Je les laissai et allai verser le champagne à la cuisine. Je pris quelques profondes inspirations, m'appuyai sur le plan de travail et, à mon retour au salon, Deborah était encore près de la cheminée, où elle ôtait son châle enveloppé autour de son corps. « Il est vraiment géant, ce truc ! dit-elle avant de le tendre devant elle. On dirait une foutue nappe de pique-nique. Davy me l'a offert pour mon anniversaire. Le chien n'arrête pas d'y laisser ses poils. » Elle le plia en un rectangle soigné sur le bras du canapé. Connie s'excusa et la porte des toilettes se referma dans un cliquetis sous l'escalier.

« Comment est-elle, alors ? me demanda Deborah. Elle ne vous a pas encore fait fuir ? »

Je ris. « Pas du tout. J'adore travailler pour Connie. J'ai beaucoup de chance.

— Connie estime que c'est elle, qui a de la chance, rétorqua Deborah en s'asseyant sans lâcher son verre de champagne. Votre prédécesseur n'a tenu qu'une semaine, alors vous avez forcément quelque chose de magique.

— Ma prédécesseur ? »

Deborah m'adressa un sourire insipide. Je me sentais gênée par ma naïveté, d'avoir pu croire que j'étais la première – parce que la vie de Laura avait commencé à la seconde où j'avais franchi le seuil de la porte, celle de Connie aurait dû commencer à cet instant, elle aussi. Connie avait vécu quantité d'existences, comparé à moi, et les paroles de Deborah me mirent mal à l'aise. J'imaginai la file fantomatique des assistantes passées, attirées ici mais échouant toutes à accomplir une tâche impossible et indéterminée.

« Enfin bon…, lâcha Deborah avec un geste de la main. Vous êtes là et Connie vous apprécie. C'est tout ce qui compte. Comment avez-vous entendu parler de ce poste ? »

Mon cœur se mit à battre la chamade. « J'ai été envoyée par mon agence de recrutement.

— Ah, oui. Mon assistante, Rebecca, s'en est occupée.

— Ils m'ont dit que Connie avait besoin d'un peu d'aide dans la maison et dans son travail », dis-je aussitôt, et j'espérais qu'elle ne me demanderait pas leur nom, sachant qu'un seul compte Gmail bidon me séparait de la cellule du poste de police. L'idée d'avoir à expliquer mon mensonge, mais aussi de déposer le spectre de ma mère aux pieds de ces deux femmes, était trop insoutenable.

« Je suis vraiment enthousiaste de savoir que Connie écrit un nouveau roman, dis-je, dans l'espoir de changer le sujet. Après tout ce temps.

— Je sais, oui, dit Deborah, sourcils froncés. Mais ses mains ne vont pas bien.

— C'est pour ça que je suis là. » Deborah me décocha un regard dur. « Elle dit que le livre parle de responsabilité. »

Connie apparut à la porte. « Qu'est-ce qui parle de responsabilité ?

— *L'Inconstance*, apparemment, répliqua Deborah. D'après les dires de ton ange.

— Ah, oui, acquiesça Connie en se rasseyant dans son vieux fauteuil comme si elle n'était pas sur le point de briser trente ans de silence sans le moindre mot publié. J'ai évoqué à demi-mot la thématique de la responsabilité en discutant avec

Laura. Mais ça ne se résume pas juste à cela. Je voudrais te raconter l'intrigue, Deb. D'accord ?

— D'accord.

— Il y a une femme. Il y a toujours une femme, commença Connie en décochant un regard ironique à Deborah. Elle s'appelle Margaret Gillespie.

— Un bon nom, fit remarquer Deborah avant de prendre une judicieuse gorgée de champagne.

— On est à Londres en 1626. Le mari de Margaret est un puritain calviniste dévot, elle l'accompagne dans le Massachusetts à bord d'un navire avec leur fille, Christina. Ils rejoignent une colonie appelée Peabody. C'est un lieu qui a vraiment existé. Mais le mari de Margaret meurt, la maladie se propage dans toute la colonie et tue presque la moitié des habitants. Margaret survit, ainsi que Christina. Elles ont la vie dure. Je voulais… de la saleté, explique Connie les bras croisés, dissimulant ses mains tandis qu'elle dévoilait son monde intérieur. Elles n'auraient jamais dû être là, évidemment. Mais l'homme qui les y a menées est mort, elles n'ont pas les moyens de repartir. Je voulais écrire sur ce que cela implique d'aimer quelqu'un en dépit de soi-même. Est-ce une bonne chose ? Est-ce le but ultime ? Je crois que cette tendance handicape parfois Margaret. L'amour comme une difficulté. Alors, je ne veux pas être prévisible, et les gens diront que je le suis, mais il y a un personnage détestable.

— Un personnage détestable ? répétai-je.

— L'obstacle, ajouta Connie, les yeux brillants. C'est une brute, sous le couvert de ses convictions religieuses. Davy Roper, le mari de Christina.

— Davy ? lâcha Deborah. C'est le prénom de mon fils, Connie.

— Je sais, rétorqua-t-elle sur un ton neutre. Il me plaît. Ça ne te dérange pas ?

— Non, on va dire que non. » Une lassitude dans sa voix laissait à penser qu'elle était habituée à ce genre de choses.

« Davy a l'effet d'une bombe dans l'existence de Margaret et Christina, poursuivit Connie. C'est un subalterne dans le conseil des anciens de la colonie, mais il gravit les échelons. Dans le huis clos de leur maison, il bat et viole Christina. Il tente même de battre Margaret pour lui imposer l'obéissance, car elle déteste l'idée qu'il ait épousé sa fille. Margaret commence à contester son statut de veuve isolée sans protection, Davy et elle se prennent souvent le bec. Elle se dispute sans cesse avec sa fille à son sujet. Elle veut que Christina le quitte, mais cette dernière refuse. Car Davy leur donne une respectabilité apparente. Puis il se met à répandre des rumeurs sur Margaret, les gens deviennent soupçonneux.

— Pourquoi ils le croient ? » demandai-je.

Connie me regarda. « Pourquoi pas ? Il fait partie de l'autorité. C'est un homme. Margaret est une étrangère. Et c'est une bonne cuisinière, ajouta-t-elle. Ce qui signifie qu'elle connaît bien les herbes et les plantes. Alors Davy se lance dans une certaine rhétorique. Quelles sont les véritables causes de la mort de son époux ? demande-t-il à la communauté. Comment sont *vraiment* morts tous les autres membres ? Que signifient tous ces morceaux d'écorce séchée et de champignons suspendus dans la maison de Margaret ? Est-ce qu'elle s'aventure dans le domaine de la sorcellerie ? » Connie s'interrompit pour reprendre son souffle. « Quand Christina tombe enceinte, Margaret lui propose de se débarrasser de l'enfant si elle ne veut pas qu'il vive comme elles sous la coupe de Davy. Christina décide de ne pas donner naissance au bébé. Margaret essaie de l'aider. Et tout bascule. »

Un silence planait dans la pièce. « Comment ça ? finit par s'enquérir Deborah.

— Eh bien, Margaret Gillespie est toujours abandonnée, par tout le monde. C'est à la fois sa joie et son malheur.

— Que fait Margaret, Connie ? demanda Deborah.

— Elle prépare une potion abortive pour Christina. »

Deborah avala la dernière gorgée de son champagne. « D'accord.

— Christina la boit, et ça la tue. » Lentement, Deborah posa son verre sur la table basse. « Et Margaret est obligée de recommencer à zéro. »

Assise dans cet élégant salon de Hampstead, je sentis une étincelle d'énergie prendre vie : étrange, froide et inconnue, là où tout avait été si convivial. Les poils de mes avant-bras se hérissèrent comme si Margaret Gillespie et sa fille apparaissaient, prenant forme solide depuis les ombres imperceptibles d'un recoin de la pièce.

« Et Margaret… est-ce qu'elle y arrive ? demandai-je.

— Arrive à quoi ?

— À recommencer à zéro ? »

Connie sourit. « Il faudra attendre pour le lire.

— Est-ce qu'on peut dire sans se tromper que *L'Inconstance* est une fenêtre ouverte sur les dynamiques familiales compliquées ? demanda Deborah. Est-ce que je peux affirmer aux éditeurs intéressés que le roman aborde cette thématique ? »

Connie plissa le nez. « Ça paraît un peu réducteur, Deb. Et quand c'est un homme qui écrit sur la famille ? Les gens n'en concluent pas qu'il parle de sa famille à lui. Si un homme décrit un aspirateur sur une moquette poussiéreuse, tout le monde pense qu'il s'agit d'une métaphore de purification des âmes. Mais quand une femme décrit la même chose, elle n'évoque que des tâches ménagères. On pourrait dire que ce roman parle de l'âme.

— Je sais, rétorqua Deborah. Mais...

— Ils pensent qu'on est incapables d'inventer des histoires. De prendre du recul. Alors qu'en réalité on est obligées d'être les meilleures menteuses du quartier, les meilleures imitatrices. »

Je m'étranglai presque en buvant mon champagne et Connie se tourna vers moi. « Tout va bien ?

— Ça va. » Je pouvais à peine soutenir son regard.

« Très bien, s'exclama Deborah non sans une touche d'exaspération. Je n'annoncerai pas qu'il s'agit d'une fenêtre ouverte sur la nature de la famille. Bien qu'à mon sens il n'y ait rien de mal à écrire sur la famille.

— Bien sûr que non, dit Connie. À part l'accueil qu'on fait à ces textes. »

Deborah reprit son verre vide sur la table et nous trinquâmes au roman de Connie. « Je ferais mieux d'aller m'occuper de la pizza, dis-je.

— Merci, dit Connie. Faite maison, Deb. Tu sais que Laura a même préparé la *pâte*. » Elle écarquilla les yeux comme si j'étais à l'origine de la fission nucléaire.

Deborah leva son verre dans ma direction, son visage pareil à un masque. « Félicitations », dit-elle.

*

Je mourais d'envie de retourner au salon et d'écouter en secret ce qu'elles pouvaient bien dire en mon absence mais je me concentrai à déposer la garniture sur la pizza, à préparer une salade et à mettre la table. Quand j'eus terminé, je longeai le couloir à pas de loup et me postai près de la porte. Elles discutaient à voix basse, insistantes.

« Tu veux vraiment ressortir tout ça ? » disait Deborah.

Je sentis ma mâchoire s'entrouvrir. Je fermai les yeux et espérai que le parquet ne trahirait pas ma présence.

« Ce n'est qu'un roman, Deb. Mon travail consiste à bâtir un pont entre la réalité et la représentation de la réalité. L'important, c'est l'apparence de ce pont, la sensation qu'il donne sous le pied, où il nous mène. Pas de savoir pourquoi c'est moi, en particulier, qui l'ai bâti.

— Connie, je ne suis pas idiote.

— Tu ne comprends pas, Deb. » Elle sembla hésiter. « Tu n'as jamais compris. »

Il y eut une pause. « Tu crois que je ne vois pas d'où ça vient ? demanda Deborah.

— C'est de la fiction, rétorqua Connie d'une voix agacée. Est-ce que les gens ont cru que Charlotte Brontë avait été enfermée dans une chambre rouge quand elle avait neuf ans ? Qu'elle rêvait en secret d'épouser un sociopathe qui retenait prisonnière sa première femme dans le grenier ? »

Elles gardèrent un instant le silence. J'entendais le feu crépiter dans l'âtre. « Tu n'as jamais pensé à mal, Connie », finit par dire Deborah.

Connie resta muette et Deborah émit un soupir d'impatience. « Tu ne sais pas tout, lâcha Connie.

— J'étais là. La moitié ne s'est passée que dans ta tête, Connie. Dans ta *tête*. Je sais que c'était une période difficile, mais il ne t'a jamais accusée. Personne ne t'a accusée. Alors pourquoi devrais-tu le faire ? »

Mon cœur se mit à battre à tout rompre. Deborah parlait-elle de mon père ? L'idée que Connie puisse inclure ma mère dans son prochain roman – et que ce soit moi qui le tape à l'ordinateur – était à la fois insupportable et irrésistible. Je serrai les poings pour contenir le tremblement de mes mains.

« Il ne savait pas la moitié de l'histoire, Deb. Et si ç'avait été le cas, il m'aurait accusée.

— Eh bien, tout le monde a joué un rôle. Lui aussi. Connie, tu as été trop dure envers toi-même. Tu n'as pas écrit depuis si longtemps, c'est un vrai gâchis. Qu'est-ce qui a changé ? »

Connie soupira. « Le fait que d'ici un an ou deux, je ne pourrai même plus écrire mon foutu nom ? La fiction n'arrange pas tout mais, au moins, elle s'y essaie.

— Et en plus de ça, tu as fait venir cette fille, tu l'impliques…

— Laura est merveilleuse », rétorqua Connie. En entendant ces mots, je me sentis si coupable. Je n'étais pas merveilleuse. J'avais investi la maison de Connie en quête de ma mère. J'étais ici pour Elise, pas pour Connie. Et pourtant en l'entendant prononcer ces paroles, je ne pus m'empêcher d'éprouver un torrent d'affection. Connie avait perçu une certaine valeur chez moi – ou du moins dans une version de moi. J'avais envie de pleurer.

« Elle a de l'expérience ? demanda Deborah.

— Elle a un diplôme. Elle a voyagé, enseigné… Elle est allée au Costa Rica.

— Mais qu'est-ce qu'elle gagne à travailler ici ?

— Bon sang, Deb. Tout le monde n'a pas d'arrière-pensées. Elle avait besoin d'un *boulot*. Elle voulait du changement. Je crois qu'elle a traversé une épreuve difficile. Une fille brillante comme elle qui travaille dans un café…

— Oh, toi et tes filles aux épreuves difficiles. Elles tombent à tes pieds, et regarde où ça te mène. Je suis désolée. C'est juste que… je tiens à toi, Connie. Je veux que tu ailles bien.

— Il ne me reste plus beaucoup de temps, Deb. Une dernière histoire. »

Deborah soupira : la longue et profonde expiration d'une personne qui a passé sa vie entière à côtoyer des non-conformistes têtus. Bouleversée, exaltée, je reculai sur la pointe des pieds dans le couloir, avec lenteur et discrétion. Puis je refis le même trajet, mais bruyamment cette fois-ci, afin que les femmes m'entendent approcher. J'entrai dans le salon et annonçai que la pizza serait prête d'ici dix minutes.

*

Elles ne dirent plus rien d'intéressant une fois que je les eus rejointes. Deborah enchaînait les banalités, et les réponses de Connie étaient à peine plus que monosyllabiques. La soirée semblait gâchée.

« Tu dirais que *L'Inconstance* est terminée ? demanda Deborah.

— Pas tout à fait, dit Connie.

— Qui va taper le texte ? J'imagine que tu l'as écrit à la main.

— C'est pour ça que je suis là, dis-je en me tournant vers Connie. Je le taperai.

— Mon écriture est affreuse.

— Je suis plutôt patiente. »

Connie sourit. « Je vous appellerai la dactylo patiente.

— D'accord, dit Deborah. Quand Laura aura terminé de taper le manuscrit, on pourra se lancer. Tous ceux qui ont travaillé sur tes romans précédents à Artemis Press sont partis depuis longtemps, Connie. Ce qui signifie qu'on peut aller où on veut. Il n'y a aucun contrat signé. On pourrait envisager une toute nouvelle approche. Beaucoup d'éléments jouent en ta faveur. Les gens te considèrent comme une icône. Tu *es* une icône. C'est le troisième roman tant attendu d'une génie littéraire qui s'est retirée du monde.

— Oh, mon Dieu…, lâcha Connie.

— Mais le marché a beaucoup changé depuis nos débuts, Connie. Les éditeurs sont différents. Il faudra que tu t'y prépares. Et moi aussi. » Deborah remonta ses lunettes sur le sommet de sa tête. « Quand tu m'as appelée à ce sujet, j'ai laissé entendre à quelques personnes triées sur le volet que tu étais en train d'écrire un roman. Pour les appâter, tu vois. Les rumeurs se répandent vite, comme d'habitude, et deux producteurs de cinéma ont déjà manifesté leur intérêt pour le manuscrit. Un chez Paramount, l'autre à Silvercrest.

— Silvercrest, répéta Connie. Tu as parlé à Silvercrest ?

— Ce n'est pas *moi* qui les ai contactés. Je viens de te le dire. Ce sont eux qui m'ont appelée. »

Mais Connie semblait furieuse. J'ignorais totalement pourquoi il était si exaspérant de susciter l'intérêt d'un des plus célèbres studios du monde.

« Déjà, il faut taper le manuscrit, le terminer et voir ce qu'ils en disent, OK ? avança Deborah d'un ton apaisant.

— Pas chez Silvercrest, par contre.

— Très bien. » Deborah se mordilla la lèvre. « Georgina Hyatt pourrait être intéressée par le livre.

— Et c'est qui celle-là, ta Georgina Hyatt ?

— Une éditrice chez Griffin Books. Un peu plus âgée que vous, Laura. Elle adorerait. C'est une de tes grandes admiratrices, Connie.

— Je ne sais pas si c'est une bonne ou une mauvaise chose, fit remarquer Connie.

— Pourquoi ?

— Eh bien, celui-ci est assez différent. » Connie s'interrompit un instant. « Tu crois que le sujet va intéresser les gens ? Qu'ils auront vraiment envie de lire ça ?

— Bien sûr que oui, Connie. Je sais qu'ils en auront envie.

— C'est juste que je ne veux pas être une de ces pauvres femmes qu'on ressuscite à coups de "chef-d'œuvre oublié". Cette façon horrible de prendre les gens avec des pincettes. Les qualités d'un livre ne bénéficient jamais du terme *oublié*. Ça donne l'impression que c'est ta faute, que tu as mérité cette obsolescence.

— Va dire ça aux femmes oubliées », rétorqua Deborah.

*

Deborah ne resta pas pour le dessert : elle affirmait devoir rentrer chez elle pour sortir le chien. Je proposai de la raccompagner à la porte. Nous restâmes un instant sur le seuil tandis que Connie s'affairait dans la cuisine, essayant de remplir le lave-vaisselle avec précaution. C'était comme si nous attendions toutes les deux d'entendre le bruit d'une assiette cassée.

« Ses mains ne vont vraiment pas bien, murmura Deborah.

— Je sais. »

Elle referma presque entièrement la porte. « Au fils des ans, Connie a attiré beaucoup de filles et de femmes. C'est son côté Plath.

— Son côté quoi ?

— Sauf que Connie s'en est sortie vivante, bien sûr. Au lieu d'aller se recueillir sur une pierre tombale, ces femmes veulent entrer dans sa vie. C'est votre cas ? »

J'avais beau être déconcertée par sa franchise, j'étais tentée de demander à Deborah si l'une de ces filles s'appelait Elise Morceau. Ma mère avait-elle été attirée dans l'orbite de Connie, ou l'inverse ? Qui s'était attachée la première ? Et faisais-je partie moi aussi de ces filles-là ? Je n'étais pas là pour des raisons romantiques, mais j'étais cependant désireuse de peler les différentes couches de la vie de Connie, dans l'espoir de découvrir ma mère en dessous.

« Non, dis-je. Je voulais juste un travail intéressant. »

Deborah soupira. « D'accord. Vous savez, quand elle écrivait son précédent roman, elle n'était pas toujours facile à vivre. Elle n'aimait pas parler aux journalistes, et je ne vois pas pourquoi ce serait différent aujourd'hui.

— Pourquoi elle n'aimait pas leur parler ? demandai-je, feignant la préoccupation afin de saisir ma chance. Ils seront ravis qu'elle revienne sur le devant de la scène, non ? »

Deborah parut mal à l'aise. « Ils aiment combler les vides de la narration avec leurs propres histoires. Connie n'est pas une ermite. Elle veut juste mener une existence discrète. Mais plus elle se cachait, et plus ils venaient flairer autour d'elle.

— Pourquoi est-ce qu'elle voulait se cacher ? Elle était tellement populaire. »

Deborah sourit. « Eh bien, vous avez votre réponse. C'est une malédiction mais c'est aussi un jeu. Vous leur donnez un peu et ils vous laissent tranquille. J'ai fini par abandonner l'idée de faire comprendre ça à Connie. Elle vous apprécie, je le vois bien. Peut-être même qu'elle vous fait confiance. Alors vous aurez du pain sur la planche si jamais le livre est un succès. Je veux qu'il soit un succès, ne vous méprenez pas. Mais ça ne sera pas évident, ni pour vous ni pour moi.

— C'est bon à savoir.

— Je voulais juste vous avertir, c'est tout. J'ai été ravie de faire votre connaissance, Laura.

— De même… »

Avant que j'aie eu le temps d'en dire plus, Deborah arpentait déjà la courte allée du jardin et ne se retourna pas. Elle disparut derrière la haie et je demeurai sur le seuil, désorientée et gagnée par le froid. J'essayai de me réconforter en pensant à tous ceux que j'allais bientôt rencontrer – Margaret Gillespie, Christina, Davy Roper – peut-être tous aussi réels que ma mère – ou bien, dans les étranges limbes où je me trouvais actuellement, me rencontrer peut-être moi-même. Je repensai à *Lapin Vert*, à *Cœur de cire*, à *L'Invasion de sauterelles*, combien ces ouvrages étaient restés ancrés en moi, autant que leur autrice avait voulu s'enfuir. *Oh, toi et tes filles aux épreuves difficiles. Elles tombent à tes pieds, et regarde où ça te mène.* C'est ce qu'avait dit Deborah. Je songeai à ce qu'avait dit mon père : *Ta maman était influençable.* J'étais convaincue que Connie et Deborah avaient parlé de ma mère, et la perspective qu'elle figure dans une fiction que j'allais lire avant tout le monde me semblait presque insupportable.

1982

20

Connie déposa Elise sur le trottoir devant la maison de Shara et Matt. « Je viens te rechercher dans quelques heures, d'accord ?

— Tu vas faire quoi ? » demanda Elise, la main en visière pour protéger ses yeux. Elle avait oublié ses lunettes de soleil. Connie portait les siennes, si bien qu'Elise ne distinguait pas son expression.

« Je vais travailler.

— Où ?

— *Où ?* Pourquoi tu me demandes ça ?

— Je me posais juste la question.

— Je serai à la maison, El. » Connie lui adressa un sourire. « Appelle si tu as besoin de moi.

— Connie ? »

Mais elle était déjà partie. Elise la regarda disparaître dans le jour torride. *Connie,* avait-elle voulu dire. *C'est mon anniversaire, aujourd'hui. J'ai vingt-trois ans.*

*

Shara mena aussitôt Elise à l'atelier. Elise lui emboîta le pas, l'arrière-train ample de la femme pareil à un violoncelle sous sa robe d'été. Physiquement, Shara était tout ce que n'était pas Elise : une poitrine généreuse, des hanches larges, de longs cheveux blonds et une peau bronzée. Elle évoquait à Elise une créature arrachée à l'eau, un lion de mer – un beau lion de mer à demi transformé en femme, ses nageoires agrémentées de clochettes.

« Qu'est-ce qu'il y a de drôle ? demanda Shara avec un sourire tandis qu'elle triait ses pinceaux.

— Rien.

— Ça te va d'être assise là-bas ? fit-elle en montrant une vieille méridienne vert bouteille décorée de glands sur le pourtour.

— Bien sûr. »

*

Elise avait reçu l'appel téléphonique environ une semaine après avoir demandé à Shara si elle avait besoin d'un modèle. Shara avait visiblement changé d'avis : elle voulait un modèle – et Elise accepterait-elle de s'y plier ? Tout cela semblait quelque peu suspicieux et Elise se demandait si on n'avait pas comploté dans son dos. Shara aurait pu appeler Connie pour lui apprendre qu'Elise s'était proposée à elle. Connie lui aurait dit, *Divertis-la, Shar – elle a besoin d'une distraction.*

C'était possible. Elise nourrissait un sombre ressentiment à l'idée que Connie puisse vouloir se débarrasser d'elle. Elle avait eu honte de demander à être peinte, comme si elle s'était mise à nu d'une manière pathétique – un désir d'être observée, réimaginée, rendue unique. Et pourtant, si la demande avait été formulée par Connie, Shara avait accepté sur-le-champ.

Elle contempla l'océan à travers l'immense fenêtre ouverte. C'était une journée californienne époustouflante. Le ciel était clair, presque bleu roi, et les joncs bordaient le bas de son champ de vision en teintes vert cendré et dorées. Elle entendait les vagues déferler plus loin, sans les voir. La scène paraissait irréelle, comme si Elise admirait un paysage auquel elle n'aurait jamais vraiment accès.

Elle ferma les yeux, et la vision vira à l'orange, des grains de poussière semblant flotter derrière ses paupières. Que Connie ait pu oublier son anniversaire déclencha une nouvelle brûlure en elle. Qu'elle n'ait pas prononcé le moindre mot, pas écrit la moindre carte, pas suggéré un déjeuner agréable – qu'elle ne s'en soit pas souvenue – était déchirant.

« Je suis si heureuse que tu aies accepté », dit Shara, interrompant le cours de ses pensées.

Elise ouvrit les yeux et regarda Shara. C'était *elle* qui avait accepté, pas Elise – ç'avait été l'idée d'Elise. « Tu fais souvent des portraits ?

— Je faisais beaucoup d'autoportraits mais j'ai arrêté. » Shara afficha un sourire creux.

« Pourquoi tu as arrêté ?

— Je peins parfois mes yeux, de temps en temps.

— Juste tes yeux ? »

Shara porta toute sa concentration sur ses tubes, sa toile et ses pinceaux.

*

Elise retira son short, son T-shirt et ses sous-vêtements. Elle sentit une fureur lui parcourir les veines ; elle voulait que Shara la voie. « C'est mon anniversaire, aujourd'hui, dit-elle. Alors je me présente nue comme au premier jour. »

Shara se retourna, ses yeux parcoururent la ligne acérée des épaules d'Elise, le noir de ses poils pubiens, ses petits seins, son ventre plat et ses hanches fines. « Joyeux anniversaire. Tu peux t'installer sur la méridienne ?

— Tu veux que je m'installe sur la méridienne ?

— Ça te va de ne pas être habillée ?

— Tu préfères que je sois habillée ? »

Le visage de Shara laissa transparaître une légère impatience. « Pas si tu préfères poser nue.

— D'accord.

— Tu peux t'allonger de côté, sur ta hanche, face à moi ? »

Elise s'installa sur la chaise longue, et à l'intérieur d'elle-même. Se retrouver dans cette situation familière la calma peu à peu, là où l'on n'exigeait rien d'autre d'elle que de rester immobile. D'être présente mais aussi absente, comme si sa personne avait disparu dans la toile. Elle aimait regarder les mouvements fluides du bras de Shara – avancer vers la toile, reculer, avancer et reculer – tandis que le pinceau traçait des lignes qu'Elise ne pouvait voir. Elle aimait la concentration de Shara, son air respectueux.

La porte de l'atelier était ouverte et Matt entra en trombe. « Où est-ce que tu as mis le… » Il se figea. Il écarquilla les yeux, fixant la silhouette étendue d'Elise avant de se tourner vers le mur. « Merde. Je savais pas…

— Je t'ai demandé de frapper », dit Shara.

Matt se tourna vers sa femme et le couple se dévisagea comme si Elise n'était pas là, comme si elle n'était pas étendue sur la méridienne, dans toute sa nudité blanche et brillante comme un fruit dangereux que Shara avait cueilli dans le jardin sans trop savoir comment la préparer, comment la peler et la manger. Shara se déplaça dans l'espace entre Matt et Elise – pour protéger Elise, pour obstruer la vue de Matt ? Elise l'ignorait.

« Qu'est-ce que tu cherches ? demanda Shara.

— Tu m'as demandé de renouveler notre assurance habitation. C'est ce que je fais.

— Très bien.

— Mais je ne trouve pas le dossier.

— Il est là où il est toujours rangé, Matt, soupira Shara. Dans le bureau, troisième tiroir du meuble à dossiers suspendus. » Shara avait crispé ses épaules qui lui remontaient aux oreilles. Le calme de l'atelier s'échappait lentement par la porte ouverte.

« D'accord », dit-il en franchissant le seuil de la porte qu'il referma derrière lui.

Shara se tourna vers Elise, son visage affichant une expression impénétrable.

« On se fait un café ?

— Tu ne veux pas continuer ?

— J'ai besoin d'un café. »

Elise s'enveloppa dans une grande serviette de plage pendant que Shara préparait deux tasses de café instantané. Quand il fut prêt, elles poussèrent la porte à l'arrière de l'atelier et s'assirent sur la terrasse qui entourait la maison et dont les marches menaient aux dunes.

« Tu as des projets pour ton anniversaire ? demanda Shara.

— Je ne le fête jamais vraiment.

— Si j'avais su, je t'aurais acheté un cadeau. Tu es sûre que ça ne te dérange pas d'être ici ?

— Sûre.

— Tu as pu appeler ta famille, chez toi ?

— Je… mon père… non. Ma mère est morte.

— Oh, mince. Je suis désolée. Moi et ma grande bouche.

— C'est pas grave. »

Shara sirota son café, le vent fouettait les mèches blondes comme les blés qui lui encadraient le visage. « Quand est-ce que ta mère s'en est allée ? »

Elise réprima un rire moqueur en entendant la formulation. Les propos semblaient emberlificotés, new-age. Mais en vérité, la gentillesse et le respect de Shara étaient presque intolérables, ils rappelaient à Elise que ses propres réactions étaient étriquées, artificielles, jamais assez matures. Ce qu'éprouva Elise en cet instant fut une véritable douleur, car Shara envisageait la mort de sa mère avec attention et gravité.

« Elle est morte quand j'avais neuf ans.

— Oh, ma chérie. *Neuf ans*. Je suis sincèrement désolée.

— C'est rien. » Elle serra davantage la serviette autour d'elle. « Elle s'appelait Patricia.

— C'est un joli nom.

— C'est assez daté. »

Elles ne dirent rien pendant quelques minutes. Shara perdit son regard au-delà des dunes. « Et Connie et toi ? Ça se passe bien ? »

L'insistance de Shara, avec ses questions personnelles ! Elise était prise de vertige. Elle ne pouvait supporter la certitude de Shara, cette assurance que si elle se sentait le droit de poser ces questions, Elise devait se sentir capable d'y répondre. « Bien, merci. Et Matt et toi ? »

Shara soupira. « On a des problèmes. Connie

t'en a sûrement parlé. Elle n'a jamais trop apprécié Matt. Elle t'a dit que j'avais perdu un bébé ?

— Non », mentit Elise. Pas pour préserver la discrétion illusoire de Connie, mais parce qu'elle voulait en apprendre davantage sur Shara, sans qu'elle se sente trahie. « Je suis désolée. Ça a dû être absolument horrible. »

Shara garda le silence un moment. Elise balançait les jambes sous la terrasse, sentant contre ses cuisses la pression de minuscules échardes. Au-dessus de la mer, un vol de pélicans traversa le ciel, à l'affût des poissons.

« C'est la pire chose qui me soit jamais arrivée, dit Shara. Tout allait bien. Et puis tout a déraillé. »

Elise ne sut quoi répondre. Shara sembla s'en rendre compte et elle se tourna vers elle. « C'est horrible. C'est exactement le terme. Je n'avais jamais été enceinte. Et puis soudain, je l'ai été. J'avais attendu si longtemps. C'était une période joyeuse. Les semaines passaient. Et bon, on a des inquiétudes – les choses habituelles. Est-ce que son cœur bat, est-ce qu'il grandit, est-ce qu'il sera en bonne santé ? Mais on sait qu'il y a de grandes chances que tout se passe bien. Et puis un jour – un jour normal – mes pires peurs sont devenues réalité, d'un seul coup. On ne comprend pas franchement, parce qu'il faut du temps pour comprendre, et c'est difficile de vivre ça dans l'instant présent. Je ne me souviens pas trop des semaines et des mois qui ont suivi la perte du bébé. Chaque matin, chaque soir, à attendre de voir si tu iras bien ce jour-là, ou si tu seras un désastre ambulant. De voir si la douleur va durer éternellement. » Elle prit une inspiration sèche. « C'est exactement ça. Ça a été tellement horrible, putain. »

Elise se sentit accablée par la responsabilité de devoir entendre tout cela. « Je suis vraiment désolée, dit-elle. Vraiment.

— J'aimerais juste qu'il pense à renouveler l'assurance de la maison sans que je sois obligée de le lui demander, dit brusquement Shara. J'imagine qu'il a préféré aller surfer. » Elle soupira. « Merde. Je ne devrais vraiment pas t'obliger à écouter tout ça.

— Non, c'est bon. J'aimerais pouvoir faire quelque chose.

— Ça fait du bien d'en parler. Je me sens... » Shara s'interrompit. « C'est comme si cet événement, la perte du bébé, nous avait révélés l'un à l'autre. On ne se connaissait pas dans les périodes de détresse. Je ne me rendais pas compte que je serais si différente – sur le plan émotionnel, intellectuel – une fois confrontée à ça. Enfin, ce n'est pas non plus une situation exceptionnelle. Et il est bien fracassé aussi, dans son genre. Je veux qu'il me fasse me sentir mieux mais j'ai l'impression qu'il ne sait pas quoi me dire, ni comment m'aider. C'est comme si notre mariage n'était... qu'un jeu. Tout allait bien quand l'avenir n'était qu'une simple suite de mots. Mais l'avenir s'est soudain présenté à notre porte et on s'est désagrégés. »

Elise se sentit rougir. La capacité de Shara à évoquer ses émotions, sa franchise – c'était si peu britannique, si différent des conversations qu'elle aurait jamais avec Connie. Elle n'avait pas vécu assez longtemps ni assez intensément, n'avait pas fait l'expérience de la maternité et n'était donc pas en mesure d'offrir à Shara la moindre consolation puisée à la source d'un quelconque savoir.

« C'est vraiment une épreuve affreuse, Shara. Mais… Peut-être que rien de tout ça n'est permanent, tous ces sentiments ?

— Je sais. Mais c'est *arrivé*, Elise. Et c'est là, entre lui et moi. J'étais enceinte de six mois. Six mois. Il ne comprend pas. Il pense qu'on va simplement en faire un autre.

— Peut-être que oui.

— Mais je voulais celui-là. Je voulais celui-là. » La voix de Shara se fit rauque, les mots débordaient de ses lèvres, son souffle et sa bouche incapables de tenir le rythme. « Et on n'a plus de relations sexuelles. Donc c'est un problème, ajouta-t-elle avec une once d'ironie qui soulagea Elise. Et je n'ai pas envie d'avoir de relations sexuelles avec lui. Je refuse qu'on s'approche de mon corps.

— Ça peut se comprendre. » Elise commençait à avoir froid et aurait aimé rentrer mais elle savait qu'elle ne pouvait pas quitter la terrasse tant que Shara ne l'aurait pas décidé.

Cette dernière se tourna vers elle. « Tu éprouves ça parfois, toi aussi ? Combien c'est pur et agréable de savoir que ton corps n'appartient qu'à toi, qu'il n'est que pour toi ? Comme si tu étais à l'intérieur de toi-même ? »

Elise réfléchit un instant. « Non. Je n'ai jamais ressenti ça. »

Shara la considéra d'un air incrédule. « C'est vrai ?

— Ouais. »

Shara hocha la tête. « Tu es jeune, c'est pour ça. » Elle hésita. « Tu n'es pas obligée de te rendre… disponible, Elise. Si tu n'en as pas envie. »

Elise jugea ses propos arrogants et condescendants. Elle parlait comme Connie. Qu'avaient donc traversé ces femmes pendant les seize années précédant la naissance d'Elise qu'elle ne connaisse pas elle-même ? Que se passait-il chez les femmes dans l'intervalle entre vingt et trente ans ? Et cela touchait-il toutes les femmes ?

« Je le sais bien. »

Shara hésita encore. « Toi et Connie, c'est du sérieux, hein ?

— Oui.

— Ça se voit. Et tu es heureuse ici, en Californie ? »

Elise haussa les épaules. « Sans doute, oui.

— Tu penses que Connie aura envie de rester ?

— Et toi ? »

Shara envisagea la question un moment. « Franchement, je ne sais pas. Ça ne lui ressemble pas d'être loin de Londres aussi longtemps.

— C'est vrai.

— Elise ?

— Oui ?

— Si un jour tu tombes enceinte, garde le bébé.

— *Quoi ?*

— Je sais, je sais. Mais quand même. Garde le bébé. Parce que les gens auront beau te dire le contraire, il n'y a rien de comparable. »

La voix de Shara se brisa. Elle se leva et descendit de la terrasse vers les dunes. Elise la regarda traverser les joncs qui lui montaient jusqu'à la taille. La peinture semblait oubliée. Elle voulait crier : *Mais le bébé n'est pas là, le bébé n'est jamais né… Comment tu peux en être aussi certaine ?* – sauf qu'elle ne pouvait pas tenir ce genre de propos, elle le savait. Elle comprenait que le chagrin pouvait vous rendre dogmatique. Elle comprenait que d'une certaine manière, Shara essayait de l'avertir

– sois forte, sois toi-même, ne suis pas Connie partout comme un petit chiot obéissant.

Dans l'esprit de Shara, le bébé qu'elle avait perdu était une vraie personne – il était à *elle*. C'était une vie qu'elle avait sentie grandir, et une vie à jamais terminée. Ce n'était pas qu'une idée. L'injonction de Shara était à la fois subjective et ridicule, mais elle contenait une conviction atavique qu'Elise n'avait encore jamais entendue. Elle voulait aider Shara, elle voulait lui donner une réponse positive. Elle se leva et cria à travers les joncs :

« Si je tombe enceinte un jour, je le garderai. C'est promis. »

Shara fit volte-face et observa Elise, et elles éclatèrent de rire toutes les deux.

21

Elise décida d'accepter la proposition de Matt de lui apprendre à surfer.

« Ça t'irait ? demanda-t-elle à Shara. Je pose pour toi d'abord, et après je vais à la plage pour mon cours. Si on doit vivre ici un moment, autant que je m'habitue à l'océan.

— Bien sûr, répondit Shara. C'est une excellente idée. »

Elle évoqua les cours de surf à Connie qui fut ravie et dit que c'était dommage d'être aussi proches de l'eau sans essayer de la conquérir.

« Je n'essaie pas de la conquérir, Connie. On ne peut pas conquérir l'océan.

— C'est vrai. Mais on peut essayer. »

Shara déterra une vieille combinaison qu'elle avait utilisée à peine sortie de l'adolescence. En la regardant, Elise frissonna. L'habit ressemblait à un cadavre dont on aurait retiré le squelette et la tête. Mais elle l'enfila et fut soudain couverte d'un caoutchouc lisse qui lui donnait l'impression d'être puissante et aquatique comme un phoque, et non pas une fillette se débattant dans une piscine.

Elle allait chez Shara et Matt un jour sur deux,

sortait par la porte arrière de l'atelier de Shara, sautait sur les dunes, courait jusqu'à l'océan où Matt l'attendait, sa planche de surf plantée à la verticale dans le sable.

L'océan, découvrit Elise, avait un effet oblitérant. Elle se fichait de manquer une vague et de la sentir s'écraser sur son corps, d'être emportée dans les rouleaux ou de se trouver plaquée contre le fond marin. Elle voulait faire jaillir quelque chose d'elle, par la force. Elle ne voulait plus d'anniversaire manqué, elle ne voulait plus avoir d'âge. Elle voulait voir ce que lui donnerait l'eau. Elle apprenait vite, un don naturel – sans doute car son centre de gravité était bas, ou qu'elle parvenait à se tenir correctement sur la planche. Elle sentait les courants du vent, elle pouvait tourner et se diriger avec légèreté, glisser dans le tunnel d'une vague comme un insecte insouciant et disproportionné que la mousson n'inquiétait pas. Elle était imprudente. Et pourtant, Matt tombait plus souvent qu'elle dans les flots.

*

Shara ne descendait jamais à la plage. Elle couvait un chagrin que personne ne pouvait nommer ni soulager, car la présence qu'elle pleurait ne s'était fait connaître à personne d'autre qu'elle.

Matt ne parlait jamais de Shara, seulement pour dire qu'elle n'avait jamais été très motivée par le surf; c'était lui qui aimait aller dans l'eau. C'était un cas classique de l'évangéliste converti, un Anglais qui avait grandi dans les gris et les bruns des rivières et des littoraux britanniques, et qui plongeait désormais dans des flots saphir.

Ensemble, Matt et Elise s'éloignaient du rivage et attendaient que l'eau les attire, comme si elle les arrachait aux questions sans réponses qui flottaient dans la maison en bord de plage. Au début, ils ne parlaient pas, sauf pour expliquer comment tenir en équilibre sur la planche, comment tomber sans risque, comment estimer l'arrivée d'une vague.

Puis c'était Shara qui la reconduisait à leur maison de West Hollywood pour y retrouver Connie. Elise entrait dans la villa, épuisée mais toujours inexplicablement insatisfaite. Elle s'allongeait sur le lit en songeant à tous les rivages du monde et aux étendues d'eau qui les séparaient. D'immenses conglomérats d'océans et de mers infinis, de rivières, de bassins rocheux et de lagons, les terreurs réelles et imaginées, la beauté de leur surface et le mystère de la vie en dessous.

*

Assise au bord de la piscine de leur villa, Elise appuyait sur les ecchymoses infligées par l'océan. Ils étaient des boutons déclencheurs de conscience dans une réalité où rien n'avait de sens, à l'exception de son corps. Connie vit ses contusions. « Qu'est-ce que c'est ? demanda-t-elle. Qu'est-ce que tu fais ?

— C'est juste à cause du surf. »

*

En août, un mois après son anniversaire, elle décida de dire à Connie qu'elle avait oublié le jour où elle avait eu vingt-trois ans. Elle se posta sur le seuil de la chambre d'amis que Connie avait transformée en bureau. Comme dans la maison londonienne, c'était comme si une ligne invisible flottait devant la porte qu'Elise ne pouvait pas, ou ne devait pas, franchir.

Connie parut déroutée, presque blessée. « Oh, mon Dieu. Ton anniversaire. Oh, Elise. Je suis vraiment désolée.

— C'est rien. Tu es occupée.

— Ce n'est pas une excuse. Oh, c'est affreux. Comment c'est possible ? »

Elise éprouva au plus profond d'elle-même le tiraillement familier de l'abandon – être abandonnée, mais aussi souhaiter s'en aller à son tour. C'était un sentiment attirant, une honnête justification après un mauvais comportement. Elle essaya de l'ignorer. « C'est arrivé, c'est tout, dit-elle. Des anniversaires, j'en aurai d'autres.

— Qu'est-ce que je peux faire ? demanda Connie. Je sais. Organisons une fête.

— Je n'ai pas besoin d'une fête. »

Le téléphone sonna sur la table de chevet. Les deux femmes se dévisagèrent. Elles n'eurent même pas besoin de parler. « Son ex l'a battue hier, annonça Connie alors que le téléphone lançait toujours ses trilles. Elle a un coquard. Elle a perdu une dent. Ils pensaient qu'elle avait peut-être un traumatisme crânien.

— Putain.

— Ils ont dû interrompre le tournage, et on était presque à la fin du planning.

— Oh, mon Dieu, Connie. Décroche.

— Elle voulait passer ici, mais je peux décaler.

— Non, c'est bon. Bien sûr. »

Connie se précipita sur le combiné et le souleva.

« Allô ? Salut, Barb. » Elle posa la main sur le micro. « Je vais trouver quelque chose pour ton anniversaire, ma chérie, murmura-t-elle. C'est promis. »

*

Une heure plus tard, une voiture se rangea devant la villa. Elise jeta un coup d'œil entre les rideaux du salon. Barbara descendit avec précaution de la banquette arrière. Elle était voûtée, des lunettes de soleil lui dissimulaient le visage et elle portait son sac à main au creux du coude. C'était un étrange spectacle – Barbara paraissait plus mince, presque trop maigre, vêtue d'un jogging rose pâle, comme un oiseau tropical aux pattes mal assurées, rentrant lentement au nid.

Connie avait déjà franchi la porte. « Oh, ma chérie, Elise l'entendit s'écrier. Entre vite. »

Elles s'assirent toutes les trois dans la fraîcheur calme du salon. Barbara, avec une apparente décontraction, retira ses lunettes. Elise déglutit, les yeux rivés sur elle. « Bonjour mesdames », dit Barbara. Son œil droit boursoufflé était presque entièrement fermé, il brillait et suintait entre la fine ligne qui séparait les deux paupières. Sa peau était une palette éclatante de couleurs prune et bleues qui se dégradaient en un brun rougeâtre aux contours de l'ecchymose. Le côté gauche de sa mâchoire était légèrement enflé.

À la stupéfaction d'Elise, Barbara laissa tomber ses lunettes, se prit la tête entre les mains et lâcha un profond sanglot. Elle en avait les épaules secouées. Elise se sentit rivée à son fauteuil, sachant que ce n'était pas à elle – dans leur hiérarchie implicite – d'aller toucher la déesse et de l'aider à retrouver sa gloire passée.

Connie se leva aussitôt et passa les bras autour de Barbara. Cette dernière s'effondra dans cette étreinte. « Connie, dit-elle, la voix étouffée.

— Ça va aller, Barb.

— Il fallait que je vienne te voir, ajouta Barbara en s'écartant légèrement. Je suis désolée. C'est juste que… je ne pouvais pas rester chez moi toute seule…

— Barb, tu es toujours la bienvenue.

— Il aurait pu frapper n'importe où sur mon corps. C'est toujours ce qu'il faisait. Mais il a choisi le visage. » Barbara s'éloigna soudain de Connie et s'assit toute droite. « Putain, mais *regarde-moi*. Comment je suis censée travailler, putain ?

— Je suis sûre que Bill et Eric trouveront une solution.

— Ils s'en foutent. » Elle laissa échapper un gémissement. « Ils me conseillent juste de changer mes serrures !

— Barb, je te promets qu'on va trouver une solution.

— Ça va coûter à la production des milliers de dollars en journées perdues. Et tout le monde saura que Barbara Lowden est le genre de femmes qui se laisse tabasser par les hommes. S'ils ne le savent pas déjà, dans cette ville passoire à ragots.

— Ce n'est pas vrai. Ce n'est pas ta faute. Et peu importe ce que pensent les gens. Tu es Barbara Lowden.

— Et qui c'est, celle-là, putain ? s'écria Barbara. Il me faut un verre, Connie. Et un Valium. »

Elle se mit à fouiller dans son sac. « Ce putain de *connard* ! » hurla-t-elle, et les deux autres sursautèrent. Barbara brandit un petit flacon de pilules comme un explorateur qui vient de découvrir le Saint-Graal – et si bizarre et terrible que soit la situation, Elise fut heureuse d'entendre poindre l'ancienne détermination dans sa voix.

*

Une demi-heure plus tard, Barbara était plus calme et elles étaient assises au bord de la piscine.

« L'arnica, c'est bon pour les contusions », dit Elise. Elle souleva son T-shirt et tourna sur elle-même pour exposer sa cage thoracique, son dos, puis elle souleva son short et montra aux deux autres le côté de ses cuisses. « Tu vois ? J'en mets tout le temps. Je vais t'en chercher. »

Avant que Barbara n'ait eu le temps de répondre, elle alla prendre la crème dans la chambre. À son retour au bord de la piscine, les deux autres interrompirent soudain leur conversation. « Tiens, dit-elle en tendant l'arnica à Barbara.

— Merci, ma puce, dit Barbara avant de reposer son gin-tonic. Je crois que pour l'instant, je n'ose même pas y toucher.

— Peut-être d'ici quelques jours, rétorqua Elise.

— Oui, dit Barbara. Tu… te fais des bleus facilement, toi aussi, hein ?

— C'est le surf. J'affronte l'océan. Et je perds.

— Eh bien, faut pas désespérer », avança Barbara, mais Elise ne comprit pas ce qu'elle voulait dire par là. « En toute honnêteté, continua-t-elle en montrant son œil, ça va prendre un mois à disparaître. Mais je pense que dans deux semaines, les maquilleuses pourront le camoufler.

— Ils ne peuvent pas se débrouiller pour faire les

scènes de Don et Lucy dans l'intervalle ? demanda Elise. Remanier le planning ? »

Barbara saisit son verre de gin-tonic et but une gorgée. « J'avoue que c'est une bonne idée. Qu'est-ce que je ferais, sans vous deux ?

— Bien vu, El », dit Connie.

Elise n'éprouvait aucune fierté. Elle se sentait amère d'être ainsi entraînée dans tout ce foin où elle n'avait pas sa place, et elle savait qu'une fois le problème résolu Barbara recommencerait à la prendre de haut.

« El pose pour Shara, annonça Connie.

— Oh, c'est merveilleux, ma puce, dit Barbara. Tu l'as déjà fait ? »

Elise jeta un coup d'œil à Connie qui refusait de lui rendre son regard. L'expérience d'Elise au Royal College of Art avait déjà été évoquée plus d'une fois avec Barbara. « Oui, je l'ai déjà fait.

— J'adorerais voir le tableau fini, dit Barbara.

— Shara travaille lentement, remarqua Connie.

— Je vais organiser une fête, lâcha Elise. Pour mon anniversaire.

— Oh ! C'est quand, ton anniversaire ?

— C'était le mois dernier. Connie a oublié, alors on le fête maintenant. »

Barbara regarda tour à tour les deux femmes, incertaine de la réponse à formuler. Connie dévisagea Elise, un sourire gêné aux lèvres. « Je t'ai dit que j'étais désolée, ma chérie.

— Oui, c'est vrai. Et tu es toute pardonnée.

— Je peux venir ? demanda Barbara.

— Bien sûr, répondit Elise. C'est pour ça que j'en ai parlé. Tu seras notre invitée d'honneur.

— Tu peux en faire un bal masqué pour moi ? Je viendrais déguisée en momie égyptienne.

— On peut attendre, dit Elise. Mon anniversaire est déjà passé, alors un mois de plus ou de moins... »

*

Barbara passa la nuit chez elles. Elles lui prêtèrent une chemise de nuit d'Elise, la bordèrent dans le lit de la chambre d'amis et lui donnèrent un autre cachet pour dormir. Elle s'assoupit rapidement. Alors que la nuit tombait et que les cigales chantaient encore, Connie s'assit au bord de la piscine sous les étoiles, tenant blotti entre ses mains un fond de whisky dans un grand verre. Elise sortit et s'installa à côté d'elle.

« Ça va ? demanda Connie. Tu m'as bien fait passer le message en parlant de ton anniversaire à Barbara.

— J'étais en colère », dit Elise. Elle posa sa tête sur l'épaule de Connie.

« Je sais. Il y avait de quoi. Je mérite qu'on me fasse honte.

— Barbara se réveillera demain et pensera toujours que tu es la meilleure personne au monde. »

Connie soupira. « Elle est perdue, El. Je l'aide, c'est tout.

— Je sais.

— C'est affreux. Tout cet argent, cette reconnaissance, et pourtant, elle est vulnérable. Je me demande si ça change un jour.

— J'en doute. » Elise prit le verre de Connie et but une gorgée. « Tu trouves ça difficile de la voir dans cet état.

— Bien sûr que oui.

— Elle ne sera plus jamais la star de ciné à nos

yeux. Elle n'aura plus jamais ce côté mythique. C'est une femme battue.

— Hé, lâcha Connie d'un ton sec. Ce n'est pas une "star de ciné" ni une "femme battue".

— C'est les deux.

— Tu fais exprès d'avoir un point de vue réducteur. Tu sais bien que ce n'est pas le cas.

— Tu ne trouves pas bizarre qu'elle ait fini chez nous ? Elle n'a pas d'autres amis ? D'autres personnes dignes de confiance ? Elle nous connaît à peine. »

Connie haussa les épaules. « Je crois qu'elle ne fait confiance à personne, et je ne peux pas lui en vouloir. Il y a une connexion. Depuis le début.

— Tu ne crois pas que c'est parce que tu es extérieure au cinéma, et qu'elle ne te perçoit donc pas comme un danger ?

— Merci pour la confiance.

— Je ne...

— Je ne crois pas qu'elle me considère comme "extérieure". »

Elise hésita. « Est-ce que tu... tu éprouves de l'attirance pour elle, Connie ?

— De l'attirance ?

— Eh bien, tu viens juste de parler d'une connexion.

— C'est une femme magnifique, je serais aveugle si je disais le contraire, mais non. Non, non. Je ne la regarde pas comme ça.

— D'accord.

— Tu es la plus belle de toutes. Viens là. »

Elise s'approcha, un frisson lui parcourut le ventre et gagna son aine alors que Connie passait ses doigts délicats sur les contours de sa joue. Elle approcha la bouche d'Elise de la sienne et l'embrassa lentement. Leurs lèvres restèrent ainsi scellées un moment avant que les deux femmes ne s'écartent. Elles demeurèrent assises côte à côte en silence, le regard rivé sur l'immobilité fluorescente de l'eau.

2017

22

Chaque jour, je m'asseyais à la table de cuisine chez Connie et je tapais son roman sur mon ordinateur portable. Je n'avais aucune idée de la fin car elle me transmettait le texte par épisodes, cinq ou six pages jaunes à la fois, l'écriture large et griffonnée mais lisible, chaque phrase exigeant deux lignes de papier. J'étais appliquée, parfois fascinée. Sa prose était aussi bonne que trente ans plus tôt. Il y avait des rythmes comparables aux deux romans précédents, des échos d'images, et les mêmes thèmes, l'apprentissage de la solitude, la gestion de la perte, le bonheur de la liberté.

À mesure que je pianotais, je commençais à me convaincre que Connie s'était identifiée au personnage de Margaret Gillespie. Parce que Margaret Gillespie était une femme dotée d'un certain pouvoir. Une femme qui infligeait des choses aux autres femmes – dans le cas présent à sa fille, à peine sortie de l'enfance, piégée par les circonstances. C'était un roman ambivalent, car il n'était pas évident – du moins, pas encore – que Margaret ait fait du mal à sa fille volontairement, pour la punir de quelque chose.

J'étais titillée à l'idée que Connie ait situé son roman sur la côte est américaine, au temps des premières colonies, plutôt qu'à l'époque où elle y avait séjourné, d'après mon père, dans les années 1980. Le côté mystique de cet endroit, l'océan et la forêt, les conditions de vie ardues, tous ces éléments semblaient plaire à Connie. Les colons refusaient d'entendre que ces contrées n'étaient pas vierges, que des autochtones en peuplaient les rivages et les bois depuis des milliers d'années, en harmonie avec leur environnement. L'inconfort de Margaret dans ces lieux, la négation patriarcale de la justice naturelle incarnée par Davy Roper et ses acolytes, et les femmes autour d'eux qui s'accrochaient au pouvoir afin de maintenir une illusion de domination, voilà qui me prouvait que Connie critiquait la colonisation, quelle qu'en soit la forme. Margaret était progressiste, un anachronisme sans doute, tout comme elle était étrangère. Elle ne s'intégrait pas dans la société que Connie avait créée, à l'inverse de Christina, raison pour laquelle Margaret se sentait si désespérée.

Christina était une énigme à part entière : elle pouvait se montrer pragmatique un instant, et lâche l'instant d'après. Elle aspirait à une vie simple, voulait se soumettre aux vicissitudes de l'existence et rester optimiste. Mais Margaret l'en empêchait. *On a fait trop de chemin*, disait-elle à sa fille, *pour que tu te recroquevilles et deviennes insignifiante*.

Je ne suis généralement pas une grande rêveuse. Et quand je fais des rêves, ils forment surtout une étrange symphonie indéchiffrable de banalités et d'incongruités qui se dissipe au petit matin, pour être aussitôt oubliée. Margaret Gillespie commença pourtant à m'emporter dans son sillage, la nuit, comme si ses capacités sibyllines devenaient miennes. Je me tenais sur la plage, là où Margaret se tenait dans l'imagination de Connie, le littoral pareil à une lame blanche et courbe ourlée de sapins d'où s'échappaient les aboiements des limiers. Je connaissais les saveurs boisées des préparations de Margaret à base d'aliments cueillis çà et là. Je voyais les poissons minuscules rosir dans l'eau, nager dans le sang d'un personnage – lequel, cela ne m'avait pas encore été révélé dans les pages de Connie. Le charisme de Davy était désormais éclatant – tout comme ses poings, sa misogynie et ses menaces, il hantait mes nuits. Le ventre de Christina s'arrondissait, mais dans ce symbole d'espoir, la mort était tapie, et je me réveillais en sursaut.

Depuis que j'avais entendu la conversation entre Connie et Deborah, le soir de la pizza, j'avais soif de nouveaux indices à propos de ma mère, mais je m'inquiétais aussi de ce que j'allais découvrir. Jusqu'à présent, Connie s'était montrée irritable quand on l'interrogeait sur sa vie, et elle n'aimait pas discuter à moins de contrôler les informations partagées. Et voilà pourtant qu'elle me livrait ses pensées les plus profondes et leurs rouages. Tout ce que j'espérais, c'était que ces pages m'aideraient à comprendre qui était réellement Connie, et à travers cela, qui avait été ma mère. J'étais convaincue que les écrivains incorporaient un peu d'eux-mêmes dans leur fiction ; peu importe comment ils détournaient l'idée originale pour lui donner forme nouvelle, elle contenait toujours un semblant de vérité. S'il était vrai que Connie avait connu ma mère aussi intimement que l'entendait mon père, alors elle devait se trouver quelque part entre ces pages. Aussi je tapais le texte, et à mesure que je le lisais, j'entrapercevais ma mère en Christina, intimidée par la domination de Margaret, piégée dans un mariage qu'elle n'avait pas voulu mais qui lui offrait cependant une frêle indépendance. Comment pouvais-je me montrer aussi sélective ? Si je donnais un rôle à ma mère dans les fictions de Connie, il fallait que j'en attribue un à mon père, aussi. Et je ne le voyais pas en Davy Roper. Mon père était un homme prévenant, pas un monstre. Je refusais de penser que je m'immisçais dans l'esprit de Connie, que j'y piochais des lettres comme au Scrabble pour épeler et interpréter les mots à ma convenance. Mais c'était peut-être le cas.

Mon père m'envoya un SMS. CA VA BI1 ? écrivit-il. NS CA VA. Comme s'ils étaient tout un groupe vivant en France, pas simplement lui et Claire, un couple d'âge mûr, debout sur la plage, détaché d'une fille adulte qui, à son tour, avait choisi de se laisser porter par le vent.

Je me fais passer pour une autre afin de travailler pour une femme qui peut, ou non, savoir ce qui est advenu de ma mère. J'erre dans le sous-bois de son esprit afin d'y trouver des indices. Ma meilleure amie va avoir un second bébé et même si je l'aime beaucoup, ma vie n'a rien à voir avec la sienne, et j'ai beau avoir les meilleures intentions au monde, je suis frustrée de céder à la dichotomie dictatoriale de notre société qui affirme que nous sommes différentes, alors que c'est faux. Mon copain et moi vivons comme des colocataires qui font parfois l'amour, et je ne sais pas si c'est normal. J'ignore à quoi va ressembler mon avenir proche, sans parler de savoir où je serai dans dix ans. Je grimpe une échelle en direction des nuages mais mon pied a dérapé sur un barreau et je suis suspendue la tête en bas. Est-ce à ça que ressemble la vie, et on ne nous en a rien dit à l'école ? Suis-je censée vivre la tête en bas ?

Je vais bien ! ☺ répondis-je.

TU AS LU LES LIVRES QUE JE T'AI DONNES ?

J'hésitai. Lui dire que je les avais lus allait entraîner d'interminables complications. Il me demanderait ce que j'en avais pensé, si j'avais fait des recherches sur Connie.

Je lui mentis. Je commençais à être bonne menteuse. Je ne les ai pas lus.

TU ES PAS OBLIGEE 2 LES LIRE.

Je sais. Mais je te remercie de me les avoir donnés.

TOUT CA EST TRES INJUSTE POUR TOI.

L'arête de mon nez me piqua soudain. Sa prévenance et sa compassion, le décalage de ses propos, et cette horrible façon d'écrire ses SMS pour essayer d'exprimer tout cela véhiculaient un tel pathos.

Je vais bien, papa.

OK. MAIS APPELLE-MOI, OK ? SI TU AS BESOIN DE MOI. OU DE CLAIRE. ON EST LA.

Merci.

*

La fin d'octobre laissa place à novembre et, pendant quatre semaines, la température extérieure chuta de façon constante et les supermarchés vidèrent de leurs rayons les citrouilles enflées et les fantômes en chocolat pour les remplacer par des luges de Noël prématurées et des tourtes à la viande. Je continuais à taper le roman de Connie à sa table de cuisine. J'étais ravie et même enhardie à l'idée que ce lieu de travaux domestiques traditionnellement féminin puisse être exploité par nos exercices intellectuels.

J'étais employée par Connie depuis six semaines, mais j'avais l'impression d'être là depuis plus longtemps – des années, comme si je la connaissais d'avant et que nous avions attendu le moment opportun pour nous retrouver, que nous faisions confiance à l'existence pour nous permettre de vivre ces retrouvailles. C'était illogique, car c'était moi qui étais à l'origine de tout cela. C'était agréable de penser que l'obtention de ce travail contenait une forme d'inévitabilité, ou de destinée, sauf que j'avais indéniablement manipulé la situation pour me trouver ici. Mais nous nous entendions bien. Je m'intégrais aisément à l'énergie de ses journées, et l'offrande de son roman était un geste extraordinaire qui avait assoupli les frontières entre nous. Le 1er décembre, je lui achetai un calendrier de l'avent contenant des chocolats derrière des petites fenêtres, et je fus heureuse de voir son ravissement.

*

Je n'avais encore jamais eu de femme comme elle dans ma vie. En à peine deux mois, j'avais connu la franchise de Connie, son égoïsme fascinant qui n'en était pas vraiment un. C'était plus de *l'égotisme*. Pareille à un chat, elle vous autorisait à approcher, ce qui vous donnait envie de rester.

J'étais cependant en proie à un dilemme. Plus je gardais le silence, et plus j'étais autorisée à vivre dans ce sanctuaire. Mais plus je marinais dans l'ignorance de ma propre identité.

« Vous avez déjà montré votre travail à quelqu'un d'autre ? lui demandai-je un après-midi après avoir terminé de taper les pages quotidiennes.

— Non », dit Connie, soupirant alors qu'elle se glissait sur la chaise en face de moi. Elle ouvrit et referma lentement les poings comme pour faire circuler le sang. « D'habitude, je le garde précieusement secret. »

Je refermai le clapet de mon ordinateur. « Qu'est-ce qui a changé, cette fois ? »

Elle fronça les sourcils. « Changé ? Eh bien, j'aimerais beaucoup publier ce livre. La dernière fois, j'avais un contrat. Je pense que c'est ça qui a changé.

— J'imagine que les secrets sont parfois nécessaires. Pour se protéger.

— C'est vrai.

— Alors… ça ne vous dérange vraiment pas de me laisser le lire ? De partager ce secret avec moi ? »

Elle me décocha un regard inquisiteur. « Je veux terminer ce livre, Laura. Mes doigts me font souffrir mille morts, et vous abattez la moitié du travail pour moi. Le compromis, c'est que vous puissiez le lire avant qu'il ne soit prêt. On doit tous faire des compromis.

— Vous avez… peur de ce que les gens penseront du roman ? »

La commissure de ses lèvres s'affaissa, et Connie scruta les éraflures et les courbes de la vieille table en chêne qui nous séparait. « Il est ce qu'il est », dit-elle.

Je déglutis, serrant les bords de mon ordinateur.

« Je pense qu'il est excellent, au fait. Je trouve le personnage de Christina fascinant. »

Connie leva les yeux. « C'est vrai ? Vous arrivez à l'imaginer ? Elle est crédible ?

— Très. Très crédible. » Mon cœur se mit à battre la chamade dans ma poitrine. « C'est bizarre, d'ailleurs. J'ai presque l'impression de l'avoir déjà rencontrée. »

Connie me dévisagea. « Tant mieux. C'est la plus difficile à écrire. »

J'allais lui demander pourquoi, quand elle repoussa soudain sa chaise, ses doigts tordus agrippés à la table pour retrouver son équilibre. Je faiblis, désireuse de la garder dans cette pièce avec moi, mais consciente que cela risquait d'en dévoiler un peu trop. « Sa dynamique avec Margaret est plutôt toxique mais curieusement tendre », ajoutai-je. Elle plissa les yeux et je me mis à bafouiller. « Enfin… pardon… Je ne cherche pas à vous en proposer une critique. »

Connie baissa le regard vers moi. « Dieu merci. Parce que je risquerais de vous proposer de prendre la porte. »

J'en fus estomaquée. Je ne savais pas si elle plaisantait. Connie sortit de la cuisine et je scrutai le clapet de mon ordinateur, écoutant sa retraite discrète dans l'escalier.

23

Je n'avais pas revu Kelly depuis notre repas inconfortable au restaurant de Soho. Nous ne nourrissions généralement aucune rancune l'une envers l'autre, et je savais que Kelly en serait aussi chamboulée que moi, aussi fus-je contente quand elle m'envoya un SMS pour me proposer un rendez-vous. Nous convînmes de nous retrouver à l'un de ses cafés préférés de Spitalfields, et elle me précisa qu'elle amenait Molly. Je nous trouvai la meilleure table au fond avec les fauteuils moelleux, loin des vitres embuées et du courant d'air glacial à chaque mouvement de la porte. La stéréo diffusait des chants de Noël et, quand elles entrèrent au son de *It's Beginning to Look a Lot Like Christmas* de Bing Crosby, je crus distinguer les courbes déjà arrondies du ventre de Kelly, même si elle était emmitouflée contre le froid hivernal. Mon cœur s'emballa à la vue de Mol, équipée d'adorables gants et bonnet miniatures en laine. Elle m'aperçut à son tour et son visage s'illumina alors qu'elle sautillait jusqu'à moi entre les chaises et les tables. « Rosie ! s'écria-t-elle.

— Salut, Mollymélo. Je t'ai commandé une part

de gâteau », dis-je en l'étreignant. Ses petites épaules semblaient si osseuses et fragiles. « Au chocolat. »

Mol rayonna d'extase. Elle s'assit, le fauteuil en velours si immense qu'elle paraissait avoir rétréci. « Je crois que mon visage a gelé », annonça Kelly en déroulant l'écharpe de Mol, avant de retirer le bonnet de sa fille comme une chaufferette à théière en laine. Ses cheveux formaient une couronne bouclée. Kelly regarda sa fille. « J'ai encore mon nez ? » demanda-t-elle.

Mol rigola en soulevant ses jambes avec ravissement. « Bien sûr que oui, maman. Et moi ? » Elle se démena avec ses moufles à élastiques, impatiente d'entamer le gâteau.

« Ça va ? me demanda Kelly, toujours debout près de la table.

— Ouais. Et toi ?

— Viens là », dit-elle. J'obéis et nous nous enlaçâmes. J'étais au bord des larmes – j'avais envie de pleurer, de tout évacuer –, mais la présence de Molly et le caractère public du lieu retinrent mon profond sanglot. Je me contentai de serrer mon amie plus fort.

Nous prîmes place, Kelly lâchant un lourd soupir comme si elle venait de parcourir quatre-vingts kilomètres et qu'elle pouvait enfin soulager ses pieds. « J'ai commandé un déca pour toi et un jus de pomme pour Mol. »

Elle sourit. « C'est gentil. Alors, prête pour Noël ?

— Non. Tu sais combien j'aime Noël.

— On part chez les parents de Dan demain. Il a fallu que je sois super organisée. Tu sais qu'ils n'ont pas de réseau, là-bas ? Tu arrives chez eux, et c'est comme si t'étais morte.

— Tu es *toujours* super organisée. Et ça fait du bien de passer un peu de temps sans Internet.

— C'est vrai. Mais tu ne m'auras pas oubliée, hein ? Quand je reviendrai d'entre les morts ?

— Je ne t'oublierai pas.

— Vous allez chez les parents de Joe ?

— Ouais.

— Cette bonne vieille Dorothy.

— Oh, arrête. Et Daisy… oh mon Dieu. »

Kelly s'esclaffa. « N'y va pas. Fais l'impasse sur la famille bobo de Joe. Va voir ton père.

— Trop tard pour acheter un billet d'avion ou de ferry. »

Kelly soupira. « Non, ce n'est pas trop tard. Mon petit bouton de Rose, pourquoi tu ne fais pas simplement ce que tu veux ? Tu peux, tu sais.

— Mais qu'est-ce que je veux ?

— Alors ça, c'est la question que tout le monde se pose.

— Toi, ça va, dis-je. Les parents de Dan sont adorables. Tu es tranquille. »

Kelly prit la fourchette des mains de sa fille et, avec la férocité d'un dictateur dément qui réarrange un planisphère, découpa la part de gâteau en petites bouchées. La fourchette tintait avec agressivité contre l'assiette. Mol paraissait un peu effrayée, devinant que sa mère était électrisée par quelque chose. « Ça me rend vraiment claustrophobe, là-bas, fit remarquer Kelly, sa voix désormais plus maîtrisée tandis qu'elle rendait la fourchette à Mol. Je finis toujours par proposer d'aller fendre du bois pour le poêle – par moins zéro, putain. C'est la même chose chaque année. Juste pour pouvoir *respirer* un peu. Et au troisième jour, je craque et je vais me poster au sommet d'une colline avec mon téléphone en l'air pour essayer d'entrer en contact avec le monde extérieur. »

Je réprimai un rire. « Tu fends du bois ?

— Je suis une putain de pro pour fendre du bois, merci bien. Comment ça se fait que tu ne savais pas ça à mon sujet ? Je suis une sacrée bûcheronne. Je peux fendre du bois toute la journée s'il le faut. »

Kelly s'était mise à rire elle aussi, et c'était un véritable soulagement de tirer un trait sur les incertitudes de notre amitié, que nous avions toutes les deux apportées en franchissant cette porte. « Oh, mon Dieu, dit-elle en secouant la tête et s'efforçant d'invoquer la bonne humeur. J'ai encore tellement de choses à faire, tu sais. Je n'ai pas envie d'y aller, mais les parents de Dan ont vraiment envie de voir Mol. J'ai un énorme projet qui s'annonce avec une marque très cool, un truc que je développe depuis des mois. » Elle ne mentionna pas la marque en question car nous savions toutes les deux que je n'en aurais jamais entendu parler. « Mol est avec moi parce que son papa a décrété qu'il avait du boulot de dernière minute à faire, *lui*, comme si mon emploi du temps à moi n'était pas aussi important. Toi et moi, on avait prévu ce rendez-vous au café depuis des jours. Je comptais venir seule, puis me remettre au boulot, mais *non*. »

Son sourire avait disparu et elle recula dans son fauteuil, en proie à une fureur éclatante.

« Excuse-moi, dis-je. J'étais absorbée par mes propres problèmes. Comme d'habitude. Je n'étais pas au courant de ton projet.

— Je ne t'en ai sûrement pas parlé. J'ai presque du mal à me souvenir de mon propre nom, ces derniers temps. » Elle me décocha un regard en haussant un sourcil. « Un peu comme toi, *Laura*. »

Je l'ignorai. « Comment ça se passe, tout ça ? insista-t-elle.

— À vrai dire, j'apprécie vraiment Connie.

— Oh oh... Qu'est-ce que tu fais exactement, chaque jour ?

— Eh bien, pour l'instant, je tape son manuscrit à l'ordinateur. Elle écrit un nouveau roman.

— Il est bien ?

— Il est *incroyable*. Ça se passe dans le Massachusetts dans les années 1620. Il y a une femme, qui a une fille. Et la communauté se met à l'accuser de sorcellerie. Et sa fille tombe enceinte, et à partir de là, tout dérape.

— Pourquoi l'Amérique des années 1620 ? »

La serveuse apporta nos cafés et le jus pour Mol. Ce fut mon tour de hausser un sourcil en direction de Kelly. « Il ne faut jamais lui poser ce genre de questions. Tu prends ce qu'elle te donne et tu tires tes conclusions plus tard.

— Et toi, tu y arrives ? À tirer tes conclusions ? »

Je soupirai. « Peut-être.

— Comment ça ? »

Je lui rapportai la conversation entre Deborah et Connie. Kelly plissa le front. « Elle n'a pas évoqué le nom d'Elise ?

— Eh bien... non. Mais elle a parlé d'un homme qui n'avait jamais accusé Connie pour ce qui s'était passé. »

Kelly parut dubitative. « Rosie, ça pourrait être n'importe qui. Pourquoi tu ne lui en parles pas simplement ? »

Je bus une gorgée de café. « C'est bizarre, Kel. Je me sens... *à l'aise*, là-bas. J'aime être avec elle. »

Kelly eut l'air consternée, aussi continuai-je. « Je me sens utile. Et c'est une femme vraiment intéressante.

— Tu crois qu'elle se doute de qui tu es ? »

Je reposai ma tasse et récupérai quelques miettes de chocolat au bord de l'assiette de Molly. « Alors… parfois, j'ai l'impression qu'elle me regarde bizarrement. Elle me dévisage.

— Quoi, genre, elle te *reconnaît* ? demanda Kelly, les yeux écarquillés.

— En quelque sorte… Ou alors, elle sait parfaitement qui je suis, mais elle joue avec moi.

— Oh, la vache. C'est bizarre.

— Mais je crois que je prends juste mes désirs pour des réalités.

— Elle n'a pas encore essayé de t'empoisonner ?

— Je suis ici, non ?

— C'est vrai. T'es vraiment chelou parfois, Rose, mais je suis heureuse que ça se passe bien pour toi. Fais attention, c'est tout. Les vieilles, tu sais, elles peuvent être dangereuses.

— Merci, Kel. » Réflexion faite, je décidai de ne pas lui expliquer que j'avais attribué à mon copain un rôle d'antiquaire. « Tu parles avec Dan… de tes sentiments ? De ton équilibre professionnel et tout ça ? »

Kelly soupira. « J'ai appris à bien choisir mes batailles. J'attends que Mol soit au lit pour travailler.

— Moi, j'ai l'impression de tâtonner entre mes batailles.

— Oui, un peu, mais ce n'est pas grave. Tu as une bonne armure. Tu es Laura Brown. » Kelly éclata de rire et se renfonça dans son fauteuil. « Non mais sérieusement, la vraie différence entre toi et moi,

Rosie, c'est que je sais que je ne remporterai pas toutes mes batailles, et ça me rend dingue. Toi, tu penses que tu n'en remporteras jamais aucune. Et je te déteste pour ça. Il faut que tu croies en toi. Tu sais que je me mets en rogne parce que je t'aime, je ne souhaite que le meilleur pour toi.

— Je sais. Pardon. »

Il y eut une pause gênée. « Ne t'excuse pas. Je t'aimerai toujours, dit Kelly.

— Et moi aussi, je t'aimerai toujours », répondis-je.

Nous restâmes assises là à savourer notre force tandis qu'Eartha Kitt chantait *Santa Baby* et que Mol terminait les dernières miettes de son gâteau. Kelly soupira et posa la main sur la petite tête de sa fille.

« Alors qu'est-ce que tu ferais à Noël, si tu avais le choix ? » demandai-je.

Elle ferma les yeux. « Rosie-Rose, je dormirais pendant mille ans. »

24

Après la mort de mes grands-parents, mon père trouva presque ridicule de fêter Noël, de partager une dinde, le plus gros et le plus sec des volatiles que deux personnes mangeraient encore jusqu'en janvier – ou de s'embarrasser à décorer un sapin. J'étais toujours contente quand la période se terminait et que la vie reprenait son cours habituel. Ces cinq dernières années, j'avais passé Noël chez les parents de Joe et je ne m'y étais pas vraiment plu. Papa avait été invité plusieurs fois mais il avait toujours décliné, me demandant plutôt de venir en France. Je n'y étais jamais allée.

Même si Noël approchait, notre appartement n'en affichait aucun indice. Joe sortait beaucoup, retrouvait ses amis d'école et d'université, et j'étais souvent chez Connie, d'où je ne repartais jamais avant 22 heures. Je refoulais tellement Noël que je fus prise au dépourvu en arrivant chez Connie un matin de mi-décembre pour y trouver un sapin, touffu, vert et nu, attendant dans l'alcôve vitrée de son salon.

« Ils viennent de le livrer, dit-elle. Vous pouvez me le décorer ? »

Je me plaçai devant – environ deux mètres de haut, un épicéa plutôt majestueux. Une grande boîte était posée sur le fauteuil. « Mes décorations de Noël, dit Connie. Je me débattais avec les fils. Je n'arrive pas à les démêler. Vous allez devoir vous en charger. »

J'inspectai le sapin, inspirai son odeur de sève. « Pas de problème.

— Merci. Ne vous embêtez pas avec le travail, aujourd'hui. Faisons juste ça.

— Mais on est si proches de la fin.

— Exactement. Inutile de paniquer. »

Depuis la conversation étrange sur le fait que Connie choisisse de partager le contenu de son roman avec moi, je n'avais plus osé lui poser de questions. Ce n'était pas comme si elle m'avait ouvertement avertie cet après-midi-là, mais une sorte de reproche flottait dans l'air entre nous : *Vous n'avez qu'une tâche à accomplir. Tapez le texte et cessez de m'interroger*. J'avais beau vouloir satisfaire mon propre désir de réponses sur la relation entre Connie et ma mère, je sentais bien que pousser davantage risquait de l'éloigner – et avec elle, le spectre d'Elise. Et je serais alors totalement perdue. Et il n'y avait pas que ça. J'appréciais Connie. J'aimais ne pas voir d'inconvénients à décorer un sapin de Noël, puisque je le faisais pour elle.

*

J'allumai un feu dans la cheminée et Connie apporta une bouteille de champagne frais. « Il est 10 heures du matin, fis-je remarquer.

— Et alors ? Vous pouvez l'ouvrir ? Bon sang, mes doigts. »

Je servis deux verres. Je n'avais encore jamais rencontré quelqu'un comme elle, une femme qui donnait l'impression qu'un verre de champagne à 10 heures était parfaitement acceptable, voire nécessaire. J'ouvris la boîte de décorations : Connie s'était surpassée. À l'intérieur, j'y trouvai des guirlandes électriques blanches, des ornements multicolores, de vieilles boules en étain rouge cerise d'allure fragile, d'autres turquoise, orange vif et du même carmin qu'une boîte aux lettres londonienne. Leurs nuances me surprirent : je n'imaginais pas Connie attirée par cette effusion d'éclats colorés. Je dus essayer de la cerner une nouvelle fois. Alors même que je croyais l'avoir saisie, elle me filait entre les doigts.

« Vous allez inviter du monde pour le grand jour ? demandai-je, m'efforçant de garder l'équilibre sur le fauteuil, les mains entre les branches sombres et fraîches. C'est pour ça que vous avez acheté un si grand sapin ?

— Non, répondit Connie, perplexe. Et vous ? »

Je ris. « Dans notre appartement ?

— Alors où irez-vous ?

— Chez les parents de Joe.

— À vous entendre, c'est pire que d'aller chez Fagin.

— Je préférerais Fagin.

— Mais je parie qu'il vous offre de magnifiques cadeaux.

— Parfois.

— C'est quoi, la plus belle trouvaille qu'il vous ait offerte ? » demanda-t-elle, les yeux brillants.

Je retraçai mentalement tous les Noël passés ensemble. Joe n'avait jamais vraiment personnalisé mes cadeaux. De jolis cadres photos, un châle en cachemire, des bougies, des livres. Tous adorables, mais pas les objets attentionnés que l'on pourrait attendre d'un petit ami antiquaire. « Il y en a eu tellement. Difficile d'en choisir un.

— Je vois. Et qui va cuisiner ?

— Sa mère.

— Bien sûr.

— Elle n'en fait jamais une expérience très relaxante. »

Connie posa son verre et entreprit de caresser une longue guirlande dorée. On aurait dit une chenille géante scintillant à la lueur des flammes. « Alors pourquoi y allez-vous ? demanda-t-elle.

— C'est la question que me pose aussi ma meilleure amie.

— Ah ?

— J'y vais parce que je l'aime. »

Connie se concentra sur la guirlande, ne cessant de la caresser d'un doigt tremblant. Je fouillai dans la boîte en quête de la boule suivante à accrocher, les joues rouges, soulagée de devoir me pencher et d'éviter ainsi le regard de Connie. « Ce que je préfère à Noël, ce sont les lumières, dit-elle.

— Pardon ?

— Les scintillements. Ça m'apaise. »

Je fermai les yeux et je sentis soudain ma mère chuter loin à l'intérieur de moi, ignorée, esseulée. « Vous avez de la chance de le passer seule, dis-je. Je vais sûrement devoir m'asseoir à côté de Lucia.

— Lucia ? »

Je levai le regard vers elle, les doigts autour d'une autre boule. Connie était assise très immobile et droite, comme si elle attendait quelque chose. « La nièce de Joe. Elle a six ans. » Je venais de dévoiler un autre prénom réel, et j'avais l'impression de laisser peu à peu tomber l'enveloppe de ma personnalité fictive.

« Vous n'aimez pas les enfants ? demanda-t-elle.

— Je n'aime pas Lucia. »

Connie émit un petit rire, s'approcha avec la guirlande qu'elle tenta maladroitement d'enfoncer entre les branches. « Je vais m'en occuper », dis-je.

Elle soupira, me tendit la guirlande, retourna s'asseoir dans le fauteuil et but une nouvelle gorgée lente mais déterminée. Je vis le verre trembler et détournai le regard. « Pourquoi n'aimez-vous pas Lucia ?

— Parce qu'elle est précoce.

— Peut-être qu'elle est simplement sûre d'elle et que ça vous déplaît ? »

C'était une pensée radicale, et *ça*, ça me déplaisait. Mais c'était peut-être vrai ? Percevais-je chez Lucia une confiance, un bonheur d'être soi que je n'avais jamais connus ? Étais-je jalouse d'une enfant de six ans ? Je me sentais minable. « Elle est juste agaçante, en fait, dis-je sur la défensive. C'est possible d'avoir six ans et d'être antipathique, Connie.

— Oh, j'en suis certaine.

— Combien d'enfants connaissez-vous ?

— Pas tant que ça. Tous ceux que je connaissais sont adultes, maintenant.

— Vous leur achetez encore des cadeaux ?

— Non. J'envoie de l'argent aux enfants de mon frère. Phoebe et Jack. » Elle se frotta le visage. « La dernière fois que je les ai vus, ils étaient adolescents. Ils doivent avoir la trentaine.

— Ça fait un sacré… bout de temps.

— Oui ! » dit-elle d'une voix sèche et claire. Je n'étais pas sûre de comprendre les sous-entendus dans son discours, mais le champagne m'avait enhardie et je voulais l'encourager à parler.

« Vous avez grandi à Londres ? demandai-je.

— Un peu partout. Mon père était officier supérieur dans l'armée. Quand il a quitté l'armée, on s'est installés dans l'Essex. À la frontière du Suffolk.

— Ça vous plaisait, là-bas ? »

Connie poussa un lourd soupir. « *Plaire*, ce n'est pas le terme que j'emploierais. Mon père était souvent absent, surtout quand j'étais petite. Il fut parmi les premiers à arriver à Bergen-Belsen en 1945.

— Oh mon Dieu.

— Oui. Jusqu'à la fin de sa vie, dès qu'il entendait parler de la Shoah à la radio ou à la télé, il éteignait tout. Ma mère était distante. Maternellement sous-développée. Tenez, vous voulez une autre boule ? Celle-ci est magnifique. »

Je pris la boule fuchsia foncé qu'elle avait piochée dans la boîte. « Est-ce qu'on peut se développer, maternellement parlant ? demandai-je.

— Bien sûr, répondit-elle comme si je venais de proférer une énorme ânerie. On n'a pas le choix. Du peu que j'en sais, c'est un vrai bouleversement. » Elle fit une pause. « C'était dû à l'époque, aussi. Elle refourguait les enfants à la nounou. Je la voyais une heure après le bain. Elle ne nous lisait pas d'histoires. Elle me faisait asseoir dans le salon. Mon Dieu, c'était glacial ! Elle me posait des questions sur ma journée ! Sur ma journée ! J'avais six ans ! »

Je songeai à Lucia. « Oh, je pense que les enfants de six ans ont beaucoup de choses à raconter. Et au moins, votre mère vous posait des questions.

— Je ne me souviens pas de ce que je répondais. Je n'aime pas les questions », rétorqua-t-elle.

Me sentant à nouveau réprimandée, je n'ajoutai rien. Connie soupira et recula dans son fauteuil. « Il y a quelque chose de très apaisant à regarder quelqu'un effectuer une tâche manuelle. » Elle leva ses mains et les contempla. « Même si, ces derniers temps, c'est un apaisement teinté d'un soupçon de regret.

— Comment vont-elles, pour l'instant ?

— Elles vont bien. Je déteste sortir dans le froid, car elles me font vraiment souffrir. Parfois au point que je préférerais qu'on me les tranche une bonne fois pour toutes. Elles sont tellement inutiles. Mais quand il fait plus chaud, comme maintenant, je me sens moins frustrée.

— Votre sapin est vraiment immense », dis-je.

Connie s'esclaffa. Je continuai à le décorer, choisissant les boules sous son regard, un silence amical flottant entre nous deux. Dehors, on entendait les voitures passer de temps à autre, une portière claquer, les voix stressées de ceux qui essayaient de rentrer leurs courses en se débattant avec des enfants surexcités. Au-dessus, le ciel était blanc et opaque, une journée maussade, une journée à rester enfermée. Soudain, je fus très reconnaissante d'être près du sapin.

« J'étais attachée à mon père, déclara brusquement Connie. Quand il revenait après un déplacement, je me souviens de mon enthousiasme en entendant sa voiture dans l'allée. Il y avait toujours son odeur de pantalon amidonné et de cigarette. On dit que les militaires ne savent pas exprimer leur affection mais c'est faux. Il était très présent pour moi. C'est le mot qu'emploie votre génération, pas vrai ? *Présent ?*

— Je crois, oui.

— Mais en y repensant plus tard, je me suis rendu compte que, la plupart du temps, il me traitait comme un garçon. Un fils. Il me parlait comme à un égal. Il me laissait tenir ses armes. Avec mes cheveux courts et ma silhouette maigre, prépubère, je crois que j'avais tout d'un garçon. Sauf que ça n'a pas duré. Mon petit frère, Michael, s'est mis à remplir ce rôle et je suis devenue une femme. Une femme qui ne voulait pas faire les choses normalement, se trouver un type sympa et se marier. Ça, il aurait pu le comprendre. Mais ce n'était pas dans mes plans. Et je l'ai déçu.

— Je suis sûre que non. » J'allai à la cheminée et déposai une bûche dans les flammes, savourant la chaleur qui émanait du cœur du foyer.

Connie sourit. « Bien sûr que si. Le flower power n'avait pas franchi les frontières de l'Essex, je vous le garantis. On était au début des années 1960. Les relations homosexuelles étaient encore illégales pour les hommes, et ils n'imaginaient même pas que les femmes puissent s'y adonner. Je n'étais pas franchement un concept envisageable pour le Britannique moyen. »

Connie se pencha dans le fauteuil et sélectionna une autre boule, cette fois une décoration en verre transparent sur lequel était collée un peu de la fausse neige. « Honnêtement, je pense que mon père ne savait pas ce qu'était une lesbienne. Il avait étudié les lettres classiques, alors on pouvait espérer qu'il aurait un peu de compassion pour les romances homosexuelles, mais ce respect n'était réservé qu'à Homère. Quand je lui ai enfin annoncé que je ne comptais pas me marier, il m'a regardée comme si je débarquais d'une autre planète. Je n'ai même pas pris la peine de lui faire un dessin.

— Ç'a dû être difficile.

— Oh, c'était ridicule, en fait. C'est ce que je pense aujourd'hui. Bien qu'à l'époque j'étais suffisamment naïve pour en être étonnée.

— Vous pensiez que l'amour était inconditionnel. »

Elle plissa le nez. « Je pensais plutôt que ce qu'il avait vu en Allemagne l'avait peut-être changé. Prendre l'amour là où il est, ce genre de choses. Et il m'a déçue. Il m'aimait, ça je le savais. » Connie scruta les profondeurs du sapin. « Et je l'aimais en retour, c'est ça qui est terrible. Je l'aimais tellement. Mais j'ai commencé à le trouver pathétique, et c'est là qu'on perd tout d'un parent. Un sentiment de défaite s'insinue en vous.

— Vous avez dû partir de chez vous ?

— Non. Mais j'en avais envie. J'avais déjà été à Manchester, j'ai fini par m'installer à Londres. D'un canapé à l'autre, dépendante de la générosité des amis. » Elle soupira. « J'ai fait des centaines de boulots différents, tous aussi épouvantables les uns que les autres. J'écrivais dès que j'avais du temps libre. Presque huit ans à ce rythme. Bon sang. C'était il y a longtemps.

— Vous êtes retournée là-bas ?

— Quelques fois. J'ai commencé à y aller de moins en moins, quand j'ai compris que mon père n'arriverait jamais à accepter qui j'étais. Il l'avait sûrement deviné, à l'époque. Mais il ne l'aurait jamais reconnu. » Elle fit une pause. « Je me sentais… invisible. »

Je m'étais assise dans le fauteuil face à elle. Voir

et entendre Connie converser ainsi librement m'apparaissait comme un immense privilège. Un instant rare. J'en oubliai même de la sonder au sujet de ma mère ; je voulais juste entendre l'histoire de Connie, me rapprocher d'elle, comprendre qui elle était véritablement. « Et votre mère, dans tout ça ? demandai-je.

— Oh, elle suivait le mouvement, répondit-elle, les yeux rivés sur les flammes. Elle n'a jamais trop discuté avec moi. Mes parents semblaient… *repoussés*, sans qu'ils puissent mettre des mots sur leurs sentiments à mon égard, ni même les comprendre eux-mêmes. Ils ne m'ont jamais rien dit de blessant mais la situation était aliénante. Je sais bien que ce n'était pas le cas. Je sais qu'on m'a aimée, souvent. Qu'on m'a acceptée. Mais l'époque était différente. Je ne supportais pas d'être près d'eux.

— Je suis désolée.

— Oh, c'est comme ça.

— Vous vous êtes toujours… tournée vers les femmes, Connie ? »

Elle leva les yeux vers moi. « Je crois, oui. Mais j'allais à des bals, dans mon adolescence. Les gars qui paradaient, les filles qui se pomponnaient, les couples qui se formaient sur la piste de danse… tout ça. Je dansais, moi aussi. C'était très hétérosexuel. Mais je préférais observer les filles. La courbe d'une nuque, la forme d'une main, la façon dont un sourire pouvait attirer mon regard. On devait tous être un magma d'hormones. Aucun de nous n'avait reçu d'instruction à ce sujet, on ne nous en avait pas dit le moindre mot. Mais je le savais peut-être déjà. Pour ma première fois j'avais quinze ans. Avec une fille qui s'appelait Virginia. »

Connie sourit et porta son regard vers le feu. « Sacré nom pour une première fois. Virginia Lawrenson avait trois ans de plus que moi et elle m'a embrassée près des canalisations d'évacuation derrière la salle polyvalente de Manningtree. Je m'en souviens encore. Un mois plus tard, on a fini dans sa chambre. Et encore un mois plus tard, elle se mariait.

— Pauvre Virginia.

— Oh, je ne sais pas. Les Virginia Lawrenson de ce monde avaient la vie plus facile, en quelque sorte. Son mari était un type bien.

— Je suis vraiment désolée, répétai-je. Si ça a été… difficile pour vous. »

Connie parut gênée. « Oh, je n'ai pas besoin de votre compassion, Laura, dit-elle avant de boire une lente gorgée de champagne. On s'en sort. On trouve des amis. Une forme de protection. Peu de gens savaient que j'étais lesbienne. Je passais pour une hétéro, je crois.

— Vous le faisiez exprès ? »

Elle prit une profonde inspiration. « Je n'ai jamais trop eu envie d'y réfléchir. Je n'ai jamais éprouvé le besoin d'aller aux manifestations, de me raser le crâne, de haïr le genre masculin, rien de tout ça. Mais peut-être que je l'ai enfoui. Je crois que j'étais plus intéressée à obtenir les choses que je voulais, pour moi-même. Le personnel a supplanté le politique.

— Ce n'est pas censé être la même chose ? »

Connie s'esclaffa. « Bien sûr, et j'imagine que ça fait de moi une narcissique égoïste. » Elle détourna le regard. « J'aimais penser qu'être moi-même était déjà un acte radical à lui seul. Mais c'était peut-être de la paresse. Peut-être que je me suis vraiment cachée. Je ne sais pas. À vrai dire, je me sentais toujours plus mal pour les femmes que j'aimais que pour moi-même. »

Une étrange sensation me serra le cœur. « Pourquoi vous sentiez-vous plus mal pour elles ? »

Connie soupira. « Je n'arrivais jamais à les aimer simplement. Je *savais* que je les aimais, mais je ne le montrais pas très bien. Je crois qu'elles devaient avoir l'impression d'être amoureuses d'un fantôme. »

Je ne sus pas quoi répondre. Je l'avais suffisamment sondée et je ne voulais pas qu'elle s'agace ni qu'elle se referme comme une huître. Connie avait les yeux embués, ses doigts tordus étaient posés sur les bras du fauteuil ; elle semblait assise sur un trône. Elle avait tant parlé, s'était dévoilée et elle semblait exténuée. Je regardai son visage prendre peu à peu une expression de tristesse. Je voulais aller vers elle, la réconforter, lui dire que ma mère était dans cette pièce, un amour d'antan, un fil invisible qui reliait celles qu'elle avait laissées derrière elle. Mais je restai là, près du sapin de Noël.

25

Je ne cessai de penser à la façon dont Connie avait prononcé le mot *fantôme* pour parler d'elle-même. Jusqu'à présent, j'avais pensé que l'unique fantôme de cette maison s'appelait Elise Morceau. Pour des raisons connues d'elle seule, Connie s'était ouverte et m'avait parlé de son enfance – son père, officier dans l'armée qu'elle idolâtrait et dont le syndrome de stress post-traumatique aurait sûrement été diagnostiqué s'il avait vécu à notre époque ; sa mère, que Connie qualifiait de maîtresse de l'indifférence. Son frère, Michael, et ses enfants : absents. Et plus que tout, j'imagine, le fait que sa sexualité – et donc sa propre identité – avait pu être effacée de façon passive par ses plus proches parents. Qu'elle ait ainsi parlé avec moi – c'était, je crois, presque comme de l'amitié. Un présent offert dans la plus grande confiance. Je rayonnais d'un tel honneur, et mon cœur se serrait en imaginant la jeune femme qu'avait été Connie, celle qui ne pouvait pas être elle-même. Je me demandais si ce sentiment d'aliénation, ce besoin de détachement l'avaient suivie dans sa vie adulte, et je soupçonnais que c'était le cas.

Je m'étais présentée à Connie avec un dessein particulier, mais je sentais désormais que ma voie était vaseuse et incertaine. J'avais beau vouloir que Connie se révèle à moi, dans l'espoir qu'elle me rapproche volontairement ou non de ma mère, la vulnérabilité qui transparaissait sous sa rudesse intellectuelle et courtoise me faisait culpabiliser et me rendait plus protectrice. Peut-être devrais-je simplement être ici pour prendre soin d'elle, pensai-je. Peut-être que je devrais simplement me concentrer sur la femme en face de moi, et pas sur celle qui flotte dans mon esprit ?

*

Au matin du réveillon de Noël, Kelly était retranchée dans la campagne anglaise, sans nul doute à fendre du bois. J'aimais l'imaginer avec son ventre rond, coupant des arbres morts à la hache. J'étais dans le salon de notre appartement et j'emballais les cadeaux destinés à la famille de Joe, les agrémentant de rubans impeccables. J'avais fait au mieux pour trouver de jolies choses – crèmes pour le corps et bouteilles de vin, un masque pour Daisy doté de propriétés exfoliantes visiblement magiques et qu'elle prendrait sans doute comme une insulte –, mais elles n'avaient rien d'extraordinaire. J'avais les épaules douloureuses à force de me pencher pour réaliser des plis soignés sur le papier cadeau et que Dorothy ne me soupçonne pas – à raison – de m'y être prise à la dernière minute. J'avais prévu d'aller chez Connie, de lui offrir son cadeau (qui m'avait, lui, demandé un temps considérable et dont j'étais très satisfaite), de rester boire un verre de champagne et de m'en aller. C'était ce qu'elle voulait, elle me l'avait précisé. Puis j'irais passer Noël avec Joe et sa famille à Wimbledon.

Joe était allé boire une pinte de Noël en avance avec un nouvel ami. Il s'appelait Charles apparemment, et il avait une grande influence dans le domaine des réseaux sociaux et de la scène culinaire londonienne.

Le temps écoulé m'indiquait qu'il s'agissait plus que d'une pinte. La porte d'entrée finit par s'ouvrir et Joe entra dans le salon. « Salut, dit-il en regardant les cadeaux, le papier, le scotch, et moi assise au milieu. Tu as tout fait. »

Je ne pouvais pas le regarder dans les yeux. « Oui. Je suis allée à Selfridges hier soir.

— Merci beaucoup. Il y avait du monde ?

— Plein.

— J'aurais dû venir avec toi. »

Je ne quittai pas du regard la jolie pile de cadeaux. « C'était comment, au pub ? » demandai-je.

Joe s'assit dans le canapé et sortit son téléphone. « Bien. Charles est cool. Il dit qu'il y aurait des opportunités dans des marchés éphémères du nouvel an. Une fois que les régimes détox seront terminés. Il va parler de moi à un nouveau festival culinaire de London Bridge en février. C'est lui qui est chargé des relations publiques.

— C'est super. Mais en fait, si, ajoutai-je, tu aurais dû m'aider pour les cadeaux. C'est des cadeaux pour ta famille. »

Joe me dévisagea. « Ouais, je suis vraiment désolé. Mais Charles n'était dispo qu'aujourd'hui…

— Et hier soir, quand j'étais à Selfridges ?

— Je savais pas que tu comptais y aller. Je voulais m'en occuper ce matin. Tu sais que je fais toujours comme ça. » Il retourna à son téléphone.

« Ouais, et l'année dernière dans la panique, on s'est retrouvés à dépenser bien trop d'argent pour des trucs dont ils n'avaient même pas envie. »

Je m'interrompis. Je m'entendais parler. Mon mécontentement intense et justifié que Joe aurait pu aisément transformer en harcèlement accusateur. J'enrageai à l'idée que ma colère puisse être aussi facilement déformée, détournée de sa véritable trajectoire par quelques défenses habiles de sa part.

« Mais tu es tellement douée pour ce genre de choses, Rosie.

— Non, c'est faux. Je ne suis pas plus douée que toi. Mais je ne peux pas me présenter chez eux sans…

— Je sais jamais quoi acheter.

— Et pourquoi tu ne leur demandes pas ce qu'ils veulent ? »

Il finit par reposer son téléphone. « Parce que ça gâche la surprise », dit-il, et je me retins de crier.

« Alors pourquoi tu n'y réfléchis pas, ne serait-ce que trente secondes ? demandai-je.

— Je vais te les rembourser », rétorqua-t-il en reprenant son téléphone.

C'était la goutte d'eau. C'était si désinvolte, si dépourvu de maturité. Je songeai à tous les cadeaux que j'avais achetés pour sa famille en son nom, depuis des années. Une fureur incandescente étincelait dans mes tripes, une ramification de rage atteignait chaque centimètre de mon corps. Je fermai les yeux, cherchant à l'arrêter, m'efforçant de la contenir. Je me rendis soudain compte que je n'avais aucune envie de la contenir. Je pensai à Kelly. Je pensai à Connie. Je pensai à la mère de Connie, à ma mère. À Dorothy. Je pensai aussitôt combien je détestais l'argent. Je pensai à quel point Kelly avait semblé revigorée après sa diatribe. Combien notre étreinte avait été intense à l'heure des au revoir. Je pensai à elle dans une maison bordée de haies, marchant vers le pré avec sa hache

« Connie a besoin que je reste avec elle à Noël », dis-je.

Joe reposa son téléphone, une fois encore. « Quoi ?

— Alors je vais faire comme ça.

— Mais tu ne peux pas.

— Si, je peux.

— Non. Ma mère croit que tu viens. Elle aura préparé le repas. Elle aura mis une assiette pour toi. » Son visage était l'image même de la perplexité.

« Elle pourra sûrement retirer mon assiette. À moins qu'elle ne l'ait collée à la nappe.

— C'est pas drôle. C'est Noël. »

JE M'EN FOUS JE M'EN FOUS JE M'EN FOUS JE M'EN FOUS, pensai-je, et les mots défilaient en boucle dans mon esprit comme les chiffres sur l'écran de la Bourse.

« Tu es obligée de te moquer de ma mère sans arrêt ? demanda-t-il brusquement.

— Quoi ? Je ne me moque jamais de ta mère.

— C'est juste que… pour une fois, Rose… pour une fois, ce serait bien de savoir que tu es dans mon camp, tu vois ?

— Mais de quoi tu parles ? Je suis dans ton camp, Joe.

— J'aimerais juste que tu montres le même enthousiasme pour notre vie à deux que celui que tu montres pour cette vieille bique.

— Ta gueule », lâchai-je.

Joe parut interloqué. Je fis un large geste du bras vers les cadeaux. « J'ai même noté les noms sur les étiquettes, continuai-je. Sur tous. Il te suffit de les mettre dans un sac.

— C'est dingue. Tu es juste en colère. Tu vas te calmer et tout ira bien.

— Non, Joe. Tu ne comprends pas. Vraiment pas. »

Il inspira l'air entre ses dents. « Tu sais quoi ? T'as raison. Je ne comprends pas. Je ne comprends pas ce qu'il t'arrive, putain.

— Hein ?

— Depuis que tu as commencé ce boulot.

— N'accuse pas mon boulot, Joe. N'essaie même pas.

— Mais c'est foireux. C'est en train de te changer.

— Oh, ne sois pas ridicule.

— C'est tellement pourri entre nous…

— C'était déjà pourri avant que j'accepte le poste, crois-moi. » Je me levai et me plantai devant lui.

« Rose, qu'est-ce qui t'arrive ? » demanda-t-il en adoptant cette expression de confusion qui me faisait enrager. Joe aimait passer pour le rationnel du couple, celui qui fait de son mieux pour me raisonner, pour se mettre à mon niveau, mais qui est obligé de conclure avec bonhomie que je suis un cas désespéré.

« Comment ça, *qu'est-ce qui m'arrive* ? lâchai-je.

— Tu as changé. Ça me fait peur. Tu me fais peur.

— Je te fais peur ? »

Joe se recula dans le canapé et me contempla

d'un regard de pitié. « Je ne peux pas discuter avec toi quand tu es dans cet état, décréta-t-il.

— Grandis un peu, Joe. Putain, mais grandis un peu. » J'avais envie de balancer un coup de pied dans le mur mais je me contins.

Joe écarquilla les yeux. « Je ne peux pas interagir avec toi quand tu es hystérique, dit-il.

— Je ne suis pas hystérique. Je suis juste furieuse. Et j'ai tous les droits de l'être.

— Baisse un peu le ton, bon sang. Tu vas réveiller le bébé des voisins.

— Tant mieux. J'espère qu'il va se réveiller », sifflai-je. D'un côté de l'appartement, les travaux d'extension du loft des voisins nous avaient empêchés de dormir pendant près de six mois, et de l'autre côté c'était un bébé avec des coliques. J'éprouvais une telle colère envers Joe, je voulais que tous les enfants se réveillent et emmerdent leurs parents des heures durant – et l'emmerdent lui aussi, au passage –, qu'ils manifestent dans la rue avec leurs petites saucisses de jambes, leurs poings minuscules agitant des panneaux, qu'ils se ruent dans notre appartement et l'encerclent en criant QU'EST-CE QUE TU FAIS DE TA VIE, MONSIEUR ?

« Être dans cet appartement avec toi, c'est pire que de parler avec un enfant », dit-il, refusant de hausser le ton. Je voyais bien qu'il jouait simplement le rôle du raisonnable, et j'avais envie de lui coller un coup de poing « Arrête juste d'être… fatigante, Rose.

— Tu me demandes à *moi* de ne pas être fatigante ?

— Ouais. T'es super fatigante, putain. On le pense tous. »

J'étais estomaquée. « Tu sais quoi, Joe ? Je l'emmerde, ton Noël.

— Qu'est-ce que tu viens de dire ?

— Je viens de dire – *Je l'emmerde*, ton Noël. Va tout seul dans ta *putain* de famille jusqu'à leur *putain* de maison à Wimbledon. » J'assénai un coup de pied dans la pile de cadeaux qui s'éparpillèrent à travers la pièce.

Joe me regarda avec une expression où se mêlaient le dégoût et une satisfaction sinistre. « Je le savais, dit-il. T'es une putain de malade mentale. »

*

Joe ressortit – où, je l'ignorais et m'en fichais. En préparant mes affaires dans un sac en toile, je me sentais excitée, bizarre et sûre de moi.

Je laissai les cadeaux à l'exception de celui de Connie, et je verrouillai la porte de l'appartement. Je me frottai les yeux devant l'entrée, pris deux inspirations profondes, des respirations purifiantes, et je fis un pas dehors.

Je me rendis d'abord à Sainsbury pour y acheter un gros jambon. J'appréciais Connie pour son absence de snobisme en matière de nourriture ; à ses yeux, un produit de chez Sainsbury valait parfaitement un article luxueux de chez Fortnum. Elle avait dû prévoir un sandwich industriel à la dinde pour son déjeuner de Noël. J'achetai une grande quantité de fromages, de légumes, un poulet à rôtir, des bouteilles de vin, du pudding au chocolat, de la crème fraîche – tous ces produits incarnaient le sentiment d'individualité intense et immense que j'éprouvais, le vertige et la liberté de faire tout cela, plutôt que de faire *ça*, avec *lui*.

Mais à mesure que je progressais vers le nord de Londres, le doute s'insinua peu à peu. Connie allait-elle me laisser entrer ? M'accueillerait-elle, m'offrirait-elle l'asile ? Ou bien étais-je en train de franchir une limite périlleuse ? Je décidai pourtant de prendre le risque : Connie était comme un chant de sirène – la promesse d'un bon feu, d'une nourriture appétissante. J'avais même hâte de voir le sapin de Noël.

Je n'ouvris pas la porte avec ma clé mais appuyai plutôt sur la sonnette. Elle arqua les sourcils en me voyant plantée là avec tous mes cabas de courses et mon sac de voyage.

« Je me disais qu'on pourrait se préparer un bon dîner ? dis-je. C'est moi qui régale.

— Vous n'êtes pas censée être chez les parents de Joe ? » Elle plissa les yeux. « Vous n'êtes pas venue par pitié, hein ? Vous ne me faites pas le coup de la bonne Samaritaine ?

— Non, Connie.

— Hmmm », dit-elle, puis elle tourna les talons et retourna dans la maison, et je sus qu'elle m'indiquait ainsi de la suivre.

*

« J'allais juste manger une soupe et du pain, dit-elle dans la cuisine.

— Oh, oui, bien sûr, dis-je. Mais...

— Mais un bon dîner est tout aussi bien. »

Je me mis à fourrager dans les sacs de courses. Je savais qu'elle me regardait. « Tout va bien ? demanda-t-elle.

— Oui, bien sûr.

— Tant mieux. Parce que le contraire me déplairait. Pour vous, je veux dire.

— Je vous ai dérangée ? Je peux repartir après un verre…

— Non, non, dit-elle en jetant un coup d'œil au contenu des sacs. Sortez une bouteille du frigo. Vous avez acheté du chocolat ?

— Je vous ai trouvé un sachet de pièces en chocolat », répondis-je, et elle éclata de rire. J'allai au frigo et y trouvai une bouteille de champagne fraîche.

« Allez-y, ouvrez-la », dit-elle.

J'obtempérai et nous versai deux verres. « Santé, dis-je.

— Santé, répondit Connie. Joyeux Noël, Laura.

— Joyeux Noël, Connie », dis-je à mon tour avant de boire une gorgée comme s'il s'agissait d'une potion magique.

*

Je mis le poulet à rôtir et préparai les accompagnements pendant que Connie retournait travailler à l'étage. Quand le repas fut prêt, nous nous installâmes de front à la table de la cuisine. « Vous êtes une cuisinière hors pair, dit-elle en poussant un soupir heureux.

— Merci.

— Vous gâchez vos talents ici. »

Je ne répondis rien. « Laura », continua-t-elle en tendant le bras au-dessus de la table pour poser la main sur la mienne. À son contact chaud et confiant, mon corps tout entier faillit s'effondrer.

« Oui ?

— Vous êtes plus que la bienvenue, si vous voulez rester ici pour Noël. » Connie laissa sa main sur la mienne et me regarda droit dans les yeux. « Cette chambre est à vous. Aussi longtemps que vous en aurez besoin. »

*

Connie essaya de préparer mon lit dans la chambre d'amis à l'étage mais ses mains la faisaient souffrir, aussi terminai-je la tâche. Rideaux fermés, draps propres, la lampe de chevet allumée – ce halo jaune tamisé de l'enfance – à côté d'un petit vase rempli de houx qu'elle avait tenu à deux mains d'un air gêné en se présentant sur le seuil de ma porte. J'étais émue, d'autant plus que Connie ne m'avait pas demandé pourquoi j'étais avec elle, et pas avec Joe. Elle ne chercha pas à me sonder, ni à me soutirer des informations. Je me sentais très coupable de ne pas être la personne qu'elle croyait.

En cette nuit de Noël dans la chambre d'amis de Connie, le temps semblait suspendu. Elle resta éveillée très tard puis j'entendis le bruit discret de ses pas dans l'escalier alors qu'elle allait se coucher à son tour. Je finis par m'assoupir. Je rêvais que j'étais sur la plage avec ma mère – pas en Bretagne où mon père l'avait invoquée, mais plutôt sur le littoral du nouveau roman de Connie. Le sable du Massachusetts me semblait aussi réel que si je l'avais véritablement arpenté, et je suivais le dos de ma mère. Nous cherchions quelque chose, toutes les deux, mais elle ne se tournait jamais vers moi. Je ne voyais pas son visage. J'avais mal agi. Je n'avais pas été honnête et elle refusait à présent de se tourner vers moi.

26

Pendant un instant le lendemain matin, je ne me souvins plus où j'étais. Mon lit avait rétréci du double au simple, la configuration de la chambre m'était étrangère et la faible lumière matinale était différente. Tout était silencieux. Je me tournai sur le flanc et la journée de la veille me revint en mémoire. La dispute à l'appartement, les cadeaux éparpillés au sol, le champagne et le poulet rôti. La maison de Connie. La chambre d'amis. Le vase de houx. Noël.

Il n'y aurait aucun cadeau dans mes chaussons, aujourd'hui. Pas de Lucia ni de Wilf brûlants d'excitation, pas de Ben en quête d'un tire-bouchon, pas de Dotty ni de Daisy – mon Dieu, leurs prénoms associés étaient si ridicules – et, plus que tout, pas de Joe. J'éprouvai un soulagement immédiat, suivi aussitôt d'un désarroi et d'une peur intenses. J'attendais l'instant où j'allais me mettre à pleurer mais je ne sentais pas venir les larmes.

Je consultai mon téléphone sur la table de chevet. Mon père m'avait envoyé un SMS : JOYEUX NOEL, ROSE CHERIE. AMITIES A TOUS. BIZ PAPA ET CLAIRE.

Joyeux Noël, papa ! répondis-je. J'espère que vous passez une belle journée tous les deux. Bisous.

Je reposai le téléphone et appuyai le bout de mon index sur l'épine acérée d'une feuille de houx. Rien de la part de Joe. Je me demandai ce qu'il avait raconté à sa famille – sans doute que j'étais partie en Bretagne. C'était le mensonge le plus sûr. Même Dorothy ne me laisserait jamais seule à l'appartement un jour de Noël.

À ma grande surprise, mon père répondit immédiatement. TU AS AIME TON KDO ?

Je me rendis compte que j'avais oublié à l'appartement le cadeau qu'il m'avait envoyé. Le seul cadeau que j'avais pris avec moi était celui destiné à Connie. J'avais remarqué dans la maison lorsque je dépoussiérais de temps à autre que Connie était une avide collectionneuse de cendriers, bien qu'elle ne fumât pas. Pour Noël, je lui avais trouvé une vraie beauté, un article Art déco d'occasion déniché dans une boutique solidaire. Il semblait assez authentique pour venir d'un magasin correct ou d'un antiquaire.

Je ne l'ai pas encore ouvert ! répondis-je.

☹ TU AS EU UN JOLI KDO DE LA PART DE JOE ?

Je n'ai pas encore ouvert mes cadeaux. Je prends mon petit déjeuner.

CLAIRE DEMANDE SI CA VA ?

Je vais bien. Vous passez une bonne journée ?

OUI. OK CHERIE, JE T'APPEL BIENTO ?

*

Connie avait posé deux serviettes sur le fauteuil près de la fenêtre. J'enfilai mon chemisier et mon jean, attrapai la petite serviette et me rendis à la salle de bains noir et doré pour m'y laver le visage et m'y brosser les dents. Quand j'en sortis, Connie se tenait devant la porte de la chambre « J'ai entendu que vous vous étiez levée, dit-elle. Joyeux Noël. » Elle était vêtue de ses vêtements noirs habituels et semblait fatiguée.

« Joyeux Noël !

— Qu'est-ce que vous avez l'habitude de faire le jour de Noël ? demanda-t-elle.

— Je serais heureuse de faire ce que vous faites.

— Je ne fais pas grand-chose. » Elle parut gênée.

« Eh bien alors il n'y a aucune règle aujourd'hui, répondis-je.

— Vous pourriez faire bouillir le jambon ?

— Je vais faire bouillir le jambon.

— Est-ce que vous voulez une tasse de thé ? s'enquit-elle.

— C'est mon travail, ça. Vous êtes sûre…

— C'est Noël. Pas de règles. » Elle s'éloigna d'un pas pesant. Dans la chambre, mon téléphone se mit à sonner. Elle tourna les talons. « C'est Joe ?

— C'est sûrement mon père.

— Alors vous feriez mieux de répondre. »

J'allai décrocher. « Salut, Papa.

— Bonjour, ma chérie. Joyeux Noël. »

Au son de sa voix, j'eus soudain le cœur lourd et je m'affalai sur le bord du lit. J'aimais l'entendre mais cela réveillait un moi plus jeune, en contraste total avec la personne que j'étais en cet instant, dans cette maison. Les larmes me montèrent aux yeux et une vague de chaleur me submergea. C'était la première fois que j'entendais sa voix depuis notre conversation sur la plage, durant laquelle il avait introduit dans ma vie l'identité de Constance Holden.

« Tu es là ? demanda-t-il.
— Oui, je suis là.
— Tout va bien ? »
Je reculai sur le matelas et m'adossai au mur. « Ça va. Tu sais que je trouve Noël un peu bof. »
Il fit une pause. « J'ai repensé à ce que je t'ai dit. À propos de ta mère. »
Je fermai les yeux. « Ah ?
— Je n'aurais pas dû… Je n'aurais pas dû te laisser seule avec ces informations. »
Je rouvris les yeux et contemplai la pièce autour de moi – les affiches de théâtre, le papier peint à rayures vertes, les étagères pleines des livres de Connie. Je l'entendais poser à grand bruit les mugs sur le plan de travail de la cuisine, en bas. J'imaginais révéler à mon père où j'étais en cet instant. Que se passerait-il si je lui disais la vérité ? Peut-être qu'il ne me croirait même pas.
« C'était il y a longtemps, continua-t-il, visiblement incertain face à mon silence.
— Je le sais bien, dis-je. C'est rien, Papa. Je suis contente que tu m'en aies parlé.
— Tu aurais dû venir ici cette année.
— Ouais. » Je me penchai et caressai entre mon pouce et mon index la courbe rêche d'une feuille de houx. Elle était si robuste. « J'aurais peut-être dû.
— Claire dit qu'on devrait venir vous rendre visite pour le nouvel an, à toi et à Joe. Ça te ferait plaisir ? »
J'essayai de déceler la vérité sous-jacente dans la question de mon père. Était-il réticent ? S'attendait-il à ce que je réponde qu'un tel voyage n'était pas nécessaire ? Si la suggestion venait de lui, s'il avait exprimé un certain plaisir à la perspective de

leur visite, ç'aurait été différent. Mais c'était l'idée de Claire. Je l'imaginais parfaitement : Claire et lui accostant à Portsmouth, puis arrivant à l'appartement de Joe pour découvrir que je n'y étais pas – découvrant qu'en réalité j'avais démissionné et que j'avais sans doute quitté Joe et que, pour couronner le tout, je travaillais au service de Constance Holden.

« C'est bon, vraiment, dis-je d'un ton enjoué. Il fait si froid en janvier. Vous n'êtes pas obligés. Je vais bien.

— On pourra en reparler. Quand tu veux. » Il hésita encore. « Tu as… tu as besoin que je fasse quelque chose ?

— Non.

— Bon. Alors je t'envoie un texto plus tard. Mais passe une bonne journée, d'accord ? Bois un verre de quelque chose. J'espère que Dorothy a préparé un bon repas.

— Elle fait bouillir un jambon. »

Mon père éclata de rire. « Oui, évidemment. » Il y eut une pause. « Je t'aime, ajouta-t-il.

— Je t'aime aussi. »

Je raccrochai et restai assise là un moment, à vif. Puis Connie m'appela pour le thé.

*

Plus tard dans la matinée, je mis le jambon à bouillir et confectionnai une sauce au persil pour agrémenter les pommes de terre rôties, les carottes, les panais et les choux de Bruxelles. Connie était assise à la table de la cuisine et s'était requinquée depuis notre rencontre du petit matin.

« Je prends un jour de congé, déclara-t-elle. Joyeux Noël, bon sang ! »

Elle me proposa une papillote surprise sortie d'une boîte qu'elle avait dû acheter en même temps que ses kilomètres de guirlandes. Nous en ouvrîmes deux, lûmes à voix haute les mauvaises blagues et déchirâmes avec peine les petits sachets plastique qui révélèrent un porte-clés équipé d'un décapsuleur pour moi et un puzzle miniature pour Connie qu'elle ne prit même pas la peine de déballer et qu'elle mit aussitôt de côté. Nous coiffâmes les couronnes en papier traditionnelles, la sienne violette, la mienne verte, reine et princesse d'un jour. J'offris son cadeau à Connie, elle retira l'emballage avec difficulté, ses doigts luttant sur le ruban et le scotch. J'avais envie de tendre le bras, de lui simplifier la tâche, mais je savais qu'elle détesterait cela. Quand elle parvint enfin à retirer les couches de papier de soie et qu'elle découvrit le cendrier enveloppé dedans, elle fut ravie. La voir tourner l'objet entre ses mains avec plaisir me procura une joie pure que je n'avais pas éprouvée depuis une éternité. « Il est parfait ! s'exclama-t-elle en me regardant avec une véritable stupéfaction.

— Il vous plaît ? »

Elle le posa délicatement. « C'est en jade ? On dirait du jade. Peut-être des années 1920 ?

— Peut-être.

— Mon Dieu. C'est tellement *attentionné* ! »

Une fois encore, j'eus l'impression que personne ne s'était montré attentionné envers elle depuis longtemps. Elle ne se rendait même pas compte à quel point elle semblait reconnaissante. « Joe vous a aidée à le trouver ? demanda-t-elle.

— Joe ?
— Eh bien, il s'agit sûrement d'une antiquité.
— Oh… oui. Oui, il m'a un peu aidée.
— Remerciez-le pour moi, s'il vous plaît.
— D'accord. »

Connie disparut, revint une minute plus tard et, d'un geste pudique, elle me tendit un petit sachet.

« Joyeux Noël.
— Connie, il ne fallait pas…
— J'en avais envie. »

Dans le sachet se trouvait une boîte. La boîte contenait une chaîne en or avec un pendentif représentant la lettre L, en or lui aussi. « C'est de l'époque victorienne, dit-elle. Il vous plaît ? »

Il me plaisait beaucoup. Il était délicat et magnifique mais j'éprouvai un immense chagrin à le voir posé dans la paume de ma main. C'était le rappel concret de mon mensonge, et si une part de moi-même désirait le porter plus que tout, une autre part souhaitait plus encore s'agenouiller devant Connie, lui avouer mon vrai nom et lui expliquer que j'étais indigne d'un tel cadeau.

« Qu'est-ce qui ne va pas ? demanda Connie d'un air inquiet. Vous ne l'aimez pas ?
— Mon Dieu, si. Si. Je l'adore, Connie. Il est superbe. Mais vous n'auriez pas dû.
— Vous allez le mettre ? »

J'obéis, avec l'espoir secret que le collier soit envoûté et qu'à la seconde où il toucherait ma peau il brûlerait la fausse personne qui habitait mon corps. Mais rien ne se produisit. Le L reposait parfaitement dans la courbe de mes clavicules.

« Sublime, dit Connie. Je le savais.
— Merci.
— Non, merci à vous, Laura. » Elle fit une pause,

l'air un peu timide. « Je suis très heureuse de vous avoir trouvée.

— Je suis très heureuse de vous avoir trouvée, moi aussi. »

Connie s'écarta, comme gênée. Luttant contre mes propres sentiments conflictuels, je retournai à la cuisinière où je remuai la sauce au persil. J'avais l'impression d'être à ma place dans cet instant parfait, avec mon L autour du cou, avec ma couronne en papier, au chaud dans la cuisine de Connie. J'étais en sécurité au centre de tous ces cercles, quand le monde extérieur était glacial, informe. Avouer toutes mes vérités, rendre ce collier auraient signifié un éventuel rejet, et je ne pouvais pas le supporter.

« Joe sait-il que vous êtes avec moi ? demanda-t-elle.

— Non.

— Il ne va pas s'inquiéter ?

— Sûrement pas. » Je continuai à remuer la sauce. « Il me trouve froide, lâchai-je soudain. Connie, vous me trouvez froide ?

— Non, pas du tout. Vous n'êtes pas froide. »

Je sentis un sanglot monter en moi et je le ravalai. Je désirais la gentillesse de Connie mais quand elle me l'offrait, je ne m'en jugeais pas digne. « Parfois, je pense que je le suis, dis-je en me tournant, la cuillère en bois levée. Toutes ces choses dont je suis capable… » Je déglutis, surprise par mes propos.

Connie fronça les sourcils. « De quoi êtes-vous capable ? »

Une goutte de sauce au persil dégoulina par terre. Je ne pouvais pas prononcer ces mots-là.

« Ne soyez pas si dure envers vous-même, Laura.

Et vous êtes en train de faire tomber de la sauce, au passage.

— Connie, commençai-je d'une voix rauque, replaçant la cuillère dans la casserole. Je ne veux pas envoyer des ondes négatives en ce jour de Noël. Vraiment pas. »

D'un geste de sa main tordue, elle chassa mes préoccupations. « Ce n'est pas le cas. Je m'inquiète juste un peu pour vous, rien d'autre. Vous êtes pâle, ces derniers temps.

— Ah bon ?

— Joe et vous semblez traverser une période difficile.

— Je ne pensais vraiment pas me retrouver ici, répondis-je brusquement.

— Chez moi, vous voulez dire ?

— Ici, à ce stade de ma vie. J'ai bientôt trente-cinq ans. » Un chagrin inqualifiable menaçait de jaillir de ma gorge. « Je… pensais savoir ce que j'étais censée faire.

— Il faut beaucoup de temps pour savoir ce qu'on est censé faire, Laura. Bien plus que trente-cinq ans. »

Mes larmes coulaient à présent. « Je crois que je ne l'aime pas, déclarai-je, la voix étranglée par la tristesse. Connie. Je ne sais pas quoi faire. »

Je me tenais devant la cuisinière quand les sanglots m'échappèrent. Connie s'approcha et passa un bras autour de moi, hésitante mais chaleureuse. Je baissai la tête et la posai sur son épaule, et je donnai libre cours à mes larmes.

*

Un quart d'heure plus tard, nous étions assises dans le salon. J'avais l'impression d'avoir été renversée par un camion mais les pleurs m'avaient calmée, je me sentais mieux d'avoir pu formuler ces propos – cette phrase que je redoutais d'articuler à voix haute. « Ça ne m'est jamais arrivé, dis-je.

— Quoi donc ? » demanda-t-elle doucement.

Je scrutai le tapis, me sentant creuse et légère, comme sur le point de m'envoler. « Des gens ont arrêté de m'aimer alors que je ne le voulais pas, répondis-je. C'était brutal. J'ai cru devenir folle. Mais je n'ai jamais connu ça. Ce qu'on éprouve quand l'amour qu'on avait pour une personne… coule et *fuit* hors de vous. Comme si peu à peu, on se vidait au goutte-à-goutte, et on ne sait pas si c'est bien ou mal, si c'est conscient ou pas. Si on veut vraiment briser le contrat, affirmer que ça ne suffit pas. Je n'éprouve plus *rien*, Connie. Je ne sais pas qui je suis. Je me fiche de tout sauf… » Je m'interrompis.

« Sauf quoi ?

— Sauf d'être ici. »

Connie parut pensive. « Je pense que vous éprouvez une large palette d'émotions, en réalité. Mais vous n'avez pas confiance en vos sentiments. Vous avez peut-être atteint un stade de votre vie où vous devez à tout prix vous faire confiance. Vous n'avez pas cessé d'avoir des sentiments, Laura. Vous avez juste peur de vos sentiments car ils sont nouveaux. Il n'y a pas d'autre choix, dans ce monde, que de se faire confiance. »

Je déglutis. « Je ne suis pas sûre d'y arriver.

— Imaginez ça comme d'entrer dans une pièce où vous n'êtes encore jamais allée, mais dont vous soupçonniez l'existence. Entrer dans la pièce est facile, une fois qu'on a la clé. Mais la réalité de la pièce, les nouvelles dimensions, les nouveaux meubles, la façon dont la lumière l'éclaire – rien ne sera jamais comme dans votre imagination. Sauf que c'est dans cette pièce que vous êtes censée être, car l'autre porte s'est déjà refermée.

— Je me sens… minable.

— Vous n'êtes pas minable, affirma Connie. Vous êtes l'inverse. Mais s'il y a toujours un prix à payer quand on accepte l'amour, il y en a aussi un à payer quand on s'en détourne. »

Quelque chose dans sa voix m'obligea à lever les yeux. « Et quel est ce prix, d'après votre expérience ? »

Connie soupira, plongée dans une réflexion intense. « Quelle que soit la décision, vous renoncez à votre droit à l'innocence. Quand on tourne le dos à quelqu'un qu'on aimait, on se rapproche de la personne qu'on est vraiment. »

27

Entre Noël et le nouvel an, je restai près de Connie. Je n'appelai pas Joe, et Kelly était toujours dans le no man's land de ses beaux-parents. Je dormais chez Connie, je portais le collier qu'elle m'avait offert sans jamais le retirer. Joe m'envoya un SMS le 27 décembre, sans doute après être rentré à l'appartement pour se rendre compte que je n'y étais plus.

Tu es où ? écrivit-il.

Joyeux Noël à toi aussi. Je suis chez Connie.

Tu cherches toujours ta mère ? Tu l'as trouvée ?

Je ne répondis pas.

Au réveillon du nouvel an, il m'envoya un autre SMS pour s'excuser du précédent : le ton qu'il avait employé était déplacé et il était désolé. Il espérait que j'allais bien et qu'on pourrait peut-être discuter bientôt. Qu'est-ce que tu as prévu pour le réveillon ? demanda-t-il. Je serai chez Connie, écrivis-je, et cette fois, ce fut lui qui ne répondit pas. Je cherchais toujours ma mère mais je sabotais presque la quête. Je passais le plus clair de mon temps à cuisiner pour Connie. Depuis qu'elle avait découvert ma soi-disant expérience culinaire padouane, elle me demandait davantage de plats italiens. Aussi effectuais-je des recherches quotidiennes sur mon téléphone, à l'affût d'articles tels que « Comment préparer les meilleures pâtes maison ». Connie et moi faisions de lentes promenades dans Hampstead Heath, rentrions pour prendre un thé et de petites crêpes – mes muffins à la carotte ne furent que relativement appréciés – et, entre tous ces plats, je tapais à l'ordinateur. Je pensais à ma mère, certes, mais à nouveau d'une manière abstraite, comme je le faisais enfant. Une femme fantasmée – une femme qui ne voulait pas être retrouvée – ou que j'avais trop peur de localiser ? Elle m'avait paru plus palpable quand j'étais entrée pour la première fois chez Connie, comme si elle allait se manifester à coup sûr, et que tout serait résolu. *La fiction n'arrange pas tout*, Connie avait-elle déclaré à Deborah. *Mais, au moins, elle s'y essaie*. Alors que nous avions presque terminé de rédiger *L'Inconstance*, il me semblait que j'en savais encore moins au sujet de ma mère qu'à mon arrivée ici.

Le livre serait prêt au premier de l'an, annonça Connie, puis je devrais l'envoyer par mail à Deborah.

Plus je passais de temps dans la peau de Laura Brown, plus je m'éloignais de Rose Simmons et de ses soucis. Dans cette maison, j'étais en sécurité en tant que Laura Brown. On me faisait confiance, on avait besoin de moi. Je fis miennes les préoccupations de Connie ; je n'avais encore jamais connu plus enthousiasmants ni plus fertiles que sa vie et le destin de son livre. Je partageais ses inquiétudes : qu'aucun éditeur ne l'accepte, qu'aucun lecteur ne l'achète, que Connie soit perçue comme une hasbeen qu'il aurait mieux valu oublier. Je la rassurais, je me glissais dans son embarras car j'avais le sentiment que mon propre destin était scellé à celui de ce nouveau roman vulnérable. À chaque page que je tapais, je plongeais plus profond dans le monde de Margaret Gillespie, mais également dans celui de Laura Brown, une fille perdue dans la forêt des mots, attendant l'épiphanie qu'apporterait le point final de Connie.

*

Soit Connie était une véritable artiste qui comprenait ses rythmes internes avant même qu'ils ne se fassent entendre au reste du monde, soit c'était une vraie obsédée du contrôle. Peut-être les deux car, comme elle l'avait prédit, je tapai les dernières phrases du roman, seule dans la cuisine en ce jour de l'an.

Ils ignoraient qu'elle avait appris à nager depuis une décennie, ils ignoraient la moitié des choses qu'elle savait faire. Ils la croyaient capable de voler, de se changer en chèvre, en jument, en vierge d'une dangereuse beauté. Mais ils n'avaient pas songé à ses bras en chair et en os, à ses jambes, à ses poumons et à son ennui. Ils verraient un tas de vêtements et en concluraient qu'elle s'était métamorphosée en moucheron.

Au lieu de cela, elle se transformerait en poisson. Margaret retira ses bottes et avança dans l'eau froide, regardant ses orteils blanchir et grossir sous l'effet déformant des flots. Sa jupe et son tablier, sa chemise aux manches tachées – elle entreprit de tout enlever, le tissu s'étirant dans l'océan. La chair de poule lui piqueta la peau malgré la journée ensoleillée. Sans le soleil, avait un jour dit Christina à propos de leur arrivée sur ces terres, on aurait navigué dans la mauvaise direction et on serait tombées de la surface du monde !

Mais Margaret savait où elle allait. Elle savait que tant qu'on respirait, le monde poursuivait sa course. Et après cela, ce n'était plus de votre ressort.

Sa taille, ses côtes, ses seins, sous l'eau. Puis en direction de l'est, submergée, à bout de souffle au contact de l'onde froide contre sa peau, Margaret battit des pieds. Et se mit à nager.

Je restai assise là un moment. Dans le jardin, la matinée était éclatante et je regardai un merle sautiller d'une jardinière à l'autre, son bec jaune pareil à une tache safran sur la terre nue. Je fermai les yeux, songeant à l'histoire dans laquelle j'avais été immergée. Christina était morte. Elle était morte dans les bras de sa mère, une scène qui m'avait glacée. C'était son sang à elle qui s'écoulait en tourbillons roses parmi les petits poissons, pas celui de Davy. Et après ça, Margaret avait-elle souhaité mourir ? Pas selon Connie. Margaret avait-elle hurlé, pleuré, s'était-elle frappé la poitrine ? Non. Elle n'avait aucun désir de s'anéantir, mais son existence était cependant compromise. Elle était bien assez alerte et raisonnable pour comprendre qu'elle devait partir. Connie avait accordé une seconde chance à son personnage : Margaret Gillespie s'était échappée.

Je fermai le clapet de l'ordinateur. La fiction de Connie ne m'apportait aucune réponse toute faite ; quel choix avais-je, à présent ? Je pouvais me montrer audacieuse. Je pouvais simplement révéler à Connie qui j'étais – elle m'appréciait, elle avait dit qu'elle était heureuse de m'avoir trouvée. Et n'étais-je pas ces deux femmes à la fois, Laura et Rose ? Leurs qualités existaient côte à côte en moi.

« Connie », l'appelai-je au pied de l'escalier. Au bout de quelques secondes, j'entendis la porte de son bureau s'ouvrir. « J'ai fini. C'est terminé.

— Oh ! » s'écria-t-elle. Je demeurai dans le couloir, vigilante, afin de m'assurer qu'elle ne trébuche pas en descendant les marches. « Alors ? demanda-t-elle tandis qu'elle progressait à pas lourd vers moi. Qu'en pensez-vous ?

— La sorcière s'enfuit.

— La sorcière réussit, rétorqua Connie avec un sourire extatique. On a *fini* ! Il est fini ! »

Nous nous rendîmes à la cuisine où je m'installai devant l'ordinateur. « Félicitations, Connie. Comment vous sentez-vous ?

— Fatiguée. Soulagée. Que pensez-vous de la fin ? »

En vérité, je m'étais attendue à une conclusion plus explicite quant à la culpabilité ou la responsabilité de Margaret. Un peu de clarté, pour comprendre si elle avait voulu se débarrasser intentionnellement de sa fille. Il me semblait que cela aurait été le point culminant du livre. Au lieu de cela, une femme était morte et l'autre était en cavale. Le livre de Connie avait soulevé plus de questions qu'il ne m'avait apporté de réponses.

Je ne répondis rien et je sentis la gêne de Connie. « Au moins, ça change des noyades, dit-elle. J'en ai ras le bol des femmes qui finissent noyées, dans l'art. » Je gardais toujours le silence. « Ça ne vous a pas plu.

— Si, dis-je. Bien sûr que si. Mais Connie… Margaret est coupable ou pas ? »

Elle parut décontenancée. « Coupable de quoi ? »

J'essayai de masquer mon impatience. « Christina est morte. C'était l'intention de Margaret ? »

Connie fronça les sourcils. « N'ai-je pas rendu ses intentions assez évidentes ?

— Peut-être que je suis juste idiote, Connie.

— Non, loin de là. Vos commentaires m'intéressent. »

Enhardie, je poursuivis. « Je pensais juste que… puisqu'il s'agit d'un roman sur le thème de la responsabilité…

— Oh, fit-elle en allongeant la syllabe, les yeux écarquillés. Vous pensiez qu'il y aurait une forme de justice. Un chapitre final réparateur, en quelque sorte.

— Je pensais juste qu'on… comprendrait les intentions de Margaret. Si elle éprouvait des remords, par exemple.

— Hmm.

— Les gens auront envie de savoir.

— Eh bien, lâcha soudain Connie. Ils vont devoir tirer leurs propres conclusions. C'est un livre sur la façon dont les gens se nuisent mutuellement malgré eux. Je ne vais pas servir la vérité toute cuite aux lecteurs. La leur asséner à coups de marteau. Ça gâcherait tout. » Elle eut un air pensif. « Mais il faut peut-être que j'accentue un peu la douleur de Margaret. Lui attribuer une ou deux réactions étranges. Je ne veux pas qu'elle en soit consciente elle-même, voyez-vous. Parce qu'elle souffre véritablement. »

Je refoulai les larmes qui menaçaient de couler. « Alors Margaret aimait vraiment sa fille ?

— Oui, répondit Connie en m'adressant un regard incrédule. Bien sûr que oui.

— Et est-ce qu'elle a souhaité sa mort ?

— Non. Mais ça reste entre nous. » Elle marqua une pause. « Je suis désolée, Laura. Je n'avais pas imaginé que vous réagiriez si vivement à sa lecture.

— Je crois que c'est ce qui arrive quand on est aussi impliqué.

— Je le crois aussi. Et je suis heureuse que vous le soyez.

— Et Margaret… Elle va mourir en mer ? C'est l'océan Atlantique, quand même…

— Si elle n'était pas entrée dans l'eau, ils auraient lâché les chiens à ses trousses. Elle n'avait pas le choix, Laura. Mais ne vous inquiétez pas : elle ne mourra pas en mer. » Connie posa la main sur mon épaule. J'en sentis les os et les tendons. « Margaret Gillespie ne meurt jamais.

— Pourquoi ça ?

— Parce que je ne l'ai pas écrit, voilà pourquoi. » J'écartai sa main d'un mouvement d'épaule. C'était le geste le plus transgressif que j'aie eu à son égard : il me parut adolescent et tabou, et Connie sembla choquée. « Mais qu'est-ce qui ne va pas, enfin ? demanda-t-elle. Ce n'est qu'une histoire.

— Non, dis-je. Je sais que non.

— Mais qu'est-ce que vous insinuez, à la fin ?

— C'est votre vie. »

Connie plissa les yeux. « Non, ce n'est pas ma vie, Laura. C'est mon travail.

— Mais il vient du plus profond de vous-même. Qui est Christina ? Qui est Margaret ? »

Connie sembla alarmée. « Christina est

Christina. Margaret est Margaret. Qui pensez-*vous* qu'elles soient d'autre ?

— Ce sont des gens que vous connaissez. »

Connie se raidit. « D'une certaine manière, oui. Ce sont les fruits de mon imagination.

— Seulement les fruits ?

— Mais pourquoi me demandez-vous ça ?

— C'est juste que… je suis perplexe, Connie.

— Je vois ça. Perplexe à propos de quoi ? »

Je luttai pour trouver les mots exacts. « Rien, finis-je par lâcher d'un ton malheureux, me sentant idiote.

— Laura, dit-elle d'une voix radoucie. Écartez-vous un instant de l'ordinateur. »

Je lui obéis et me tournai totalement vers elle. Elle baissait les yeux vers moi, le visage empreint d'une expression inquiète. « Vous êtes en colère que nous ayons terminé ? Vous pensez que je n'aurai plus besoin de vous ?

— Non », rétorquai-je, mais en prononçant ces mots, je me rendis compte que la perspective de ne plus être auprès de Connie, qu'elle ne veuille plus de moi, me dévasterait. « Connie, avançai-je avec un regard suppliant. Vous n'avez rien écrit depuis trente ans. Pourquoi avoir voulu écrire ce texte maintenant ? »

Elle m'adressa un long regard. À en croire le léger tremblement à la commissure de ses lèvres, j'en conclus qu'elle était irritée et qu'elle était lasse des questions. « Parce que c'était en moi, Laura. Et qu'il fallait que ça sorte. » Elle leva la main pour m'empêcher de parler davantage. « Bien, pouvez-vous l'envoyer à Deborah ? »

*

Réprimandée, frustrée, je me rendis au café du coin – un salon de thé plus qu'une brasserie, nous étions à Hampstead Heath après tout – afin de me connecter au wi-fi pour envoyer le manuscrit par mail à Deborah depuis la fausse adresse créée pour Laura Brown. Je rédigeai un SMS à Deborah afin de lui indiquer qu'elle trouverait le texte dans sa boîte de réception à son retour au bureau.

Deborah me répondit aussitôt. Merci, écrivit-elle. Quelle belle façon de commencer l'année ! J'ai du mal à y croire, en fait. Suis en train d'y jeter un œil, il semble propre. Très impatiente !

Le terme *propre* m'intéressait. *Propre* – comme si, au fil des semaines précédentes, Connie avait menacé Deborah de produire quelque chose de sale et brouillon, un méli-mélo de passé décousu et retissé au temps présent. Il émanait de ce roman une puissance lisse et autoritaire, ses personnages dégageaient une aura de mystère et de culpabilité. Deborah le découvrirait.

Je ne répondis pas car j'avais peur d'être prise à écrire quelque chose qui pourrait être retenu contre moi si l'on s'avisait de découvrir qui j'étais. Deborah avait le manuscrit et c'était tout ce qui comptait. À mon retour du café, Connie était dans le couloir, enveloppée d'une longue écharpe et d'un manteau. « Je pars me promener au parc, dit-elle.

— Je crois que je vais aller faire une sieste. Je suis épuisée. »

Elle s'immobilisa dans le couloir. « Vous êtes souvent épuisée, Laura. Est-ce que vous mangez assez ? » Puis elle disparut.

J'errai dans le salon, vidée, rendue légèrement

fébrile par l'énergie de Connie. Je l'imaginais arpenter le Heath, vive et agitée, dans l'attente du verdict de son agente après une si longue éclipse dans sa carrière. Mais j'aurais plutôt dû prêter attention à moi. Pas à Connie. Ni même à ma mère invisible. Ni à Margaret Gillespie ni à sa fille Christina. Mais à moi-même.

1982

1982

28

Tous ceux qu'ils avaient rencontrés au cours des quelques mois de leur vie à L.A. vinrent à la fête d'anniversaire tardive d'Elise. Connie avait engagé des serveurs qui circulaient parmi les groupes avec des plateaux de petits-fours. Tous les employés avaient des airs de mannequin – jeunes hommes et femmes extra grands et extra beaux, l'esprit à demi concentré sur leurs plateaux, pressés de rentrer dans leurs petits appartements dans l'espoir que le jour tant attendu soit arrivé où ils recevraient le coup de téléphone magique de leur agent, celui qui changerait leur vie. Les petits-fours qu'ils transportaient à travers le patio étaient délicats et colorés, minuscules touches d'avocat, rouleaux de saumon fumé, volutes de pâte garnie de légumes californiens que personne ne voulait manger. Il y avait de la tequila et de la vodka, du vin, de la bière et des boissons sucrées. De la musique jaillissait des haut-parleurs que Connie avait installés face au jardin dans le salon : Roxy Music, Sweet, les Stranglers, les Clash.

L'équipe de tournage de *Terres de cœur* était présente, ainsi que Matt et Shara, et des amis d'amis ;

même l'agente de Connie, Deborah, qui avait pris l'avion afin de voir comment tout se passait – mais qui voulait surtout prendre des vacances, suspectait Elise. Elle avait entendu parler de Deborah mais ne l'avait encore jamais rencontrée, et elle était curieuse. À en juger par l'intensité du regard que Deborah posa sur elle, c'était réciproque. Tous les convives étaient élégants et avaient belle allure – même si peu d'entre eux pouvaient rivaliser avec les serveurs dans ce domaine. C'était une débauche d'épaulettes, de boucles d'oreilles à plumes, de bagues grosses comme des médailles romaines, d'imprimés fuchsia et turquoise. Connie portait un pantalon de costume orange foncé. Elise n'aurait jamais imaginé voir un jour Connie en orange foncé, sans parler d'un pantalon de costume, mais c'était pourtant le cas.

« Deborah, voici Elise. El, voici Deborah, dit Connie. Elle gère toute ma vie.

— J'aimerais pouvoir gérer toute sa vie mais elle ne me laisse pas faire, rétorqua Deborah en tendant la main pour serrer celle d'Elise. Joyeux anniversaire, Elise. Nous nous rencontrons enfin. J'ai beaucoup entendu parler de vous.

— Pareillement.

— Elise pose pour Shara, dit Connie. Tu te souviens de Shara, mon amie de l'université ? » Deborah eut un moment de doute. « Le tableau va être spectaculaire.

— Vous avez invité du monde, remarqua Deborah.

— Ce sont surtout les amis de Connie, dit Elise. Elle connaît ces gens-là bien mieux que moi. »

C'était vrai ; Connie avait déjà accueilli cinq personnes là où Elise parvenait à peine à en saluer une seule. Celle-ci éprouvait un mélange de colère et de défaite face à cette situation ; Connie avait voulu bien faire, non ? Elle essayait constamment de présenter Elise aux gens susceptibles de lui plaire. Mais Elise n'avait qu'une seule envie : partir.

Connie posa la main sur son bras et lui dit plus doucement : « Détends-toi. Ce sont des gens comme toi. Tu vas t'amuser. »

Elise aurait aimé que Connie ne s'adresse pas à elle ainsi devant les autres. C'était comme si Connie jugeait que ses sentiments n'avaient pas le niveau de sophistication des autres convives, qu'on pouvait lui parler comme à une enfant.

Deborah les observait toutes les deux. Malgré la chaleur de cette fin août qui faisait frisotter ses cheveux et perler des gouttes de sueur à ses tempes, elle avait un maintien qui lui conférait un air d'autorité naturelle. Elise avait toujours imaginé qu'elle serait plus âgée que Connie, mais ce n'était pas le cas : elle était plus jeune, plus petite, dodue et bronzée. Elle portait des lunettes et ses yeux étaient en mouvement perpétuel, une habitude nerveuse qui la poussait à regarder autour d'elle comme pour chercher les sorties de secours ou les personnes les plus utiles dans la pièce. « Vous vous plaisez ici, Elise ? demanda Deborah. Vous recommanderiez l'endroit ?

— Qu'est-ce que vous recherchez exactement ? »

Deborah parut déconcertée. « Je ne cherche rien en particulier.

— Alors, vous vous en sortirez sûrement très bien, dit Elise. Il n'y a rien d'autre ici que des faux-semblants. »

Deborah ne prit pas la peine de dissimuler à

Connie son inquiétude mais cette dernière éclata de rire. « Ignore-la, Deb. Je sais que tu n'as pas peur des faux-semblants. Tu ne peux pas te le permettre.

— En fait, elle n'a pas tort, Connie. Tu pourrais t'égarer, ici. Tellement de gens s'y sont déjà perdus. Je voulais venir vérifier que tu avais encore toute ta tête.

— Je ne vais pas m'égarer, Deb, rétorqua Connie. Tu le sais très bien. »

Deborah sursauta lorsqu'un serveur aux airs de Gregory Peck et aux cheveux bruns bouclés apparut à ses côtés avec une assiette de blinis au saumon fumé.

« Madame ? fit-il.

— C'est tout pour moi ? » répondit-elle en lâchant un petit rire. Elise lutta pour s'empêcher de lever les yeux au ciel.

« Si vous les voulez tous, Madame, prenez l'assiette. »

Deborah rougit. « Juste un », parvint-elle à marmonner, puis le serveur sourit et se fondit dans la masse des convives.

« *Bref*, reprit Connie. Tout se termine. L'équipe de tournage part sur la côte est. On fait le parcours des pionniers à l'envers.

— Tu es restée ici bien plus longtemps que je l'aurais imaginé, dit Deborah en regardant pardessus son épaule pour essayer de repérer le serveur. Je vois bien pourquoi, mais tu comptes quand même *revenir*, hein ? »

Connie ne répondit rien. « Connie ? demanda Elise. Tu l'as entendue ? On va rentrer, hein ?

— Je l'ai entendue.

— Tout le monde est trop positif, déclara Deborah. On dirait une maladie.

— Si tu cherches vraiment, tu peux trouver des gens grossiers à Los Angeles, dit Connie. Parfois même plus grossiers qu'en Angleterre. »

Les femmes rirent. Elise trouvait intéressant de concevoir cet endroit à travers des yeux nouveaux. *Est-ce que je m'y suis habituée ?* se demanda-t-elle. *Je surfe dans le Pacifique. Je dis « Bonne fin de journée » comme une Américaine.* Mais ça ne suffisait pas et elle le savait.

« Oh, mon Dieu. Ce ne serait pas *Don Gullick* ? lâcha Deborah en montrant un homme près du barbecue. Connie, il faut que tu me le présentes. Mais n'en parle pas à Robert.

— Allez, viens là, dit Connie en la prenant par le bras. Don est un gros nounours. »

Elles laissèrent Elise seule au bord de la piscine. Elle regarda les petits groupes d'invités se rassembler, puis se disperser à nouveau. Elle n'avait aucune envie de se joindre à eux, mais elle rêvait qu'une personne la remarque et vienne à son secours.

*

À cette époque de l'année, la chaleur était insoutenable à Los Angeles mais la soirée avait débuté à 18 heures, quand on avait espoir que le sol fraîchisse un peu. Elise ne supportait plus de rester seule, aussi marcha-t-elle jusqu'à la haie de cactus autour de la piscine. Elle posa sa plante de pied nue sur la terre, sentit la chaleur qui s'y accumulait encore et se demanda ce qu'il adviendrait si elle trébuchait et tombait au milieu des énormes succulentes épineuses. Elle s'imaginait épinglée là pour l'éternité. Connie lui avait offert un cadeau, une chaîne en or d'où pendait la première lettre de son prénom. « Un cadeau d'excuses ? » avait demandé Elise en tenant le E scintillant entre ses doigts, ravie de voir passer un agacement fugace sur le visage de Connie.

« C'est un cadeau *d'anniversaire*, répondit Connie. Je t'ai déjà demandé pardon. Je l'ai trouvé dans une vieille boutique de Los Feliz.

— Il est très joli.

— Je suis contente qu'il te plaise, chérie. La vie a été un peu dingue, ces derniers temps. Tu le vois bien. Ma vie – notre vie – tu sais que j'en avais envie, depuis longtemps. Ç'a été un vrai tourbillon.

— Mais de quoi tu as envie exactement, Connie ? De vivre dans une villa avec piscine ?

— Non. D'être reconnue.

— Tu étais reconnue en Angleterre. »

Connie ignora sa remarque. « De faire du bon travail, ajouta-t-elle. Avec des gens intéressants. »

Du bon travail, avec des gens intéressants, songea Elise en se remémorant la conversation, les manières distraites de Connie, son attitude défensive. *Terres de cœur* avait un casting et une équipe de production spectaculaires, c'était indéniable.

Alors qu'elle observait les invités, Elise passa les doigts sur son nouveau collier, le E et la chaîne en or. Il avait été frappé en une forme plate et fine, et il avait deux fonctions – lui rappeler qui elle était et à qui elle appartenait.

Elle ne voulait pas être mélancolique mais elle ne pouvait pas écarter ces pensées. Depuis la haie de cactus, elle gardait un œil sur Connie qui ressortit d'un groupe de convives, flambeau immanquable dans son pantalon orange foncé. Où l'avait-elle acheté ? Elle tenait un rôle de rousse rebelle, comme un air d'automne en cette fin d'août. Elise avait opté pour des habits noirs.

« Bonsoir », dit une voix. Matt était debout près de la haie. « Tu essaies de trouver du peyotl ?

— Ce ne serait pas une si mauvaise idée, dit-elle. Je voudrais sortir de ma propre tête, ce soir. »

Il parut inquiet. « Qu'est-ce qui ne va pas ?

— Rien. C'est juste… cette fête. » Elise désigna mollement du bras les portes de la villa. « C'est qui, tous ces gens ?

— Des amis de Connie, c'est ça ?

— Je ne sais pas ce que je fiche ici. La moitié de ces gens-là non plus, d'ailleurs.

— Eh bien, moi, je sais pourquoi je suis là. Joyeux anniversaire.

— Mon anniversaire est passé depuis plusieurs semaines, Matt. Et tu le sais. »

Il tendit la main et Elise la saisit, marchant d'un pas léger dans la terre. L'espace d'une seconde, elle sentit dans son corps l'envie de s'y accrocher. Il la relâcha comme si elle était brûlante.

« Où est Shara ? demanda-t-elle.

— À l'intérieur.

— Elle va bien ?

— Tu veux une réponse honnête ?

— Bien sûr.

— Shara n'aime pas être ici, elle non plus. Elle veut rentrer à la maison.

— Eh bien, tu devrais la raccompagner.

— C'est ça, le truc. Elle veut être seule.

— Je suis désolée. Je sais que les choses ne vont pas très bien.

— Ne sois pas désolée. C'est comme ça. Tu sais,

les seuls moments où ça va, c'est quand elle peint ton portrait. Parce qu'elle fait ce qu'elle aime, et que je ne suis pas dans les parages. » Matt se passa la main dans les cheveux. « Je ne devrais pas te raconter tout ça. Je ne sais pas pourquoi je le fais. »

Elise pensait le savoir mais n'en dit rien. Quand elle posait à l'atelier de Shara, cette dernière ne parlait pas beaucoup de son couple mais, à la grande surprise d'Elise, elle avait beaucoup évoqué le bébé perdu. Parfois, elle y faisait simplement allusion, comme si le bébé était enveloppé de volutes vaporeuses dans lesquelles Shara ne devait pas, ou ne voulait pas s'aventurer. D'autres fois, elle parlait comme si l'enfant avait survécu. Elle voulait appeler la fillette Dinah, bien qu'elle n'en ait rien dit à Matt. Après avoir posé pour Shara, Elise emportait sa planche de surf et prenait la direction de l'océan avec Matt, elle entrait dans l'eau et pensait à Dinah, le bébé perdu.

« On vit cette expérience très différemment, avait déclaré Shara, son pinceau suspendu en l'air, la peinture gouttant sur le sol de l'atelier. Il pense que je ressasse volontairement, que je refuse de tourner la page.

— Tu as envie de tourner la page ? avait demandé Elise.

— J'en ai envie. Mais je ne suis pas prête. Je veux juste être ici, un pinceau à la main. Je n'imagine pas les décennies à venir avec lui, avait-elle lâché brusquement. Mais ça ne veut pas dire qu'elles n'existeront pas. »

« Est-ce que Shara te parle des fois ? » demanda Matt. Le volume de la musique augmenta soudain dans la villa.

« Soft Cell, dit Elise.

— Quoi ? Ah, la musique. Bon, alors, elle te parle ?

— Non. Elle se contente de travailler. »

Il poussa un profond soupir. « Je ferais mieux d'y aller. De la raccompagner à la maison.

— Ouais. » Elise s'éloigna et se demanda s'il serait possible de se faufiler dans la villa et de se glisser au lit.

« Tu viendras surfer demain ? » s'écria-t-il derrière elle.

Elle pivota. « Je ne pose pas pour Shara demain.

— Je sais. »

Ils échangèrent un regard. « Tu vas avoir envie d'aller dans l'eau, dit-il. Avec la gueule de bois qui t'attend. Je passe te prendre à midi. »

Matt tourna les talons et marcha vers le patio, puis franchit la porte de derrière. *Plutôt tranquille, le gars*, pensa Elise, bien que Connie n'eût fait qu'une bouchée de lui. Était-ce un flirt d'homme malheureux en mariage – ou ses désirs à elle, projetés sur lui ? Il était beau, à n'en pas douter – à sa manière brouillonne et britannique. Il était jeune, aussi – mais il n'avait pas cette soif ni cette énergie dont faisait preuve Shara dans sa peinture, ou Connie dans son écriture. Il dégageait une sorte d'indolence qui aurait déplu à la plupart des femmes.

Elise retrouvait en elle cette même caractéristique – la capacité à voler là où le vent la menait. Elle éprouvait une certaine affinité avec Matt, et jugeait que c'était réciproque. Quand elle était dans l'eau avec lui, elle se sentait toujours merveilleusement libre. Elle se sentait à l'abri de ses propres insécurités et de ses doutes quand elle était avec lui, parce qu'il était normal et humain. Quand ils étaient dans l'eau, Matt était toujours là pour elle, il veillait sur elle, il s'assurait qu'il ne lui arrive rien. Mais il était perdu, lui aussi, elle n'en doutait pas une seule seconde.

*

Soudain, il y eut de l'effervescence dans le patio. Barbara venait d'arriver avec un immense bouquet dont les fleurs roses éclatantes répugnèrent à Elise. Mais elle fut étonnée par la présence de Barbara, par le simple fait que Barbara Lowden apporte des fleurs voyantes à la fête de son vingt-troisième anniversaire.

La star de cinéma fendit la foule, semblant chercher quelqu'un. Elle repéra Elise et se dirigea droit sur elle, écartant d'un éclat de rire les demandes d'attention d'au moins sept personnes sur son chemin. Elle s'approcha d'Elise et l'enlaça. Elle portait un parfum capiteux au ylang-ylang ; elle avait baissé la garde, ce soir-là. « Pourquoi tu boudes près des cactus ? s'exclama-t-elle d'une voix forte. Joyeux anniversaire, ma puce. Ça ne va qu'en s'améliorant. » Elle l'enlaça encore, et Elise avala une goulée de laque pour cheveux. « Comment va mon œil ? » murmura Barbara derrière le bouquet. Elles étaient légèrement à l'écart, toujours cachées par l'immense composition florale, et elles se dévisagèrent de près. La chevelure de Barbara était gigantesque. Elle portait un pantalon de costume bleu, un veston en camaïeu de bleu extravagant avec des épaulettes anguleuses, et un collier en or au pendentif en forme de lion.

« Ça a l'air d'aller, Barb, murmura Elise. Ça ne

se voit presque plus. Et le fard à paupières pailleté est très beau.

— *Merci*, chuchota-t-elle. Tu es un ange. Il faut juste que tu nous montres tes ailes. »

*

La nuit s'assombrit. Tout le monde enlaça Elise, l'embrassa sur la joue, lui tint le bras ou la main – et à chaque contact, à chaque main posée sur elle, à chaque exhortation à profiter de la vie, de savourer la chance d'être si jeune, la solitude d'Elise ne cessait de grandir. Connie avait commandé un gâteau décoré de rondelles de kiwi et de pétales violets posés en éventails. Les convives entonnèrent *Happy Birthday* tandis qu'Elise tenait le couteau au-dessus du gâteau. Barbara lui conseilla de faire un vœu en secret à l'instant où elle trancherait la génoise. Elise souhaita que Connie ait envie de rentrer en Angleterre. Le gâteau avait un aspect curieux mais un goût agréable.

« C'est toi qui l'as fait ? demanda-t-elle à Connie.

— Mon Dieu, non. Barbara m'a donné le nom d'un pâtissier extraordinaire. »

Après le départ de Don Gullick, Deborah décida de retourner à l'hôtel. « Décalage horaire », annonça-t-elle à Elise qui se tenait à côté d'elle devant la porte d'entrée. Connie avait encore disparu.

« Merci d'être venue, lui dit Elise.

— J'ai passé un très bon moment », répliqua Deborah. De l'index, elle pointa le couloir et le patio au-delà. « La disposition est vraiment incroyable.

— Je sais.

— Où est Connie ? Je devrais la prévenir que je m'en vais.

— Je ne sais pas. Elle… Elle vous a dit quelque chose ? Elle a parlé de rentrer en Angleterre ? »

Deborah titubait légèrement. « Vous l'aimez vraiment beaucoup, pas vrai ?

— Pourquoi est-ce que je serais venue ici, sinon ? répondit Elise, regrettant aussitôt la dureté de son ton.

— Ce n'est pas ce que je voulais dire. » Deborah fit une courte pause. « Ça fait longtemps que je connais Connie.

— Qu'est-ce que vous cherchez à me dire ?

— Elle… Elle n'en fera toujours qu'à sa tête.

— Comment ça ? »

Deborah inspira les parfums de l'air nocturne. « Je vous le dis pour votre bien. L'écriture est toujours passée en premier. *Elle* passera toujours en premier parce que l'écriture, c'est elle. Et je sais qu'elle vous a fait venir ici, et je sais que vous vivez ensemble – mais croyez-moi sur parole, je l'ai déjà vue à l'œuvre tellement de fois auparavant. Assurez-vous d'avoir vos propres activités, d'accord ? Vous êtes jeune. Ne l'oubliez pas.

— Je ne suis pas jeune.

— Vous avez *vingt-trois ans*.

— Bon sang. Vous vous y mettez aussi ? »

Deborah leva les mains en geste de capitulation. « Je ne dis pas que vous avez quatorze ans et que vous ne savez pas faire la différence entre votre coude et votre cul. Mais… je n'avais pas vu Connie dans cet état depuis longtemps. Pas depuis la sortie de *Cœur de cire*.

— Qu'est-ce que vous voulez dire ?

— Elle est extatique. Elle a le vent en poupe. Elle

écrit. Elle regarde à travers moi comme si je n'étais pas là. Vous ne la voyez pas faire ça ? Elle vous le fait aussi.

— Vous avez bu combien de verres ce soir, Deborah ?

— Ah… Donc vous *savez* de quoi je parle.

— Bon, écoutez. Je sais ce que c'est, d'être avec quelqu'un comme elle », déclara Elise. Deborah émit un rire incrédule. « J'ai les yeux bien ouverts, Deborah.

— Oh, ma chérie…, lâcha Deborah, puis elle tourna les talons et descendit l'allée sinueuse du jardin. Ils ne sont pas assez ouverts. »

*

Sale garce fouineuse, pensa Elise en claquant la porte. Elle retourna à la fête et se mit à boire avec une concentration renouvelée. Elle pensa s'être humiliée devant Matt mais elle ne s'en souvenait pas vraiment. Elle avait déjà des trous de mémoire. Quelqu'un prit une photo de groupe avec l'appareil de Connie, tout le monde rassemblé au bord de la piscine. Elise vit des grappes d'invités, brièvement penchés à sniffer de la cocaïne. Elle dansa seule au rythme des mélodies électroniques et du disco érotique de Donna Summer dont la voix fluide s'envolait dans le ciel sombre.

Connie finit par réapparaître. « T'étais où ? demanda Elise d'une voix inarticulée.

— Je m'occupais d'une fête d'anniversaire, dit Connie. Oh, mon Dieu. Tu es bourrée. »

Elle contempla Elise avec une désapprobation telle que cette dernière se crut sur le point de fondre en larmes. « J'ai les yeux bien ouverts ! dit-elle.

— Quoi ? Tu es ivre morte. Va te coucher tout de suite.

— Emmène-moi. Je peux plus marcher.

— Tu es sérieuse ? Devant tous ces gens ?

— Je les emmerde, tous ces gens, lâcha Elise.

— D'accord », dit Connie en traînant Elise par les aisselles, soutenant son poids avec son épaule tandis qu'elles titubaient jusqu'à la chambre.

*

Elise s'étendit sur le dos et Connie lui retira sa robe noire, lui passa la tête dans le col d'un T-shirt I LOVE LOS ANGELES ! bien trop grand, que l'équipe de production lui avait offert par plaisanterie.

« C'est une blague qui est devenue vraie, remarqua Elise en se tapotant la poitrine.

— Quoi ? aboya Connie.

— C'est *toi* qui disais que cette ville te dévorerait le cerveau. Tu t'en souviens pas ?

— C'est une amie qui disait ça, rétorqua Connie. Et il n'a pas encore été dévoré.

— Je veux pas vivre ici », marmonna Elise. Elle agita la main en direction du jardin. « Les plantes poussent toutes droites et elles ont des épines.

— Arrête, Elise.

— J'ai pas poussé droit, dit-elle en enfouissant son visage contre l'épaule de Connie. J'ai pas poussé droit. »

Connie la serra contre elle et lui caressa le dos. « Je sens ta colonne vertébrale, tu as poussé droit, tu vois ? »

C'était si agréable d'être enlacée.

« Je me plais ici, dit Connie. Je ne vais pas te mentir. Je sais que tu ne t'y plais pas autant que moi.

— Bien sûr que oui, bien sûr que oui, dit Elise, la bouche ouverte sur le tissu tendu du pantalon de Connie, le mouillant légèrement. C'était mon anniversaire. C'était ma journée.

— Je sais. Mais va te coucher, maintenant. On en reparlera demain matin.

— Va te faire foutre, lâcha Elise.

— Elise. Allonge-toi. Tu es bourrée. Dors un peu. Je reviendrai te voir d'ici un petit moment.

— Arrête de me traiter comme une gamine !

— Ça suffit. Ça te plaît que je le fasse », dit Connie avant de fermer la porte de la chambre.

*

La rage d'Elise luttait contre son chagrin et son ivresse, et elle perdit la bataille. Elle plongea dans l'inconscience.

Elle se réveilla deux heures plus tard, prise d'une envie de vomir. La musique avait cessé. La villa était silencieuse et la nuit dehors était d'un noir absolu. Le rideau de sa fenêtre était encore ouvert. Seule la piscine était éclairée par ses lampes, un halo de bleu fluorescent. Le champ de vision d'Elise était déformé et elle se sentait très malade. *Un jour,* songea-t-elle alors qu'elle titubait jusqu'à la salle de bains, *je vais m'organiser une fête d'anniversaire très sophistiquée. Le plus sophistiqué serait de ne pas faire de fête du tout*.

Du kiwi, de la tequila et des morceaux de pétales se répandirent dans la cuvette des toilettes. Elise se sentait rance mais en meilleure forme de s'être ainsi purgée de tout le poison. Elle ne regarda pas dans le miroir, de peur d'y voir un trou noir. De retour à son lit, elle se rendit compte qu'elle y était seule. Le côté de Connie était froid.

« Connie ? » coassa-t-elle. Elle s'assit et regarda à nouveau la piscine par la fenêtre. Elle s'en approcha à pas de loup et aperçut Barbara derrière la haie de cactus, assise sur une chaise longue, les contours de sa silhouette dessinés à la lueur brillante de l'eau. Aussi lentement et silencieusement que possible, Elise tira le battant de la fenêtre. L'air nocturne était plus froid que celui de la chambre, et elle en apprécia la fraîcheur. Connie était dans la piscine. Elle avait plongé entièrement sous la surface et ses cheveux étaient plaqués sur les côtés de son visage. *Est-ce qu'elle y est allée tout habillée, avec son pantalon de costume ?* se demanda Elise.

Connie flottait en silence sur le dos et contemplait les étoiles.

« C'est pour ça que je n'ai pas voulu d'enfants, disait Barbara.

— Elle est tyrannique, rétorqua Connie.

— Ce qui peut être une qualité, jusqu'à un certain point. Mais n'oublie pas que c'est toi qui l'as entraînée ici.

— Elle avait le choix.

— Hum.

— D'accord, très bien. Je n'aurais pas dû la faire venir. Je ne peux pas à la fois m'occuper d'elle et faire tout ce que j'ai à faire. Ce n'est pas juste pour elle. Ni pour moi.

— Je crois que la plupart des gens auraient sauté sur l'occasion de venir ici », dit Barbara.

Connie posa les mains sur la margelle de la piscine et se hissa hors de l'eau. Elle était dans l'ombre, mais Elise vit qu'elle était entièrement nue, l'eau ruisselant sur sa peau pâle, les contours de son corps saisis par la lumière bleue qui se reflétait à la surface.

Barbara tendit le bras et lui caressa le ventre, ses doigts s'attardant plus bas dans ses poils pubiens. Connie rejeta la tête en arrière. « Oh, mon Dieu, fit-elle.

— Chuut », susurra Barbara en retirant sa main.

Elise ne pouvait plus remuer le moindre muscle. Elle essaya de comprendre ce qu'elle voyait mais c'était impossible. Elle cilla, se reconcentra. Les femmes s'étaient écartées l'une de l'autre. « Elle n'est pas au courant, si ? demanda Barbara avant de tendre une serviette à Connie.

— Non. » Elle s'enveloppa dans la serviette et prit place à côté de Barbara. « Elle croit que je flirte avec toi. Mais rien de plus.

— Tout le monde flirte avec moi.

— Oui, exactement.

— Personne ne sait me parler normalement », ajouta Barbara.

Connie leva la main vers les cheveux de Barbara en un geste fluide et leste. « Moi, si. Mais tu fous la trouille à tous les autres. »

Barbara se tourna vers elle et Elise vit leur profil, le bout de leur nez qui se frôlait presque.

« C'est une gentille gamine, Connie, dit Barbara d'une voix douce. Une très, très gentille gamine. Elle est *perdue*, et caractérielle, mais je sais ce que c'est. » Elle se prit la tête entre les mains. « *Merde*. Je me sens comme une merde. J'avais dit que ça n'arriverait qu'une seule fois.

— Je vais lui en parler.

— Je ne sais pas, Connie. Je ne sais vraiment pas. Elle est… fragile.

— Ça, je n'en suis pas sûre, rétorqua Connie avec emphase. Elle a juste besoin de trouver son équilibre… »

Barbara fouilla dans son sac et alluma une cigarette. Elle inhala profondément et Elise regarda la fumée s'élever en volutes avant de s'évaporer dans l'air. « Tu te connais bien, dit-elle. Je me connais bien, mais Elise connaît à peine son propre nom. Il faut que tu dises quelque chose. Tu ne peux pas la laisser s'accrocher à toi pour toujours.

— Je croyais que tu voulais que ça reste secret, répondit Connie d'un ton sec.

— Oui, de mon côté. Ça ne se discute même pas. Mais de ton côté, tu devrais lui dire. C'est vraiment pas bien. C'est comme si on la prenait au piège.

— On la prend au piège. C'est pour ça que c'est tellement horrible, putain, soupira Connie en s'allongeant sur le transat. Mais si je lui dis, est-ce que c'est vraiment pour son bien ? Le tournage va se terminer. On va finir par rentrer à Londres un jour ou l'autre et tu oublieras tout ça. Je me comporte comme une folle, je le sais bien. Mais elle ne souffrira pas si elle n'en sait rien. Et je ne veux pas qu'elle souffre.

— Tu l'aimes ? demanda Barbara.

— Oui. Je peux avoir une cigarette ?

— Prends celle-ci. » Barbara lui tendit sa cigarette que Connie fuma avec avidité. « Tu as envie d'elle, Connie ?

— Comment ça ?

— Tu sais très bien ce que je veux dire.

— Je ne sais pas quoi faire !

— Est-ce que tu as envie d'elle, Connie ? »

Connie poussa un soupir et écrasa son mégot. « Non. Je n'ai pas envie d'elle. »

Elise plaqua la main sur sa bouche et Barbara soupira à son tour, un son qui semblait vieux d'un million d'années. Elle fit face à la piscine, assise le dos droit comme une déesse. Connie se pencha vers elle et lui embrassa le côté de l'épaule. Barbara pivota et leurs bouches se rencontrèrent. Elise était paralysée tandis que les deux femmes s'enlaçaient et s'allongeaient sur le transat, leurs corps sombres se mouvant à contrejour dans la lumière éclatante de la piscine.

Alors qu'elle se détournait et se glissait dans le lit, Elise songea que c'était bien le genre de Connie, de laisser ainsi ouverts les rideaux de leur chambre.

29

Quand Elise se réveilla le lendemain matin, Connie avait fermé les rideaux. Une fine raie de lumière brillait sur le mur. Incapable de bouger, elle l'observa, le cœur battant la chamade. Une vague de nausée la fit haleter. Ses yeux étaient comme deux pierres et elle referma les paupières, se tourna sur le flanc pour s'enfoncer dans le matelas. Elle ne pouvait pas quitter le lit car elle y était clouée par un enchantement. Elle ne se souvenait plus de la soirée précédente. Puis, dans un frisson brûlant, tout lui revint.

Elise ouvrit les yeux et jeta un regard aux rideaux. Derrière, la piscine serait-elle encore là ? Peut-être que les deux femmes en avaient bu toute l'eau, assoiffées de luxure qu'elles étaient. *Je pourrais m'élancer dans le vide qu'elles ont laissé dans leur sillage,* pensa Elise. *Me fendre le crâne sur le ciment, tout au fond. Ça lui servirait de leçon.*

Son esprit se mit à faire des bonds. Elle allait vomir mais ne pouvait toujours pas bouger. La bile montait et une douleur sourde s'était déclarée dans sa tête, des lucioles y volaient çà et là et se changeaient en balles de fusil, explosant jusqu'à ce que son crâne soit réduit à l'état de passoire sanglante par laquelle son cerveau s'était échappé. Allait-elle mourir là ? C'était une éventualité très probable. Elle prit une inspiration difficile, grimaça. Elle était prostrée comme un crapaud, agonisant dans la faible lumière de cette maison de location. Elle tenta de s'asseoir mais la douleur qui lui enserrait le visage jaillit jusqu'à sa tête. Elle gémit et retomba en arrière.

Elle agita les pieds : pas de paralysie. Elle pourrait prendre ses jambes à son cou si besoin, sauter dans un avion, rentrer chez elle – mais où était sa maison ? Ses os semblaient liquides et se dissolvaient sous sa peau. Peu importait qu'elle n'ait nulle part où fuir. Elle tapota sa clavicule : le collier de Connie y était toujours. Elle envisagea de l'arracher mais n'en avait pas l'énergie. Jamais, en vingt-trois ans de vie, elle ne s'était sentie aussi mal.

« Bonjour, chuchota une voix. Comment tu te sens ? »

Très lentement, Elise tourna la tête. Connie était appuyée contre le chambranle de la porte, tout habillée. « Tiens, Dame Lazare, dit-elle en s'approchant avec un verre où pétillait un cachet d'aspirine. J'ai cru que tu allais dormir cent ans. Il est presque 14 heures.

— Quoi ? »

Elise ne bougea pas et Connie posa le verre sur la table de chevet. « Alors, elle était bien, cette fête ? » demanda Connie d'un ton affectueux avant de s'asseoir aussi légèrement que possible sur le lit.

« À toi de me le dire, répondit Elise.

— Tu ne te souviens de rien ? »

Elise ferma les yeux. « J'ai envie de mourir. Tue-moi.

— Je ne vais pas te tuer. Rendors-toi.

— Tu veux toujours que je dorme », marmonna Elise dans l'oreiller.

30

Matt était debout au bord de l'eau, sa planche de surf plantée dans le sable, comme d'habitude. Il avait roulé sa combinaison jusqu'à la taille et faisait face à l'océan, les mains sur les hanches, pareil à un naufragé attendant d'être sauvé.

L'espace d'un instant, Elise hésita. Shara était dans la maison derrière elle. Peut-être même qu'elle les regardait.

« Matt », s'écria-t-elle.

Il pivota. « Je suis passé te chercher, la semaine dernière. Connie m'a dit que tu dormais encore.

— C'est vrai. J'étais K.O.

— Donc tu as tenu la promesse que tu t'étais faite ?

— Ouais. Au lit toute la journée. Je suis désolée de t'avoir obligé à faire la route pour rien.

— Ne sois pas désolée. » Il se tourna vers l'océan. « Regarde comme c'est beau, aujourd'hui. »

Elise contempla le Pacifique. Le soleil était haut dans le ciel. C'était un magnifique après-midi de septembre. « Shara a terminé le tableau, annonça-t-elle. C'est fini.

— Il te plaît ? demanda Matt.

— Elle m'a bien cernée. Je n'avais encore jamais vu une peinture de moi comme ça. » C'était vrai : toutes ces heures passées dans les cours de dessin du Royal College of Art, et enfin, voilà qu'elle se sentait vue telle qu'elle était.

« Ça ne m'étonne pas de Shara. Elle va te le donner ?

— Elle me l'a offert. J'ai dit non. »

Matt siffla. « Wouah. Pourquoi ? »

Elise leva les yeux vers lui. « Elle m'a déjà donné beaucoup.

— Qu'est-ce qu'elle t'a donné ?

— Et je ne peux pas lui prendre le tableau alors que je m'apprête à lui prendre autre chose.

— Comment ça ? »

Le vent balaya les cheveux courts d'Elise et elle essaya de les coincer derrière ses oreilles. Au loin, un vol de pélicans passa juste au-dessus de la surface de l'océan. Elle avait beau avoir aperçu ces oiseaux de nombreuses fois, ils la faisaient toujours frissonner. Ils avaient des airs préhistoriques. « Tu as tes clés de voiture sur toi ? demanda-t-elle.

— Non.

— Alors va les chercher. On va faire un tour. »

*

Ils longèrent la côte pacifique sans but précis, parlant peu, toujours vêtus de leur combinaison de surf. Quand ils arrivèrent près de l'enseigne d'un motel, Elise lui indiqua où se garer. Elle se doutait à présent que Matt avait compris ses intentions et ce qui allait se passer. Elle avait peur que Matt lui demande pourquoi elle avait envie de cela, peur qu'il souhaite simplement saisir sa chance tant qu'elle se présentait à lui. Elle ne savait pas s'il était en proie à un dilemme moral, s'il suivait une sorte de credo – un tiraillement de la conscience, disons, en pensant au chagrin de sa femme pour un bébé qui aurait dû s'appeler Dinah, détail qu'il ignorait.

Et où est ma conscience, à moi ? songea-t-elle. Enfouie comme un trésor au fond d'une piscine. Au-dessus d'eux, le soleil éclatant brillait avec ironie – il était pourtant indispensable à Elise, il lui permettait de se sentir vivante. Tous ses espoirs avaient été éclipsés – mais elle était encore là, rayonnante. Ses bras étaient bronzés, ses fins poils, blonds. Cette décision prise avec Matt, voilà une chose qu'elle pouvait contrôler. Elise était certaine qu'il avait envie d'elle – et c'était agréable, pour une fois, de ne pas avoir à se battre pour être désirée. Elle avait oublié cette sensation. Elle essayait de ne pas penser aux ennuis qui les guettaient.

*

Matt paya la chambre, sans jamais se départir de cette expression perplexe. Il croisa les bras pour paraître détendu, ce qui lui donna plutôt l'air d'être sur la défensive.

Elle déverrouilla la porte et fit un pas de côté, comme un portier. Matt entra et elle referma la porte sur le soleil. La chambre vira au rose pâle dans la lumière qui filtrait à travers les fins rideaux, et ils se tinrent au centre d'un coquillage. « On ne devrait pas faire ça », dit-il.

Elle s'assit au bord du lit. « Pourquoi ?

— Parce que c'est pas réglo.

— On sera réglos. Pour l'instant, c'est juste toi et moi. Matt, viens. »

Elle recula plus loin vers la tête de lit. Il se posta à l'autre bout et l'observa. « J'en ai vraiment envie, dit-il.

— Je sais.

— J'y ai déjà pensé. »

Elise écarta légèrement les cuisses, toujours vêtue de la combinaison en néoprène de Shara. « Dis-moi à quoi tu as pensé.

— À la sensation qu'aurait ta peau sous ma main.

— Elle est douce. Viens la sentir par toi-même. » Elle se glissa vers lui. « Défais la fermeture. »

Matt s'agenouilla près d'elle sur le matelas, baissa la fermeture de la combinaison jusqu'à la naissance de ses fesses. Elise le sentit poser sa paume tiède au centre de son dos, et elle se détendit aussitôt. « Je t'ai vue nue, quand tu étais à l'atelier », dit-il.

Elle s'allongea sur le dos et entreprit d'extraire ses bras de la combinaison. Puis elle resta étendue là. « Je sais. »

Il posa les lèvres sur sa clavicule et l'embrassa, embrassa le E en or frappé sur son collier, le haut de ses seins – d'abord doucement, puis avec urgence. Il libéra les jambes d'Elise de leur enveloppe de néoprène, elle libéra les siennes, puis ils retombèrent sur le lit. Elise se relaxa, les mains et la bouche de Matt lui permettaient de sortir de son corps et d'atteindre un lieu hors du temps où elle flottait dans une atmosphère de plaisir.

« Viens en moi », dit-elle, bien qu'elle ne soit pas certaine d'être totalement prête. Il la pénétra et ce fut un choc, si profond en elle qu'elle réprima un cri. « Oh, putain, lâcha Matt. Elise, je pense à toi tout le temps. » Il l'embrassa sur les lèvres, elle lui rendit son baiser, encore, et encore, et encore. « J'aurais jamais imaginé que ça puisse arriver, murmura-t-il.

— Moi non plus », dit Elise. Mais alors qu'elle fermait les yeux et se laissait aller, elle sut qu'elle mentait.

2018

31

J'avais été si absorbée par le manuscrit de Connie, par l'étrange parcours de funambule que j'effectuais en incarnant deux femmes aux vies si familières et si différentes, par la question de ma mère, par la personne que je voulais être dans ce monde, que je reçus un choc en redécouvrant mon enveloppe physique.

Le 6 janvier, jour de l'Épiphanie, je redécouvris mon corps dans les toilettes du rez-de-chaussée chez Connie, en urinant sur un bâtonnet pendant qu'elle se promenait au parc. Mes règles étaient en retard – mais j'avais éprouvé tellement de stress. Je pensais à un simple retard. Je ne m'étais pas sentie nauséeuse, ni différente. Je m'étais sentie fatiguée, certes, mais qui n'était pas fatigué à la fin de l'année 2017 ?

Assise sur la cuvette des toilettes noir et doré, j'urinai sur le bâtonnet fibreux et le regardai rosir. Et quand les deux barres apparurent dans le cercle, je n'en crus pas mes yeux.

Je pensai à Joe. Je pensai à mon père. Je pensai à Kelly et à sa communauté virtuelle d'Instamamans. J'imaginai leur annoncer la nouvelle. Je pensai à Elise. Je pensai même à Christina, mourant dans les bras de sa mère – Christina et Margaret, protégées par la fiction mais m'atteignant au plus profond de mon être, autant que ma mère intangible. Je pensai à Connie.

Je pensai à tous ces gens, et je ne savais pas quoi penser de moi-même.

J'allai à la cuisine et bus une tasse de thé, puis je retournai aux toilettes trente minutes plus tard pour faire un second test, dont la confirmation m'obligea à comprendre une sorte d'éventualité.

Je me sentais profondément biologique. Comme si mon corps venait de réussir un examen. Mes ovaires, mon giron, mon sang prenaient les choses en main. *Notre heure est venue !* disaient-ils. Mon imagination fut obligée de rattraper son retard.

*

Je cachai les deux bâtonnets dans mon sac et, en proie à l'hébétement, je me rendis au salon et m'assis dans le canapé de Connie. Combien d'amis m'avaient dit, *Oh, on n'essayait pas vraiment !*, avant d'avouer presque dans un même souffle qu'ils avaient arrêté les contraceptifs – *juste pour voir*. Pour voir quoi, exactement ? Si leurs corps étaient viables ? S'ils avaient, en fin de compte, envie d'être parents ? On parlait bien d'une vie, et pas d'un style de vie. Mais je compris soudain pourquoi ils avaient dit ça. Parce qu'ils incarnaient un paradoxe, celui de vouloir quelque chose qu'ils risquaient de ne pas vouloir. Personne ne pouvait faire un essai dans le rôle de parent ; faire un bébé pour le rapporter ensuite. Personne ne voulait avouer qu'ils ne savaient pas ce qu'ils faisaient. J'aurais aimé qu'ils soient plus nombreux à le dire.

Avais-je voulu à mon tour mettre mon corps à l'épreuve, *juste pour voir* ? Il y avait là une certaine logique illogique.

Il y avait une possibilité que je ne sois plus enceinte d'ici trois mois. Mieux valait ne pas considérer ce qui grandissait actuellement en moi comme un véritable être vivant, avec une existence propre. Et c'était relativement facile. La seule personne à qui je pensais en cet instant, c'était moi-même.

*

Connie n'était pas encore rentrée, aussi utilisai-je son téléphone pour appeler le cabinet de ma docteure. J'obtins un rendez-vous de dernière minute pour la fin de journée (un véritable miracle de Noël). Je laissai un mot à Connie lui indiquant que j'étais sortie, puis je me rendis à la station de métro, avec l'impression qu'une lampe venait de s'allumer dans mon ventre. Les gens voyaient-ils la lumière qui rayonnait hors de moi ? Apparemment, non. J'étais aussi invisible que mes voisins.

Dans la salle de consultation, j'annonçai à la docteure que je pensais être enceinte. « Je n'ai pas eu mes règles, dis-je. J'ai fait deux tests de grossesse et ils sont tous les deux positifs. Mais je veux votre confirmation. »

Elle m'écouta et acquiesça, paraissant comprendre mes réticences à me fier à mes propres investigations. C'était une femme âgée aux courts cheveux gris et au visage sympathique. Elle me faisait penser à Dorothy.

Alors que nous attendions les résultats, j'observais le diagramme de gastroentérologie accroché au mur, la beauté intriquée des intestins. Je me demandais pourquoi la docteure avait affiché cette illustration – et pas celle des poumons, par exemple, ou du cœur, ou de l'utérus. Mon regard suivait les nombreuses couleurs et les contours interminables du système gastrique, cette merveille que jamais nous ne connaissons ni ne voyons – jusqu'à ce qu'il se dérègle, qu'il se retourne contre nous.

La docteure me vit contempler l'illustration et sourit. « La partie du corps la plus extraordinaire, si vous voulez mon avis. Vous ne l'avez pas demandé, mais je vous le donne quand même.

— Et pourquoi ?

— C'est un ensemble d'organes très sophistiqué. J'ai lu récemment que, d'après les chercheurs, quatre-vingt-quinze pour cent de la sérotonine de notre corps est contenue dans les entrailles.

— Wouaouh.

— On associe le centre de nos émotions au cerveau et au cœur, mais depuis le XVIe siècle, les docteurs estiment que c'est dans le système digestif que s'exerce le vrai rapport aux sentiments.

— Moi, j'ai dû ravaler les miens trop longtemps.

— C'est comme ça pour tout le monde, à un moment ou à un autre de notre vie.

— Bon, alors ! lâchai-je soudain.

— Oui, le test, dit-elle. Bien, Rose. Vous aviez raison. Vous êtes enceinte. »

Je gardai les yeux rivés sur la paume de mes mains tournées vers le plafond, comme un acte de supplication. C'était officiel. J'étais en gestation.

J'étais un réceptacle. Je n'étais pas seule. Le fantôme de quelqu'un était réapparu dans un recoin de mon esprit.

Nous gardâmes un instant le silence.

« Avez-vous annoncé votre grossesse à quelqu'un ? demanda-t-elle.

— Non.

— Si vous pouvez la partager avec des personnes de confiance, Rose, cela vous aidera. »

J'hésitai et j'eus l'impression de lui dévoiler le fardeau de mes secrets les plus intimes. « Je... ne sais pas quoi faire, dis-je.

— Quoi faire ? Eh bien, la première chose à faire est de prendre des acides foliques...

— Non, je veux dire... » Je m'interrompis, incapable de poursuivre mais convaincue qu'il le fallait. C'était comme révéler une pensée honteuse et je m'en trouvai détestable. « Je ne sais pas si... si j'en suis capable.

— D'accord. » Elle marqua une pause. « Ce n'est pas grave. »

Je fermai les yeux et savourai ses mots avec un soulagement certain. Le simple fait d'avoir prononcé les mots en avait retiré la douleur mordante. Mais je me demandai soudain si la docteure pensait vraiment que mes propos n'étaient pas graves. Elle le disait peut-être parce que sa fonction médicale l'obligeait à respecter la loi. En tant que femme, elle connaissait les nuances grises, les injustices holistiques de sentir tant de phénomènes contradictoires se déployer dans un seul corps, mais de ne pouvoir effectuer qu'un choix extrême – un choix binaire en noir et blanc, oui ou non.

Frappée par l'ambiguïté de sa réaction, je

compris que j'étais venue chercher une forme de certitude. Et je l'attendais encore, sans rouvrir les yeux, quand la docteure posa doucement la main sur mon bras et me tendit un prospectus intitulé *Et après ?*. L'espace d'un moment, je crus avec horreur qu'il s'agissait d'un pamphlet évangéliste anti-avortement, mais non. C'était juste une série de photos résumant toutes les choses que j'éprouvais, aussi bien physiquement que psychologiquement. Et sur l'autre page, mes options.

« Vous êtes-vous sentie enceinte ? Nauséeuse, fatiguée ? demanda-t-elle.

— Un peu fatiguée mais je n'y ai pas franchement fait attention. J'étais très occupée. » Je me sentais sur la défensive, à un point presque pathétique.

« Bien sûr.

— Le père n'est pas au courant. Je ne vais peut-être pas le lui annoncer. » J'avais bien conscience qu'elle n'était pas obligée d'être au courant de tout cela mais il fallait que j'en parle à quelqu'un.

« D'accord, dit-elle. Vous ne vivez pas ensemble ?

— Je ne sais pas », répondis-je, me sentant plus pathétique encore. Je transformais notre relation de neuf ans en un coup d'un soir.

« D'accord.

— Il faut croire que c'est la vie ! » dis-je avant d'éclater de rire.

Ses yeux se tournèrent vers l'écran d'ordinateur. « Vous n'êtes pas obligée de prendre une décision aujourd'hui, dit-elle. Tout ira bien.

— Merci.

— Lisez cette documentation. À l'arrière, il y a des numéros de téléphone d'associations que les femmes peuvent consulter quand elles essaient de prendre leur décision.

— Très bien. »

Elle sourit. « Ne vous inquiétez pas, Rose. C'est tout pour aujourd'hui. Prenez votre acide folique et si vous décidez de choisir une voie différente, je serai là pour vous.

— D'accord. Merci. » Je me levai et serrai le prospectus si fort que je le chiffonnai presque dans ma main. « Bonne année, dis-je.

— Oui. Bonne année à vous aussi. »

Je sortis dans la rue. Le froid était mordant et l'obscurité s'installait. Je marchais. Je ne me sentais pas enceinte. Je me sentais seule.

32

Je retrouvai Joe une semaine plus tard. Il franchit la porte du café où nous avions convenu du rendez-vous – central, neutre, juste à côté d'Oxford Street – et je pensai aussitôt, *Voilà un homme que je connaissais, avant*.

Il s'était laissé pousser la barbe. Je me demandai si c'était volontaire ou par simple négligence. Ça lui allait bien. « Salut, dis-je. Bonne année. » Une pensée me secoua presque physiquement à l'idée de ce que contenait mon corps. Je l'écartai et souris. « Merci de me retrouver ici », ajoutai-je. Nous échangeâmes une étreinte, pas de baiser.

Il avait le visage crispé, les yeux rivés au sol. « Comment ça va ? demanda-t-il en s'asseyant sur la chaise en face de moi.

— Je vais bien, merci. Contente que tout le déballage de Noël soit terminé. Et toi, comment ça va ?

— Pareil. Tu as loupé une grosse dispute entre Daisy et ma mère, par contre. Tu aurais adoré. »

J'éclatai de rire. « À propos de quoi ?

— Je ne sais même pas. Daisy était agacée par un truc.

— Comment ça va, entre elle et Radek ? »

Joe sembla gêné. « Tu sais comment ils sont. Ils vont s'en sortir.

— Ouais. »

Il posa un bref regard sur mon cou, et je me rendis compte avec embarras que je n'avais pas enlevé le collier au pendentif en L que m'avait offert Connie. « C'est quoi ? demanda-t-il. Le L, c'est pour quoi ? »

J'empoignai le bijou et rougis. « C'est rien.

— Rien.

— C'est juste une blague.

— Quelqu'un te l'a offert.

— Ouais. Kelly. »

Il parut déconcerté. « Tu as quitté l'appartement, Rosie. Tu as disparu.

— En fait, c'est toi qui es parti en premier.

— Je suis revenu.

— Je suis là, Joe », dis-je en glissant le collier sous mon pull. J'éprouvai le besoin instinctif de m'excuser mais je le ravalai.

« Je me suis inquiété pour toi, dit-il.

— Tu n'as pas à te faire d'inquiétude pour moi. » Je posai ces mots entre nous, avec l'aplomb d'une Gitane venue lire sa propre bonne aventure.

« D'accord, dit Joe avant de se racler la gorge. Je suis désolé, Rosie. Je ne le pensais pas. Ce que j'ai dit.

— À propos de quoi ? »

Il m'adressa un regard appuyé. « À propos de toi.

— Que je suis fatigante ? Que je suis une malade mentale ? »

Il pinça les lèvres. « Oui.

— Je crois qu'en fin d'année tout le monde a un peu des tendances de malade mental. Mais merci. »

Joe hésita. « Mais tu as changé. »

Je pris une inspiration légère. « Changé comment ?

— Tu es… plus déterminée. Plus dure.

— Dure ? J'ai l'impression que c'est l'inverse, Joey. Je suis douce. Je m'ouvre peu à peu. Peut-être même pour la première fois de ma vie. »

Il eut l'air inquiet. « Tu t'ouvres à quoi ?

— Peut-être qu'on a changé tous les deux », suggérai-je en évitant de répondre. Je n'étais pas tout à fait certaine que Joe ait changé. À vrai dire, je ne pensais pas qu'il avait changé au fil des dernières années, parce que j'avais perdu toute perspective en le regardant. En cette seconde, pourtant, j'étais convaincue que, s'il rencontrait une autre femme, les changements sauteraient aux yeux. Joe ne pouvait simplement pas changer en ma compagnie.

« Ils ont aimé les cadeaux ? voulus-je savoir.

— Ouais. Merci d'avoir fait tout ça. J'aurais dû m'en charger. »

J'attendis une réponse élaborée mais rien ne vint. « Tu es retourné à l'appart, alors ? demandai-je.

— Ouais. Et… tu vas revenir ?

— Je ne pense pas, murmurai-je.

— D'accord. Mais tu n'habites pas avec elle, quand même ?

— Joey, c'est mieux que je ne revienne pas à l'appartement et je pense que tu le sais. »

Il observa un long silence. Personne ne venait prendre notre commande mais aucun de nous deux ne pouvait quitter la table. « Qu'est-ce que tu vas faire ? finit-il par demander.

— Je crois qu'il faut chacun qu'on accepte de laisser partir l'autre », dis-je.

Il me dévisagea. Il était sur le point de parler mais se ravisa.

« Je t'aime vraiment, Joey. Et on pourrait s'accrocher. Tenir encore ensemble – dix ans, peut-être vingt. Tu aurais cinquante-quatre ans. Cinquante-quatre ans et encore avec moi. C'est vraiment ça que tu veux ? »

J'ignorai pourquoi je me rabaissais ainsi, me dépeignant comme un lot de consolation que Joe obtenait en échange de son engagement tenace, mais il fallait que je l'aide à comprendre.

« Tout le monde a des hauts et des bas, dit-il. Mes parents – mon Dieu, des fois, on croyait vraiment que c'était la fin. Mais non. Ça ne finira jamais. Maman dit que c'est normal de traverser ce genre de phases. »

Il avait donc parlé avec Dorothy. J'étais impressionnée qu'il ait pu avoir une conversation profonde avec sa mère, pour une fois. Elle avait sûrement dû apprécier. Il y aurait au moins eu un côté positif à tout ça. J'étais surprise, aussi, que les arguments de Dorothy tendent à nous faire rester ensemble.

« Mais on n'y est pas obligés, si on n'en a pas envie, dis-je. Tu en as vraiment envie ? Combien de hauts est-ce qu'on a eus ces deux dernières années ? Et combien de bas ? »

Joe releva les yeux vers moi. « Je ne veux pas ne plus te voir, dit-il.

— Ça n'arrivera pas. On se verra toujours. Mais on peut se libérer mutuellement.

— Depuis quand tu éprouves tout ça ? » demanda-t-il.

Je revis l'homme de vingt-cinq ans rencontré à une soirée, neuf ans plus tôt, débordant d'idées et d'humour, une cigarette à la main. Je repensai à ce que je m'étais dit en le voyant : *On pourrait former un couple*. C'était le genre de personnes avec qui l'on accomplissait des choses. Je repensai à ses mains chaudes, à sa prévenance. Sa curiosité. Sa patience qui s'était émoussée et, pour finir, évaporée. Nous avions traversé beaucoup, ensemble.

Je savais que je devais une réponse à Joe mais depuis quand avais-je l'impression que notre amour avait changé ? Était-ce à Noël, quand j'emballais la crème pour les mains destinée à sa mère ? Était-ce en urinant sur les bâtonnets et en entrevoyant le chemin que pourrait prendre ma vie ? Était-ce avant tout ça, quand j'avais franchi la porte de Connie pour la première fois ? Était-ce sur la plage avec mon père ? Ou la graine avait-elle été semée des années plus tôt, comme si souvent, quand les amants sont assez inconscients pour imaginer que rien ne changera jamais ?

Je n'avais pas remarqué exactement quand mon amour avait commencé à dériver. Non, ce n'était pas totalement vrai. J'avais parfois eu un goût amer en bouche. Un sentiment de défaite et de désespoir affectueux. Dès que c'était arrivé, je l'avais consciemment ignoré.

« Il y a un passage dans le premier roman de Connie, dis-je. Non, attends, Joey, écoute. Ne lève pas les yeux au ciel. Elle écrit qu'il y a toi, ton partenaire, et puis la relation en elle-même. L'amour. Il faut prendre soin de l'amour, autant qu'on prend soin de soi-même. Tu ne peux pas t'attendre à ce que l'amour s'alimente seul. Et nous, on n'a pas pris soin du nôtre, Joe. Aucun de nous n'en a eu envie. Parfois, il n'y a pas d'explication.

— L'amour n'est pas une plante verte, Rose.

— C'est une matière vivante. »

Il me dévisagea. « Ne pleure pas, dit-il. Tu vas me faire pleurer.

— Je crois qu'on peut pleurer. »

Et c'est ce que nous fîmes. Des larmes silencieuses, le secret toujours profondément enfoui en moi par ce jour humide de janvier. Un début de chagrin. Un petit adieu.

*

Une sensation électrique sur ma peau, mes mains et mes pieds. Je ne me sentais pas triomphante. Mais, d'une manière assez intéressante, je me sentais plus libre. Passer mon temps à attendre et à vouloir, voilà qui avait été mon état naturel. Désirer quelque chose plutôt que d'avoir les tripes de réaliser mes propres souhaits. J'ignorais combien de temps cela pouvait encore durer. Dans le métro aérien, je descendis à l'arrêt Hampstead Heath et me dirigeai vers la maison de Connie.

Quand je glissai ma propre clé dans la serrure, je me sentais à nouveau calme. Connie était assise dans son fauteuil préféré au salon avec une bouteille de champagne ouverte devant elle, deux verres à côté. Une scène familière, sauf que, cette fois, elle m'adressait un sourire radieux, et ses airs victorieux me tourneboulèrent. C'était comme si je m'étais trompée de porte.

« Bonjour, Connie.

— Vous voilà ! Bonne nouvelle !

— Quoi ? » L'espace d'un instant, je crus qu'elle avait deviné ce qui se tramait en moi.

« Deborah a téléphoné. Vous vous souvenez de cette fille dont elle nous a parlé, qui travaille dans une maison d'édition ?

— L'éditrice ?

— Oui. Georgina. Celle de chez Griffin. Deb a décidé de la cibler, elle seule, plutôt que d'aborder un paquet d'éditeurs de façon plus impersonnelle. Et ça a fonctionné, Laura. Deb lui a envoyé *L'Inconstance* et elle l'adore. Elle va faire une offre.

— Oh, Connie ! »

Elle se leva. Je restai plantée là, à demi stupéfaite alors qu'elle m'enlaçait et m'étreignait brièvement. Quand elle s'écarta, elle avait les yeux pétillants et elle semblait avoir quarante ans de moins. « Apparemment, la "tension puritaine décrite sur cette côte du Massachusetts constitue un équilibre parfait qui contrebalance le caractère anarchique et ensorceleur de Margaret".

— Elle a vraiment employé le terme *ensorceleur* ?

— C'est ce que m'a dit Deb. Je crois que j'aime bien cette Georgina. Vous voulez un verre ?

— Non, pas pour moi. »

Connie parut surprise. « Vraiment ? Mais ce n'est pas ce que nous attendions toutes les deux ? »

Nous. Le pronom rayonnait. « Bien sûr que si, dis-je. Je suis ravie. Je suis si heureuse pour vous. Mais – il est trop tôt pour boire de l'alcool.

— Il est 16 heures et il fait *nuit*, rétorqua Connie. On est en *janvier*. Je vais vendre mon *livre*.

— Je sais. Et c'est merveilleux. Mais non, merci.

Je suis désolée, Connie. Je suis juste… Je suis fatiguée.

— Vous êtes fatiguée, vous ? J'ai soixante-treize ans.

— Je suis désolée.

— Ne vous inquiétez pas, dit-elle malgré sa déception évidente. Je suis tout à fait capable de boire seule. »

Je m'affalai dans le canapé. « *L'Inconstance* va être un succès.

— Bon, ça je n'en sais rien. Mais le fait qu'il puisse y avoir un être vivant qui s'intéresse encore à mes écrits, et qu'elle soit assez jeune pour être ma fille… eh bien, je ne peux même pas vous expliquer ce que je ressens, Laura. Je suis absolument ravie. Je ne pensais pas que je réagirais comme ça. Je pensais que ça me laisserait indifférente. C'est grave, si ce n'est pas le cas ? Je suis ravie. Vraiment ravie. »

Je ris. Je ne l'avais encore jamais vue aussi animée. « Et je vous suis reconnaissante pour tant de choses, ajouta-t-elle.

— Mais non. C'est vous qui l'avez écrit.

— Mais vous m'avez facilité la tâche, à tout taper, à préparer tous ces plats délicieux. Le simple fait que vous soyez là. Vous êtes un sacré cadeau de Dieu. »

Je lui servis un verre de champagne et elle me dit que, d'après Deborah, les éditions Griffin publieraient le roman à l'été, s'ils en avaient les fonds nécessaires. Après s'être accordés sur les termes contractuels, ils soumettraient une série de modifications à Connie mais elles étaient mineures ; Georgina voulait y toucher le moins possible. « Vous croyez que c'est une bonne chose ?

demanda Connie. Vous pensez qu'elle a peur de moi ?

— Elle ne vous a jamais rencontrée. Vous devriez aller la voir. Là, elle aura peur de vous.

— Je ne suis pas une femme effrayante, dit Connie. Je suis douce comme un chat. »

J'hésitai, me rappelant les propos de Deborah le soir où j'avais préparé la pizza – combien Connie détestait les journalistes, combien elle était réticente à la moindre interprétation de ses écrits. « Vous avez pensé à ce que ce sera, d'être à nouveau publiée ? demandai-je. Devoir parler aux gens de votre œuvre – vous croyez que vous être prête ? Ils vont vous poser des questions. Pourquoi vous n'avez pas écrit pendant tout ce temps – ils vont chercher un angle d'approche. »

Connie resta silencieuse un moment. « Je leur donnerai un angle obtus.

— Connie, ce n'est pas drôle. Qu'est-ce que vous allez leur répondre ? »

Elle avala son champagne. « Je leur répondrai que je n'avais rien qui mérite d'être écrit. C'est la vérité.

— Alors pourquoi maintenant ? Connie, pourquoi l'avoir écrit maintenant ? »

Connie tourna soudain la tête vers moi. « Pourquoi me posez-vous toujours cette question ? »

Le rouge me monta aux joues. « Je ne l'ai posée que deux fois.

— C'est plus que suffisant.

— Je crois juste que… que vous devez vous y préparer.

— Très bien. Je l'ai écrit maintenant car cela me semblait le bon moment. Et je me sentais prête.

— Prête… à quoi ? »

Connie émit un son exaspéré. « Bon sang. Je ne vois pas pourquoi je dois me défendre face à vous. Est-ce que c'est votre façon de me briefer pour la presse ? Ça ne peut pas attendre ? » Elle fronça les sourcils. « Ou il y a autre chose ? »

Je fermai les yeux. « Tout va bien. »

Elle renâcla. « Allez. Crachez le morceau.

— Pour tout vous dire, Connie... » J'ouvris les yeux. Je me tordis les doigts, encore et encore. Je n'arrivais pas à la regarder mais je ne pouvais plus me contenir. Il fallait qu'elle sache, il fallait qu'elle arrange les choses. « Eh bien, voilà. Je suis allée chez le docteur... »

Connie reposa son verre. « Oh, mon Dieu. Laura, vous êtes malade ?

— Non. Je suis enceinte. »

J'osai enfin lever les yeux vers elle. Son visage était un masque de stupeur et, tandis que j'attendais qu'elle parle, j'étais certaine que mes heures ici à incarner Laura Brown étaient comptées. Connie ne tolérerait plus ma présence chez elle. La nouvelle de ce bébé allait tout changer à ses yeux. La dynamique entre Laura et Connie imploserait, je m'enfuirais sous le nom de Rose et l'histoire de ma mère me glisserait entre les doigts, une fois encore.

1982

33

Elise annonçait qu'elle partait surfer et Connie la conduisait à Malibu. Après le départ de Connie, Elise et Matt chargeaient les planches sur la voiture, prétextaient d'aller explorer de nouvelles plages. Au lieu de cela, ils s'arrêtaient dans des motels le long de la Pacific Highway. Dans les chambres qu'ils y trouvaient, à l'atmosphère et à la qualité variables, et qu'ils payaient parfois avec les dollars de Shara, d'autres fois avec ceux de Connie, Elise essayait d'exorciser sa rage sur le corps de Matt.

Connie ignorait absolument ce qu'Elise avait vu entre elle et Barbara au bord de la piscine, mais elle s'était mise à émettre des commentaires sur le comportement d'Elise, lui demandait pourquoi elle était si silencieuse, pourquoi elle était en colère, pourquoi tant de surf, et pourquoi elle refusait de discuter. Elise ne supportait pas ces interrogatoires ; elle ne pouvait pas affronter la conversation qui en découlerait. Mieux valait fuir, tout abandonner dans son sillage. Une semaine à peine après leur première fois dans le motel à la lumière rosée de coquillage, Elise suggéra à Matt de partir ensemble.

« Partir ? demanda-t-il. Mais on irait où ? » Comme si les avions ou les pays étrangers n'existaient pas.

Elise ravala son irritation. Il n'était pas aussi doué qu'elle dans ce domaine. « Je ne sais pas, dit-elle, allongée entre les draps froissés. Je vais bien trouver.

— Et comment ça va finir, tout ça ?

— Qu'est-ce qu'il y a, tu as peur ?

— Je n'ai pas peur. C'est juste que ça va trop vite.

— Ce qui se passe entre nous ne fait que confirmer une chose qu'on savait déjà, Matt. C'est comme un pacte. On s'est trouvés, et on a trouvé une issue, la situation ne peut pas rester telle qu'elle est. Tu répètes toujours que tu ne peux plus vivre dans cette maison au bord de la plage.

— Ouais, mais…

— Et moi, je ne peux plus vivre dans cette villa.

— Pourquoi ? » Il s'assit et s'adossa aux maigres oreillers. « Tu crois que Connie se doute de quelque chose ?

— Ce n'est pas le problème, répondit-elle. Qu'est-ce qu'on va faire ? Se retrouver avec nos planches de surf et faire semblant d'aller chercher des vagues ailleurs jusqu'à ce que Shara comprenne ? »

Il y réfléchit et un jour, peu après la conversation, ils s'y attelèrent : ils remplirent deux petites valises et se rendirent à l'aéroport avec la voiture de Matt. Sous ses pieds nus, Elise sentait les canettes de Coca vides que Matt ne jetait jamais et qui roulaient sur le plancher de l'habitacle, les dernières gouttes sucrées séchées en une étroite ligne brune autour de l'orifice. Alors qu'il fonçait sur l'autoroute dans le sens inverse qu'Elise avait emprunté quatre mois plus tôt, cette dernière ne cessait d'arquer la plante de ses pieds sur les canettes et scrutait le paysage par la vitre passager. Le monde était là, si proche – mais chaque fois qu'elle le frôlait, il ne lui donnait jamais ce qu'elle désirait. Elle se souvint de Connie, si enthousiaste avec ses lunettes de soleil. Connie, qui avait tellement tenu à ce voyage.

Ce ne fut qu'une fois à l'aéroport, la voiture garée dans le parking longue durée, qu'Elise opta pour le Mexique : un vol très court pour un pays très différent. Matt accepta la destination et Elise fut heureuse qu'il acquiesce à toutes ses grandes idées. Pouvoir être décisionnaire dans ce genre d'événements importants était une expérience inédite. Elle franchissait une frontière et éprouvait un fort sentiment de détachement : autant d'éléments qui s'accordaient avec le fait qu'Elise se sente comme un poisson hors de l'eau.

« Tu as laissé un mot à Shara ? demanda-t-elle à Matt tandis qu'ils faisaient la queue au comptoir d'Aeromexico.

— Ouais.

— Qu'est-ce que tu lui as écrit ?

— Que j'avais besoin d'être seul un moment.

— Un moment ? C'est tout ce que tu as dit ? Tu aurais dû préciser que tu étais avec moi. Comment Connie va savoir où je suis ?

— Elles vont comprendre, Elise.

— Connie couche avec Barbara », dit-elle.

Dans la file d'attente, la femme devant eux se retourna, affichant une expression de dégoût. Mais Elise ne se laissa pas démonter. Elle dévisagea la femme jusqu'à l'obliger à détourner le regard.

« Qu'est-ce que tu viens de dire ? demanda Matt.

— Tu as bien entendu. Connie et Barb.
— Et ça dure depuis combien de temps ?
— Je ne sais pas. Un bout de temps.
— Et toi, ça va ?
— Ouais. Bien sûr. »

*

Une fois arrivé au bout de la file d'attente, Matt acheta des billets aller-retour, pas un aller simple. Il y avait quelque chose de si prosaïque et déprimant dans ce choix, mais Elise tint sa langue et garda le silence car le plus important, c'était de quitter cette ville. Matt devait envisager cela comme des vacances, songeait-elle, une pause, un trou noir dans le temps. Mais s'il ne pouvait pas faire face à l'énormité de ce qu'ils s'apprêtaient à faire, elle le pouvait, elle. Elle savait qu'elle ne remettrait plus jamais les pieds à L.A.

Dans l'avion, Elise se sentit épaulée par le mépris presque total de la gravité. Elle se sentait merveilleusement bien : elle était assise là, dans tout son désordre intérieur, et personne n'était mort ! Matt et elle s'étaient trouvés au bon moment. Il n'était pas parfait mais après tout il l'avait tirée de là. Il vénérait son corps, et elle savait désormais que personne n'était parfait – Connie le lui avait confirmé avec brutalité.

Matt parut se détendre à son tour, comme s'il avait eu besoin que le sol disparaisse sous ses pieds pour lui permettre de devenir lui-même. Il lui prit la main et la serra, puis ils échangèrent un regard conspirateur.

Quand l'avion eut atterri à Mexico, ils prirent un taxi jusqu'à une rue bordée d'hôtels à quelques pas du Zócalo. Elise était étendue dans leur petit lit propre à côté de Matt endormi, et se demandait ce que Connie était en train de faire. Combien de temps lui faudrait-il pour se rendre compte qu'elle était partie ? Elle imaginait Connie retournant les tables et les chaises pour la retrouver, un jeu de cache-cache. Elle fantasmait l'inquiétude de Connie, sa culpabilité. Ce qui lui provoquait un plaisir morne et irascible.

Près d'elle, Matt s'agitait dans son sommeil et elle se demanda s'il pensait beaucoup à Shara. Le mot qu'il lui avait laissé était anémique, et il y avait le billet de retour comme filet de sécurité. Ça la rendait folle de ne pas pouvoir tout effacer avant ce nouveau départ, mais elle se rassurait en pensant qu'avec le temps les choses s'effaceraient d'elles-mêmes. Elle essayait de ne pas songer à Shara dans son atelier, le magnifique tableau soigné qu'elle avait terminé. Shara, qui lui conseillait de garder le bébé, si un jour elle tombait enceinte.

Le lendemain, ils restèrent un moment assis dans le lit.

« On pourrait aller au Palais national ? proposa Matt.

— Non. Viens, on va visiter le Musée anthropologique. Ce sera beaucoup plus intéressant.

— D'accord. » Et elle éprouva une fois encore un frisson à ce qu'il lui obéisse ainsi. « Tu as sûrement raison. »

*

Ils restèrent longtemps devant l'immense disque de pierre aztèque découvert dans le sous-sol de la ville au cours des restaurations de la cathédrale au XVIIIe siècle.

« Imagine, tu cherches Dieu et tu découvres ça », déclara Matt, les yeux gros comme des soucoupes.

C'était une œuvre d'art monumentale. Au centre du disque était représenté le dieu-soleil, Tonatiuh, tenant dans chaque main crochue un cœur humain, la langue en forme de couteau. Aux quatre coins de la divinité, des gravures évoquaient les différentes ères de l'époque aztèque. Elise lut la plaque informative à côté :

L'illustration en bas à droite représente Nahui Atl,
ère qui prit fin lorsque le monde fut submergé
et tous les humains transformés en poissons.

On aurait dit un poème. Elise s'imagina mesurer le temps en ère du Jaguar, de l'Eau, de la Pluie et du Vent. Elle s'imagina croire en un dieu-soleil qui tenait dans ses mains griffues son cœur à elle et celui de Matt, le couteau prêt au sacrifice. Elle était attirée par l'avertissement que dévoilait le disque, à propos des sacrifices à faire, de la petitesse de l'être en comparaison de l'immensité de l'univers. Elle avait le sentiment de pouvoir vivre dans ce pays dont le passé contenait ces croyances spirituelles viscérales, où l'on tirait encore du sol pareils trésors, où le fait d'être transformé en poisson était considéré comme un destin valable. Elle aimait déjà cet endroit bien plus que Los Angeles.

Une nuit, ils entendirent par la fenêtre les gémissements d'une femme en plein orgasme sans parvenir à localiser le son parmi les fenêtres identiques en amphithéâtre, les cordes à linge et la chaleur collective. Ils restèrent étendus là, riant de ces notes si détachées et pourtant si familières. Ils ne pouvaient s'empêcher d'écouter. Elles leur rappelaient leur attirance, leur lien, et Matt enlaça Elise et la pénétra par-derrière, s'enfonça profond en elle, leurs visages vers la fenêtre ouverte. Elise laissa échapper son propre plaisir sans la moindre retenue. Les fenêtres, ouvertes ou fermées, cessèrent d'exister.

*

Ils ne restèrent pas longtemps en ville car la vie y était chère, et Matt voulait s'installer près de la plage. Il acheta deux autres billets, Elise le regarda payer en dollars. Ils s'envolèrent vers la péninsule du Yucatán – et quand elle aperçut les eaux vert émeraude, elle songea qu'elle pourrait vivre là, aussi. Le sable était pareil à du sucre, et ce qui s'épanouissait entre eux dans ce pays semblait gommer le moindre sens des responsabilités. Matt plongea tout habillé dans l'océan. Elise envisagea de déchirer le billet de retour, pour voir s'il s'en rendrait compte.

Elle savait qu'ils devaient trouver un rythme à leurs journées, sinon il serait tenté de rentrer.

« Et si on louait un logement ? demanda-t-elle. C'est moins cher qu'un hôtel. »

Il accepta et ils louèrent un appartement, s'acquittèrent de quinze jours de loyer pour commencer. Le sol carrelé était magnifique, mais ils appréhendaient légèrement l'absence de climatisation ou de ventilateur au plafond. Leurs inquiétudes étaient fondées. La température à l'intérieur et à l'extérieur de l'appartement était insupportable. Il ne bénéficiait pas de l'air de montagne nocturne ou matinal qui offrait quelques heures de répit. Il était situé au dernier étage d'un bâtiment d'angle, et les pièces à l'arrière donnaient sur trois façades d'appartements qui formaient une cour exiguë. Les fenêtres des voisins semblaient innombrables, toujours ouvertes, du linge était suspendu aux cordes et des chaussettes tombées jonchaient le toit en tôle ondulée du garage qui s'étirait en contrebas entre les immeubles. Le bourdonnement des mobylettes à l'avant et les cris des enfants dans les cours de l'autre côté étaient les uniques sons qu'ils entendaient en journée. Ils n'apercevaient jamais clairement les visages, rien que des corps qui évoluaient d'une pièce à l'autre, mangeaient à table, regardaient la télé, se douchaient.

Ils s'asseyaient en sous-vêtements, jouaient à d'interminables parties de cartes, léchaient des glaces aux parfums étranges achetées à un vendeur ambulant. Elise se procura un vieil éventail de flamenco afin de se rafraîchir. Lorsqu'il fallait se lever pour aller chercher une autre glace, l'arrière de leurs cuisses restait douloureusement collé aux chaises en plastique. Il était difficile de faire quoi que ce soit.

Elise s'imaginait parfois que Matt et elle étaient des criminels dont les méfaits finiraient par les rattraper. Parfois, cela semblait inévitable. Tout avait été si facile. Monter dans une voiture et s'en aller. Shara ne voulait pas de lui. Connie couchait avec Barbara. Ils avaient bien fait de partir. *C'était la bonne décision*.

La chaleur perturbait les nuits d'Elise et elle faisait souvent le même rêve. Elle voyait une fille dans une maison dont le toit s'effondrait. La fille grimpait sur les poutres en direction d'une étendue de bassins rocheux. Au matin, Elise en parlait à Matt, lui expliquait qu'il semblait parfaitement logique qu'une plage soit au même niveau qu'un toit de maison. Elle revoyait la lumière qui dansait en poussière dorée dans l'eau des bassins rocheux, la mer si loin que la grève s'étirait et scintillait. Matt écoutait attentivement Elise, blottie dans le creux de son bras. Elle adorait qu'il l'écoute ainsi, qu'il estime que tout avait de l'importance, mais il n'offrait aucune interprétation. Elle savait, avec un nœud à l'estomac, que Connie aurait su tisser le chapitre suivant de l'histoire.

*

Au terme des deux semaines, Matt annonça qu'il voulait prolonger le bail de location mais qu'il devrait sûrement appeler Shara avant.

« D'accord, dit Elise. Fais-le.

— Ça va être horrible.

— Peut-être pas. Peut-être qu'elle comprendra. »

Ils n'avaient pas le téléphone à l'appartement, aussi se rendit-il à une cabine avec une poignée entière de pesos. Elise attendait dehors, adossée à un mur. Elle portait encore le collier que lui avait offert Connie et elle jouait avec en cet instant, le tirant à son cou si bien que la chaîne lui mordait la chair. Elle tendait l'oreille pour entendre la conversation qui se déroulait dans la cabine mais ne percevait pas grand-chose. Un chien errant s'approcha et s'affala à ses pieds. Elle ne le caressa pas, de crainte qu'il ait la rage. Matt ne criait pas : aux yeux d'un passant, la scène aurait pu sembler parfaitement normale, un homme dans une cabine qui passait un appel rapide mais urgent, une femme dehors qui l'attendait patiemment, une touriste résistant à l'attrait des chiens locaux.

Matt raccrocha le combiné et ouvrit la porte. « Elle t'a demandé où tu étais ? voulut savoir Elise.

— Ouais.

— Et tu lui as dit ?

— Approximativement.

— *Approximativement* ?

— J'ai dit que j'étais près d'une plage au Mexique. Mais elle saura que c'est au Yucatán.

— Pourquoi ? »

Matt parut gêné. « On est déjà venus ici...

— Tu ne me l'avais pas dit.

— Bon, toi tu ne m'avais rien dit à propos de Connie et Barbara. »

Elise décida d'ignorer sa réponse. « Comment elle allait ?

— Mieux que je le pensais. Elle avait un ton plutôt distant. Je crois qu'elle n'a pas envie que je revienne. »

Elise vit qu'il en avait été surpris et vexé. Elle avait envie de le frapper. « J'ai quelque chose à te dire, annonça-t-elle. Je crois que je suis enceinte. »

Matt la dévisagea. « Quoi ?

— Je crois que je suis enceinte. Mes règles sont en retard.

— De combien de temps ? »

Elise poussa sur le mur pour se redresser et se mit à marcher. Matt lui courut après, le chien errant se leva dans la poussière et les suivit un instant avant d'abandonner, en quête d'un coin d'ombre. « Depuis hier, dit-elle.

— Juste hier ? Ce n'est pas...

— Je suis très régulière. »

Matt parut terrifié. Soudain, elle comprit tout à

son sujet. « Tu vas bien voir, dit-il. Le stress du départ… »

Elle s'arrêta net dans la rue. « Très bien. Pense ce que tu veux. Mais je suis enceinte. »

Matt regarda Elise comme s'il la voyait pour la première fois.

De retour à l'appartement, il prit son maillot de bain sur l'unique chaise de la salle à manger et annonça qu'il allait nager dans la mer. Elise s'allongea sur le lit, convaincue qu'elle n'aurait pas ses règles, convaincue qu'elle était enceinte, et convaincue que Matt préférait l'eau aux femmes.

34

Un mois plus tard, Elise arpentait le littoral et enjambait les membranes de méduses mortes. Elle trouva de grands morceaux d'algues en forme d'éventails rigides, du bois flotté poli par le sel et sculpté en formes élégantes, des carapaces de crabes qui craquaient entre ses doigts avec la fragilité d'une coquille d'œuf. Elle leva les yeux et Connie marchait vers elle, comme sortie des flots, émergeant du royaume de l'océan.

Connie s'immobilisa. Les deux femmes se dévisagèrent. Au-dessus d'elles, le ciel était d'un bleu foncé purifiant pareil au dos d'une baleine ; et d'un vert profond, ourlé à l'horizon de gros nuages gris et bas. D'un geste instinctif, Elise plaça un bras devant son ventre à mesure que Connie approchait. Une tempête s'annonçait, et elle savait qu'il était inutile de fuir. La plage s'étirait à l'infini, elle était pieds nus, elle ne pouvait raisonnablement pas courir dans la semi-jungle qui longeait le haut de la grève.

« Qu'est-ce que tu fais ? » demanda Connie.

Elle avait un ton presque plaintif mais la colère se lisait distinctement sur son visage. Elise sentit une fois encore son cœur se refermer alors qu'il s'était entrouvert, un entrebâillement minuscule, sans qu'elle s'en rende compte.

« Comment ça ? » demanda-t-elle en baissant les yeux vers une méduse près de son pied, aplatie sur le sable. Elle envisagea de la ramasser et de la jeter sur Connie, sans savoir si elle se ferait piquer au passage.

« Il est *marié*, dit Connie.

— Même pas un bonjour ?

— Tu imagines à quel point Shara est malade, en ce moment ?

— Malade ?

— Sa dépression est revenue. Elle ne sort plus de son lit...

— Je ne suis pas responsable d'elle, décréta Elise.

— Oh, je ne sais pas ce qui me retient de te gifler. On t'a cherchée partout.

— Connie, va-t'en. »

Mais Connie resta où elle était. « Pourquoi tu as fait ça ?

— Je n'ai pas cherché délibérément à blesser Shara. Ce que Matt et moi vivons... ce n'est pas facile à expliquer. »

Connie lâcha une petite exclamation caustique et donna un coup de talon dans le sable. « C'est ça, oui.

— Tu sais quoi, Connie ? Tu es la plus grosse hypocrite que j'aie jamais connue. Tu retrouves ma trace pour me faire la morale sur mon comportement alors que toi... » Elle s'interrompit. Prononcer les mots risquait d'en faire une vérité palpable.

« Alors que moi *quoi* ?

— Alors que tu es avec Barbara. Depuis des mois. »

Connie dévisagea Elise. « De quoi tu parles ?

— Oh, ne commence pas. Je t'ai *vue*.

— Quoi ?

— Pendant ma fête d'anniversaire.

— Elise, tu étais complètement bourrée.

— Je vous ai vues au bord de la piscine. Toutes les deux, après le départ de tout le monde. J'ai entendu ce que tu as dit. »

Elise ne l'avait jamais connue aussi furieuse. « Et c'est *pour ça* que tu es venue ici ? demanda Connie. Sur une plage abandonnée ? Avec *Matt Simmons* ? Toutes ces idioties parce que tu t'imagines que je couche avec Barbara ?

— Je te faisais confiance, s'écria Elise, et à sa grande fureur, elle éclata en sanglots.

— J'ignore ce que tu penses avoir vu mais une chose est certaine, je ne couche pas avec Barbara. Depuis que tu as disparu…

— Je t'ai vue, Connie. Je t'ai vue. »

Connie se tourna brusquement vers la mer, frustrée, et marcha à grandes enjambées vers le bord de l'eau où elle scruta les flots.

« Admets simplement que tu l'as fait, dit Elise.

— Je n'ai rien fait, hurla Connie.

— J'ai entendu la question qu'elle t'a posée, *Est-ce que tu as envie d'elle, Connie ?*, et tu as répondu non. »

Connie pâlit. « Je n'aurais jamais dit une chose pareille.

— Ne me fais pas ce coup-là, lâcha Elise, sentant la détresse s'élever dans son corps. Ce n'est pas juste. Admets-le simplement. »

Connie refusait toujours de se retourner. « Ce n'est arrivé que cette fois-là. D'accord ? »

Connie se mit à pleurer. Elise fut envahie par le soulagement, à la voir ainsi réprimandée pour sa trahison. Elle tomba à genoux dans le sable doux et fin. « C'était plus d'une fois. Tu viens de me mentir à nouveau. »

Connie fit volte-face, s'essuya le visage et marcha à l'endroit où Elise était agenouillée. « Rien qu'une fois. »

Elles se dévisagèrent. Elise ne savait plus quoi dire. « Tu portes toujours le collier », fit remarquer Connie.

D'instinct, Elise frôla le E autour de son cou. « J'ai oublié que je l'avais encore.

— Il te va vraiment bien.

— C'est qu'un collier. »

Connie hésita. « Ce que j'ai fait avec Barbara. C'était idiot. Ça ne voulait rien dire. C'était une erreur momentanée. Ce genre de choses… arrive, Elise. Un coup d'un soir. L.A. est un endroit dingue. Et Barbara avait besoin de quelqu'un.

— J'avais besoin de quelqu'un, moi aussi. J'avais besoin de toi.

— Je sais. Je suis vraiment désolée. Je te raconte juste ce qui est arrivé… Son ex lui faisait vivre un vrai cauchemar. J'ai essayé de la réconforter et avant que je m'en sois rendu compte… C'est complètement dingue pour moi aussi…

— Et *moi*, alors, Connie ? Et moi ? J'ai quitté Londres, je t'ai suivie partout…

— Tu es au Mexique avec le mari de ma meilleure amie. C'est toi qui es partie, Elise.

— Tu ne m'aimes pas. Tu n'as pas envie de moi. Et ils ne s'aiment plus, eux non plus.

— Qu'est-ce que tu sais des sentiments de Shara ? Parce qu'ils ne font pas l'amour, tu crois que ça signifie que tout est terminé ? »

Elise se releva et essuya le sable de ses genoux. « Je la comprends.

— Quelle chance pour elle ! Dommage que personne ne te comprenne, *toi*, Elise.

— Je crois que c'est très clair, ce qui est arrivé. Je ne suis pas obligée d'avoir cette conversation avec toi.

— Bien sûr que si », déclara Connie.

Elise scruta l'horizon. « N'essaie pas de transformer ma vie en un épisode sordide et futile que tu peux détruire en un claquement de doigts. Ce que tu as fait avec Barbara… pourquoi tu crois que je suis partie, avant tout ? »

Connie ferma les yeux. « S'il te plaît. Ça n'arrivera plus jamais. Reviens à L.A.

— Je ne retournerai jamais là-bas. *Jamais*. »

Ce fut au tour de Connie de tomber à genoux. Elle passa les bras autour des jambes d'Elise. Cette dernière reprit son équilibre et refusa de céder. « Je suis tellement désolée, dit Connie. J'ai été égoïste mais je n'ai jamais voulu te blesser. »

L'étreinte de Connie semblait trop assurée et Elise l'écarta d'un geste sec. « On ne peut pas revenir en arrière. Tu m'as menti.

— Je t'en prie…

— Non. Tu ne comprends pas. » Elise pressa les mains sur son ventre en un geste instinctif. Connie était toujours agenouillée dans le sable et levait les yeux vers elle. « Je ne peux pas revenir. »

Connie contempla les mains d'Elise. « Tu es… Il est… »

Elise acquiesça.

Connie s'assit, le corps figé par la surprise, une expression horrifiée plaquée sur le visage. « Tu es sérieuse ?

— Oui.

— Espèce d'idiote, dit Connie. Mon Dieu. Ça te plaît vraiment, de merder.

— Connie, ce n'est pas…

— Non, Elise. Qu'est-ce qu'il s'est passé ? Je ne comprends pas ce qu'il s'est passé. Tu ne comptes pas le garder, hein ?

— Si.

— Tu crois vraiment que garder ce gamin est une bonne idée ? Tu es égoïste à ce point ?

— Je ne suis pas égoïste.

— Si, tu l'es. Et naïve. Tu es à peine capable de prendre soin de toi-même, sans parler… »

Elise se mit alors à courir. Elle ne pouvait pas en supporter davantage. La vérité de ce qui grandissait en elle lui donna la force de courir, et la promesse étrange et folle qu'elle avait faite à Shara ne cessait de tourner en boucle dans son esprit. *Si un jour tu tombes enceinte, garde le bébé.*

Si je tombe enceinte un jour, je le garderai.

2018

35

Connie s'assit dans le fauteuil. « Un bébé, dit-elle.

— Eh bien, j'espère que c'est un bébé », répondis-je, tentant un trait d'humour.

Connie se pencha et se servit un fond de champagne, puis continua à verser. Sa main tremblait sous le poids de la bouteille, mais je savais qu'elle ne voulait pas de mon aide. « Vous avez peur ? demanda-t-elle.

— Peur de le garder ou peur de… m'en débarrasser ? »

Elle reposa la bouteille d'un geste mal assuré. « Vous allez vous en débarrasser ?

— Je n'ai pas dit ça. Je ne sais pas, Connie – je ne sais pas ce que je vais faire. Je viens juste… d'aller voir Joe, en fait. C'est terminé.

— Oh, bon Dieu. Vous allez bien ?

— Ça va », répondis-je. Je ne me sentais pas trop mal, à dire vrai. J'étais plutôt habitée par la surprise, celle d'avoir pu sortir de ce bâtiment fictif après avoir échoué des mois durant à trouver la moindre porte de sortie.

Connie semblait sévère et lointaine « Et *vous*, ça

va ? demandai-je. Je sais que ce n'est pas l'idéal, et je n'avais pas prévu de...

— Gardez le bébé ici, dit-elle.

— *Quoi ?*

— Venez vivre avec, ici.

— Connie, soyez raisonnable. Je ne peux pas faire ça.

— Pourquoi ? Pourquoi serait-ce si improbable ? J'ai la place. Je ne veux pas que vous ayez l'impression d'avoir cessé de travailler pour moi, simplement parce que vous ne voulez plus vivre avec l'homme qui vous a ensemencée.

— Jolie façon de dire les choses. »

Elle plissa les yeux à mon intention. « Joe est-il au courant ?

— Non.

— Laura, dit Connie avec douceur. Voulez-vous devenir mère ?

— Je ne crois pas que je serais très douée dans ce rôle.

— Ce n'est pas ce que j'ai demandé. »

Je poussai un soupir. « Je ne sais pas. Je ne veux pas être avec Joe, alors je serai seule. Mais si jamais il veut s'impliquer ? Le timing est affreux. Et je commence juste à...

— Vous ne seriez pas seule, m'interrompit Connie avant d'hésiter. Vous m'auriez, moi. »

Nous échangeâmes un regard. Je voulais me précipiter vers elle et l'enlacer, la remercier de se montrer si généreuse, si compréhensive, si incroyable. Je pensais qu'elle me virerait comme une malpropre, moi la femme déchue et elle la propriétaire puritaine, une scène digne d'une tragédie de cuisine. Au lieu de cela, Connie semblait presque impatiente – de quoi, je n'en étais pas certaine. Nul doute qu'elle était déterminée à me rassurer. Ce qui rendait mes mensonges – mon faux nom, la vraie raison de ma présence chez elle, même les histoires racontées à propos de Joe et de son métier – d'autant plus terribles.

« Vous vous y connaissez en bébés ? » demandai-je.

Connie s'esclaffa. « Pas vraiment. Je n'en ai connu qu'un ou deux dans ma vie, et c'était il y a longtemps. » Elle parut grave. « Mais ce n'est pas qu'une question de bébé, n'est-ce pas ? Le bébé devient enfant, puis adolescent, une jeune personne avec ses propres desideratas. Puis un adulte mature. Je ne m'y connais pas beaucoup en bébés mais j'ai quelques connaissances en adultes, matures ou non. »

Je me surpris à poser la main sur la sienne et l'y laisser là un moment. Nous n'avions jamais eu beaucoup de contacts physiques et je fus étonnée de sentir à quel point sa peau était tiède. Elle saisit ma main et tenta de la serrer mais son étreinte était faible.

« Quoi que vous décidiez, Laura, vous pouvez toujours vous considérer ici comme chez vous.

— Merci », répondis-je presque dans un murmure. Jamais de ma vie je n'aurais imaginé cela : moi, dans le salon de Connie Holden, à lui tenir la main tandis qu'elle m'offrait un refuge, pour moi et un bébé à naître.

Connie leva le visage vers moi avec une expression presque pudique. « Vous feriez une bonne mère.

— Je n'ai eu aucun exemple, dis-je.

— Comment ça ? »

Je la regardai dans le blanc des yeux. Les mots,

et le timing, tout paraissait enfin idéal. « Je n'ai jamais connu ma mère. »

Connie me dévisagea, puis fronça les sourcils. « Quoi ?

— Elle m'a abandonnée quand j'étais bébé. »

Elle écarquilla les yeux. « Mon Dieu, Laura, je suis désolée.

— Alors je crois que je ne saisis pas exactement toutes les implications. »

Connie ne pouvait s'empêcher de me fixer du regard. « Mais votre père ?

— C'est lui qui m'a élevée. »

Elle se ressaisit, l'arc inversé de ses lèvres semblant contrebalancer le poids de mes paroles. « Il a fait du joli travail, Laura. Suivez simplement son exemple à lui. »

J'aurais pu éclater de rire. C'était si simple, finalement, de lui révéler la vérité sur ma vie. Ce n'était pas la vérité complète, bien sûr – mais c'était un bon début. Et Connie était désormais au courant – pas de tout, pas encore, mais du moins elle savait quelque chose de substantiel. Elle afficha un air songeur et je sus alors que j'avais éveillé sa curiosité. Ce serait peut-être son tour de venir à moi avec ses questions, et à moi de décider quand je lui avouerais la vérité.

« Connie, je peux vous demander quelque chose ? » Je ne lui lâchai pas la main. « Je sais que vous n'aimez pas les questions. »

Elle sourit. « Je vais faire une exception pour une femme enceinte.

— Vous avez tout à fait le droit de m'ordonner de me taire. Mais… il y a une raison pour laquelle vous n'avez pas eu d'enfants ? »

Je regrettai aussitôt ma question. Je la vis

presque se raidir, les mots soufflant sur elle comme un vent glacial. Son dos se raidit, elle tendit le bras vers la bouteille de champagne. « Eh bien, en voilà une fameuse question.

— Excusez-moi…

— Parmi de nombreux facteurs, continua Connie en m'ignorant, il y avait le léger problème des relations avec les hommes, que je détestais. Nous n'avions pas toutes les solutions qui existent aujourd'hui. Ma partenaire ou moi aurions certainement dû avoir des relations avec un homme. » Elle grimaça puis posa son regard sur la cheminée éteinte. « Nous n'aurions pas non plus eu le droit d'adopter.

— Vous et votre partenaire… vous vouliez des enfants ? »

Connie fit tourner son verre d'un geste malhabile entre ses mains. Je crus que le fond de champagne allait se renverser mais elle reposa le verre sur la table. « En résumé, non. Je n'ai rencontré qu'un ou deux enfants qui auraient presque pu me faire changer d'avis. » Elle fit une pause et sourit en direction du tapis, comme si un enfant était là, assis sur son petit derrière et levant les yeux vers elle. « Mais de manière générale, je suis plutôt du genre à faire ce que j'ai à faire, et répondre d'aussi peu de personnes que possible. Si vous vous inquiétez d'être une mauvaise mère, je pense plutôt que moi, j'aurais été la candidate parfaite dans ce rôle, pas vous. Mais bon, quand on voit le pinaillage bêtifiant de cette nouvelle génération, c'est un miracle que les enfants puissent vivre au-delà de cinq ans. Ma négligence aurait peut-être été un avantage. Mais le fait est que je suis négligente. Je ne peux pas, je ne veux pas… m'adapter. » Elle se recula dans le fauteuil, les mains sur les genoux. « J'ai passé trop de temps à lutter pour devenir la femme que je voulais être, hors de question d'y renoncer et de tirer un trait sur mon autonomie. »

Je m'assis à mon tour et m'appuyai au dossier du canapé. Je fermai les yeux, épuisée.

36

Kel fut motivée quand je lui proposai une promenade à Hampstead Heath. J'ai besoin de bouger, m'écrivit-elle par SMS. Je crois que je ne suis pas sortie de la maison depuis dix-huit jours.

J'étais assise sur un banc quand je la vis remonter Parliament Hill de cette démarche lente et dandinée caractéristique de la grossesse. Derrière elle, Londres était totalement invisible. C'était la fin janvier : la BT Tower était l'unique point de repère visible dans le brouillard, un trait vertical de gris laiteux à travers la pâleur satinée de la bruine qui semblait recouvrir toute la ville. Nous aurions pu être n'importe où ailleurs. Nous aurions pu être suspendues dans l'atmosphère. Les touristes se massaient au point de vue seulement pour lâcher des murmures déçus avant de s'éloigner.

« Comment s'est passé ton Noël ? » lui demandai-je après notre étreinte.

Kelly grimaça, mains sur les hanches. « Je me suis transformée en pudding de Noël.

— Tu es très jolie.

— Tu sais qu'il existe maintenant des

applications qui t'indiquent que ton fœtus a la taille d'une graine de cresson ? »

Un vent de panique souffla en moi, à la pensée de ce petit point dans mon ventre. « *Une graine de cresson ?* dis-je.

— Puis un grain de café, puis de raisin. Ensuite, sûrement d'une patate.

— D'une charlotte ou d'une pomme de terre nouvelle ? demandai-je, et Kelly s'esclaffa. Pourquoi le fœtus est comparé à de la nourriture ?

— Aucune idée. Ce sont des formes facilement identifiables, j'imagine.

— Mais putain, Kel. Quand les hommes ont des excroissances, on dit, *C'est une tumeur grosse comme une balle de golf.*

— Des *excroissances* ? Tu viens de traiter mon bébé d'excroissance ?

— Ou alors, *Un trou grand comme une pièce de dix pennies !* Le sport et l'argent, Kelly. Personne ne veut manger un dollar ou une balle de golf. C'est quoi, cette histoire de cannibalisme, de rendre les femmes comestibles ? »

Elle me dévisagea. « Tu as un peu trop traîné avec ta romancière féministe, hein ? C'est pas grave. Quand tu seras en cloque, tu auras le droit de dire que ton bébé est gros comme une crotte de lapin.

— Ha ha. Tu as fendu beaucoup de bois ? demandai-je pour changer de sujet.

— Oh, la vache, si tu savais ce que j'ai fendu comme bûches ! » répondit Kelly. Elle s'éloigna de moi et m'examina avec attention. « Tu as l'air en forme, Rosie.

— Ça semble te surprendre. »

Elle s'essuya le nez, qui coulait par ce temps froid. « Ce n'est pas ce que j'ai voulu dire.

— Je sais. Et finalement, j'ai fait ce que j'avais envie à Noël, répondis-je tandis que nous marchions vers les étangs. C'est peut-être pour ça ?

— Tu es allée en France ?

— Non. Je me suis disputée avec Joe et je suis allée chez Connie. » Je portai la main à mon cou nu ; j'avais laissé le collier sur la table de chevet. Je ne pensais pas être capable de résister à la curiosité de Kelly face à un tel cadeau ; elle ne serait pas aussi disposée que Joe à abandonner facilement.

« Oh, mon Dieu, dit-elle. J'avais raison. Tu as passé beaucoup de temps avec elle.

— Ouaip.

— Et c'était comment ?

— Plutôt incroyable, en fait. Révélateur.

— Donc tu lui as avoué ta vraie identité ?

— Non. » Kelly leva les yeux au ciel. « Kel, Joe et moi, on s'est séparés. »

Kelly s'immobilisa. Elle se tourna vers moi, le visage pâle, les yeux écarquillés. Elle posa les mains sur mes bras et me serra. « Ça va ?

— Oui, répondis-je. C'était ce qu'il y avait de mieux à faire. »

Elle hocha la tête. « Wouah.

— Célibataire à presque trente-cinq ans. Quelle loseuse je fais.

— Euh, non. Quelle héroïne. » Elle marqua une pause. « Je suis jalouse.

— Oh, la ferme, tu n'es pas jalouse.

— Si. Tu es *libre*.

— Kel, en quoi est-ce que je suis libre ?

— Tu peux partir n'importe où, faire n'importe

quoi – tu as d'autres bombes comme celle-ci à me balancer ? »

J'hésitai. Kelly avait souvent fait remarquer à quel point ce serait cool d'avoir nos enfants en même temps. J'eus soudain une vision, une interview sur la page de @thestellakella, à discuter de méthodes d'accouchement. Ça ne me semblait pas coller. Qu'allait-elle penser de moi, si je lui avouais que j'étais indécise ? En cet instant, je n'avais pas suffisamment confiance en notre amour, et c'était minable de ma part. Mais je ne voulais pas qu'elle me prenne pour une lâche, voilà tout. « Non, dis-je. Juste ça.

— Et comment a réagi Joe ?

— Je ne sais pas vraiment. Enfin, disons que je ne suis plus à l'appartement. Mais il avait l'air triste, quand c'est arrivé. C'est effrayant – la façon dont on peut se détacher de quelqu'un.

— Ça couvait depuis un certain temps, mon bouton de Rose. Et les femmes sont toutes pareilles.

— Comment ça ?

— Eh bien, toutes les trentenaires de mon entourage qui ont rompu une relation de longue durée s'en étaient détachées bien avant la séparation. Elles ont traversé la période de deuil alors même qu'elles vivaient encore avec leur mec. Elles ont envisagé tous les scénarios possibles, elles ont analysé leurs sentiments – alors quand la rupture s'est véritablement produite, elles se sont juste senties libres et légères. Les hommes le vivent plus mal. Ils font semblant que non, mais c'est pourtant le cas. Ils n'ont pas eu ce temps de *préparation*.

— D'accord. Je pense qu'il l'a pris de plein fouet, Kel. J'espère qu'il va bien. Je crois qu'une part de lui-même était convaincue qu'on allait se remettre ensemble.

— Il ira bien, Rosie, dit-elle doucement. Il est né pour aller bien. Il faut que tu penses à toi, maintenant.

— Je ne le déteste pas.

— Je sais. Mais… accorde-toi un peu de temps, d'accord ? » Elle me tapota le bras. « Tu vas vivre beaucoup de choses, même si tu n'en as pas l'impression. Ton esprit, ton cœur, ton corps – ils vont tous traverser cette période à un rythme différent. Sois indulgente envers toi-même. »

Je fermai les yeux. Je ne voulais pas penser à mon corps aujourd'hui. « Oui. Merci. »

Elle me serra la main. « Allez, viens. On va te commander un chocolat chaud.

— Tu veux dire, allons *te* commander un chocolat chaud.

— Évidemment », répondit Kelly, et nous reprîmes notre marche.

*

Nous nous blottîmes dans un petit café en bordure du parc. « Mol rentre à l'école en septembre, annonça Kelly. Tu y crois, toi ? Enfin quoi, bientôt elle sortira avec des mecs et je vais faire une dépression.

— Kel, ça n'arrivera pas d'ici, mettons, deux ans.

— Ha ha. Mais je te jure qu'il y a quelques semaines encore, elle portait des couches. Tu sais ce qu'elle m'a dit ce matin ?

— Vas-y.

— “Passe une journée tranquille et relaxante

avec Rosie, maman. Profite bien de *tes moments à toi*." Elle a quatre ans.

— Elle est trop marrante.

— Je sais. Je ne crois pas que je disais ce genre de choses, à quatre ans.

— Kel, comment c'est, exactement, d'être maman ? »

Elle rit. « Oh, ma Rosie. Tu veux vraiment que je réponde à cette question ?

— Ouais. Tu écris à ce sujet tous les jours. Allez. Donne-moi des infos exclusives hors réseaux sociaux. Raconte-moi tout. »

Kelly adorait ce genre de défis. Elle enfonça le menton contre sa poitrine, puis releva la tête. « C'est comme conduire sur deux voies en même temps. C'est comme être la meilleure en tout, et la pire en tout. La capacité à se sentir comme une merde est plus puissante que tu peux l'imaginer. C'est genre, hyper *lugubre*. Je me sens… *dépossédée*. Et la même chose vaut pour l'inverse. Des fois, j'ai l'impression que Dieu a posé la main sur ma vie et qu'il m'a offert cette expérience secrète. C'est une joie à te tirer les larmes. J'ai tellement de chance ! C'est comme une drogue ! Et je sais que c'est débile, parce qu'un tas de personnes connaissent la maternité. Mais j'ai le sentiment que ça n'appartient qu'à moi.

— Merci.

— C'était bien ?

— Ouaip.

— Je peux le poster sur le Net ?

— Ce sont tes propos. »

Elle me regarda d'un air soupçonneux. « Pourquoi tu me demandes ça ? Tu n'es pas inquiète que

Joe ait été ta dernière chance, hein ? Je te promets que ça ne sera pas le cas. »

J'ouvris la bouche pour lui avouer. Une part de moi-même – oui, vraiment, une part de moi-même avait envie de lui avouer, avait envie de continuer l'aventure, d'évoquer l'enfant et de lui donner vie. C'était une part de moi-même que je n'avais encore jamais explorée. Je savais que Kelly serait là pour moi, je savais qu'elle m'aiderait, qu'elle m'aimerait, et qu'elle me permettrait de ne jamais me sentir seule.

Mais c'était bien le problème : que je sois constituée d'une multitude de parts différentes. Je voulais tellement me sentir entière et complète.

« Tu es déjà allée au Costa Rica ? lui demandai-je.

— Hein ?

— Je ne m'en souviens pas. Je crois que tu n'y es jamais allée.

— Eh bien, non. Je suis allée au Mexique, dit-elle.

— J'adorerais aller au Costa Rica. Le royaume des jaguars. »

Kelly fronça les sourcils. « Tu as fumé un de ces trucs bizarres ? Maternité, jaguars, je ne te suis plus. »

Je passai un bras autour de ses épaules et l'étreignis. « Tu me connais, Kel ma belle. J'aime toujours savoir ce qu'il y a de l'autre côté du miroir. »

37

La nouvelle maison d'édition de Connie s'efforçait timidement d'organiser des interviews auprès de journaux et de magazines dans le but d'épauler la sortie de *L'Inconstance* – et, si possible, des passages à la radio et à la télé. Tout se concentrait sur le retour mystérieux : *Pourquoi Constance Holden n'a-t-elle pas écrit pendant si longtemps ?* D'après Deborah, les médias étaient très impatients de présenter Connie à une génération entière de lecteurs – voire deux – qui ne l'avaient pas connue. J'eus une tendre pensée pour Zoë, j'imaginai à quel point elle déborderait d'enthousiasme.

Mais Deborah avait eu raison en affirmant que Connie était réticente aux interviews. Connie se montrait très grincheuse. « L'éditrice veut mettre en place des entretiens hauts de gamme dans des lieux chics, Connie, dis-je.

— *Des lieux chics ?* » Je grimaçai en entendant mes propos renvoyés ainsi. Connie lâcha un soupir furieux. « Je crois que j'aimerais mieux qu'on m'interroge sur mon fromage préféré.

— Je pourrais voir s'ils sont intéressés à *Fromage Hebdo* ?

— Il existe vraiment un magazine qui s'appelle *Fromage Hebdo* ? Ne me répondez même pas. Peu importe, tout ça ne m'intéresse pas. Je veux en savoir plus à votre sujet. Avez-vous réfléchi à ce que vous alliez faire ? »

Un frisson d'anxiété me parcourut le corps. Trois semaines s'étaient écoulées depuis que j'avais annoncé ma grossesse à Connie. J'avais pensé à la situation sans arrêt, m'étais projetée dans un avenir qui s'avérait tour à tour gérable ou impossible. Avant cette découverte, je m'étais faite à l'idée de deux, trois ou quatre ans de vie insouciante. Plutôt conservatrice, comme conception : pas plus de quatre ans. Pourquoi ce manque de perspective ? Pourquoi quatre ? J'aurais peut-être préféré plus longtemps. Peut-être dix. Pourquoi pas vingt ? J'aurais peut-être envie d'être insouciante toute ma vie, à présent que j'étais une femme à part entière. Être insouciante, et heureuse, sortir de l'enfance. Cela ressemblait à une configuration longuement rêvée, obtenue grâce aux combats d'une armée de femmes aujourd'hui disparues. Une solitude jamais subie. La liberté d'agir à ma guise, avec qui je voulais, quand je voulais. Être détachée, manger des biscuits dans le bain, lire des romans jusqu'à midi. Des voyages en avion. Voilà ce que je voulais. C'était de la plus haute importance, enivrant au possible. Me sentir entière, seule, avait eu l'effet d'une révélation.

Mais d'autres soirs – et certains jours aussi, alors que je préparais un plat de tagliatelles pour Connie ou que je marchais avec Mol dans le parc –, je songeais à une autre petite personne, une petite vie qui grandirait en quelque chose d'inconnu mais qui me serait tout de même liée, qui m'aimerait peut-être, que j'aimerais en retour ; j'aurais commencé son histoire mais je ne serais pas celle qui en écrirait le dernier chapitre.

D'autres jours encore, j'avais juste envie d'enfouir ma tête dans le sable. La situation me semblait si brutale, quelle qu'en soit l'issue. *On élève un enfant pour lui apprendre à vous quitter*, pensai-je. Puis je songeai aussitôt : *Mais ma mère est partie la première*.

Jusqu'à présent, Connie s'était montrée respectueuse, ne me posait aucune question à moins que je n'aborde moi-même le sujet. Mais elle avait sans doute atteint sa limite. Dans le rôle d'employeur, elle se sentait peut-être tenue d'être au courant.

« Je ne sais pas ce que je vais faire », répondis-je avec un sentiment d'impuissance.

Elle me regarda droit dans les yeux. « Je peux vous dire le fond de ma pensée ?

— Allez-y.

— Je ne vais pas vous dire quoi faire, Laura. Vous serez la seule à pouvoir en décider. Mais je crois que vous devez comprendre une chose, quelles que soient les décisions que vous prendrez dans la vie, il y aura toujours une perte. Si vous avez un enfant, vous perdrez quelque chose. Si vous n'en avez pas, vous perdrez autre chose. Ces pertes sont à la fois tangibles et parfois totalement impossibles à exprimer. Il est difficile pour nous autres, humains, de savoir exactement ce que nous risquons de perdre avant de l'avoir perdu. Il faut vous préparer à regretter une décision que vous ne penseriez jamais regretter. Sauf que, d'après mon expérience, le regret n'est jamais permanent.

— Jamais ? »

Elle me décocha un regard sévère. « Il y a

toujours un événement inédit qui vient déloger le regret. Bon ou mauvais. Tout change en permanence. Alors si vous pouvez vous habituer à l'idée d'être face à l'intersection de deux voies différentes mais tout aussi enrichissantes, deux voies tout aussi éprouvantes sur lesquelles vous rencontrerez autant de succès que d'échecs, alors peut-être arriverez-vous à prendre une décision. »

Je la dévisageai, incapable de répondre.

« Quoi ? dit-elle. Ça me trotte aussi dans l'esprit, Laura. Vous comptez pour moi.

— Merci. Pour tout. De me laisser travailler ici. De me permettre de vivre ici. De ne pas vous formaliser que je sois dans cet état et… »

Connie leva la main. « N'importe qui en aurait fait autant. »

*

Elle monta dans son bureau et je lavai la vaisselle. J'avais à peine attaqué la deuxième assiette qu'on martela à la porte, des coups puissants, agressifs et déterminés. Je retirai les gants en caoutchouc et me hâtai vers l'entrée. Je pensai, pour une folle et étrange raison, qu'il pouvait s'agir de Joe, mais j'aperçus la silhouette râblée à travers le vitrail, la courte chevelure blanche. Deborah.

J'ouvris la porte et souris. « Bonjour, dis-je. Connie vient de monter. Elle m'a dit que la couverture… »

Deborah passa devant moi. « Vous. Dans la cuisine. *Immédiatement* », siffla-t-elle.

Je la suivis dans le couloir jusqu'à la cuisine, mon cœur battant à tout rompre, la bouche sèche. J'essayai de déglutir, en vain. Une fois dans la pièce, Deborah ferma la porte et fit volte-face. « Espèce de sale menteuse, lâcha-t-elle.

— Qu'est-ce… »

Deborah avança vers moi. « Mais à quoi vous jouez, putain ? » Elle agitait le doigt entre nous.

« De quoi est-ce que vous parlez ? demandai-je, bien que je le sache déjà.

— Qui êtes-vous ? »

Sentant une terreur silencieuse se répandre dans mon ventre, j'agrippai le bord du plan de travail. « Je suis Laura Brown, répondis-je.

— Oh, ça suffit. Je doute sérieusement qu'il s'agisse de votre vrai nom. Je vous donne l'occasion d'être honnête.

— Je suis honnête. Je suis Laura Brown. » Et en cet instant précis, j'étais convaincue de ma sincérité. Les heures, les jours, les mois passés ici avec Connie, à travailler avec elle, à discuter avec elle, à vivre avec elle, à absorber toutes les possibilités d'être une autre femme, avaient supplanté le temps passé dans la peau de Rose. Laura telle qu'elle était – et telle que j'étais – me semblait parfaitement réelle. On avait aimé Laura, on lui avait fait confiance. On l'avait écoutée. J'étais en sécurité ici, là où Rose ne l'était pas.

Nous nous dévisageâmes. « Écoutez, dit Deborah. Soit vous l'expliquez à Connie, soit je m'en charge. À vous de choisir. »

La panique me gagna. « Deborah, je vous en prie. S'il vous plaît. Il n'y a pas de problème. Je suis Laura…

— Non mais, putain ! Connie ! » s'écria-t-elle.

Je lui attrapai le bras et elle me considéra avec dégoût. « Je vous en *supplie,* dis-je. Pas maintenant. S'il vous plaît. »

Deborah m'écarta d'un coup sec. « Quel est votre vrai nom ? »

Il était sur le bout de ma langue mais ne sortait pas, pas sous ce toit – pas devant Deborah, qui n'avait pas envie de l'entendre, qui voulait juste voir ses soupçons confirmés, se présenter une fois encore comme le preux chevalier de Connie. « J'aime Connie, dis-je. Je ne lui ferai jamais de mal.

— Eh bien, c'est un peu tard pour ça, non, *Laura* ?

— Je peux tout expliquer. Ce n'est pas ce que vous croyez… »

La porte de la cuisine s'ouvrit à la volée. « Mais qu'est-ce qui se passe ici, bon sang ? Deb ? s'exclama Connie, le visage empreint de perplexité. Qu'est-ce que tu fais ici et pourquoi tu cries comme ça ?

— Connie, assieds-toi, dit Deborah. Tu vas avoir besoin d'être assise.

— Non, non, dis-je en me tournant vers Connie. S'il vous plaît, laissez-moi tout vous expliquer. Je n'ai jamais voulu que les choses se passent de cette façon. »

Connie eut l'air effrayée. « Expliquer quoi ?

— C'est une imposteur.

— Je ne suis pas une imposteur », dis-je, envahie par la colère. Cette femme n'avait aucun droit de me voler ainsi mon histoire.

« Connie, dit Deborah. Je te le répète, s'il te plaît, assieds-toi. »

Cette fois, Connie obtempéra et je m'apprêtai à m'installer à ses côtés. « Comment osez-vous, lâcha Deborah. Restez où vous êtes.

— Deborah, à quoi rime tout ce foin ? Vous me terrifiez toutes les deux.

— Elle ne s'appelle pas Laura Brown, affirma Deborah en me montrant du doigt. Elle a tout inventé. Laura Brown n'existe pas.

— Deborah, laissez-moi expliquer…, dis-je.

— Comment ça, elle ne s'appelle pas Laura Brown ? » demanda Connie.

Deborah se mit à arpenter la cuisine. « C'est moi qui vais tout raconter, décréta-t-elle, et elle leva les mains pour signifier qu'elle ne tolérerait aucune opposition. Je discutais avec notre agence de recrutement, continua-t-elle avec un regard noir à mon intention. Et je leur ai dit à quel point tu étais heureuse avec Laura Brown, cette fille miraculeuse qu'ils avaient dégotée pour toi. »

Je me crus sur le point de vomir.

« Mais voilà… », s'écria Deborah, avec l'air d'une joueuse de cartes qui cache un as dans sa manche. Connie regardait déjà son agente avec appréhension ; et à dire vrai, Deborah était plutôt magnétique, dans cette tempête de colère justifiée. « Ils ne voyaient absolument pas de qui je parlais.

— Comment ça ? fit Connie.

— Ils n'avaient jamais entendu parler d'elle. »

Connie me regarda. « Mais… C'est Rebecca qui a organisé l'entretien d'embauche.

— Ah oui, ça c'est sûr. Sauf que quand je lui ai demandé avec quelle personne de l'agence elle s'était entretenue à propos de Laura Brown, elle a été incapable de me donner un nom exact. » Deborah se tourna vers moi. « Il s'avère que mon idiote d'assistante – qui ne sera bientôt plus mon assistante – a échangé une seule et unique conversation téléphonique avec une femme dont elle n'a même pas pris la peine de demander le nom. Apparemment, cette femme lui a expliqué qu'elle travaillait à son domicile ce jour-là et qu'elle utilisait donc son adresse mail personnelle. L'unique message que Rebecca a pu trouver venant de cette femme venait d'un compte Gmail, au nom de McIntyre. » Je fermai les yeux mais Deborah poursuivit sans faiblir. « *McIntyre*, répéta-t-elle. Tu as déjà entendu ce nom, Connie ? »

Quand j'ouvris les yeux, Connie me dévisageait, les traits tirés par l'inquiétude et la confusion. Je voulais tendre la main vers elle mais j'étais figée. Je voulais lui dire quelque chose, mais j'étais incapable de parler.

« Alors j'ai fait des recherches sur cette agence McIntyre. Elle n'existe nulle part. Je dois bien admettre, Laura, que j'étais un peu ébahie. Et un peu agacée aussi. Alors je veux savoir ceci : qui êtes-vous, d'où venez-vous, et qu'est-ce que vous foutez au domicile de ma cliente ? »

*

L'espace de quelques instants, je restai plantée là, les yeux rivés sur les deux femmes – Deborah, brûlante de rage, incapable de contrôler la situation, et Connie qui l'observait, estomaquée. Mais même si Deborah avait le sentiment de m'avoir démasquée, même si je savais qu'il n'y avait plus aucune échappatoire, même si Laura Brown et les libertés protectrices qu'elle m'apportait me filaient entre les doigts, comme je m'y étais attendue à moitié, comme je l'avais craint à moitié – malgré cela, rien de tout ce que j'avais fait ne me semblait insensé. Je trouvais mes actes justifiés. J'avais l'impression que Laura Brown était tout aussi réelle que Rose Simmons.

Laura Brown était ancrée dans cette situation. Elle était debout, là devant ces femmes, et elle espérait envers et contre tout qu'elles la comprendraient et lui pardonneraient. Mais je savais également que je n'avais plus droit qu'à un seul jet de dés. Rose allait devoir prendre la parole à son tour.

« Avant que je ne dise quoi que ce soit, Connie, commençai-je, je veux que vous sachiez une chose. Je n'ai jamais voulu vous blesser. »

Connie fronça les sourcils. « Vous m'avez blessée ? Comment m'avez-vous blessée, Laura ? Je ne comprends pas.

— Elle ne s'appelle pas Laura ! s'écria Deborah.

— Vous voulez bien la fermer ? » m'exclamai-je. Deborah me regarda comme si je l'avais giflée. Ses narines palpitaient, ses lèvres étaient pincées en une ligne mince et amère.

Je me tournai vers Connie. « Je ne m'appelle pas Laura, murmurai-je. Enfin, si, dans cette maison. Et j'imagine que Laura fait partie de moi. Elle l'est devenue.

— Oh, mais putain, accouchez de votre histoire ou j'appelle la police, lâcha Deborah. Je savais bien que vous étiez bizarre. Je le savais. Quel genre de femme se ramène comme ça dans une maison, sans famille, sans carrière, à votre âge…

— *Deborah*, l'interrompit Connie d'un ton d'avertissement. *Ça suffit*. Je veux l'entendre s'expliquer.

— Je peux m'asseoir ? demandai-je.

— Non, dit Deborah.

— Oui », dit Connie.

Deborah souffla. Reconnaissante, je pris place en face de Connie, comme je l'avais fait presque tous les jours depuis que j'étais entrée chez elle la première fois, et que je lui avais proposé de lui préparer une tasse de thé.

J'inspirai profondément.

« Deborah a raison, dis-je. Je suis censée contrôler ma vie. Mais ce n'est pas le cas. Pas le moins du monde. Je sais que non. Et pour tout dire, Connie, je crois qu'il y a une bonne raison à ça. Et pourtant, depuis que je suis ici avec vous, j'ai commencé à avoir l'impression de savoir ce que je fais. De savoir qui je suis.

— Qu'est-ce que vous voulez dire, Laura ?

— Ma maman, voyez-vous… »

Je ne pus continuer. Je m'arrêtai, pris une autre inspiration profonde. « Tout va bien », dit Connie, et à mon soulagement coupable, elle tendit le bras au-dessus de la table et posa sa main tordue sur la mienne.

« Constance, dit Deborah. Elle t'a piégée…

— Je voulais simplement discuter avec vous, expliquai-je à Connie. Simplement vous questionner… » Je m'arrêtai à nouveau. « Mais je ne pouvais pas. Je ne savais pas comment faire. Mon père m'a dit…

— Me questionner au sujet de quoi ? voulut savoir Connie.

— De ma mère. » Je luttai pour parler. « Mon père. Il avait vos livres.

— Quel rapport avec vos parents ? demanda Connie interloquée.

— Regardez-moi, Connie. Regardez-moi attentivement. »

Connie m'obéit. Je la regardai droit dans les yeux, souhaitant qu'elle comprenne. « Vous ne voyez pas ?

— De quoi parlez-vous, ma chérie ? demanda-t-elle. Vous allez bien ?

— Je suis née en juillet 1983. À New York. »

J'étais certaine qu'à l'évocation de la date et de la ville, j'aurais décelé un changement sur le visage de Connie, et cela m'était insoutenable. Je n'osais plus la regarder. J'ignorais ce que je ferais si elle m'affirmait que j'avais tort. Je gardai les yeux rivés sur les entailles, les nœuds et les miettes de la table, et je serrai les poings sur mes cuisses. « Mon père s'appelle Matt Simmons. Et ma mère s'appelait Elise Morceau. »

*

Dans l'instant de silence qui suivit, je ne saurais exprimer précisément ce que j'éprouvai. J'avais attendu toute ma vie l'occasion de prononcer à voix haute le nom de ma mère, qu'il évoque quelque chose de précis à quelqu'un d'autre qu'à mon père, et qu'il puisse enfin m'évoquer quelque chose en retour. Quand je levai le regard, je le perçus sur le visage de Connie – la façon dont un être humain peut en reconnaître un autre, alors même qu'ils ne sont pas dans la même pièce, alors même qu'ils sont à deux endroits opposés du globe, alors même que l'un d'eux est peut-être mort. Quand une personne vous regarde comme me regardait Connie cet après-midi-là, c'est comme entrevoir toutes les facettes de son être, ces facettes qu'elle cache aux autres, mais aussi à elle-même – les malentendus les plus profonds, les plus enfouis, les plus interminables, et les amours, les joies, les haines, les tristesses qui composent une vie. C'était comme si l'on me voyait, moi aussi, pour la toute première fois. C'était comme si je voyais ma mère.

« Oh, mon Dieu, dit Deborah. Oh, mon Dieu. »

Connie ferma les yeux. Elle posa ses deux mains tremblantes sur la table, comme pour commencer une séance de spiritisme. Sans crier gare, elle fut secouée d'un sanglot. « Vous êtes Rose, dit-elle, et ce n'était pas une question.

— Oui. Je suis Rose. »

Elle garda les yeux fermés. « Vous êtes la fille d'Elise.

— Oui. »

Le silence régna une fois encore dans la cuisine.

« Vous êtes venue me retrouver, finit-elle par dire.

— Oui. Alors c'est vrai, Connie ? Vous l'avez vraiment connue ? »

Elle ouvrit les yeux et me regarda, explorant chaque détail de mon visage. « Vous avez menti, dit-elle.

— Je sais, mais…

— Je vous ai laissée entrer.

— Et je vous en suis très reconnaissante. Je me sentais perdue…

— Vous êtes bien sa fille, alors.

— Connie ?

— Je veux que vous partiez.

— Mais je croyais que…

— Vous croyiez que j'étais idiote ?

— Non. Jamais.

— Qu'il était si facile de me mentir ?

— J'ai détesté devoir vous mentir. Mais je n'avais pas le choix, et je ne vous mens pas là. Connie, je vous en supplie. Ne me chassez pas.

— Vous l'avez entendue, dit Deborah. Elle ne veut pas de vous ici.

— Je ne vous crois pas », dis-je. Je tendis les bras au-dessus de la table et serrai les deux mains de Connie. Elle ne les retira pas mais elles étaient molles, comme privées de leurs dernières forces. « Connie, je compte pour vous. Vous…Vous vouliez que je vive ici avec le bébé. »

Elle grimaça. « Je suis vraiment idiote.

— Non, c'est faux. Vous comptez aussi pour moi. Tellement. Vous le savez bien. Ne faites pas ça, je vous en prie. J'ai été bête, on peut réparer tout ça… »

Connie se libéra doucement de mon étreinte et repoussa sa chaise. Elle sortit d'un pas lent de la cuisine, comme si elle pataugeait dans l'eau le long du couloir en direction de la porte d'entrée. Je me sentais clouée à ma chaise par la honte.

Je lui emboîtai pourtant le pas, mais ma présence sembla la secouer, voire la repousser. Elle titubait un peu, les mains au mur. « Mon père dit que vous avez été la dernière personne à la voir avant qu'elle disparaisse, insistai-je. Je vous en prie, Connie… Qu'est-ce qu'il s'est passé ?

— Ça suffit ! cria Deborah en déboulant derrière moi. Je ne peux pas tolérer cela. Ma cliente n'a pas à subir tout ça dans sa propre maison. Sortez d'ici. »

À la porte d'entrée, Connie s'arrêta et se tourna vers moi. « Je vous ai offert un toit, dit-elle.

— Je sais. Et je vous en suis très reconnaissante. Mais… Vous avez apprécié ma présence, non ?

— Non, non, ça ne doit pas se reproduire », lança-t-elle, et son ton tenait plus de la supplique

que de l'ordre. Sa voix était plus vulnérable que je l'avais jamais entendue.

« Qu'est-ce qui ne doit pas se reproduire ? » demandai-je doucement, même si je savais que mon temps ici était terminé, et que c'était sans doute la dernière fois que je la voyais. Les doigts de Connie se démenaient sur le verrou mais je ne l'aidai pas. « Vous ne comprenez pas, Connie. Ce que j'éprouve. Ce que j'ai éprouvé. Les années passées à me poser des questions. Et voilà qu'enfin je vous trouve – une personne qui la connaissait.

— Taisez-vous, fit Connie.

— Qu'est-ce qu'il s'est passé entre ma mère et vous ? Qu'est-ce qu'il s'est passé à New York ? »

Deborah me fourra mon sac et mon manteau dans les bras. « Allez-vous-en.

— Connie, ce n'est pas ce que vous voulez, je le sais. Laissez-moi rester. »

Connie avait réussi à déverrouiller la porte. Elle l'ouvrit et se tourna vers moi, les yeux écarquillés. « Je ne peux pas, dit-elle. Vous devez partir. »

J'avançai sur le porche et, avant que j'aie eu le temps de me retourner, la porte s'était déjà refermée sur moi.

Mais Connie était encore de l'autre côté. Elle ne bougeait pas. Comme pour se stabiliser, elle avait posé une main sur le vitrail, un membre coloré et difforme à travers le verre victorien. « Connie ? dis-je. Qu'est-il arrivé à Elise Morceau ? »

La main disparut. L'air extérieur me rafraîchit les joues et me fit prendre conscience de ma respiration laborieuse. Les deux femmes reculèrent dans le couloir, leurs silhouettes devenues abstraites et élancées, jusqu'à ce que je ne puisse plus les voir.

1983

38

Parfois, dans l'appartement miteux que Matt et Elise avaient loué à New York – à Brooklyn, pour être précis – à Ridgewood, pour être plus précis encore, dans Covert Street à l'angle de Wyckoff Avenue –, le téléphone sonnait. Il continuait à sonner et aucun d'eux ne décrochait. Ils ne décrochaient jamais. Ils se disaient que ce n'était pas pour eux, car personne n'était au courant de leur présence ici. Elise n'appelait jamais personne, Matt téléphonait occasionnellement à ses parents ; c'étaient de longs appels, ardus. Elle l'entendait s'expliquer, d'abord patient, répétitif, sensé. Il allait divorcer. C'était le plus raisonnable. Shara comprenait. Il n'avait jamais annoncé à ses parents la grossesse d'Elise. Il n'avait jamais précisé que Shara avait demandé le divorce. Il reposait parfois le combiné doucement, comme pour donner l'impression à Elise que l'appel n'avait pas eu lieu. D'autres fois, encore, il raccrochait d'un geste brutal.

Ils avaient quitté le Mexique peu après la venue de Connie. Matt avait paru abasourdi quand Elise lui avait appris qu'ils étaient découverts, comme s'il venait de se rendre compte qu'il était parti en brûlant les ponts derrière lui. Elise éprouvait un déchirement à quitter ce pays. Elle n'était pas prête, elle voulait rester davantage parmi la végétation folle de cette semi-jungle, les bodegas aux couleurs éclatantes et le murmure de la mer. Ils étaient encore là-bas au jour des Morts, et Elise avait senti sa respiration s'accélérer à la vue des familles perchées sur des charrettes tirées par des chevaux, pleines de fleurs et de victuailles à partager avec leurs chers défunts au cimetière. Elise repensa à Shara, qui avait évoqué le décès de sa mère avec une telle aisance, qui avait paru si habile dans la langue du deuil, du départ et de la transition. Elise se sentait incompétente dans ces domaines. Et pourtant, à en croire Connie, Shara ne supportait pas bien du tout ce dernier départ.

Elise ne voulait pas être méchante. Elle ne souhaitait pas être l'instigatrice de tant de douleur.

« Tu ne voulais pas vivre au bord de l'océan ? demanda-t-elle à Matt. On devrait rester.

— Il faut qu'on soit en ville. Dans ton état. Une ville où on parle la langue. Il nous faut de l'argent. Pourquoi pas Londres ? Tu y es née, non ? J'ai quelques amis là-bas qui pourraient nous loger le temps qu'on retombe sur nos pieds. »

Elise scruta ses pieds à elle, ensevelis dans le sable. « Je ne veux pas retourner à Londres.

— Pourquoi ? » Matt semblait moins malléable, ces derniers temps. « Tu n'as pas de famille…

— Je ne veux pas y retourner. » Elle refusa d'en dire plus.

Ils s'accordèrent, temporairement, pour partir à New York.

Un autre avion, un autre hôtel bon marché. Par

une connaissance de Los Angeles, Matt dégota un emploi de scénariste pour une chaîne télé de Manhattan, et ils trouvèrent cet appartement à louer dans Brooklyn. Elise se demandait comment tout cela finirait. Elle possédait quelques maigres économies mais elle voulait travailler, elle aussi. Au cours du premier trimestre de grossesse, elle se sentit terriblement malade, subissant un mal de mer constant et pesant qui rivalisait avec une intense fatigue dont elle riait presque. Le week-end, elle se réveillait et se rendormait pendant cinq heures encore, puis se réveillait à nouveau, toujours fatiguée. Alors qu'elle titubait entre le lit et la cuvette des toilettes, tournant parfois à gauche vers la cuisine ouverte où elle prenait un verre d'eau ou un sopalin pour essuyer les traces de vomi sur le carrelage de la salle de bains, elle ne pensait qu'à une seule chose : *Comment c'est possible que les gens ne soient pas au courant de ça ? Pourquoi on ne fait pas de recherches scientifiques sur ce sujet ?*

Il lui semblait inconcevable que les femmes et les filles soient tout bonnement obligées de subir cet état, sans cesser de travailler, de manger, de dormir, de vivre. Ce fut un déclic, Elise perçut comment fonctionnait le monde. Tous voulaient une femme féconde, mais plutôt mourir que de l'aider à franchir cet enfer quotidien. Elle songea à celles qui avaient vécu avant elle – sans antalgiques, sans gants hygiéniques, sans oreillers moelleux, sans l'engourdissement de la télévision. Ces femmes, conclut Elise, devaient être étranges car si elles avaient traversé ce qu'elle traversait, sans l'aide de la société, alors comment ne pas devenir étranges ?

Ils essayaient d'économiser mais ils avaient si

peu de revenus. Le train de vie qu'ils avaient savouré auparavant était financé par Shara et Connie. Il s'avéra que Matt n'était pas doué avec leurs ressources, il dépensait trop en nourriture, il leur payait des restaurants, des places de cinéma, d'autres choses encore qu'ils ne pouvaient pas justifier comme nécessaires mais qui les débarrassaient temporairement de leur culpabilité paresseuse. Elise était toujours déterminée à travailler et alors qu'elle émergeait du premier trimestre, elle trouva un poste de serveuse dans un restaurant en face de Goldman Sachs, au bout de l'île. C'était très différent du Seedling – bruyant et agité, un théâtre de burgers et de sandwichs. Les habitués s'adressèrent rapidement à Elise par son prénom. Il y avait tous les âges : des jeunes d'à peine vingt ans venus du New Jersey ou du Queens, jusqu'aux sexagénaires grisonnants qui avaient bien roulé leur bosse. La plupart d'entre eux avaient un téléphone portable. Ils les apportaient au restaurant comme des conquistadors avec leur dernier butin. Ils voulaient impressionner Elise, et elle l'était, mais par la technologie et non par l'homme derrière.

Les conversations entre Elise et les hommes s'engageaient, elle mémorisait leurs commandes habituelles et devint rapidement la préférée, celle qui recevait les plus gros pourboires. Elle ignorait s'ils l'appréciaient pour son efficacité et sa rapidité, pour son accent britannique, ou pour la vie qui grandissait en elle, son ventre qui s'arrondissait au fil des semaines. Wall Street n'était pas un lieu féminin, et peut-être qu'Elise évoquait la Nature, ses courbes étranges et ses formes inattendues, sa persistance, ses règles spécifiques. Peut-être donnait-elle à ces hommes un sens à la vie. Harry, le propriétaire, affirmait qu'Elise valait son pesant d'or, mais l'augmentation qu'il lui accorda était insignifiante. Elise avait retrouvé le statut d'objet qui s'était lentement effacé avec Connie, et elle ne savait plus si cela lui plaisait. Mais elle voulait garder pour elle seule la signification de sa personne.

*

Elle n'évoquait pas beaucoup à Matt son quotidien au restaurant, elle avait besoin de quelque chose qui soit bien à elle, qui puisse lui donner envie de rentrer à l'appartement en fin de journée. Elle avait besoin de recul pour entrevoir la perspective de sa vie. Lors de ses jours de congé, elle quittait les accros au crack de Covert Street et traversait Irving Square Park. Elle longeait l'Hudson à vélo, accélérait à mesure qu'elle gagnait en assurance, les bâtiments défilant comme autant de maisons de Monopoly, ses pédales comme liquides sous ses pieds. Malgré les températures fraîches, elle retournait parfois au parc après sa promenade à vélo et s'asseyait sur un banc où elle mangeait un hot-dog acheté à un vendeur ambulant. Un jour, elle vit une plaque sur le dossier d'un banc, dédiée à la mémoire d'une femme prénommée Betty, qui aimait le parc et les gens qui le fréquentaient. Elise passa l'index sur le métal froid et embué, elle pensa à Betty, morte depuis longtemps, née à l'époque du jazz, âgée de quinze ans quand avait sévi la Grande Dépression. Pas Betty Sheinkovitz, ça c'était sûr. Betty Sheinkovitz vivait encore à Los Angeles, en pleine santé.

De retour à leur minuscule appartement, elle était envahie par d'inconsolables pensées au sujet du bébé, blotti dans un profond bassin en elle, sa forme changeante. Avec un enfant, allait-elle perdre tous ces moments, le vélo le long de l'Hudson, les projets de retourner au Mexique – tous ces moments qu'elle ne connaissait pas encore mais qui lui semblaient à la fois abstraits et évidents ?

Si au Mexique ses rêves avaient été précis, à New York c'était comme si le bébé avait l'effet d'un cacheton d'acide. Elise s'endormait et replongeait dans l'adolescence, dans les années qui avaient suivi la mort de sa mère. La rivière de sa ville natale scintillait comme un arc-en-ciel et les citronniers municipaux semblaient vibrer. La nuit, elle jurait voir une fille marcher dans leur chambre, et pendant son service au restaurant, alors qu'elle apportait les sandwichs au pastrami à ces hommes en costume anguleux, elle pensait que la fille était son enfant à naître. Elise voyait clairement son visage, et elle était seule, et elle était toujours en mouvement. Elle n'évoqua pas ces visions à Matt.

*

L'attitude de Matt envers le bébé était tout aussi mitigée. Il était soucieux de l'état d'Elise, inquiet pour elle. Il se préoccupait plus d'Elise que du bébé, évitait les hypothèses concernant l'avenir – le sexe du bébé, où ils vivraient, à qui des deux l'enfant ressemblerait. Il voulait sans cesse aider Elise – mais on ne peut guère aider une personne malade, sauf à lui tenir les cheveux en arrière, et Elise avait le sentiment de subir cela toute seule. Elle éprouvait une frontière physique entre eux.

Matt ne pourrait jamais comprendre ce qui lui arrivait. Il faisait de son mieux, commençait à chercher un appartement avec deux chambres, ce qui signifiait qu'ils devraient déménager dans un logement encore plus miteux que l'actuel.

Comme de nombreux quartiers de Brooklyn à cette époque, Ridgewood était en piteux état. Des bâtiments jadis majestueux étaient à l'abandon, condamnés, leur élégance du XIXe siècle depuis longtemps fanée. Des mesures avaient été prises afin de préserver les vieilles habitations, construites au temps où le quartier était en plein essor, mais tout était encore en bien mauvais état. Elise voyait les artistes et les communautés afro-américaines qui s'appropriaient les espaces vides afin de contribuer à éviter leur destruction mais elle y voyait autant de camés, de femmes shootées et obligées de se débrouiller seules, des enfants de cinq ou six ans envoyés par leurs parents acheter de la drogue. Pendant ce temps-là, tout se passait très bien à Wall Street.

Où est-ce qu'on va habiter ? demandait-elle à Matt, mais il lui répondait de ne pas s'inquiéter. Il s'assurait qu'elle mange correctement. Il monta une petite bibliothèque pour y accueillir des livres. Elle le regarda enfoncer des vis dans des trous, mesurer méthodiquement la distance entre les étagères, décider à quelle hauteur du sol serait installée la plus basse d'entre elles, pour les petits bras qu'ils connaîtraient bientôt.

Ils n'évoquaient jamais leur relation de couple, ne s'arrêtaient jamais pour se demander un seul instant s'ils en avaient une. C'était comme si remettre en question la viabilité de leur union risquait de les fissurer à un moment où ils avaient besoin d'être aussi étanches que possible. Ils couchaient toujours ensemble, cuisinaient et mangeaient ensemble, mais ils savaient pourtant que ce qui existait désormais entre eux était une créature bien différente de celle qu'ils avaient connue respectivement avec Shara et Connie. Certains jours, Elise n'arrivait pas à croire qu'ils en soient là. Elle était parfois déprimée. Leur couple se résumait désormais à se venir en aide mutuellement plutôt qu'à se mériter l'un l'autre. Un adultère et une briseuse de mariage. Suivant l'heure de la journée, cela pouvait être leur histoire.

« Tu crois que Connie a parlé du bébé à Shara ? lui demanda-t-elle un soir alors qu'ils étaient au lit.

— Ouais, je pense. »

Elise s'allongea sur le flanc pour le regarder. « Et ça t'embête ?

— Oui, évidemment.

— Parfois, je me dis qu'on pourrait lui donner notre bébé », lâcha-t-elle.

Matt se tourna vers elle. « Quoi ?

— On pourrait donner le bébé à Shara.

— Tu es sérieuse ? "Tiens, Shar, prends ce bébé que j'ai eu avec une autre femme – il va grandir et me ressembler, ce sera un rappel agréable de ta vie de merde en 1983." Elise, je me demande parfois ce qui te passe par la tête. »

Ils restèrent étendus quelques minutes en silence. « Elise ?

— Oui ?

— Est-ce que ça veut dire que tu as pensé à l'abandonner ? »

Elise ferma les yeux. Juste avant de mourir, sa mère avait été franche : l'arrivée d'un enfant – l'arrivée d'Elise – n'avait pas été une extension à ce que Patricia possédait déjà. Ce qu'elle possédait avait disparu. Les gens étaient fous d'imaginer le contraire. C'était comme vivre dans un nouvel immeuble, et des semaines, des mois, des années s'écoulaient sans que l'on puisse se souvenir d'où l'on avait rangé les clés. *Une vie transformée, ma chérie. Et c'est là que j'ai dû vivre.*

Elise avait demandé à sa mère, *Tu étais contente d'y vivre ?* Et sa mère l'avait prise dans ses bras avant de dire, *Oui*. Elle lui avait expliqué qu'il avait fallu du temps, mais qu'elle avait fini par oublier ce qu'il y avait eu avant.

L'idée de s'oublier ainsi totalement avait terrifié la jeune Elise, mais, après la mort de sa mère, elle s'était sentie flotter, brisée en plusieurs morceaux, privée de certains éléments d'elle-même. En cet instant encore, la perspective de disparaître semblait offrir un attrait macabre.

« Non, dit-elle. Je pensais juste à le donner à Shara.

— Je pense que Shara ne sera plus jamais ton amie, El. Même si tu fais le geste de lui donner ton bébé. Comme on fait son lit… »

Elise repensa à son rêve, sa fille qui marchait, le toit de sa maison qui s'effondrait. Elle porta la main à la chaîne autour de son cou et la tirailla machinalement, soulevant le E au-dessus de son menton pour le laisser tomber sur sa poitrine.

« La situation va changer, dit Matt d'un ton radouci. Bien plus encore. Mais je te l'ai déjà dit. Je ne m'en irai pas. Je serai là pour toi.

— Quand est-ce que tu vas annoncer l'arrivée du bébé à tes parents ? »

Matt marqua un temps. « Ils sont de la vieille école.

— C'est-à-dire ?

— On n'est… pas mariés.

— Alors marions-nous. »

Matt garda le silence. Elise savait qu'il n'y avait eu aucun enthousiasme dans sa voix, et qu'une telle éventualité avait peu de chances de se réaliser. Il se massa le front, pressa ses doigts sur ses paupières closes comme pour en soulager la tension « Ils aimaient beaucoup Shara », avança-t-il.

Elise sentit la panique monter en elle. « C'est cruel, comme remarque. Dit comme ça, on a l'impression qu'ils ne pourront jamais m'aimer.

— Hé là, hé là, lâcha-t-il en posant la main sur son épaule nue. Bien sûr que si, ils pourront t'aimer. Ils *vont* t'aimer. Il leur faut juste un temps pour s'habituer au fait que je ne suis plus avec elle. Je t'aime. Tu me crois, pas vrai ?

— Je te crois. »

Elise ne lui répondit pas qu'elle l'aimait aussi. Elle estimait que l'un d'eux, au moins, se devait d'être honnête.

39

De plus en plus lourd, le corps d'Elise changeait. Les nausées et l'épuisement éreintant s'atténuèrent aux quatrième et cinquième mois de grossesse. Elle n'avait pas pris le moindre jour de congé au restaurant, et elle s'était liée d'amitié avec une nouvelle collègue, Yolanda, une quadragénaire qui envoyait une partie de son salaire à Porto Rico où vivaient encore ses vieux parents. Yolanda n'avait ni enfants ni mari. Elle disait, « *El tipo está muerto* », une phrase qu'elle accompagnait d'un haussement d'épaules. *Le type est mort*. Yoli apportait de petits gâteaux sucrés à Elise, des boules d'amande et de pâte cuite saupoudrées de sucre glace. Yoli était la seule personne, en dehors de Matt, qu'Elise autorisait à toucher son ventre. Yoli s'approchait de l'endroit où elle estimait se trouver la tête du bébé, et elle lui parlait. « *Hola, mi cariño. Pronto nos vemos*. »

Salut, mon chéri. On va bientôt se voir.

Elise voulait être sans cesse aux côtés de Yoli.

*

Un jour, une femme entra au restaurant et alla s'asseoir directement à une table près de la fenêtre. Elle était rousse, comme Connie, et avait la même taille. Elle avait une peau pâle de rouquine : si blanche qu'elle était presque translucide, le nez constellé de taches de rousseur caractéristiques. Elise ne pouvait s'empêcher de la dévisager. « Tout va bien, *mija* ? demanda Yolanda. On dirait que tu as vu un fantôme. »

Quand la femme eut terminé son café, lu la moitié du *New York Times* et qu'elle fut partie, Elise se glissa en douce dans les toilettes de service et pleura. D'un geste rageur, elle pressa les mains sur son visage, comme pour faire rentrer les larmes. Connie lui manquait tellement. Elle lui manquait comme une partie de son corps.

Ce soir-là, Elise était allongée seule dans le lit de leur minuscule appartement et observait la lumière des lampadaires qui filtrait par la fenêtre. Elle imaginait Connie franchissant la porte du restaurant ce jour-là, comme elle passait autrefois celle du Seedling. Connie, grande, Connie, élégante et impeccable, enveloppée dans un long manteau en laine. Que lui aurait dit Elise ? Leur dernière rencontre avait été digne d'une tragédie grecque, des hurlements sur une plage, du sable partout, des accusations, aussi. Que faisait Connie, en cet instant précis ?

Matt était encore au travail. Il rentrait souvent tard, dernièrement ; il travaillait sur un feuilleton intitulé, comble de l'ironie, *Maman et moi*, une série sur un couple italo-américain de jeunes mariés qui tentaient de mener une vie indépendante à New York malgré les plus grandes réticences de leurs familles respectives. « C'est un mélange entre *Le Parrain* et *Happy Days*, disait Matt.

— Et c'est drôle ?

— Certains passages. Ceux que j'écris », répliquait-il avec un sourire.

Il avait eu une petite promotion à la chaîne télé et avait pu écrire plusieurs épisodes. Le pilote avait eu du succès et la première saison allait être diffusée bientôt. Il écrivait à toute heure du jour, et depuis que le tournage avait commencé, il se rendait souvent au studio, où il relisait les dernières versions du script et assistait aux enregistrements. Il semblait avoir retrouvé sa joie de vivre, et des sacs de courses toujours plus remplis l'accompagnaient à son retour du travail. « On doit te nourrir bien comme il faut », disait-il.

*

Arriva un moment où l'absence de Connie devint trop insupportable. Elise la sentait peser dans son cœur comme une bête à l'agonie, l'appelait, la suppliait de ne pas la laisser mourir. Un jour, à nouveau seule dans l'appartement, Elise décrocha le combiné du téléphone pour appeler au domicile londonien de Connie. Sa main était assurée, son esprit déterminé. Cela semblait bien, cela semblait important. C'était le seul numéro au monde qu'elle avait mémorisé. Le téléphone ne sonna pas longtemps, ce qui la prit par surprise.

« Allô ? » fit une voix. C'était Mary O'Reilly.

En entendant parler l'Irlandaise, Elise se sentit ramenée aux tout premiers jours, à ce sentiment de langueur et d'excitation qui l'avait possédée au quotidien. Elle ferma les yeux. « Mary, dit-elle. Ici Elise. Est-ce que Connie est là ? »

Il y eut une pause à l'autre bout de la ligne. « Non. »

Elise savait que Mary mentait. « Laissez-moi lui parler, s'il vous plaît.

— Elle n'est pas là. Où êtes-vous, Elise ?

— Je suis à New York. Il faut que je lui parle. »

Il y eut une nouvelle pause. « Vous avez causé de sacrés dégâts, Elise.

— *Moi*, j'ai causé des dégâts ?

— Vous feriez mieux de ne pas revenir maintenant. Vous ne comptez quand même pas revenir ?

— Non. Je ne vais pas revenir.

— Parce que c'est bien la dernière chose dont elle ait besoin.

— Elle va bien ? »

Elle entendit un mouvement étouffé et ne put percevoir ce que disait Mary. « Connie ? s'écria-t-elle. Connie, c'est toi ?

— Désolée, vous vous êtes trompée de numéro », décréta Mary avant de raccrocher.

*

Elise s'assit sur le bras du canapé. Dehors, la circulation défilait en un flux régulier et bruyant. Elle demeura immobile dans le noir à écouter la tonalité du téléphone. Des larmes chaudes lui montèrent aux yeux, dévalèrent ses joues et tombèrent sur le combiné. Des heures durant, elle ne bougea pas. Mais quand elle entendit la clé de Matt dans la serrure, elle se leva, se glissa au lit et fit semblant de dormir.

40

Les deux derniers mois de sa grossesse épuisèrent Elise. Elle avait l'impression que son corps faisait dix-huit fois sa taille habituelle. Elle ne pouvait jamais dormir plus de trente minutes d'affilée car se tourner lui demandait plusieurs manœuvres. Elle ne voyait plus ses pieds. Des parties entières d'elle-même disparaissaient à vue d'œil alors qu'une autre partie – son ventre – ne cessait de grandir. Elle pensait parfois que le bébé ne sortirait jamais, qu'il resterait en elle à grandir et grandir encore, jusqu'à ce qu'elle entre en lévitation ou explose.

Elle mangeait beaucoup. Yolanda lui rapportait de la nourriture du restaurant où Elise avait dû cesser de travailler – ou elle apportait parfois des plats qu'elle avait préparés chez elle. Elise voyait souvent Yoli, et elles faisaient toutes les deux de courtes balades dans le quartier, les promenades les plus lentes qu'Elise ait jamais faites, bras dessus bras dessous dans Irving Square Park, s'arrêtant parfois sur un banc pour profiter du soleil. C'était le mois de juillet, New York avait laissé derrière elle l'agréable météo printanière, glissant dans une humidité insupportable et une chaleur étouffante. Elles s'adonnaient au lèche-vitrines, n'entrant jamais dans les magasins, jusqu'à ce qu'elles passent un jour devant une librairie dans laquelle Elise s'arrêta. Elle vit comme il y faisait sombre et frais, comme le vieux parquet y était ciré.

Quand elle l'aperçut, elle se demanda si elle avait su depuis toujours que la librairie se trouvait là. Près de la porte, une pile sur une table surmontée d'un panneau NOUVEAUTÉS. Elise s'en approcha d'un pas dandinant et se posta devant, comme un enfant devant un autel, n'osant à peine toucher la couverture. On y voyait un dessin de lapin en ligne verte qui semblait se muer en une silhouette de femme. *J'écris au sujet d'un lapin vert*. Combien il était étrange de lire ainsi le nom de Connie ! C'était comme un cri lointain en provenance d'une bibliothèque de Brixton. Voir ainsi les mots *Lapin* et *Vert* assemblés d'une manière inédite, à des milliers de kilomètres de l'endroit où Connie les avait mentionnés pour la première fois en se balançant dans son fauteuil de bureau à Londres et fronçant les sourcils tandis qu'elle évoquait à contrecœur le sujet de ses écrits. Connie était à nouveau là – par les mots, et non une voix au téléphone, ni un visage sur l'oreiller à côté d'elle, mais ici, tout de même, dans cette librairie. Connie lui avait signifié sa présence, une fois encore. Elle avait dessiné une mappemonde d'elle-même, et Elise l'avait retrouvée. Elle caressa le livre, en proie à un sentiment proche de la peur.

« C'est quoi ? demanda Yolanda.

— C'est un livre que mon… amie a écrit. » Elise reposa l'ouvrage et plaça une main sur son ventre.

« Ton amie a écrit ça ? » Yolanda écarquilla les yeux. « Ça parle de quoi ? D'un lapin vert ?

— C'est ce que je vais découvrir.

— Le vert, c'est la couleur de la malchance, fit remarquer Yolanda.

— J'ai toujours cru que c'était la couleur de l'espoir.

— De la jalousie. À qui est le lapin ? »

Elise ouvrit le livre et lut le résumé sur le rabat intérieur de la jaquette. « Je crois que Lapin fait référence à Rabbit, le nom du personnage principal, Yoli. »

Les yeux de Yolanda s'illuminèrent en regardant le ventre d'Elise. « *¿ Ah si ? Se multiplica.* »

Elise rit. « C'est vrai. Elle se multiplie. »

Elle porta le livre à la caisse et tendit son argent.

*

Elles échangèrent une étreinte sur le perron de l'immeuble de Matt et Elise, puis Yoli annonça qu'elle passerait le lendemain avec des choses à manger. Elle vivait à quatre pâtés de maisons de là, aussi le trajet à pied était-il facile.

« Tu n'es pas obligée, Yoli, dit Elise. Comment je vais pouvoir te rendre la pareille ? »

Yolanda agita la main. « Il faut que tu manges. La *niña* va bientôt arriver. » Yolanda était depuis longtemps convaincue qu'il s'agissait d'une fille.

Elise posa la main sur le sommet de son énorme ventre et regarda Yolanda descendre la rue, sa jupe en denim flottant contre ses mollets musclés, ses sandales usées clap-clapant sur la pierre brûlante du trottoir. Elise lui avait appliqué du vernis à ongles sur les orteils, du rouge cerise, et Yoli avait fait de même pour Elise. Elle se demanda ce que Yoli ferait pendant le reste de la journée, et ce qu'elle ferait, elle-même. Elles étaient devenues si proches. C'était l'œuvre de la solitude, des difficultés au restaurant, du ventre arrondi. *Reste avec moi !* Elise avait-elle envie de lui crier. *S'il te plaît. Je ne sais pas ce que je fais !*

Au lieu de l'appeler ainsi, elle sortit *Lapin Vert* du sachet en papier kraft dans lequel le libraire l'avait emballé. Elle relut le résumé sur le rabat de la jaquette. « *Heureuse, arrogante et toujours aux commandes, Rabbit vit dans son propre monde – jusqu'à ce qu'un jour elle tombe amoureuse. Rabbit doit comprendre quand s'accrocher, et quand lâcher prise – car tant qu'on ignore à quoi ressemble la liberté, il est difficile de savoir qu'on l'a perdue. Une fable magnifique et atemporelle sur la transformation, la passion et le regret. Par l'autrice du best-seller* Cœur de cire. »

Sous le texte figuraient quelques citations de presse : « *Constance Holden s'affirme une fois encore comme la maîtresse des émotions humaines.* » « *Solaire, pertinent et curieux.* » « *L'étrange histoire d'une femme étrange, et de cet amour qui nous dupe sans cesse.* »

Elise leva les yeux au ciel et monta à pas lourds le perron, déverrouilla la porte. Elle gravit l'étroit escalier jusqu'au premier étage, se traîna jusqu'au canapé du salon où elle s'installa et ouvrit le livre.

Pour Shara, annonçait la dédicace.

Elle continua à lire jusqu'à ce que le soleil ait disparu derrière les toits et que les rues s'animent de fêtards ; des jeunes femmes de l'âge d'Elise, bien habillées, en chemin vers une boîte de nuit ; des gamins marchant vers le terrain de basket, accompagnés du martèlement dur et rythmé de leur ballon, pareil à un battement de cœur perceptible à tous. La prose du roman était étrange – légèrement détachée, mais plus détaillée et psychologique qu'aucune fable. L'amour de Rabbit n'avait pas de nom ; il n'était pas toujours possible de deviner s'il s'agissait d'un amant ou d'une amante, mais cette personne semait le chaos dans le vaste ego de Rabbit. Le lieu de l'action était nimbé de mystère, mais il s'agissait pourtant bien de Londres ; Elise en était absolument certaine. Le texte était plus serein que celui de *Cœur de cire*, moins de personnages, plus intime, d'une nudité presque poétique. La tendresse et la brutalité de l'amour. Rabbit, dépecée vivante.

Elise n'entendit pas Matt rentrer. Il s'approcha d'elle, se pencha et lui déposa un baiser sur le sommet du crâne. Elise se sentait très loin de lui, loin de tout le monde, réduite à deux mains tenant un livre, là où son corps était habituellement lesté au fond marin du canapé par une cinquantaine d'ancres. À mesure qu'elle tournait les pages, elle avait le sentiment qu'elle ne pourrait plus jamais bouger, et qu'ils la découvriraient un jour, couverte de coquillages, si les eaux venaient à déferler sur Brooklyn. Elle éprouvait le désir d'être plus âgée, *car si j'étais plus âgée*, lut-elle, *je n'aurais plus l'impression d'être vide. Je serais aussi solide qu'une sculpture de pierre laissée par un groupe de druides au sommet d'une falaise, vénérée et protégée, à l'air libre, imposante dans ma peau couverte de lichen.*

« Qu'est-ce que c'est ? » demanda Matt.

Elise leva l'ouvrage. « Connie.

— Oh, putain. »

*

Cette nuit-là, l'accouchement d'Elise commença. Les contractions se déclarèrent vers 3 heures et, à 5 heures, elle gémissait à quatre pattes. Matt l'emmena au Wyckoff Hospital. *Elle n'est pas assez dilatée*, dirent-ils, *ramenez-la à la maison*.

Elle se sentait délirante, terrifiée. *Je ne sais pas où c'est !* dit-elle. *Je ne sais vraiment pas où c'est !*

Votre femme va bien ? demanda l'équipe soignante à Matt.

Je ne suis pas sa femme, répondit-elle. *On y va.*

Ils rentrèrent à l'appartement, Elise monta l'escalier comme une ivrogne jusqu'au premier étage, où elle essaya de dormir comme ils le lui avaient conseillé. Matt s'assit au bord du lit et lui prit la main. « Ça va aller, dit-il. Tu vas y arriver. De toutes les femmes que je connais, tu es celle qui peut le mieux y arriver. »

Elle le regarda. Il n'avait vraiment aucune idée de ce qu'il lui demandait de faire.

*

Trois ou quatre heures plus tard, au lever du soleil, les contractions se rapprochaient. « Il faut que j'y retourne, annonça-t-elle.

— D'accord. » Ils parcoururent en taxi la courte distance jusqu'à la maternité. Le bébé appuyait contre son bas-ventre.

« Oh, mon Dieu, oh, mon Dieu, dit-elle. J'ai peur.

— Je suis désolé, dit-il. J'aimerais tellement pouvoir prendre ta douleur. »

*

Elise exigea qu'on soulage sa douleur. Elle n'estimait pas que la souffrance soit une expérience intéressante. Elle ne voyait pas pourquoi elle y serait obligée, alors que Matt était debout à côté d'elle sur ses deux pieds.

*

Une fois encore, à quatre pattes. « Attendez, ma chérie, dit une sage-femme. Maintenant. Poussez.

— Mais je pousse !

— Poussez plus fort, Elise. Il ne va pas sortir tout seul. »

*

Une éternité sembla s'écouler. Elle se tourna et regarda par la fenêtre. C'était déjà l'après-midi, les flots s'abattraient et inonderaient Brooklyn, qu'elle serait encore là, à pousser. Elle poussait depuis mille ans.

*

Des sonneries de machines, des gens qui entraient en trombe. Elise n'éprouvait aucune douleur ; elle ne sentait plus son corps : elle n'était plus qu'une paire d'yeux, concentrés sur Matt affublé d'un tablier et d'une charlotte de douche bleus. « Tu vas entrer dans l'eau ? demanda-t-elle.

— Restez avec nous, ma puce, dit la sage-femme.

— Il faut qu'on sorte le bébé », dit quelqu'un d'autre.

Matt, le visage blême. *C'est donc ça*, songea-t-elle, *est-ce que je pars maintenant ? Est-ce que je pars maintenant ?*

*

Quand elle reprit ses esprits, Matt était assis sur une chaise à côté d'elle. Il la vit remuer et se leva d'un bond. « Ça va ? Ma chérie, oh, mon Dieu. Ça va ?

— Qu'est-ce qu'il s'est passé ?

— Tu as perdu beaucoup de sang. Ils ont dû te faire une transfusion.

— Où est le bébé ?

— Le bébé va bien. Ils ont dû la sortir par césarienne.

— Elle est où ?

— Ici. »

Matt tendit les bras vers le berceau en plexiglas près du lit. Elle le vit soulever un bébé emmailloté. Il posa délicatement l'enfant sur la poitrine d'Elise. « Je ne sais pas si j'ai le droit de le faire, mais tiens, la voilà », dit-il.

Elle avait tout d'un bébé, pensa Elise. Après une telle épreuve ! C'était étrange comme tout lui semblait normal. Matt lui adressait un regard rempli d'attente. « J'ai dormi combien de temps ? demanda-t-elle en scrutant le petit visage rouge.

— Environ cinq heures.

— Elle est minuscule. Regarde ses ongles.

— C'est vrai.

— Regarde son nez !

— C'est vrai.

— Et tout est en elle ! » s'exclama-t-elle. Matt acquiesça avec un sourire, fatigué. Mais elle savait qu'il ne comprenait pas. Ne se rendait-il pas compte ? Les minuscules poumons, le cœur, l'estomac, les intestins, les petits os aussi fragiles que ceux d'un oiseau, le cerveau – et encore à l'intérieur, une musique profonde et infinie qu'aucun d'eux ne pouvait entendre. Elise était terriblement inquiète de casser l'enfant. « Je ne veux pas lui faire de mal, murmura-t-elle.

— Tu ne vas pas lui faire de mal », rétorqua-t-il.

Mais Elise se dit qu'il s'agissait d'un vœu pieux.

*

Une femme occupait le lit voisin. Stephanie avait subi une césarienne en urgence, elle aussi, et les deux femmes discutaient parfois. Elles avaient peine à bouger, aussi tournaient-elles simplement la tête l'une vers l'autre. « Je dois avoir une sacrée dégaine, dit Stephanie.

— Non, pas du tout, affirma Elise.

— J'ai attendu ça pendant des années. »

Elise ne lui demanda pas pourquoi. Le mari de Stephanie était pompier. Il ne pouvait pas lui rendre souvent visite à la maternité, mais lorsqu'il venait, il remplissait l'espace de sa présence imposante, grand et large, les cheveux roux. Il était issu d'une fratrie de sept enfants, expliqua Stephanie. Des catholiques irlandais, sa mère avait émigré dans les années 1950.

« Et elle est restée ? » demanda Elise.

Stephanie éclata de rire. « Oh, ça oui. Elle n'est pas près de retourner là-bas.

— Elle a dû avoir beaucoup de petits-enfants. »

Stephanie sourit. « Tellement. Celui-là… (Elle

fit un geste en direction de son petit bébé, Callum, dans son berceau en plastique.) Il va sûrement se perdre dans le tas. »

Mais à en croire son ton, Elise savait qu'elle n'en pensait pas un mot. Stephanie ne permettrait jamais que Callum se perde.

*

Les jours passèrent, et Elise restait allongée à l'hôpital, impatiente de sortir, le regard rivé au plafond tandis que Stephanie s'assoupissait. Le mari de Stephanie venait de repartir, ils semblaient si amoureux tous les deux. À regarder Stephanie, qui était enfin maman à trente-huit ans, Elise se sentit soudain honteuse de sa propre jeunesse, qu'elle avait longtemps rejetée. Avec Stephanie, tout était logique. Elle était à l'aise, tellement chaleureuse et spirituelle, et tellement récompensée par la présence de son bébé Callum.

*

Elise resta une semaine à l'hôpital avec le bébé. Ils voulaient les garder sous surveillance, elle et l'enfant. Elle gardait le lit, le regard au plafond, le bébé sur sa poitrine ou dans son berceau. Au terme de sept jours, le docteur annonça à Elise qu'elle n'avait plus d'inquiétude à se faire. « Vous êtes jeune et solide, dit-il. L'heure est venue de rentrer chez vous. »

Mais dans l'esprit d'Elise, les araignées tissaient leur toile. « Tout ira bien ? Vous êtes sûr que tout ira bien ?

— Tout ira très bien, affirma le docteur. Comment vous l'avez appelée ? »

Ils avaient pensé la prénommer Patricia mais Elise voulait commencer une nouvelle histoire. « Rose, dit-elle. On l'a appelée Rose. »

2018

41

Sur le porche de la maison de Connie après qu'elle m'avait claqué la porte au nez, je compris deux choses. Il y avait de grandes chances que j'aie perdu une personne très importante à mes yeux ce jour-là – pas seulement pour le lien que Connie avait avec ma mère, mais pour ce qu'elle m'avait enseigné au fil des mois. Pour l'espace qu'elle m'avait accordé. Pour l'exemple qu'elle donnait, celui d'une femme qui ne s'excusait pas d'exister, en pleine connaissance d'elle-même, et qui m'encourageait à trouver ma propre voie, quelle que soit mon identité. Aux côtés de Connie, j'avais entrepris de me déterrer, de remettre en question celle que je voulais vraiment être, et comment, et où.

*

Je me rendis vers le café le plus proche, et m'y installai avec une tasse. J'avais mal au cœur. Je me demandai ce que faisait Connie en cet instant, si Deb allait rester avec elle, si elles discuteraient et évoqueraient les fantômes du passé jusqu'au milieu de la nuit. Je tentais d'imaginer ma mère et Connie, dans les années 1980. En couple. Comment était-ce ? Démonstratif ? Équilibré ? Je ne le saurais sûrement jamais. Mon problème le plus immédiat, cependant, était que je n'avais plus de logement.

Impossible de retourner vivre à l'appartement de Brixton – bien que Joe m'y laisserait sûrement loger si j'en avais besoin, et une grande partie de mes vêtements et de mes affaires y étaient toujours. Je pouvais acheter un billet pour la Bretagne et partir le soir même – mais j'ignorais le prix d'un trajet en dernière minute, ni si j'avais le courage de faire face à mon père. Claire devinerait certainement que je dégageais quelque chose de différent. Je mentirais mal et le secret – tous les secrets – serait mis en lumière. Ce serait m'imposer de demander la chambre d'amis chez Kelly et Dan, avec Mol et la grossesse de Kelly. J'arrivais à me persuader que c'étaient les raisons qui m'empêchaient de demander à Kelly. Ils m'accueilleraient sûrement comme à leur habitude, mais je n'étais pas convaincue de pouvoir supporter la vie au sein de leur cocon familial.

J'avais d'autres amis que j'avais négligés depuis que je travaillais chez Connie, et cela serait très opportuniste de leur envoyer un SMS comme sorti de nulle part. Il y avait bien une personne qui serait prête à m'héberger, au moins quelques jours. Je sortis mon téléphone et composai le numéro.

« Allô ? dit une voix jeune et légère.

— Salut, Zoë. C'est Rose. Comment tu vas ?

— Rose ! s'écria-t-elle, sa voix vibrante de joie. Oh, mon Dieu. Comment ça va, toi ? Tu nous manques au café. Enfin, peut-être pas à Giles. Mais à moi, si. »

J'éclatai de rire. « Tu me manques aussi. Nos conversations me manquent. Je suis désolée, j'ai été nulle pour garder le contact avec toi. Il s'est passé pas mal de trucs. Dis, écoute… tu es libre, cet après-midi, par hasard ? Je sais que c'est un peu…

— Cet aprèm ? Bien sûr. »

*

Zoë sous-louait un minuscule appartement HLM dans l'est de Londres qu'elle partageait avec trois autres personnes. Chaque mur public que je longeai était couvert de flyers promotionnels de clubs terriblement cools et discrets dont l'esthétique et les groupes qui s'y produisaient m'échappaient totalement. Des graffitis élaborés et magnifiques ornaient les murs en brique, on y trouvait des cafés à peine plus grands que des timbres-poste avec des bancs en bois sur le trottoir. Je passai devant une boutique qui semblait ne vendre que des chaussettes noires japonaises, et dont l'encadrement de la vitrine artistique laissait voir le bois brut. Les cafés, remarquai-je, affichaient les mêmes prix qu'à Hampstead.

Je trouvai l'immeuble de Zoë et sonnai à la porte. Elle apparut presque aussitôt, vêtue d'un large chemisier et d'un legging. De minuscules boucles dorées ourlaient la courbe de son lobe gauche. Elle me serra dans ses bras. « Entre ! »

Sa chambre était un rêve éveillé. Le tapis en peau de mouton et les guirlandes électriques, les cartes postales de la Tate Gallery accrochées au mur à la Patafix, les succulentes alignées sur le rebord de la fenêtre, les veilleuses et les livres fins, un journal intime et un pot à crayons sur un petit bureau. C'était une chambre pleine de rêves et d'espoirs, et mon cœur n'arrivait pas à décider s'il devait se gonfler ou se briser.

« C'est tellement gentil de me laisser dormir ici, dis-je avec honnêteté.

— Oh, pas de souci. J'ai toujours du monde qui vient squatter. Je t'ai mis des draps propres. Je suis vraiment désolée pour Joe et toi.

— Merci. Mais ça va, vraiment. Je te promets que je ne resterai pas longtemps, j'ai juste…

— Rosie, c'est bon, franchement. Écoute, ce soir, on se prépare des lasagnes véganes et on regarde *Clueless*. Ça te dit ?

— Oui, avec plaisir. » Je me sentais vieille de trois millions d'années. Je voulais mettre en bouteille et commercialiser la combinaison entêtante de jeunesse et de tendre maturité que dégageait Zoë

Elle me donna le mot de passe du wi-fi, *3ViergesAuTop !* – « on est trois colocataires nés en septembre, donc du signe de la Vierge » – et je connectai mon téléphone à Internet. Aucun mail. J'allai sur le compte Instagram de Joe, @joerritos, mais il n'avait rien posté depuis Noël. Kelly avait été bien occupée, elle – une superbe photo d'eux trois en pyjama une pièce orné de puddings de Noël. *C'est de saison !* avait-elle écrit. *#Puddings #commentjefaisquandjaienviedefairepipi*.

Je l'imaginais encore à fendre du bois, à coups féroces, seule dans un pré givré par un matin de Noël. J'aurais adoré voir cette autre personnalité de Kelly sur Instagram. Voir ses vignettes carrées habituellement colorées et éclatantes soudain délavées en différentes nuances de sauge et de brun, des arbres sombres et squelettiques, un vers d'un poème d'Anne Sexton et un selfie avec une hache. Mais je doute qu'elle obtiendrait alors les sponsors dont elle avait besoin. Elle le savait aussi. Depuis la photo du pudding, elle n'avait posté jusqu'au nouvel an qu'une série de clichés élégants de leur intérieur, ou les dos de Dan et Mol marchant ensemble dans un parc – et bien sûr, les réflexions de Kelly sur « ce qu'on éprouve quand on est maman ». Elle s'était souvenue de ce qu'elle m'avait dit, presque mot pour mot. Les commentaires sous ce post étaient innombrables : « *Oh mon Dieu, c'est* VRAI *!* » « *Tu as tellement raison, des fois j'ai l'impression que ça ne pourrait pas être pire, puis on prend un virage et on ne voit plus que du soleil !* »

J'éteignis mon téléphone.

*

Ce soir-là, je m'installai à une petite table en formica, je mangeai de délicieuses lasagnes à l'aubergine, je ris et écoutai les conversations de Zoë et de ses colocataires. Ils avaient tous le même âge qu'elle, un début de vingtaine – et ce ne fut qu'une fois en leur compagnie que je compris combien j'étais différente. Je me sentais plus lourde dans mon esprit et dans mes os, le résultat de l'accumulation du temps. Ils aimaient parler d'eux, beaucoup, sans grand encouragement de ma part, ils trouvaient leurs anecdotes fascinantes et inédites – mais ils se montraient généreux envers les récits des autres, improvisaient et extrapolaient en digressions absurdes, tantôt d'humeur dogmatique, tantôt saugrenue. Ils parlaient de leur travail. L'une était étudiante en art, l'autre secrétaire de direction à la City, le troisième hésitait à suivre une formation dans l'enseignement. Ils étaient tous endettés, mais cela n'avait pas freiné leurs ambitions.

Je demandai à l'étudiante en art, une dénommée Lara, quel était son projet actuel. « Je travaille surtout le plastique, dit-elle de son phrasé libre et fluide. Du vieux plastique. Je voudrais le repenser, en retirer le côté accusateur. Je suis dans une démarche faible en énergie. J'utilise l'énergie solaire, la lumière naturelle, l'eau de pluie, des matériaux compostés. J'achète rien. C'est comme si je ne pouvais progresser qu'en recyclant ce qui existe déjà.

— Elle fait des sculptures magnifiques, dit Zoë, qui se sentait obligée de jouer le rôle d'interprète. Il y en a une qui a été achetée par un mec sérieux.

— Un mec sérieux ?

— Le genre de gars qui contribue à ta crédibilité, le genre de gars qui *doit* t'acheter une œuvre, dit Lara sans amertume apparente. Il l'a exposée dans la cour de sa maison à Bayswater. C'est moi qui l'ai installée sur place.

— C'est incroyable, dis-je. Et qu'est-ce que tu veux faire, après ton diplôme ? »

Lara sourit. « Plus ou moins la même chose. Ça ne va pas être facile. J'ai droit à deux bourses d'études pour mes années d'université. Mais elles vont s'arrêter.

— Tu vas y arriver. »

Son sourire trembla. « Je sais pas. Il faut que je connaisse du monde. Attirer l'attention. Il te faut des abonnés sur le Net. J'en ai, genre, six mille.

— Je doute qu'un million d'abonnés fassent de toi une meilleure artiste, dis-je.

— Je sais, oui, rétorqua-t-elle avec une note défensive dans la voix, et j'en conclus qu'il me fallait cesser de parler comme une grande sœur.

— En fait, ajoutai-je, tu me rappelles beaucoup ma copine Kelly. »

Le visage de Lara s'illumina. « C'est vrai ? Pourquoi ?

— Elle était déterminée, comme toi. Elle l'est toujours. Elle s'en est sortie. Elle avait besoin de ses bourses d'études. Tu as déjà entendu parler de @thestellakella ? »

Ils me dévisagèrent tous, interdits, et je me rendis compte que je posais la question au mauvais public. « Bref, dis-je. Elle avait une passion et elle en a fait son gagne-pain. Elle ne s'inquiétait pas de ce qu'allaient penser les gens. Elle a agi, c'est tout, et très vite, les gens sont venus spontanément vers elle. Mais c'est un gros pari, de faire ce choix.

— Pourquoi ? demanda Lara d'un air perplexe.

— Parce que si tu dépends d'un truc que tu aimes pour te nourrir, payer tes factures, mettre un toit au-dessus de ta tête, je crois que ça complique la relation que tu as avec. C'est ce que j'ai constaté avec Kelly, en tout cas. Tu dois faire preuve d'un sens pratique avec un élément impulsif, un élément insaisissable. Si tu mets toute ton âme dans une entreprise, il faut t'attendre à en souffrir parfois. »

Lara me regarda, les yeux écarquillés. « Ouais. T'as trop raison. Et puis, tu peux pas cloisonner les différents éléments – mais si tu le fais pas, tu finis toujours par en payer le prix. »

Tout cela me faisait penser à Connie. J'avais le

sentiment que Connie avait payé le prix fort – pour quoi, exactement, je n'en étais pas certaine. Mais sa réaction face à moi, ce matin-là, laissait entrevoir une douleur profonde qui ne s'était jamais éteinte et qui avait eu un impact sur chaque aspect de sa vie, notamment sur son désir d'écrire, me semblait-il.

« Exactement, dis-je à la ronde. Mais ne vous inquiétez pas. Vous êtes tous bien plus en avance que moi à votre âge.

— Tu en étais où, à notre âge ? » demanda Gabriella, la secrétaire de direction dont les ongles parfaits et les yeux brillants trahissaient pourtant son anxiété.

Je pris une profonde inspiration. « J'étais très perdue. Très, très perdue. »

Je sentis l'air se condenser dans la cuisine, leurs corps se raidirent d'anticipation, comme lorsqu'on s'attend à entendre une vérité. « Les gens m'ont toujours contredite quand j'affirmais ça, dis-je en les regardant autour de la table. Mais j'ai fini par penser que ce n'est pas toujours une bonne idée d'avoir des résultats scolaires spectaculaires. C'est difficile de maintenir la perfection. »

Jacob, le seul garçon dans la pièce et qui songeait à devenir prof, lâcha un petit rire. Je savais que j'avais touché un point sensible. « Vous vous rappelez ce gamin de dix ans qu'on avait envoyé passer un diplôme de physique à Cambridge, qui avait fait une dépression nerveuse et n'avait plus jamais posé les yeux sur une calculette ? demandai-je.

— Non, dit Zoë.

— Ouais, c'était il y a pas mal de temps. Genre, dans les années 1970. Enfin, bref, ma situation n'était pas aussi dramatique que ça – Zoë pourra témoigner que je ne suis pas un génie de la physique, ni un génie tout court. Mais c'est parfois difficile, vingt ans plus tard, de rédiger un CV incomplet et inégal. Quand tout le monde pensait que tu irais "faire des études à Oxford" ou "vivre à New York", ou gérer une association incroyable qui "rend le monde meilleur". »

Je les avais fascinés. Peut-être ne connaissaient-ils personne de mon âge ? Ça semblerait logique. De mon côté, je ne connaissais personne de leur âge. Peut-être que personne n'était disposé à leur parler ainsi ? Mais à mesure que je parlais, je me rendis compte que, moi, j'y étais disposée. Au fil des semaines passées, quelque chose en moi s'était brisé et ouvert. C'était comme si Laura et Rose se réunissaient, et c'était une bonne chose, c'était grisant et plein de promesses. Pour la première fois de ma vie, je me sentais libre d'être moi-même et de raconter ma propre histoire. « C'est bien d'avoir des gens qui croient en vous, dis-je en regardant Jacob. C'est mieux que l'inverse. Mais la plupart de leurs sentiments les concernent eux, pas vous.

— Putain, lâcha Jacob. Tu peux aller dire ça à mes parents ? »

Ce soir-là, un soir volé au calendrier, je leur racontai mon histoire – à ces trois inconnus accueillants et à une amie occasionnelle. Je leur parlai de ma mère absente, des fantasmes que j'avais développés en grandissant. Combien j'avais le sentiment de ne pas avoir de chemin tout tracé, comment je glissais d'un boulot à l'autre, comment je me comparais aux autres et me jugeais toujours inférieure, la façon dont je me retrouvais si souvent la cinquième roue du carrosse dans les projets des autres – notamment ceux de mon petit ami. Je n'évoquai pas Laura Brown, ni pourquoi j'avais décidé de devenir cette personne. Connaissant l'amour que Zoë portait à l'œuvre de Connie, j'en conclus qu'il valait mieux remettre cette conversation à plus tard.

« Il n'y a pas d'aboutissement, leur dis-je. Pas d'arrivée. » À ces mots, la gamme de leurs expressions alla de la perplexité à l'abattement. « Mais vous êtes tous tellement brillants, et vous avez tant de choses positives dans vos vies. Et si vous n'avez pas atteint à vingt-cinq ans les objectifs que vous vous étiez fixés, remerciez peut-être votre bonne étoile. Sérieusement. Parce que, oui, c'est difficile de réaliser ses rêves, mais s'y accrocher est sûrement plus difficile encore. Rien ne reste jamais comme avant. »

Ils m'adressaient tous un regard médusé, et je compris qu'il était difficile d'admettre l'idée que vos objectifs, une fois atteints, puissent vous filer entre les doigts. Qu'ils ne vont pas forcément faire votre bonheur.

« Alors qu'est-ce que tu vas faire ? demanda Jacob.

— J'ai une ou deux idées en tête », dis-je. Et je me rendis compte que c'était la vérité.

*

À 22 heures, je désespérais de pouvoir aller me coucher. Toute cette discussion m'avait épuisée, mais c'était surtout ma grossesse qui drainait toute mon énergie. Je ne voulais pas les décevoir, aussi restai-je jusqu'à minuit pour voir *Clueless*, que Jacob, Gabi, Lara et Zoë regardaient comme une pièce de musée, et que je considérais comme un retour rassurant en adolescence.

Mon matelas gonflable était étonnamment confortable. Zoë aimait l'huile de lavande et en avait mis quelques gouttes sur mon oreiller. Quand j'allai à la salle de bains, Zoë et Lara rangeaient les derniers reliquats de vaisselle dans la cuisine.

« Rose est tellement cool, disait Lara.

— Je sais. Elle est authentique.

— Je veux être comme elle, plus tard. Tu sais ? Genre, me connaître vraiment moi-même. »

Une boule de chaleur émana de mon ventre comme une flamme. Elles ne sauraient jamais à quel point entendre ces paroles comptait pour moi. De retour sur mon matelas, je m'assoupis avec une relative facilité, en dehors de ma vie habituelle. *Mais c'est ma vie*, pensai-je juste avant de m'endormir.

42

Je restai chez Zoë une semaine, je me levais en même temps qu'elle et m'assurais d'être absente de l'appartement autant que possible en journée. J'allais visiter des galeries. J'arpentais à n'en plus finir l'Embankment, partant de Cheyne Walk pour marcher parfois jusqu'à la Tour de Londres. Je pensais sans cesse à deux choses : Connie et ma grossesse. Je me demandais s'il fallait que j'appelle Connie. Je commençais à m'inquiéter de mes finances. Je ne pouvais pas vivre chez Zoë indéfiniment. Il me fallait un travail, un logement, et vite. Je pouvais sans doute demander à reprendre mon ancien poste au Clean Bean, recommencer à préparer des cappuccinos – mais mes nausées devenaient presque permanentes, et retourner au café s'apparentait trop à une régression. Je voulais être dans la maison de Connie, préparer notre dîner, réfléchir à nos projets à venir. Le livre allait bientôt sortir, et ensuite ? La perspective que j'aie pu tout foutre en l'air avec Connie ressemblait un peu à ma grossesse : une évidence que je n'arrivais pas franchement à admettre. Cela me paraissait trop cataclysmique. Mais quelque chose me retenait pourtant de lui téléphoner. Quand mon portable sonna, après cinq jours passés chez Zoë, je compris ce que j'avais attendu tout ce temps.

« Rose ? fit quelqu'un à l'autre bout.

— Connie », répondis-je. C'était si bon d'entendre sa voix. « Comment... comment allez-vous ? »

Il y eut une pause. « Je vais bien », dit-elle d'un ton neutre. Elle hésita encore. « Où êtes-vous ?

— Je suis adossée à une paroi du quai en face de la Tate Modern. »

Encore un silence, mais Connie était toujours en ligne. J'entendais presque tourner les rouages de son cerveau, les luttes entre son désir de me réprimander et son besoin de me parler. Cette fois, je ne devais rien dire et je le savais. Connie devrait dicter la suite des événements. Cet appel devait venir d'elle. Un faux mouvement et je risquais de la perdre à jamais. Il fallait qu'elle ait le sentiment de contrôler la situation.

« Je suis toujours furieuse, dit-elle. Vous avez été malhonnête.

— Je suis vraiment désolée, Connie.

— Je vous ai révélé des choses dont je n'avais pas parlé depuis des années.

— Je sais. »

Elle n'ajouta rien. *Elle va m'ordonner de venir récupérer mes affaires*, pensai-je. « J'aurais dû vous expliquer qui j'étais, dis-je. Mais j'avais peur que vous ne vouliez plus avoir aucun contact avec moi. » Une fois encore, Connie garda le silence et je me demandai si j'avais mis le doigt sur une vérité gênante. « Si j'ai appelé votre agence la première fois, c'était simplement parce que je voulais vous écrire. Mais la situation m'a échappé. J'ai cru que ça pourrait fonctionner.

— Eh bien, on dirait que vous vous êtes trompée.

— Oui. Mais je ne voyais pas d'autre moyen. Je ne pouvais pas… Je ne sais toujours pas ce qu'il s'est passé entre ma mère et vous. Vous n'avez jamais vraiment voulu évoquer votre passé.

— Et c'est mon droit !

— Je le sais, oui. Bien sûr. Alors j'ignorais quelle serait votre réaction si je vous révélais ma véritable identité. »

Elle replongea dans le silence. Je ne savais que faire, ni que dire. Je me sentais vieille, et fatiguée. Je souhaitais juste que l'histoire change mais cela me semblait impossible avant que nous ayons mis un point final à celle-ci. « Mon père ne m'a presque rien expliqué, avançai-je.

— Ah bon ? Je trouve ça plutôt extraordinaire. »

Je contemplai la Tamise, immense et profonde et dangereuse, ce fleuve antique au bord duquel j'avais vécu toute ma vie sans vraiment y prêter attention, lui dont la vase recrachait encore des trésors vieux de plusieurs siècles. « Il m'a dit que vous vous connaissiez toutes les deux. Il m'a dit que vous étiez inséparables pendant un temps. Il m'a dit que ça s'était mal terminé.

— Ah, il vous a dit ça ? »

Encore un silence.

« Qui prépare vos sandwichs, Connie ?

— Personne. Je n'ai pas besoin d'une aide à domicile.

— Bien sûr que non.

— Mais j'ai besoin que vous veniez. » Je sentis mon cœur se gonfler, un papillonnement nauséeux d'excitation au creux de mon estomac, qui n'était pas dû au bébé. « Je veux que vous voyiez quelque chose. » La voix de Connie était neutre ; elle ne trahissait rien.

« Maintenant ?

— Eh bien, ça peut attendre, évidemment, mais…

— J'arrive tout de suite.

— Bien », dit Connie avant de raccrocher.

*

En chemin vers la station Saint Paul, je songeais que j'avais fait au mieux. J'espérais juste que la curiosité naturelle de Connie et ce besoin d'en savoir autant que possible sur les autres seraient plus forts que sa fierté et sa douleur. C'était à elle de me rappeler à sa cour, et je devais me montrer disposée.

Alors que je m'engouffrais dans la station, je me rendis compte d'un détail : elle m'avait appelée Rose, comme si c'était la chose la plus naturelle du monde.

*

Je marchai vers la maison de Connie, un trajet désormais si familier à mes pieds. Mon téléphone vibra en recevant un SMS de Joe. Je vais vendre la camionnette, écrivait-il.

Je répondis sur-le-champ. Pourquoi ?

Une trentaine de secondes plus tard, il m'envoya un autre message. Tu sais pourquoi.

Je ne sus pas quoi répondre. Je repensais aux portières rouillées. Aux petits copeaux de fromage râpé coincés entre les joints du vieux plan de travail en bois.

Et ça te va comme décision ? demandai-je.

Ben, ma mère est ravie.

Lol, répondis-je, aussitôt inquiète de m'être montrée trop désinvolte. J'ajoutai un émoji camionnette puis un cœur brisé.

Joe m'envoya des émojis dollars. Je t'en donne la moitié.

Quoi ? Non.

Tu le mérites, Rosie.

C'est ta camionnette. Tu n'es pas obligé.

Mais si. Dès que je reçois l'argent, je le vire sur ton compte. Surveille-le. A+

Joe, c'est vraiment très généreux. Merci.

Il ne répondit pas. Je rangeai le téléphone dans mon sac.

*

J'avais encore la clé de chez Connie, mais je ne m'en servis pas. Je frappai à la porte et attendis. Rien ne se passa. La maison semblait morte, un lieu engourdi où n'existait personne. « Connie ? » appelai-je par la fente de la boîte aux lettres, sans réponse. Mes poils se hérissèrent : et s'il s'agissait d'un traquenard organisé par Deborah, que la police allait fondre sur moi et m'arrêter ? Et si Connie était étendue de tout son long par terre, le stress de mes révélations trop brutal pour son cœur ? Et si elle s'était suicidée ? Je m'intimai d'être raisonnable. Elle m'avait téléphoné à peine une heure plus tôt. Elle ne s'était pas donné la mort sur le tapis. La police n'allait pas débarquer.

Je réfléchis à ce qu'il me fallait faire. La

rappeler ? Je ne voulais pas paraître trop empressée, trop insistante. Je frappai à nouveau.

J'allai abandonner quand j'aperçus à travers le vitrail la silhouette familière et élancée qui approchait depuis la cuisine. Connie ne m'avait-elle pas entendue la première fois ? Me faisait-elle attendre ? Elle me mettait peut-être à l'épreuve, histoire de voir combien de temps j'étais prête à poireauter devant sa maison, histoire de voir si je tenais vraiment à découvrir ce qu'elle avait à me montrer. Ou peut-être se déplaçait-elle juste plus lentement. Je me rendis compte que mon esprit faisait des bonds, et j'essayai de me concentrer. J'attendais sur le pas de sa porte depuis plus de dix minutes.

Connie se démena avec le verrou, mais elle finit par l'actionner et elle ouvrit la porte pour m'observer. Elle était aussi imposante que jamais, droite et dure – cinq jours n'allaient pas changer cela – mais ses yeux trahissaient un certain épuisement, et de la méfiance. Nous nous dévisageâmes. J'avais vraiment envie de m'asseoir. « Bonjour, dis-je.

— J'ai vraiment dû être aveugle, lâcha Connie.

— Pardon ?

— Je la vois en vous, maintenant.

— Voir quoi ?

— Je la vois, elle.

— Connie. Je ne veux pas vous contrarier.

— Vous n'allez pas me contrarier. C'est déjà fait, ça ne peut pas être pire. Vous feriez mieux d'entrer. »

Elle tourna les talons et rentra. Je franchis délicatement le seuil et Connie ferma la porte au nez du monde extérieur.

*

Nous allâmes au salon. Connie se plaça au centre de la pièce, face à moi. « Je ne vous dois rien, vous savez, commença-t-elle.

— Je le sais bien.

— Je vous ai payée pour vos services. Pour le travail effectué.

— Je sais. Et je vous en suis très reconnaissante.

— Les questions que vous me posiez… à savoir, pourquoi je n'avais pas écrit depuis si longtemps, ce qu'il advient de Margaret à la fin de *L'Inconstance*, si Christina et elle étaient inspirées de personnes de mon entourage – c'était parce que vous pensiez retrouver votre mère ? »

Je jugeai préférable d'être honnête. « Au début, oui. Je crois que je voulais vraiment que ce soit le cas.

— Et quelle est votre conclusion ?

— Je n'ai tiré aucune conclusion. Je ne sais pas exactement ce qu'il s'est passé, donc je serais incapable d'en déceler la trace dans un livre. »

Elle acquiesça, semblant satisfaite. « Le fait que vous soyez venue m'aider ne signifie pas que je peux vous laisser les rênes de ma vie, Rose.

— Je le sais. »

Elle soupira et s'assit lentement au bord de son fauteuil préféré. « Alors. Rose Simmons. Votre père sait-il que vous êtes ici ?

— Non.

— Il n'approuverait pas. Mais vous le savez sûrement. Que vous a-t-il raconté à mon sujet ? »

Je pris une profonde inspiration. « Je vous l'ai dit. Pas grand-chose. » Connie leva les yeux au plafond. « Bon, il a évoqué le fait que vous étiez forte et que ma mère était faible.

— Ah oui ?

— Qu'il y avait une femme prénommée Yolanda. Une amie de ma mère à New York. »

En entendant ce nom, Connie tressaillit de façon visible.

« Il m'a dit qu'Elise et vous étiez ensemble avant qu'il se mette en couple avec elle, poursuivis-je. Qu'Elise l'a quitté, et qu'elle m'a emmenée. Qu'elle logeait chez Yolanda. Puis vous êtes arrivée et elle a disparu. » Je marquai une pause. « Il m'a dit que vous étiez la dernière à l'avoir vue avant sa disparition. »

À ces mots, elle ferma les yeux. « Et il vous a dit si Elise était morte ou vivante ? »

Je déglutis, déterminée à maintenir un ton de conversation et à éviter les notes tragiques. « Non. »

Connie se recula dans le fauteuil et son regard se perdit dans le vide. « Il vous a bien élevée, dans votre enfance ? »

Les larmes me montèrent aux yeux et je les chassai d'un battement de paupières. « Oui. Je l'aime.

— Si l'on oublie votre tendance à mentir, à prendre une fausse identité, et j'en passe. »

À mon grand étonnement, ses yeux semblèrent briller – d'amusement, d'approbation, ou de reconnaissance, j'ignorais quoi exactement.

« Deborah est furieuse, vous savez », continua-t-elle. Je craignais qu'elle ne change de sujet.

« J'imagine. Mais vous ? »

Connie ignora ma question. « Elle pense que vous cherchiez quelque chose chez moi.

— C'est le cas. Ma mère. »

Connie éclata de rire. « Et vous pensiez la trouver ici.

— Autant commencer quelque part. Mon père n'a rien précisé, mais la façon dont il parlait de vous et d'elle…

— Je vois », dit-elle avant de se mordiller la lèvre. Elle paraissait réfléchir. « Venez avec moi.

— Quoi ?

— Je veux que vous veniez avec moi. »

*

Nous marchions vers sa chambre, juste sous les combles, et elle avait posé ses mains frêles sur la balustrade étroite. C'était une pièce propre, et petite. La première chose que je vis fut une coiffeuse de style Art déco, aux poignées en bakélite impeccables. Le maquillage et la brosse à cheveux de Connie y étaient posés, et un cadre en argent abritait une photo aux couleurs fanées d'un chat. Je n'avais jamais vu ce chat sur aucune autre photo dans la maison. Il reposait mollement comme un bébé dans les bras de quelqu'un, un bel animal au pelage écaille de tortue, énorme, avec un ventre blanc crème et des yeux verts. Une main fine lui soutenait le cou mais le centre d'intérêt du cliché était le chat.

Je suivis Connie à l'intérieur.

Le lit était soigneusement fait, la couette bleu pâle et uni était lissée, les oreillers gonflés, et un châle doux était roulé en boule au centre, pareil à un nid de laine. Le lit était flanqué de deux tables de chevet où s'empilaient les livres, mais seule une d'elles était surmontée d'une paire de lunettes, d'une boîte de médicaments et d'un verre d'eau à demi vide. Il y avait tant d'ouvrages qu'il était difficile de savoir lequel Connie lisait en ce moment. Près de la coiffeuse étaient installées des étagères. Un rapide coup d'œil me permit de voir qu'elles regorgeaient de classiques du XIXe siècle en édition poche, des recueils de Plath, Rich, Keats, Lorca, leurs dos profondément craquelés. Virginia Woolf et Angela Carter s'y trouvaient aussi, mais le reste des préférences modernes de Connie était rangé au rez-de-chaussée.

« Voilà ce que je voulais vous montrer, dit-elle. Regardez. »

Elle me montrait le mur à gauche de la porte. C'était l'unique œuvre d'art dans la pièce – si l'on pouvait employer ce terme, un petit tableau encadré et accroché au-dessus d'une commode. C'était le croquis d'une silhouette de lapin, le cadre était luxueux mais le dessin était réalisé sur une feuille de papier bas de gamme. Il avait beau avoir jauni, les motifs à l'intérieur du lapin étaient pourtant un chaos de peinture vert forêt et de minuscules points, partout. Ce n'était ni accompli ni beau, mais il dégageait une sorte de concentration qui me plaisait.

« *Regardez* », répéta Connie.

Je m'approchai. Les deux oreilles n'étaient pas au même niveau, la petite queue était absurde – mais tout ce vert débordait d'une telle intensité. Je compris soudain que les points sur le corps du lapin étaient réalisés par la pression répétée d'un doigt miniature.

Et dans un coin inférieur : *Pour Connie que j'aime, Rose.*

*

Je reculai. Je dus m'asseoir quelques secondes sur le lit. Avec précaution, Connie décrocha le tableau et avança vers moi en le tenant entre ses paumes tendues, pareille à un roi mage portant la myrrhe. « Un lapin vert pour une femme appelée Rabbit », dit-elle.

J'observai l'image. Je ne pouvais plus parler.

« C'est vous qui l'avez fait, expliqua-t-elle. Enfin. Pas *exactement*. Votre mère l'a fait. Elle a pris votre doigt, qui était minuscule car vous étiez un tout petit bébé, à l'époque – et elle l'a trempé dans un pot de peinture verte avant de l'appliquer sur le lapin. »

Une douleur dans les yeux m'élança et je ne pus retenir ce qui suivit. L'idée de ma mère tenant un minuscule doigt – mon minuscule doigt – et le posant avec délicatesse, avec amour, avec générosité sur tout le papier, jusqu'à ce que la fourrure tout entière soit couverte d'une preuve de notre effort conjugué, sans doute notre premier et dernier effort, déchira quelque chose en moi. Je me mis à pleurer.

« Je veux vous le donner, dit Connie d'une voix douce. Je crois qu'il vous revient. »

J'ignore combien de temps je suis restée sur le lit de Connie, ni quand j'ai fini par arrêter de pleurer et par prendre le tableau que Connie avait posé près de moi. Elle s'installa à mes côtés et plaça la main sur la mienne. « Oh, Rose. Je me suis toujours demandé si ce jour viendrait. »

*

À présent que tout avait été révélé au grand jour, je comprenais ce qui m'avait échappé jusque-là – que tout ne pouvait m'être expliqué en une heure, ni deux, ni même en un après-midi. Il faudrait peut-être une vie tout entière. J'avais voulu un paquet d'informations rapides et bien emballées, j'avais voulu intégrer ces éléments sur place mais la vie ne fonctionne pas ainsi, aucune histoire personnelle ne fonctionne ainsi, et Connie le savait mieux que quiconque.

Au lieu de cela, elle me demanda de descendre mettre la bouilloire en marche. Elle allait me rejoindre d'ici une minute, dit-elle. J'obéis, à bout de forces et de larmes, mais en possession de la révélation la plus concrète et la plus intense que j'aie jamais eue au sujet de ma mère : qu'un jour elle était entrée dans un magasin et y avait acheté un pot de peinture verte. C'était une image si tendre – si banale, aussi –, une femme arpentant une rue new-yorkaise. Mais aussi touchante, car elle ignorait que je penserais à elle de cette manière, trente-quatre ans plus tard. Étais-je avec elle, dans une poussette ? Ou avais-je été laissée à l'appartement – et avec qui ? Je caressai mon index, j'imaginai ma mère qui le tenait, le guidait sur le papier. Dans une sorte de brouillard, je mis l'eau à bouillir et sortis deux vilains mugs de Connie. J'y laissai tomber un sachet de thé dans chaque et posai un regard vide par la fenêtre. Je sentais s'ouvrir une facette de moi-même radicalement nouvelle et je ne pouvais rien faire d'autre que d'y laisser libre cours. C'était ce que j'avais cherché.

« Le thé est prêt, m'écriai-je au pied de l'escalier.

— J'arrive », me répondit Connie.

Je piochai une barre Penguin dans la boîte à

biscuits métallique, la lui déballai et la posai dans une petite assiette sur la table. Quand Connie avait-elle fait encadrer cette peinture ? L'avait-elle toujours gardée près d'elle ? Pourquoi la chérissait-elle au point de l'avoir accrochée au mur de sa chambre ? Cette décision sous-entendait un élément au-delà de mes espoirs les plus fous : que je comptais peut-être pour elle.

*

Connie s'assit en face de moi. Elle était entrée dans la cuisine en tenant quelque chose dans la main, qu'elle poussait à présent sur la table. C'était un cadre en plexiglas bon marché contenant une photo de groupe, une vingtaine de personnes rassemblées de façon chaotique au bord d'une piscine bordée d'une haie de cactus. Hommes et femmes d'âges divers, au sourire heureux. À en juger par leurs coiffures et leurs habits, le cliché datait des années 1980. Je le regardai de plus près, j'examinai les visages. Il y avait Connie, bien plus jeune mais immanquable, près du centre au troisième rang. Ce nez pointu et ce visage fin, sa chevelure coupée en un carré fou, de grandes boucles d'oreilles et, pour couronner le tout, un pantalon de costume orange. Son éclat contrastait avec la femme en face de moi, mais je reconnus son port droit et assuré. Puis d'autres visages, les horribles chemises larges et le gel capillaire, les ensembles en jean, les robes fourreaux à paillettes et les épaulettes.

« Elle est au dernier rang, dit Connie. Dans la robe d'enterrement. »

Je pris une profonde inspiration et regardai à nouveau. La voir pour la première fois. J'avais attendu ça depuis si longtemps. Une fille, souriant comme les autres, mais les lèvres serrées, une expression hésitante. Elle n'était peut-être pas prête au moment de la photo. Ses yeux étaient déterminés, presque rageurs. Elle avait les cheveux foncés. Elle paraissait très jeune dans sa robe noire – au milieu de ce groupe et de leurs tenues à la mode, aujourd'hui anachroniques, elle était presque atemporelle. Son visage était photogénique et, même sur ce cliché amateur, sa beauté inhabituelle était évidente. Elle portait quelque chose autour du cou, comme un talisman destiné à repousser les esprits démoniaques.

« C'est elle, dit Connie. C'est Elise. »

En toute honnêteté, je ne reconnus pas ma mère. Sans savoir pourquoi, je pensais que ce serait le cas – mais à présent qu'on me la montrait, c'était brutal de mettre un visage sur cette idée incommensurable, sur le prénom Elise, sur l'espoir et la peur que j'avais placés en elle. Tout ce que je percevais, c'était sa jeunesse. Je fus frappée à l'idée qu'elle tomberait enceinte de moi peu après cette photo. J'aurais tant aimé savoir ce qu'elle en aurait pensé.

« Elle a été prise avant votre naissance », dit Connie, et je fus désarçonnée de constater qu'elle faisait écho à mes pensées. « C'était pendant sa fête d'anniversaire.

— Vous étiez où ?

— À Los Angeles.

— Los Angeles ?

— Elle avait vingt-trois ans. Vous permettez ? » Elle tendit une main pour accompagner sa requête et je lui rendis la photo. Elle la scruta. « C'est ce soir-là que tout a commencé à dégénérer, dit-elle.

— À dégénérer ? »

Elle leva les yeux vers moi. « Vous vous attendiez à une fin heureuse ?

— Je ne crois pas aux fins heureuses, Connie. »

Elle sourit. « Vous devriez peut-être. » Elle poussa un soupir et me rendit la photo. « J'ai pensé à vous toute la semaine. Aux efforts que vous avez faits. Et j'ai pensé à elle. Je sais que vous voulez des réponses, Rose. J'ai essayé de trouver la meilleure façon de vous les apporter. Que dire, comment le dire. Et puis, j'ai compris. Cela va faire une trentaine d'années que j'y réfléchis. »

Je repliai les doigts autour de mon mug Birdworld. « Moi aussi.

— Ç'aurait été sûrement plus simple de ne pas vous téléphoner, dit Connie.

— Je suis heureuse que vous l'ayez fait.

— Je n'essaie pas de me cacher. Ce n'est pas mon genre. Ni le vôtre d'ailleurs. »

J'avais envie de lui demander ce qu'elle avait fait au cours de ces trente dernières années, si elle n'était pas du genre à se cacher – mais c'était mal avisé et je le savais. Comme si elle avait perçu le paradoxe de ses propos, elle reporta son attention vers moi. « Vous êtes forte, Rose. Aussi forte que l'était Laura…

— Connie, arrêtez…

— … alors je vais vous parler de votre mère. Je vais vous dire tout ce que je sais. Car vous méritez d'entendre cette histoire. »

1983

43

Le temps commença à se dissoudre une fois que l'hôpital l'eut renvoyée chez elle. À l'appartement, le temps n'existait pas. Elise songeait que le temps précédant la naissance avait été aspiré par un système solaire hors de portée, tandis qu'elle était assise sur un champignon minuscule dans une forêt gigantesque, à allaiter la petite Rose. Et à la changer, la changer, la changer, jour et nuit. S'il y avait une grâce quelconque à trouver dans cette répétition, Elise fut bientôt trop épuisée pour l'apprécier. Les heures n'avaient plus aucun sens.

Une semaine plus tard, Matt reprit le travail pour des raisons financières. Yoli passait après son service, les yeux brillants la première fois qu'elle avait rencontré l'enfant.

« Alors, c'est elle, Rosa. *Bienvenida*, ma petite. » Elle avait tenu le bébé dans ses mains comme si elle la soupesait au marché. Rose avait levé ses yeux aveugles vers Yolanda, ses doigts minuscules s'étaient agités lentement. « Elle est légère.

— Elle va bien », rétorqua Elise.

Yolanda haussa les épaules. « Elle crie fort ?

— Pas vraiment.

— Ça va venir. »

Elise résista à l'envie de lui demander d'où elle sortait cette autorité en la matière, puisqu'elle n'avait jamais eu d'enfants. Elle refusait pourtant que l'épuisement ait raison d'elle. Elle recula plutôt contre le dossier du canapé délavé et ferma les yeux.

« Va prendre une douche, Elise, proposa Yolanda. Nettoie toute cette sueur. Je m'occupe de Rosa. »

Elise laissa l'eau chaude couler sur son corps et observa la poche vide de son ventre. Elle émergea de la salle de bains pour trouver Yolanda, assise dans la lumière de l'après-midi filtrant par la fenêtre, caressant d'un doigt révérencieux la joue de Rose.

Yolanda et Elise observèrent d'un air émerveillé les mouvements aquatiques des bras de l'enfant, comme si Rose voulait encore flotter dans les territoires liquides de sa mère. « Elle nage, remarqua Yolanda. Ce sera une bonne nageuse. » Elise s'endormit, la tête contre l'épaule de Yoli tandis que cette dernière regardait la télé en berçant Rose dans ses bras, jusqu'au retour de Matt.

*

Deux semaines s'écoulèrent dans cet étrange univers intemporel, ponctuées par les changes, l'allaitement et les périodes de sommeil entrecoupé. Elise et le bébé n'étaient pas encore sortis de l'appartement. Quand Matt et Yolanda suggérèrent qu'Elise emmène le bébé dehors, elle fut bombardée de visions catastrophiques. Rose dans son landau, percutée par une voiture. Rose, kidnappée à un feu de circulation pendant qu'Elise fouillait dans son sac. Mais l'appartement commença aussi à devenir le théâtre de ses visions : Rose, empoisonnée par une bouteille de javel confondue avec du lait. Rose, laissée sur le sol de la cuisine, la cafetière qui tombait de l'îlot et l'aspergeait de liquide bouillant. Qu'elles soient dedans ou dehors, l'idée de maintenir Rose en vie pour toujours lui parut bientôt insurmontable.

Elise était paralysée dans ses tentatives d'imaginer un avenir où elle serait une bonne mère fiable. Elle ne dormait plus, craignait l'instant où Rose se mettrait à pleurer et à réclamer sa présence. Épuisée et en nage dans l'été new-yorkais humide et poisseux, elle se traînait jusqu'au berceau et scrutait la créature allongée là, soulevait jusqu'à son sein la minuscule chose agitée, son corps martelé par une force inattendue, l'esprit assailli par une expérience qu'elle peinait à formuler de façon articulée.

Peu à peu, elle se mit à supplier Yolanda de rester, comme si la présence de cette femme pouvait l'empêcher de faire quelque chose à son bébé. Elle n'admettait pas les pensées qui la hantaient ; les cauchemars qui s'étaient immiscés dans la journée – qu'elle exerçait un pouvoir sur ce bébé impuissant, et qu'elle ne le méritait pas. Qu'elle avait une fille, dont elle n'arrivait pas à s'occuper. Qu'elle était aimée – par Matt, par Yolanda –, tellement aimée, mais qu'elle ne savait pas comment accueillir cet amour. On ne pouvait pas compter sur elle. Elle en était incapable, incapable. Incapable. Elle en était incapable.

*

Un matin, Elise entendit Yolanda et Matt chuchoter dans le salon. Des murmures pressants, la voix de Matt peinée qui disait, *Je ne sais pas quoi faire, mais je ne peux pas démissionner. On a besoin de cet argent*.

Elle ne va pas bien, dit Yolanda. *Tout ça, c'est pas bien.*

Mais pourquoi tu es là, d'abord ? demanda-t-il.

Parce que tu n'y es pas.

Après son départ au travail, et pendant que Rose dormait, Yolanda força presque Elise à entrer dans la salle de bains. Elle lui retira ses vêtements sales, la mena jusqu'à la baignoire et appuya sur ses épaules pour qu'elle s'agenouille, puis elle nettoya la sueur de son corps moite. Elle lui aspergea les cheveux d'eau chaude, y fit mousser le shampoing puis rinça le tout.

*

Arrivant une fois encore en milieu de matinée pour trouver Elise, le regard dans le vague à la fenêtre, vêtue d'une simple culotte et d'un soutien-gorge tandis que Rose hurlait à pleins poumons, Yolanda laissa éclater son exaspération. « Est-ce qu'une enfant est en train d'élever une autre enfant, Elisa ? »

Elise se tourna vers elle. « À toi de me le dire.

— Tu as dormi ?

— Non. Je ne sais pas ce que veut le bébé.

— Elle te veut, toi, dit Yolanda d'une voix radoucie.

— Elle ne m'aime pas.
— N'importe quoi.
— Elle est toujours calme, avec toi. »
C'était la vérité. Yolanda avait une façon énergique mais tendre de s'occuper de l'enfant, elle lui parlait sans cesse, elle la promenait dans l'appartement pendant qu'Elise essayait de dormir. Parfois, Elise les regardait et pensait que Rose était plus l'enfant de Yolanda que le sien. Yolanda jouait son rôle avec plus d'aplomb. Mais Elise pensait aussi : il est plus facile d'aimer quelqu'un de loin.

*

Elise était sidérée de penser à tout ce que Rose devait faire, voir, écouter, goûter et sentir pour la toute première fois. Et d'être obligée de recommencer, encore et encore et encore. « Elle n'a pas le choix », dit-elle à Matt alors qu'ils regardaient leur fille dans son berceau. Rose avait plié les genoux, ses pieds minuscules bougeaient comme de lentes maracas miniatures.
« Comment ça ? » demanda-t-il d'un air méfiant. Cette méfiance, lorsqu'il s'adressait à elle, était nouvelle mais lui devenait déjà familière.
« Je lui ai imposé cette situation, elle n'a jamais eu le choix, continua Elise. Rose va être obligée de vivre dans ce monde.
— Elle s'en sortira bien.
— Mais le chemin à parcourir est tellement long. Et elle n'a que six semaines. »
Matt essaya de l'enlacer mais elle demeura figée là, aussi raide qu'un mannequin.
Et après s'être tant battus, songea encore Elise quand Matt fut parti, après tous nos efforts pour

mener une vie correcte – on ne se souvient jamais vraiment de soi-même. On croit qu'on se connaîtra bien quand un événement majeur surviendra : une naissance, une mort. Mais on ne se souvient jamais de soi-même.

Il y aurait le premier mot de Rose. La première conscience de son corps dans l'eau, ce liquide plein de bulles qui lui donnerait une vue déformée de sa peau toute neuve. Elle découvrirait la mer, les galets qui presseraient douloureusement contre la plante de ses pieds. Son premier frisson en mangeant une crème glacée. Une illustration qui hanterait ses rêves d'enfant, qui referait surface comme un souvenir oblique à la vue d'une certaine couleur, une fois adulte. Les dangers d'un aboiement de chien, sa masse pareille à celle d'un loup comparée à sa petite taille de bambin, la fourrure interminable si différente de sa propre peau. Les bijoux tintant sur des femmes aux visages si variés. Les poils de barbe de son père comme un curieux champ qu'il lui laissait toucher, encore et encore, une rugosité animale qui disparaissait brusquement pour repousser au fil des jours. Le parfum chaleureux d'une maîtresse préférée. Toutes ces sensations et ces certitudes qu'elle découvrirait pour la première – et la dernière fois.

C'est peut-être pour cela que les gens font des enfants, pensa-t-elle. Afin de se rappeler ce qu'ils ont vécu autrefois. C'est la recette même de la folie mais on l'accepte pourtant, et on continue à l'accepter car il n'y a pas d'autre choix. Enfin, si. Mais je n'ai pas envie d'y penser.

Elle s'éloigna lentement du berceau. Elle avait la sensation de se noyer. Elle n'avait encore jamais éprouvé cela – n'avait encore jamais connu l'amour et la peur de cette manière. Pas même quand elle avait vu Connie au bord de la piscine avec Barbara. Pas même quand sa mère était morte.

Parfois, en proie à l'épuisement, Elise avait l'impression d'avoir basculé dans une autre sorte de folie. Certains jours, elle arrivait à peine à bouger.

*

« Il faut que tu t'habilles, dit Yolanda. Le soleil, Elisa. Je viens avec toi », ajouta-t-elle en percevant la peur dans les yeux de la jeune femme.

Elise s'exécuta donc, et elle emmena Rose à Irving Square Park. Rose était étendue sur le dos dans son landau dont la taille démesurée la rendait toute petite. Elles marchèrent dans les ombres intermittentes dessinées par l'épais feuillage des arbres. « Rosita est en pleine forme. Rosa va bien, dit Yolanda. Alors qu'est-ce qui ne va pas ?

— Je ne sais pas, répondit Elise. Viens, on va manger une glace. »

Une boule de glace, une boule gelée, compacte et froide, exactement comme son esprit qui se fracturait lentement. Je pourrais laisser le landau ici, pensa Elise alors qu'elles se tenaient devant le vendeur. Le pouvoir monumental et immérité que l'on vous octroyait dans le rôle de parent, et dont personne ne parlait jamais. Cela dépassait presque l'entendement ! Je pourrais lui faire ça, et c'est horrible qu'aucune loi, aucun examen préliminaire, aucune procédure ne puisse m'en empêcher. Si je le voulais vraiment.

Elle resserra les doigts autour des poignées du

landau et ferma les yeux. Yolanda s'adressa à l'intérieur du berceau – « Regarde le soleil, Rosita. Tu vois comme il brille fort ? »

*

Ainsi passèrent les jours. Elise parvenait à se ressaisir à temps pour le retour de Matt, aussi ne s'inquiétait-il pas trop, mais quand Yoli était au restaurant en journée, ou qu'elle ne pouvait pas être avec elle, Elise vivait alors les moments les plus difficiles. Rose ne prenait plus le sein, alors Elise lui donnait le biberon et ne voyait personne pendant des heures. « Et si on trouvait un groupe de parole entre mamans ? » proposa Matt un soir, alors qu'ils étaient assis dans le canapé. Il avait l'air très fatigué et la préoccupation lui plissait le front.

« Un quoi ?

— Tu sais. Un groupe où tu peux aller discuter et fréquenter d'autres jeunes mamans.

— D'accord », dit Elise.

*

Ils lui trouvèrent un groupe à Fort Greene, elle monta dans le bus et s'y rendit avec Rose dans son porte-bébé. Les femmes s'asseyaient à même le sol sur des tapis, leur bébé juste à côté, elles jouaient avec eux et discutaient entre elles. Elise se sentait bien plus jeune que la majorité. Elles lui souriaient. Elles avaient l'air normales. L'organisatrice, une femme chaleureuse et enjouée prénommée Francine, accueillit Elise et Rose. « Venez vous asseoir, dit-elle. Vous voulez un jus de fruits ? Un café ?

— De l'eau, s'il vous plaît. » Elle avait la bouche sèche, elle se sentait naufragée.

Elles se mirent à chanter des comptines sur les animaux de la ferme. Les femmes prirent leurs enfants dans les bras et chantèrent pour eux, heureuses d'incarner vaches, cochons, coqs et moutons. Elise s'émerveillait de leur ventriloquie, de leur ingénuité, de ces rayons d'amour fatigués. Les bébés étaient fascinés. Leurs petites lèvres entrouvertes, leurs yeux tout neufs qui observaient les grandes bouches de leurs mamans. Elise essaya de chanter, elle aussi, mais ne produisit aucun son valable. Elle chantait faux. Une voix de crécelle bizarre. Elle jeta un regard apeuré à Francine, qui la regardait déjà, remarqua-t-elle avec alarme. Cette dernière lui adressa un sourire d'encouragement. Un sanglot montait en elle comme un raz-de-marée et elle se demandait combien de temps elle pourrait encore le contenir. Elle se sentait si inutile, si mal, si incontrôlable. C'était tellement plus simple quand il n'y avait qu'elle – surfer, marcher, poser pour des artistes, rester assise immobile sans que personne ait besoin d'elle, personne à aimer. Elle inclina la tête et sentit une main sur son épaule. Francine, qui murmurait d'un ton doux à son oreille : « Venez avec moi, Elise. »

*

Elle prit place en face de Francine dans un petit bureau adjacent à la salle commune, Rose sur ses genoux. « J'ai peur, s'entendit-elle déclarer. J'ai peur.

— De quoi avez-vous peur ?

— Je ne sais pas.

— Elise. Je crois que vous devriez aller consulter un médecin. Demandez à votre mari de vous emmener chez le médecin.

— D'accord. »

*

Personne ne lui dit que de tels sentiments étaient normaux. Qu'ils finiraient par passer. Au lieu de cela, on lui suggérait sans cesse des endroits où aller. Peu après sa tentative ratée au groupe de Fort Greene, Elise décida d'aller loin dans Manhattan – à Times Square, car Rose n'avait encore jamais vu Times Square. Elle pensait que cela lui serait bénéfique de voir l'intérieur d'un esprit dévoilé au grand jour, des images, des lumières clignotantes, des gens par milliers ; frôler un peu la folie avant de fuir. Elle pourrait la sortir du landau et la lever afin de lui montrer à quoi ressemblait ce coin de la planète.

Elise engagea le landau dans la foule et continua à le pousser à travers la masse. *Bien !* pensa-t-elle. *Elle supporte bien la foule.*

Puis elle leva les yeux et se figea. Au-dessus d'elles, la photo de Barbara Lowden se dressait, immense. La tête de Barbara était presque vingt fois plus grande qu'une tête normale, ses yeux pareils à des assiettes – de magnifiques assiettes sombres et brillantes ! –, des yeux bruns et profonds et ourlés de cils parfaits. Sa bouche – quelle bouche –, une bouche de déesse, luisante de rouge à lèvres, scintillante ; des pommettes au léger hâle, une impression générale de puissance et de maîtrise de soi. Elle n'avait absolument pas l'air humaine. Elle était si grande. Elise se crut sur le point de vomir.

Des milliers de gens qui marchaient autour d'elles, et pourtant, seule Barbara semblait réelle, là-haut.

TERRES DE CŒUR – *avec Barbara Lowden et Don Gullick,* annonçait l'affiche. *Au cinéma le 3 septembre.* Plus bas, un membre du service marketing avait trouvé une phrase d'accroche : *Où bat son cœur, là se trouve sa terre.* Phrase que Connie aurait détestée et moquée tout autant, estima Elise.

Le visage de Don Gullick était représenté à côté de Barbara. Ils ressemblaient à des membres d'un groupe paramilitaire, épaule contre épaule, prêts à prendre le monde d'assaut. C'était une image sophistiquée et travaillée parce que, s'ils étaient censés éprouver des sentiments amoureux, Barbara et Don ne se dévisageaient pas d'un regard sirupeux. C'était très juste car *Cœur de cire* ne traitait pas de l'amour dans le mariage. C'était un roman de célibataire, un pamphlet féministe – on pouvait même avancer qu'il contenait un sous-texte élégiaque au lesbianisme –, sauf que ce détail avait sans doute échappé aux équipes hollywoodiennes.

En réalité, sur l'affiche n'aurait dû figurer que Barbara – mais même dans toute sa beauté et sa puissance, Barbara Lowden ne pouvait pas porter à elle seule le film au box-office. Connie avait affirmé que c'était impossible, se souvint Elise. Il lui fallait un homme à ses côtés.

Connie, pensa Elise. *Où es-tu ?*

Elle resta là plusieurs minutes, le regard rivé sur Barbara, un chagrin gonflant en elle à l'idée que le monde ne cessait jamais de tourner. Elle voulait dire à Connie qu'elle avait vu l'affiche. Elle voulait dire à Connie combien elle se sentait seule, combien elle était triste, combien elle était petite, combien elle était effrayée. Elle voulait lui dire qu'elle avait prénommé le bébé Rose. À quel point Rose représentait tout, mais à quel point, aussi, tout avait disparu.

« Hé, madame, vous êtes un zombie ou quoi ? » lança une voix. Quelqu'un lui tapotait l'épaule pour qu'elle s'écarte du chemin. Elise sursauta, poussa le landau et prit la direction de l'appartement.

44

La docteure était installée au sixième étage d'un vieil immeuble majestueux de Midtown, dans un cabinet précédé d'une salle d'attente aux lambris sombres, aux lourds magazines et dont les volets bloquaient la lumière naturelle du soleil. L'unique élément décoratif consistait en une simple pendule blanche. Dans le cabinet, les murs étaient blancs, comme tout le reste, et Elise se demanda s'il s'agissait d'un choix délibéré. Elle était plantée là, un insecte exposé, réticent et sans défense face au monde.

« Savez-vous pourquoi vous êtes ici ? » demanda la docteure, qui s'appelait peut-être docteure Barrios mais Elise n'en était pas certaine, et n'était pas sûre non plus de son domaine de spécialité. Matt lui avait pris un rendez-vous en hâte, le visage pétri de désespoir.

« Vous avez lu *Lapin Vert* ? » rétorqua Elise.

La docteure inclina la tête. Elle jeta un coup d'œil à la porte qui menait à la salle d'attente aux lambris sombres, et à Matt, et à la petite Rose.

« Si j'ai lu quoi, Elise ?

— *Lapin Vert*.

— Non, je ne l'ai pas lu.

— Vous devriez. » Elise se demanda si la docteure avait conscience de son cuir chevelu gras. Donner des réponses ne l'intéressait pas. Elle n'en avait pas. *Lapin Vert* était rangé dans son sac à main. Elle le relisait, chaque jour. Matt l'avait vue faire et il était furieux. D'après lui, c'était une mauvaise idée de lire les mots de Connie. *Ça parle de moi*, lui dit-elle. *Ça parle de Connie et comment elle m'a perdue.*

« Je le lirai, répondit la docteure. Si vous pensez que c'est un bon livre.

— Je le pense, oui. »

La docteure écrivit sur un bloc-notes. Elise estimait qu'elle devait avoir environ soixante-dix ans, une chevelure argentée coupée au carré, des lunettes à montures écaille de tortue. Une alliance ; la pierre au centre, vieille et sombre, peut-être de l'onyx. Elise se demanda si elle était veuve : tant d'hommes décédaient avant leur épouse. Son stylo était luxueux et lourd. Même à l'envers, son écriture était exquise, avec ses fioritures arabisantes. Elise observa ses mains aux légères taches brunes. *Un jour, je serai aussi vieille*, pensa-t-elle. *J'espère être aussi élégante.* Avoir soixante-dix ans, voyez-vous ça ! Reniant sa propre vie, et consciente qu'elle ne savait rien de cette docteure, Elise l'enviait pourtant. Dehors, les voitures klaxonnaient mais Elise ne voyait que le ciel.

« Elise, vous vous faites du mal », murmura la docteure d'une voix douce en reposant son superbe stylo.

Grossier. Provocant. Ce n'était pas à la docteure d'en décider. « Je n'ai pas besoin d'en parler », répliqua Elise, les yeux rivés sur ses genoux. Elle se sentait plus détendue, plus calme. Matt n'avait jamais fait de remarques sur les ecchymoses qui lui avaient constellé le corps lorsqu'elle se jetait dans les vagues du Pacifique. Connie, elle, si. Quelle différence, si elle se jetait maintenant dans l'escalier ?

« Les gens qui vous aiment pensent que vous devriez, dit la docteure. Votre mari. »

Elise ne répondit rien. Elle saisit son collier et fit glisser le pendentif en E de droite à gauche sur la chaîne.

« Il est très inquiet pour vous, continua la docteure.

— Ce n'est pas mon mari. Et il est un peu tard pour tout ça.

— Comment ça ?

— Je vais bien. C'était difficile avec un nouveau-né mais je vais bien.

— Quel âge a votre bébé ?

— Elle a deux mois.

— Vos parents vivent par ici ?

— Je n'ai plus aucun contact avec mon père.

— Et votre maman ?

— Ma mère est morte. »

La docteure reposa une fois encore son stylo. « Je suis désolée de l'apprendre. En parlez-vous à Matt ?

— Non. Elle est morte d'une tumeur au cerveau. Il le sait.

— D'accord. »

Matt le savait, mais Elise ne lui avait jamais raconté comment Patricia avait peu à peu oublié les mots, et comment, lorsqu'elle avait réussi à les réapprendre, sa voix était différente, ses yeux étaient différents. Elle ne lui avait jamais raconté comment elle semblait avoir été remplacée par une autre femme, une mère protéiforme qu'Elise n'arrivait jamais à atteindre. Comment une nouvelle tumeur était apparue tel un légume têtu dans le cerveau de sa mère, relié à d'éternelles racines, grossissant en elle, bulbeuse, une courge maligne. Elise ferma les yeux. Quand elle les rouvrit, la docteure la regardait toujours. « Quel âge aviez-vous, Elise, quand votre mère est morte ?

— J'avais neuf ans.

— Je vois.

— Je vais bien. Ça n'a rien à voir avec ma mère.

— Je veux que vous refermiez les yeux. Vous voulez bien faire ça pour moi ? »

Elise ferma les yeux.

« Maintenant, soufflez lentement. Soyez simplement là, dans cette pièce. Je veux que vous me disiez, si vous le pouvez, les mots qui vous viennent à l'esprit quand vous pensez à votre fille. »

Elise prit une profonde inspiration. Elle vit Rose, ses petits yeux fixés sur le plafond de l'appartement, sa petite main rose repliée autour du collier de la Madone porté par Yolanda. « *Bras potelés tendus vers moi*, dit Elise. *Tête. Odeur. Agréable.* » Elle ouvrit brusquement les yeux. « C'est débile. » Elle sentit naître un sanglot déchirant qu'elle ravala.

« Fermez encore les yeux, dit la docteure d'une voix apaisante. Prenez un petit instant. Respirez bien. Quels mots vous viennent à l'esprit quand vous pensez à vous ? »

Elise obéit, une fois encore. Elle ferma les yeux et écouta la pendule au mur. Elle essaya de trouver un mot à propos d'elle-même. Avec Rose, c'était facile. Rose était *là,* solide et sans défense et extraordinaire – mais elle, Elise, elle était aussi incapable de trouver un mot pour elle-même que d'escalader la tour Eiffel. Il n'y avait rien en elle. « Rien, dit-elle. Rien. » Les larmes coulaient à présent. Il n'y avait aucun mot pour elle.

La docteure recula dans son fauteuil en cuir. « Très bien, Elise. Ça va aller. Prenez un mouchoir. Ce que vous dites dans cette pièce reste entre vous et moi.

— Vous allez en parler à Matt. »

La docteure croisa les doigts et posa les mains sur ses cuisses. « Non. Qu'est-ce qui vous fait croire que je ferais une chose pareille ?

— Parce qu'il a besoin de comprendre. C'est ce qu'il veut. C'est pour ça qu'il m'a fait venir.

— Comprendre ? »

Elise soupira et saisit à nouveau son collier, fit glisser le E sous son menton. « C'est un très beau collier, remarqua la docteure. C'est Matt qui vous l'a offert ? »

Elle laissa retomber le pendentif contre sa peau. « Non. »

La docteure marqua une pause. « Vous avez traversé des épreuves indicibles, Elise, finit-elle par dire.

— N'exagérons rien.

— Donner naissance n'est pas facile.

— Des millions de femmes y arrivent.

— Ça ne veut pas dire pour autant que c'est facile. Tout comme apprendre à devenir mère. Ou apprendre à devenir une enfant. On ne vous donne pas le mode d'emploi. » La docteure se tut un instant. « Avoir ainsi perdu votre mère n'a pas dû être facile.

— Vous avez des enfants ?

— Non, je n'en ai pas.

— Alors, vous ne savez *que dalle*. »

La docteure sourit. « Peut-être. À qui avez-vous parlé de vos sentiments ?

— À vous. Je vais bien. Je suis juste fatiguée. Je peux y aller ?

— Je veux vous prescrire un médicament, Elise. Juste pour quelque temps. Vous voulez bien essayer ?

— D'accord.

— Et je veux que vous reveniez me voir d'ici une semaine ou deux.

— D'accord », dit Elise, sachant qu'elle n'en ferait rien.

45

Elise décida qu'elle n'avait pas besoin du médicament. Elle avait besoin d'être en pleine possession de ses moyens, d'être alerte. Elle ne devait pas être droguée. Elle se remit à rêver de la fille piégée dans la maison dont le toit s'effondrait, et elle se réveillait en sursaut, persuadée que Connie était allongée à ses côtés. Mais Matt était là, et Rose dormait dans son berceau.

Le 3 septembre, elle mit Rose dans le porte-bébé et se rendit avec sa fille dans un cinéma à l'angle de Nassau Street et Fulton. Derrière la vitre du guichet, la fille la dévisagea.

« Quoi ? demanda Elise.

— Rien.

— Une place pour *Terres de cœur*. »

Elise acheta son ticket et s'assit dans le noir. Quand le film commença, elle voulait détester Barbara, elle essaya mais en vain. C'était une performance brillante, un rôle majeur dans une carrière. Le corps tout entier de Barbara était fait pour l'écran, sans parler de son visage. Ses yeux racontaient des histoires où les mots étaient superflus.

C'était étrange. Barbara ne ressemblait pas à ça, dans la vraie vie. Mais quand la caméra et les projecteurs étaient braqués sur elle, qu'un personnage prenait racine en elle, les angles de ses joues et de ses lèvres créaient une urgence, une allure altière. Elle devenait quelqu'un d'autre. La qualité du script, de la mise en scène et de la photographie était telle qu'en sortant d'un pas titubant dans le couloir du cinéma, les yeux rivés sur les motifs quelconques de la moquette, Elise éclata en sanglots.

Elle ne pleurait pas pour ce que Connie lui avait fait avec Barbara, ni pour ce qu'elle et Matt avaient fait à Shara et à Connie – mais parce que le film lui avait montré combien sa propre vie était fragile. Le monde décrit dans le film était magnifique et solide. Il ressemblait davantage à la vraie vie. Elle avait cru que New York lui apporterait la solidité dont elle avait besoin. Mais non.

Elle arpenta les rues autour de Nassau Street, remonta Fulton et s'engagea dans Gold avant de retourner vers le pont de Brooklyn. Rose était plongée dans un profond sommeil. Elise se planta au milieu du pont tandis que la circulation rugissait au niveau inférieur. L'obscurité tombait. Elle était sortie depuis des heures. Manhattan allumait peu à peu ses lumières dans le crépuscule. L'Hudson était placide.

Qu'est-ce que je fais ? se demanda-t-elle. *Comment tout cela a pu arriver ?* Elle s'imagina soudain aller à l'aéroport JFK et prendre un avion pour la Californie, puis un taxi pour Malibu – frapper à la porte de Shara, tenant Rose à bout de bras devant elle. *C'est pour toi !* dirait-elle. *Tu vois ? J'ai fait ça pour toi. Comme tu me l'avais conseillé.* Et Shara prendrait le bébé, et tout irait pour le mieux dans le meilleur des mondes.

Elise s'imagina grimper sur le parapet métallique du pont, en cet instant. Qui essaierait de la convaincre de redescendre ? Qui la verrait sauter dans l'eau ?

*

Il lui fallut plus de deux heures pour rentrer à l'appartement de Covert Street. Rose hurlait à présent. À son arrivée, Matt faisait les cent pas dans le salon. Il se figea en la voyant, l'air affolé. « Nom de Dieu, dit-il en s'élançant vers elle pour lui attraper les bras. Mais tu étais où, putain ?

— Quoi ?

— Ça fait des heures que je t'attends. J'étais sur le point d'appeler la police…

— Je suis allée au ciné. »

Matt s'effondra dans le canapé. Il se prit la tête entre les mains et pleura.

« Qu'est-ce qui ne va pas ? demanda Elise, surprise.

— C'est plus possible…

— Qu'est-ce qui n'est plus possible ? »

Il lui adressa un geste frénétique de la main, puis montra le salon, puis Rose. « C'est de la folie, El. Qu'est-ce qu'on a fait ? Je sais jamais où t'es, je sais jamais dans quel état tu seras. Tu refuses d'aller chez le docteur, tu refuses de prendre tes médicaments…

— Je vais chez Yoli, dit-elle. Rose et moi, on va chez Yoli. »

Il leva vers elle un regard horrifié. « Quoi ?

— Je vais aller habiter chez Yoli.

— Yolanda est au courant de tes projets ?

— Tout ira bien. »

Il se leva, le visage encore humide de larmes. « Je comprends pas. Tu peux pas t'inviter comme ça chez... T'es pas en état de...

— Je peux, Matt. Yoli me comprend. Elle sait s'occuper de Rose. J'ai besoin d'elle.

— Mais je suis le père de Rose.

— C'est pour un petit moment, seulement. Tu pourras venir nous rendre visite, bien sûr. Je ne... je ne peux plus vivre ici. »

*

Il ne la retint pas. Elle savait qu'il n'en ferait rien. La retenir aurait été cruel, et Matt n'était pas un homme cruel. Si elle voulait prendre son nouveau-né et partir vivre chez son amie, il devrait la laisser faire. Et même s'il l'en avait empêchée, elle serait partie en douce pendant qu'il était au travail. Il l'aida même à faire ses valises, à démonter le berceau pour l'emporter chez Yolanda. Quand il se fut calmé, Elise sentit en lui un certain soulagement ; quelque chose changeait enfin, elle avait pris une décision.

Il l'accompagna jusqu'à l'appartement de Yolanda. Quand celle-ci ouvrit la porte et les vit tous les deux, elle n'eut pas l'air surprise.

« Je peux payer un loyer », dit Elise.

Yolanda agita la main. « Pas maintenant. »

Elise tendit Rose à Yolanda afin de faire passer sa valise par la porte. Elle se tourna vers Matt. Dans ce nouvel appartement, dans l'air frais du dehors, elle le vit la regarder comme s'il la voyait pour la première fois depuis longtemps. Son visage était gris et épuisé. « Tout ira bien, dit-elle.

— J'espère », répondit-il.

46

Deux mois durant, Elise vécut sous le toit de Yolanda. Être en compagnie de Yolanda était bien plus agréable qu'être avec Matt. Elle était excellente cuisinière, et son *mofongo* au porc, ses cuisses de poulet frit marinées au citron, à l'ail et au rhum, et ses petits *alcapurrias* à la viande hachée et à la banane plantain comblaient le vide qui régnait désormais dans le ventre d'Elise. La certitude que Yolanda rentrerait à la maison après son service au restaurant pour lui préparer ces délices apportait à Elise un réconfort qu'elle peinait à comprendre, encore plus à verbaliser.

Yolanda n'avait qu'un lit, qu'elle avait cédé à Elise. Chaque soir, Yoli dormait dans le canapé, et chaque soir, Elise s'enfonçait dans le matelas de Yolanda avec reconnaissance, écartait les bras et les jambes comme une étoile tandis que Rose respirait fort dans son berceau réassemblé, et elle se jurait d'insister afin que Yoli récupère son lit le lendemain. Mais Yolanda n'en parlait jamais, et chaque soir, Elise ne pouvait résister à l'attrait du lit.

Matt essaya de les voir toutes les deux, mais Elise prétendait que Rose était endormie les soirs où il se présentait, et qu'il ne devait pas la réveiller. Les week-ends, il était plus difficile à éviter. Yolanda, prise entre deux feux, essayait de raisonner Elise.

« Tu ne peux pas continuer à te cacher. Et Rosita a besoin de son papa.

— Tu n'aimes pas que je vive chez toi, répondait Elise. Tu voudrais que je parte.

— Non, non », disait Yolanda avec un soupir. Et Elise avait honte de manipuler ainsi son amie. Ce genre de propos et d'accusations lui venait si facilement.

« Pourquoi tu n'irais pas voir le docteur, Eli ? supplia Yolanda. Tu manges, c'est bien, mais tu ne sors pas de l'appartement et ça m'inquiète. Tu veux être une femme qui vit dans une boîte ?

— Pourquoi pas ? Il y avait bien une femme qui vivait dans une chaussure. »

Yolanda la regarda d'un air perplexe. « Comment elle pouvait rentrer dans une chaussure ? »

Elise éclata de rire en songeant à cette comptine enfantine. « C'était une grosse chaussure. »

Yolanda semblait mal à l'aise. « *Mija*, dis-moi. C'est fini pour toujours entre vous deux ?

— Oui, répondit Elise comme si la vérité la frappait soudain. Oui. C'est fini. »

*

Les jours devinrent des semaines, et les semaines un mois. Pour finir, Yolanda, le visage fatigué et les mouvements lourds, fit asseoir Elise dans le canapé et lui dit qu'elle était allée voir Matt pour résoudre la situation.

Elise en fut choquée. « Tu es allée voir Matt pour te plaindre de moi ?

— Non, Eli. Je suis juste inquiète pour toi. Je t'aime mais tu ne peux pas vivre ici pour toujours.

— Qu'est-ce que tu lui as dit ?

— Je lui ai dit que Rosita allait bien. Je lui ai dit que tu avais recommencé à manger. Mais que tu ne sortais pas. Que tu ne te lavais pas assez souvent. »

Malgré elle, Elise porta la main à ses cheveux. « Je sens mauvais ? »

Yolanda l'ignora. « Il a téléphoné à quelqu'un, poursuivit-elle. Une femme.

— Une femme ?

— Qui s'appelle Constance. »

Elise se leva d'un bond. « Yoli, tu plaisantes ? »

Une expression paniquée passa brièvement sur le visage de Yolanda. « Non. C'est pas mon genre de plaisanter. Tu me vois en train de rire ?

— Il a appelé *Connie* ?

— Elle vient te rendre visite ici. Matt m'a dit que c'était une amie à toi. Que tu serais heureuse de la voir.

— Elle vient *ici* ?

— Oui. » Yolanda lui décocha un regard sombre. « Je dois faire le ménage.

— Quand est-ce qu'elle vient ? »

Yolanda remua avec gêne dans le canapé. « Demain.

— Mais *putain*…

— Tu vas accepter de la voir, hein ? On peut pas laisser ton amie venir depuis Londres et la renvoyer juste après. »

*

Yolanda partit travailler au restaurant, et Elise sortit l'aspirateur et la serpillière. Elle utilisa un désinfectant puissant pour le lavabo de la salle de bains, les robinets et le sol. Elle lava les housses de coussins dans la baignoire et, pendant qu'elles séchaient, elle tapota la garniture des coussins eux-mêmes. Elle voulait appeler Matt et le réprimander de la refourguer ainsi à Connie, comme si elle était une enfant à problèmes et qu'il baissait les bras, la cédant à une autorité supérieure. Mais si elle s'avisait de lui téléphoner, il répliquerait simplement que c'était elle qui avait choisi de partir. Matt était tellement lâche.

Elle se lava les cheveux – deux fois – et en coupa les pointes fourchues, puis attacha la belle masse humide en chignon afin que sa chevelure ondule le lendemain. Elle fourra son jogging dans la panière à linge. Elle sortit avec Rose dans le porte-bébé, acheta un bouquet de fleurs – des roses, évidemment – et des lys, ainsi qu'un gâteau à la pistache chez son pâtissier turc habituel, puis des sachets de thé anglais dans une bodega.

De retour chez Yoli, elle trouva une robe noire dans le placard qui devait lui aller, quoiqu'un peu trop large, et elle la lava dans la baignoire en priant pour qu'elle ne soit pas humide le lendemain, comme les housses de coussins. Elle conclut qu'elle ne serait pas sèche, aussi se rendit-elle à la laverie du coin.

« C'est pour une soirée spéciale ? demanda l'employée.

— Si on veut, oui. »

La robe en ressortit propre et sèche, dégageant un doux parfum, et Elise enfouit son visage dans cette nouveauté si pleine d'espoir. Dans la friperie juste à côté, dans laquelle elle n'avait jamais mis les pieds car l'endroit était sombre et étrange

– même si, dans sa vie passée, la boutique aurait été sa première escale –, elle dénicha un petit abat-jour en satin rose. De retour à l'appartement, elle l'installa sur l'ampoule nue de Yoli où il diffusa un doux halo sur le mur. Demain, Connie allait venir. Connie allait venir !

*

Quand arriva le lendemain, l'attente du matin et de l'après-midi lui parut interminable. Les housses avaient séché et Elise les replaça sur les coussins qu'elle posa avec goût en rang contre le dossier du canapé.

Yolanda, qui avait atteint son objectif en motivant Elise à s'activer, était désormais inquiète des conséquences. « Tu veux que je reste ? demanda-t-elle.

— Non, Yoli, ça va. Il faut que je le fasse seule.

— C'est une sorcière ou quoi, cette femme ? Regarde-toi. Elle t'a ensorcelée.

— Mais non. Je vais bien.

— Bon, tu m'appelles au resto si t'as besoin de moi, d'accord ? Le numéro est sur le téléphone. »

Yolanda quitta l'appartement, et aucune ne savait qu'elles se voyaient pour la dernière fois. Elise changea encore l'eau des fleurs afin que les roses et les lys boivent autant de liquide pur que possible. Elle découpa le gâteau à la pistache en huit parts égales. Elle relava les tasses à thé. Mais elle avait l'impression d'effectuer ces gestes de loin. Elle ne pouvait rien faire d'important avant l'arrivée de Connie.

Cette dernière était à Manhattan, en l'instant même. Dans l'espoir de se changer les idées, Elise déchira une page du bloc-notes que Yolanda utilisait pour ses listes de courses, et elle y esquissa un grand lapin à l'aide d'un stylo feutre. Elle resta longuement assise devant le dessin, ses pensées rivées sur Connie. La vie n'était-elle pas mystérieuse – que son ex-petit ami soit celui qui lui ramène Connie ? Et n'était-ce pas un miracle, que Connie ait accepté de venir ? Elles avaient tant à se dire, et tant à se pardonner.

Elise admit enfin qu'elle était impatiente. Connie lui avait tellement manqué. Elle sentit déferler en elle une émotion proche de l'amour. Elle avait cru cette sensation morte à jamais. Mais l'amour revenait, en même temps que Connie.

« Et si on allait acheter un peu de peinture pour ce lapin ? » murmura-t-elle à sa fille.

Ayant glissé l'enfant dans le porte-bébé, Elise arpenta le trottoir en quête d'un magasin qui vende de la peinture verte. C'était si important de trouver cette peinture, d'offrir ce cadeau à Connie.

Elle finit par repérer une bodega où elle trouva une petite quantité de peinture pour enfant. Elle la prit sur l'étagère, un petit pot de vert forêt, la pire qualité possible mais c'était tout ce que Ridgewood avait à offrir. Au-dessus de l'employé de caisse, les aiguilles de la pendule indiquaient presque 14 heures. *Je ne dois pas être agitée quand elle arrivera*, pensa-t-elle.

*

De retour chez Yoli, elle ouvrit le couvercle de la peinture, posa Rose sur ses genoux et trempa l'index droit du bébé sur la surface. Rose ignorait absolument ce qu'il se passait à mesure que sa mère lui levait le doigt au-dessus de la feuille et entreprenait de déposer des taches de peinture verte sur le lapin, guidant l'index de Rose jusqu'à ce que l'effet pointilliste se forme peu à peu sur le corps du lapin.

« On dirait qu'il a la variole », dit Elise, mais elle était heureuse car c'était un cadeau de la part de Rose, aussi. Connie devrait bien le reconnaître. Elle lava le doigt du bébé dans le lavabo de la salle de bains et repéra un croissant vert forêt sous l'ongle de Rose, la lune la plus minuscule qu'elle ait jamais vue.

Elise se demanda quoi écrire sous le dessin. *BIENVENUE*. Non, Connie n'aimait pas les manières. *Pour Connie que j'aime, Rose*, écrivit-elle en bas de la feuille. La peinture ne séchait pas assez vite.

Elle enfila la robe noire et propre, trouva un tube de rouge à lèvres dans la table de chevet de Yoli. Elle se peignit le visage comme un masque, afin de ressembler autant que possible à celle qu'elle avait été. Elle défit son chignon serré et ses cheveux jaillirent en belles ondulations. Elle se posta devant le miroir et se détailla. Elle devrait se contenter de cela. Elle effleura le collier à son cou, un cadeau de Connie légèrement terni à présent par les interminables contacts agités de ses doigts.

La sonnette retentit.

*

Rose était allongée sur le dos au milieu du tapis du salon et frappait doucement l'air de ses petits poings pareils à des coquillages. Elise la prit dans ses bras et longea le petit couloir jusqu'à la porte d'entrée. Elle se rendit compte qu'elle était jambes nues – pas de collants, pas de crème hydratante. Il était trop tard pour s'en inquiéter. Elle poussa le bouton de l'interphone et attendit, serrant Rose contre elle, adossée au mur, le cœur battant. On frappa à la porte juste à côté de sa tête et, sans la moindre hésitation, elle ouvrit.

« Connie, dit-elle. Salut. »

Les cheveux de Connie étaient plus courts, là où ceux d'Elise avaient poussé. Les avait-elle teints pour leur donner des nuances plus profondes, pour leur rendre leur aspect d'origine ? Elle était vêtue d'un imperméable, portait un sac à main Chanel noir à l'épaule et de grands anneaux en or clipsés à chaque lobe d'oreille.

À la vue d'Elise, Connie recula d'un pas, comme si elle ne s'était pas attendue à trouver la femme qui se tenait à présent devant elle. Ses yeux se posèrent brièvement sur le collier, puis sur le visage de Rose.

« Elise. Bonjour. Je peux entrer ? »

47

Elles ne se touchèrent pas. En se décalant pour laisser passer Connie, Elise perçut soudain l'aspect miteux de l'appartement, malgré les fleurs et l'éclat rutilant de la salle de bains. L'endroit ne dégageait pas un parfum de rose, mais une odeur de javel bon marché. Elle mena Connie dans le couloir jusqu'au salon qui donnait sur la rue bruyante.

« Et voilà ! » dit-elle. L'abat-jour ancien n'était ni unique ni original comme elle l'avait escompté. Il ressemblait à un morceau de chair tachée. Elle posa Rose au sol et lissa sa robe malgré elle. « Assieds-toi, je t'en prie. Un thé ?

— Avec plaisir, merci », répondit Connie. Elle s'assit dans le canapé et s'enfonça contre les coussins qui s'aplatirent aussitôt.

Elise alla remplir une casserole d'eau dans la cuisine. Elle se sentait mal à l'aise. Elles auraient dû se tomber dans les bras, s'enlacer, se pardonner – tout ce qui avait été dit, tout ce qui avait été fait, toutes ces idioties. Mais elles se parlaient comme deux inconnues. *Pas de précipitation*, se dit-elle. Elle mit la casserole à bouillir sur le feu.

Connie n'avait pas bougé mais son attention

était tournée vers l'enfant sur le tapis. Elle n'avait manifesté aucun intérêt à prendre le bébé dans ses bras. « Voici Rose, dit Elise.

— Bonjour, Rose, dit Connie comme si elle attendait une réponse.

— Elle t'a fait un dessin, expliqua Elise en tendant la feuille de papier.

— Un lapin vert ? Comme c'est malin. Merci, Rose.

— Tu peux l'emporter », dit Elise. Connie comprit ce qu'elle était censée faire, et lui prit la feuille des mains. Elle ne la regarda pas longtemps, mais la plia avec soin avant de la ranger dans son sac Chanel. Elise craignait que la peinture ne tache la doublure intérieure. « Rose l'a fait avec le bout de son doigt », dit-elle, mais Connie ne réagit pas.

« Comment vas-tu ? poursuivit-elle, et sa poitrine se serra, pleine de paroles refoulées tandis qu'elle s'agenouillait à côté de Rose.

— Ne parlons pas de moi.

— Mais ça m'intéresse. »

Connie n'hésita qu'un court instant, puis raconta à Elise comment *Lapin Vert* avait connu un véritable succès auprès de la critique en Angleterre. Deborah et l'éditrice étaient rassurées. Ici, aux États-Unis, les premières projections de *Terres de cœur* avaient été encensées. La mention de *Terres de cœur* invoqua Barbara dans la pièce et Elise scruta Connie en quête d'une réaction gênée, honteuse ou même ravie, mais n'en trouva aucune. Connie ne parla pas d'elle-même, seulement de son travail. Tout était *réussi*, *encensé*. Les adjectifs résonnaient de façon étrange dans ce petit appartement miteux, comme s'ils n'y avaient pas leur place ici.

« Tu écris ? demanda Elise.

— Oui.

— Et tu écris quoi ?

— Ce que j'écris toujours », répondit Connie. Elise se sentait étouffer.

Elle était toujours occupée, en permanence, ajouta Connie. À Londres, surtout, sauf quand elle rendait parfois visite à Shara, en Californie.

C'était à présent le nom de Shara qui flottait entre elles, indésirable. « Je suis heureuse que tout aille bien pour toi, dit Elise.

— Vraiment ? demanda Connie, qui cherchait la bagarre. Tu ne dois sûrement pas penser que je mérite d'aller bien. »

Elise décida de ne pas répondre. Elles restèrent assises en silence et regardèrent Rose allongée sur le dos à ne rien faire. « J'ai vu le film, finit par dire Elise au bout d'un moment.

— Qu'est-ce que tu en as pensé ?

— Tu n'es pas étonnée que j'y sois allée ?

— Un peu. Je suis contente. »

Elise posa les mains sur ses cuisses et sourit. « J'ai trouvé Barbara excellente.

— On a eu de la chance de l'avoir. Enfin, tu vois ce que je veux dire.

— Oui.

— Il y a des rumeurs d'oscar », ajouta Connie. Elise demeura muette. « Je ne suis pas allée dans les Catskill, lâcha soudain Connie. Après t'avoir vue au Mexique. Je suis rentrée chez moi. Je crois qu'il fallait que je te le dise. En fait, je n'ai pas revu Barbara depuis ton départ, sauf à la première du film, à Los Angeles.

— Je suis censée te féliciter, ou m'excuser ?

— Ni l'un ni l'autre. »

Dehors, un klaxon retentit et un homme lâcha un juron dans un fort accent italien. L'appartement était au-dessus d'un feu de circulation et des conflits éclataient sans cesse entre piétons et automobilistes. « Tu as été horrible avec moi, dit Elise. Sur la plage.

— Je sais. Mais j'étais en colère. »

Elise attendit les excuses qui auraient dû suivre, mais rien ne vint. Bon sang, ce que Connie pouvait être arrogante. Elle refusait toujours de perdre le contrôle, quel qu'en soit le prix. Rose gazouilla et Elise la caressa. « J'ai lu *Lapin Vert* », annonça-t-elle, se sentant idiote de prononcer cette phrase, comme si elle tentait de prouver sa valeur en ingurgitant chaque production créative de Connie.

« Je me posais la question, avec le dessin », commenta Connie.

Elise souleva Rose et s'assit avec elle sur une chaise en bois dur installée à angle droit du canapé. Elle refusait de lubrifier davantage la conversation. Elle n'avait pas invité Connie – c'était Connie et Matt, et Yolanda, qui avaient imaginé cette embuscade. Personne n'était dans son camp. Pourquoi flatter Connie, pourquoi aduler Connie, sa réussite et ses éloges, quand le monde entier s'en chargeait visiblement déjà ?

Elle savait ce que Connie voulait l'entendre dire – *Le roman était incroyable. Est-ce que tu es Rabbit, et moi l'amante ?* – afin de pouvoir lâcher un rire méprisant devant cette vanité qui l'incitait à se croire assez intéressante pour être au cœur d'une histoire. Mais Elise avait lu le livre bien assez de fois pour connaître la vérité. *Lapin Vert* traitait de leur relation : cela ne faisait pas l'ombre d'un doute.

« Alors ? demanda Connie d'un ton léger. Qu'est-ce que tu en as pensé ? »

Elise la dévisagea. Elle était assise là, serrant un bébé que Connie n'avait même pas daigné regarder attentivement, au sujet duquel elle n'avait pas posé la moindre question – *comment s'est passé l'accouchement, et la maternité, est-ce que je peux la prendre dans mes bras, tu arrives à dormir ?* –, elle ne voulait entendre parler que de son foutu bouquin. « Je l'ai trouvé bien. »

Connie se redressa un peu et les coussins s'aplatirent davantage. « Je vois.

— Tu l'as dédié à Shara.

— Oui. Je peux aller aux toilettes ?

— Deuxième porte au fond du couloir. »

Elise resta assise avec Rose en attendant. Chaque minute passée entamait son sang-froid, mais elle ne voulait pourtant pas que Connie s'en aille.

Connie réapparut. Debout sur le seuil de la porte, elle paraissait si décalée dans la pièce brune – comme une figurante dans les studios hollywoodiens de l'année précédente, elle existait en dehors de l'espace et du temps, un centurion étincelant dans une masure du XIXe siècle.

« Pourquoi tu es venue ? » demanda Elise, sentant son assurance vaciller peu à peu.

Connie soupira et alla se rasseoir dans le canapé. « Je suis venue te voir, Elise. C'est tout. C'est simple. J'ai dit à Matt que je viendrais te voir.

— Donc tu n'es même pas ici parce que tu en avais envie, mais parce que Matt te l'a demandé.

— Il est inquiet.

— Je vais bien, Connie. C'est mieux qu'on soit séparés. »

Connie se releva. « Je vais aller faire du thé.

— Je m'en occupe, dit Elise. Prends-la quelques minutes. » Elle tendit le bébé à Connie.

« Elise..., lâcha Connie en tenant Rose à bout de bras.

— Tiens-la juste contre toi, Constance. Ce n'est pas une bombe. »

*

Dans la cuisine, Elise tenta de prendre plusieurs inspirations profondes. Elle posa deux parts de gâteau à la pistache sur une assiette et essaya de se souvenir qu'il s'agissait de sa vie. Pas de celle de Connie. Connie avait son propre espace. Connie ne pouvait pas narrer sa vie à elle, ni la changer. C'était sa vie, à elle seule.

Peine perdue. La présence physique de Connie, si puissante aux yeux d'Elise, était trop proche. Elle avait honte de ne pas vouloir se défendre contre la peau de Connie, ses vêtements impeccables, ses interminables réussites qui collaient à elle presque physiquement comme un parfum. Ces boucles en or aux oreilles, ce raffinement présomptueux et son regard impitoyable qui se posait sur les taches du canapé d'occasion.

Elise posa les mains sur le plan de travail pour retrouver son équilibre. Aucune lumière ne pénétrait par la petite fenêtre minable et la pièce avait des airs sous-marins. Elle voulait lui parler de ses fantasmes monstrueux, abandonner Rose à l'aéroport JFK avec un billet d'avion accroché autour de son pied minuscule, un aller simple pour Malibu. Comme elle avait été sur le point de le faire, un jour, elle avait mis un petit paquet de couches dans un sac avant de le déballer à nouveau et de s'allonger par terre, le visage enfoui dans le tapis de Yolanda à attendre d'avoir la volonté de se relever. Comme elle avait lutté contre ces idées et ces actes, chaque jour, et qu'elle n'avait pas osé en parler à la docteure, le jour où on l'avait traînée dans cet affreux cabinet de Manhattan.

Elle se démena avec le fermoir de son collier, sous ses cheveux ondulés et coiffés le jour même. Elle l'éloigna de son cou, une remise de médaille à l'envers. Elle posa le bijou sur le plan de travail et retourna au salon avec un plateau de thé et de parts de gâteau.

« Pas de gâteau pour moi, merci », décréta Connie. Elle tenait toujours Rose, ce qui était déjà positif. Elle ne l'avait pas fait tomber par terre, ni lancée par la fenêtre – et soudain, Elise ferma les yeux pour échapper à une vision féroce et réaliste de Rose volant dans les airs avant de s'écraser sur le trottoir, le bruit discret et sourd de son squelette qui se brisait. Elle pouvait entendre le crâne de Rose se fendre comme un biscuit chinois tandis que son cerveau, de la taille d'un abricot, éclatait contre le béton.

Tout ce qu'Elise voyait ou entendait concernait des horreurs subies par cette fillette, et elle était prise d'une envie soudaine de se châtier, de punir son esprit répugnant.

« Tout va bien ? demanda Connie.

— Ça va, répondit Elise qui s'agenouilla près de la table basse pour y déposer les tasses de thé. Mais tu aimes les sucreries pourtant, non ?

— Ah bon ? Eh bien, j'essaie de faire attention.

— D'accord.

— Tu veux bien la reprendre ? demanda Connie

qui se délesta de l'enfant avant de tendre la main vers la théière et de remplir les tasses.

— C'est vraiment dommage que tu ne veuilles pas du gâteau, dit Elise. Ne t'inquiète pas, ce n'est pas moi qui l'ai préparé. Il est bon. » Elle rompit un gros morceau de sa part qu'elle enfourna d'un geste délibéré dans sa bouche, ses doigts avides, des miettes qui tombaient de ses lèvres, partout, sur ses cuisses et sur la tête de Rose. « Tu vois ? Il est délicieux.

— Elise...

— Bon, si tu ne le manges pas, ça en fera plus pour moi.

— Tu es très agitée

— Je ne suis pas *agitée*, putain. Je me sens *agitée* quand les gens me disent que je le suis. Et franchement, Connie. Pour la dernière fois. Pourquoi tu es venue ici ? »

Connie plissa les yeux. « Tu es très mince.

— J'ai toujours été mince. Et puis, c'est une robe de Yoli. Elle est plus grande que moi.

— Tu manges correctement ? »

Elise leva le reste de son gâteau. « Qu'est-ce que je suis en train de faire, là ?

— Et tu fais du sport ? »

Elise pensa à ses promenades de jour et de nuit, les kilomètres avalés qui ne la menaient pourtant nulle part. « Ouais. »

Connie but une gorgée de thé, se rassit contre le dossier du canapé et regarda la pièce autour d'elle. « Yolanda, c'est ta copine ?

— C'est mon amie.

— Mais où est-ce qu'elle dort ? Il n'y a qu'un seul lit. »

L'espace d'un moment, Elise fut tentée de jouer

avec Connie, de voir si elle parviendrait à la rendre jalouse, étant donné qu'elle ne pouvait lui inspirer aucun autre sentiment. Mais elle était fatiguée et n'avait pas envie d'une dispute. « Yolanda me prête son lit. »

Connie fut sur le point de dire quelque chose mais elle tint sa langue, elle aussi. Ses efforts radoucirent Elise : « Je te pardonne », dit-elle.

Connie la dévisagea. « Je ne crois pas qu'il soit question de pardon. Plus maintenant. Pas avec un enfant.

— C'est justement pour ça qu'il est question de pardon, rétorqua Elise. Et je veux que tu me pardonnes, toi aussi.

— On a fait des choix, toutes les deux, dit Connie avec un haussement d'épaules, avant de boire une gorgée de thé.

— Et moi, j'ai fait le bon choix, affirma Elise.

— Je ne crois pas que tu en sois convaincue. » Elle reposa sa tasse sur la soucoupe. Puis elle ouvrit son sac à main et en sortit un chèque. « Tiens, dit-elle en le tendant à Elise. Prends ça. »

Elise la regarda d'un air interloqué. « Je ne veux pas de ton argent.

— Tu ne t'en privais pas, avant.

— Je te demande pardon ? »

Connie lâcha un soupir exaspéré et posa le chèque près de la tasse. « Regarde-moi cet endroit, Elise. Qu'est-ce qu'il s'est passé ? Tu étais avec moi en Californie, tu avais tout ce dont tu pouvais rêver. L'avenir te tendait les bras, tes amis, moi…

— Tu parles de ta vie, *à toi*. Si je suis venue en Californie, c'était seulement pour toi.

— Eh bien, tu n'y as pas tenu très longtemps. Et maintenant tu es là. » Elise sentit la fureur monter en elle tandis que Connie l'examinait encore de ce regard froid. « Tu savais que Shara avait des tendances suicidaires et avait été placée sous surveillance après avoir appris la naissance de ton bébé ? Ou bien Matt a-t-il préféré ne pas t'en parler ?

— Quel aurait été l'intérêt de m'en parler ? » demanda Elise, mais l'information l'avait déroutée. Elle essaya de masquer sa gêne. « J'étais enceinte, Connie. Il voulait me protéger.

— De quoi ? Tu vis dans un appartement horrible.

— Ne parle pas comme ça de l'appartement de Yoli.

— J'ai dû enjamber des seringues pour arriver jusqu'ici. Tu es complètement paumée. Et maintenant, tu as un bébé qui va drainer tes forces jusqu'à la fin de ta vie. »

Elise comprit soudain. Tout ceci – les manières distantes, le chèque condescendant – parce que Connie n'arrivait pas à pardonner le départ d'Elise. Cet abandon, sans doute le premier dans la vie amoureuse de Connie, l'avait profondément blessée dans sa fierté. Même l'écriture de *Lapin Vert* n'avait pas pu expier ce désir de venir jusqu'à Brooklyn pour l'humilier. Pas étonnant que Connie ait regardé avec tant de dégoût le bébé que Matt et Elise avaient fait ensemble. Rose Simmons était le symbole de son échec, de son incapacité à maintenir Elise dans une situation désavantageuse.

« Tu es jalouse, c'est ça ? demanda-t-elle à Connie. Tu pensais que je ne survivrais jamais sans toi. C'est bien ça. Tu es jalouse.

— Jalouse ? s'esclaffa Connie. Tu arrives à peine à survivre. Et tu auras la responsabilité de cette enfant jusqu'à la fin de tes jours. La jalousie est bien loin dans la liste de mes sentiments. »

Elise serra Rose contre elle, comme si Connie risquait de la lui arracher des bras. Rose posa la tête contre l'épaule de sa mère et se mit à battre des pieds. « Tu crois que je ne le sais pas ? Que je suis responsable d'elle ? Tu crois que ça ne me traverse pas l'esprit à chaque instant ? »

Connie soupira. « Et qu'est-ce que tu feras quand tu n'auras plus d'argent, Elise ? Qu'est-ce que tu feras ?

— L'argent ne fait pas le bonheur.

— Si, surtout quand tu n'en as pas. Comment tu vas t'en sortir, cette fois-ci ? Tu vas faire plonger cette enfant avec toi, l'entraîner dans ta chute ?

— Ta gueule ! »

Connie se pencha en avant et murmura : « Tu as fui devant chaque responsabilité à laquelle tu étais confrontée. Tu t'en approches, et puis tu fuis. Tu as fui devant ton père, devant moi, et tu as fui devant Matt. Dieu sait devant qui tu as encore fui, au cours de ta vie. Tu n'as jamais daigné m'en parler. Et j'ai comme l'impression que tu vas recommencer.

— Arrête de me dire ce que je vais faire ou non. »

Rose se mit à pleurer. Connie empoigna son sac à main et se leva, prête à partir. « Tu ne vas pas bien, dit-elle. C'est évident. Tu as besoin d'aide, Elise, franchement. Tu ne pourras pas te cacher ici indéfiniment.

— Ne retourne pas la situation contre moi, juste parce que j'ai touché dans le mille avec mon argument », siffla Elise.

À ces mots, quelque chose sembla céder chez Connie. Elle asséna une claque sur le canapé de Yolanda. « Ton amie dort sur ce tas de merde

– pour toi. Matt m'a appelée – pour toi. Tu n'es qu'une sale gosse pourrie gâtée, Elise. On met tous nos vies entre parenthèses quand bon te semble. »

Les cris de Rose montèrent d'un cran dans les aigus. Connie grimaça et se dirigea vers la porte. Elle fit volte-face, le visage hagard. « Tu veux vraiment savoir pourquoi je suis venue ? Je suis venue te dire de confier Rose à l'adoption. »

Elise dévisagea Connie et, d'un geste machinal, elle fit doucement sauter Rose de haut en bas. Les sanglots de l'enfant s'apaisèrent rapidement mais Elise était sidérée. « Rose va bien, bégaya-t-elle. Elle est propre, elle va bien, elle… »

Connie s'appuya contre le chambranle de la porte. « Elle est trop maigre. Regarde-la.

— On n'enlève pas un enfant à sa mère comme ça.

— Tu n'as rien d'une mère, affirma Connie.

— Quoi ?

— Tu ne sais pas ce que tu fais.

— On ne sait jamais ce qu'on fait.

— Elle aurait une vie meilleure, ailleurs. Tu le sais très bien, Elise.

— Tu as fait tout ce chemin pour me dire ça ? »

Connie fit quelques pas vers elle. « Ce n'est pas une vie pour toi, El. Pas du tout, murmura-t-elle. Tu n'as pas d'argent. Quand on t'en offre, tu ne l'acceptes pas. Tu n'as aucun soutien. Tu n'es pas en couple…

— Tu es tellement vieille école, rétorqua Elise. Je croyais que tu voulais m'aider, pas me balancer de l'argent au visage. Tu es juste venue constater les dégâts.

— Je suis venue parce que je veux t'aider. Parce que tu comptes à mes yeux, et c'est vrai.

— Oh, va te faire foutre.

— Où est-ce que tu t'imagines dans cinq, dix ou quinze ans ? Toujours à dormir dans la chambre d'une autre femme, à servir des burgers dans un restaurant ? Ta vie est un disque rayé. »

Elise sentit une rage brûlante monter du plus profond de son être. « Tu crois que tu vaux mieux que moi, avec tes livres et ton fric. Mais non. Personne ne se souviendra jamais de toi, Connie. Tu n'es pas assez douée. Et personne ne supporte de rester longtemps avec toi. Tu n'es qu'une salope arrogante qui prend tout le monde de haut. Heureusement que tu n'as jamais eu d'enfants. »

Connie tourna les talons et se hâta dans le couloir jusqu'à la porte d'entrée qu'elle ouvrit à la volée. Un relent d'urine s'immisça dans l'appartement depuis la cage d'escalier.

Elise s'élança derrière elle, Rose dans les bras. « Connie… »

Celle-ci se tourna brusquement, un masque de fureur sur le visage. Elle pointa l'index devant le visage minuscule de Rose, lui égratignant presque le bout du nez. « J'ai pitié de toi », dit-elle à l'enfant.

Elise repoussa la main de Connie qui heurta le chambranle. « Va te faire foutre, Connie.

— Ta mère ne t'a presque pas élevée, Elise. Et voilà que tu reproduis le même schéma.

— Ne parle pas de ma mère.

— Je sais que, d'après toi, c'était une tumeur. Mais tu ne crois pas plutôt qu'elle a déraillé dans sa tête, et qu'elle n'a plus été capable de supporter tout ça ?

— Elle était malade, Connie. Tu te crois surhumaine, je sais, mais la maladie, c'est le genre de chose qui arrive. »

Connie la considéra d'un regard glacial. « Je me suis souvent demandé si ce n'est pas toi qui l'avais rendue malade. »

Elise sentit ses genoux céder sous elle, et lentement, inexorablement, sans lâcher Rose, elle s'effondra au sol. « Ta gueule, murmura-t-elle contre le crâne du bébé. Ce n'était pas ma faute. »

Connie parut consciente d'avoir repris le dessus. Elise leva les yeux vers elle. Les joues de Connie étaient écarlates mais elle se ressaisit, et l'observa de toute sa hauteur. « Avec une fille comme toi, elle est sûrement morte de honte. *Patricia*, ajouta-t-elle en teintant de mépris le prénom maternel.

— Je t'en supplie, Connie. Arrête.

— Et celle-ci ? poursuivit-elle au-dessus du petit crâne de l'enfant. Avec une mère comme la tienne, Rose, c'est perdu d'avance. Tu es maudite. C'est dans tes gènes. »

Connie tourna le dos et disparut dans l'escalier, le cliquetis sec de ses talons retentissant sur le béton. Elise resta là, même après avoir entendu claquer la porte de l'immeuble. Elle demeura assise dans la pénombre, serrant Rose qui se mit à pleurer et à pleurer jusqu'à ce qu'Elise ne puisse plus supporter ce son.

2018

48

Je dévisageai Connie de l'autre côté de la table. La lumière du jour était tombée. Depuis combien de temps étions-nous assises là ? Deux heures, peut-être trois ? J'avais l'arrière-train engourdi. Aucun mot ne parvenait à émerger de mes lèvres mais mon esprit n'avait pas été aussi vif depuis des années. J'étais abasourdie à mesure que j'essayais de comprendre tout ce que j'avais entendu. J'avais espéré trouver ma mère entre les pages du livre de Connie ; même en rêve, je n'aurais jamais imaginé la découvrir ainsi, avec tant de détails, de la bouche même de Connie.

« Je ne pensais pas ce que j'ai dit », expliqua Connie, interprétant mon silence comme une désapprobation. Elle avait la voix rauque et fatiguée d'avoir tant parlé. « J'ai honte de moi. Bien évidemment que je ne le pensais pas. »

Je ne trouvai rien à répondre. Je n'aurais jamais soupçonné une histoire aussi intense et complexe, lovée en elle, dans l'attente d'émerger un jour. Mon père avait été marié. Ma mère – vengeresse, inconstante, aimante et étrange – avait arpenté le littoral du Yucatán en quête d'élégants coraux parmi les méduses échouées. Ma mère, amoureuse d'une femme, amoureuse d'un homme, m'aimant peut-être, moi aussi. Mais je savais que l'histoire ne s'arrêtait pas là ; Connie n'était pas arrivée à la fin.

Elle semblait vidée, plus vieille que ses soixante-treize ans. Je songeai qu'il fallait peut-être s'en tenir là, mais j'avais attendu trop longtemps. J'essayais d'imaginer mon père me raconter cela tout seul, et c'était impossible. Je comprenais désormais pourquoi cela avait été au-dessus de ses forces. Il n'avait jamais su trouver les mots adéquats pour conter sa propre histoire, encore moins ceux qui m'auraient aidée à conter la mienne. Sans surprise, Connie était la seule personne apte à s'en charger.

Voyant que j'étais incapable, ou réticente, à la rassurer, Connie enchaîna. « C'étaient des propos tellement cruels que j'ai tenus à propos de sa mère. Tellement cruels. Je savais que j'avais atteint ma cible. Mais j'étais vraiment furieuse. Si je pouvais effacer ces mots, je le ferais. Je ne sais pas ce qui m'est passé par la tête. Je croyais à l'époque que je pouvais contrôler le monde entier. Et c'était le cas, la plupart du temps. C'étaient mes moments à moi. Je pensais pouvoir tout contrôler… » Elle s'interrompit et me regarda, horrifiée. « Ça paraît si terrible de raconter cette histoire à voix haute. C'est peut-être pour ça que je ne l'avais jamais fait. »

Connie se cacha le visage entre ses mains tremblantes, les doigts pressés contre son front comme pour arracher le souvenir du couloir miteux de Brooklyn. « Je vous en prie, Rose. Dites quelque chose, s'il vous plaît. Est-ce que vous pourrez me pardonner un jour ?

— Vous pardonner ? »

Elle laissa retomber ses mains. « Oui.

— Qu'est-ce qu'il s'est passé après que vous avez quitté l'appartement de Yolanda ? »

Connie eut l'air bouleversée. « Je suis retournée à Londres dès le lendemain matin.

— Vous n'êtes pas revenue vous excuser ? »

Elle prit une profonde inspiration. « Non. Je pensais qu'Elise refuserait que je l'approche. Et je ne voulais pas l'approcher, non plus. J'ignorais ce qui allait se passer. Si je l'avais su, je serais restée. Mais une semaine plus tard, environ, j'ai eu un appel de votre père. Apparemment, Yolanda était rentrée du travail un après-midi et Elise avait disparu. Elle avait emporté une valise, elle vous avait lavée, vous avait mis une couche propre et vous avait laissée dans le berceau avec un collier et une lettre.

— Papa ne m'a jamais parlé d'un collier ni d'une lettre.

— Je lui avais offert à son anniversaire un pendentif avec l'initiale de son prénom.

— Quoi ? dis-je en levant la main vers le L qui pendait encore à mon cou.

— Oui », acquiesça Connie, les yeux posés sur mon collier. Nous nous dévisageâmes un instant, incapables de mettre en lumière l'effrayant parallèle. « Elise l'a laissé en partant. Si vous ne l'avez pas vu pendant votre enfance, c'est certainement que votre père a accepté de le laisser à Yolanda. »

Je me demandai si c'était la vérité. Mon père l'avait peut-être caché quelque part, glissé dans une enveloppe, déposé en lieu sûr avant de pouvoir me le donner un jour. *Non*, raisonnai-je. *Fini les fantasmes*.

« Que disait la lettre ? voulus-je savoir.

— Rien qu'un mot. *Pardon.* »

Nous demeurâmes longuement plongées dans le silence. Je pensais à mon père – jeune, accablé, recevant un appel de Yolanda, puis se rendant à son appartement pour la trouver en larmes, tandis que j'étais allongée dans le berceau avec cette lettre inutile qui n'expliquait rien, ni à cet instant ni jamais. Un collier offert par Connie dont il était sûrement content de se débarrasser. Je fermai les yeux pour effacer cette image, mais le salon de Yolanda – un endroit que je ne verrais jamais dans la vraie vie – se dessina de façon plus précise encore.

« Quand mon père vous a appelée, vous lui avez parlé de la dispute ? Ce que vous aviez dit, de me placer à l'adoption, et les propos sur sa mère ? Le chèque laissé sur la table basse ? »

Connie ferma les yeux à son tour et remua sur sa chaise. « Je ne voulais pas en porter la responsabilité. » Elle laissa échapper un profond soupir et inclina la tête.

« Mon père avait besoin d'aide… »

Elle releva brusquement la tête. « Matt avait réduit en miettes l'existence de ma meilleure amie. Il s'était enfui avec ma copine. Je ne voulais rien avoir à faire avec lui.

— Oui, mais…

— Et je ne pensais pas qu'Elise avait vraiment disparu, à ce moment-là ! Je croyais qu'elle était en colère et qu'elle nous jouait un tour. Elle s'était déjà enfuie devant moi une fois. Quand j'ai enfin parlé à Matt, il a eu le culot de suggérer que j'avais peut-être fait quelque chose à Elise…

— Mais c'était le cas, rétorquai-je. Vous avez fait

empirer les choses alors que vous auriez dû arranger la situation.

— Pourquoi est-ce que c'était à moi de le faire ? Tout le monde était responsable du désastre dans lequel on se trouvait.

— Il vous avait appelée et vous avait demandé de l'aide parce qu'il savait à quel point vous comptiez pour ma maman. D'après ce que vous m'avez raconté cet après-midi, c'est évident : elle vous aimait. Et je crois que vous l'aimiez. Vous étiez censée l'aider, mais au lieu de ça, vous l'avez repoussée. » Je sentis les larmes me monter aux yeux, je m'efforçai de les ravaler et de garder mon calme. « Vous ne comprenez pas, Connie. Toute mon enfance, j'ai supplié mon père de me raconter ce qu'il s'était passé. Mais il n'en savait rien – et il n'en savait rien parce que vous ne lui avez jamais avoué la vérité.

— Dès que j'ai appris sa disparition, j'ai dit que je partais aussitôt pour New York. Je voulais aider, Rose. Votre père a décrété que je constituais la moitié du problème. Mais j'ai quand même pris un avion pour New York le lendemain de son appel. Deborah est venue, elle aussi.

— Et il savait que vous étiez là ? »

Connie détourna le regard. « Je ne le lui ai pas dit.

— Connie…

— Je l'ai cherchée partout, j'ai posé des questions. J'ai appelé ma banque. Elle avait encaissé le chèque. Elle l'avait fait le jour même de ma visite, dans une agence de Brooklyn près de l'appartement de Yolanda. À l'époque, une somme pareille aurait suffi à prendre le train ou l'avion vers n'importe quelle destination, puis à payer un logement. Elle aurait pu vivre pendant plusieurs mois. »

Un avion vers n'importe quelle destination. Je me pris la tête dans les mains. Nous approchions de la fin de l'histoire et j'avais le pressentiment qu'elle ne serait pas des plus soignées. J'imaginais ma mère avec sa petite valise, une liasse de billets de cent dollars dans la poche de son manteau, le regard levé vers le panneau des départs – où exactement ? À JKF, à Penn Station – prête à choisir une destination au hasard. S'il y avait bien une chose que j'avais toujours sue, c'était que ma mère était une virtuose dans l'art de la fuite. Qu'y avait-il en elle qui l'empêchait de rester tranquille, à un seul endroit le temps de laisser pousser la plus petite des racines ?

« J'ai fait une découverte capitale à Wall Street, ajouta Connie en m'arrachant à mes pensées. J'y ai trouvé Yolanda au restaurant où elles travaillaient toutes les deux. Elle croyait que je faisais partie des services d'immigration. Il m'a fallu des heures pour la convaincre du contraire. Elle était si bouleversée. C'était évident qu'Elise avait beaucoup compté pour elle. Elle se sentait responsable. » Connie me regarda. « Elle voulait vraiment savoir comment vous alliez. Elle avait de l'affection pour vous, Rose. Je jugeai à l'époque que le mieux était de mentir, alors je lui affirmai que vous alliez très bien. Je ne vous avais pas vue, évidemment.

— Et Yolanda, qu'est-ce qu'elle est devenue ? »

Connie soupira. « Quand je l'ai rencontrée, elle parlait de rentrer à Porto Rico. Je ne sais pas si elle y est retournée ou non. J'ai essayé de la retrouver, cinq ans plus tard, de retour à New York – juste pour voir si elle avait eu des nouvelles d'Elise.

Mais elle ne travaillait plus à ce restaurant. Je suis allée à son appartement, mais l'immeuble avait été racheté et rénové. Elle avait disparu, elle aussi. Je ne sais pas où.

— Et après Yolanda, la piste s'arrête là ?

— Oui. Nous n'avons jamais retrouvé Elise. Je suis restée un mois à New York et votre mère n'est jamais revenue. Je suis allée dans les morgues, à la police. Ils ne trouvaient aucun indice prouvant qu'Elise Morceau avait acheté un billet d'avion dans un aéroport new-yorkais. C'était un mystère pour nous. »

Nous n'avons jamais retrouvé Elise. Je pris une profonde inspiration. « Connie, ne me mentez pas comme vous l'avez fait avec Yolanda. Vous pensez que ma mère s'est suicidée ? »

Connie me regarda fixement. Puis elle se leva et marcha d'un pas lent et douloureux vers la fenêtre de la cuisine, où elle perdit son regard dans l'obscurité au-dehors. « Je ne peux pas nier que ce soit une possibilité. Mais non. Je ne pense pas qu'elle ait fait ça.

— Mais vous ne pouvez pas en être certaine.

— Personne ne peut l'être. D'après moi, c'est lié à la valise qu'elle a emportée. Elle a réfléchi au contenu – des sous-vêtements, des chaussettes, des chaussures. Elle a même pris le dentifrice de Yolanda. Quand il m'a téléphoné, votre père s'accrochait à ces détails, et moi aussi. Nous étions d'accord sur un point : une personne suicidaire ne s'inquiète pas d'avoir l'haleine fraîche. » Connie soupira, comme pour souligner la fragilité de cet espoir. « Et il y avait aussi le fait qu'elle avait encaissé le chèque, bien sûr. Et la manière dont elle vous serrait contre elle, Rose, lors de ma visite.

Elle vous regardait sans cesse – elle s'agenouillait par terre à vos côtés, elle vous câlinait. Quelles que soient les difficultés qu'elle traversait, elle vous aimait.

— Ne soyez pas idéaliste, Connie, dis-je bien que cela soit mon plus grand espoir. Ne m'endormez pas avec des idées de fin heureuse. Ce n'était pas suffisant pour qu'elle décide de rester avec moi.

— Mais je sais que…

— Vous lui avez dit de m'abandonner !

— Elle n'allait pas bien. Et peut-être que moi non plus.

— Je crois que vous avez raison sur ce point. Et ce n'était pas votre rôle de faire ce choix pour elle. Pourquoi vous ne l'avez pas convaincue de me laisser quelque temps à mon père ? »

Connie revint à la table et se rassit. « Je suis désolée. Mais d'après moi, il n'était pas capable de s'occuper de vous non plus. Il m'a téléphoné, bon sang. Moi, son ennemie jurée. Personne ne savait quoi faire.

— Elle aurait pu se remettre. Au bout d'un temps.

— Si elle avait reçu plus de soutien et d'aide professionnelle, oui. Mais ce n'était pas le cas. De nos jours, on qualifierait son état de dépression post-partum. Quand je suis allée dans la salle de bains de Yolanda, j'y ai trouvé des comprimés de lithium sur le bord du lavabo. Du *lithium*, Rose. Donnons juste quelques comprimés à cette femme et croisons les doigts. Oui, j'aurais peut-être dû garder mes distances, mais au moins, j'essayais de résoudre la situation. » Connie m'adressa un regard suppliant. « Si vous voulez mon avis, Rose, je n'ai jamais pensé que votre mère s'était suicidée. Elle a laissé les comprimés chez Yolanda et elle s'est enfuie. C'est ce qu'elle faisait toujours.

— Vous lui avez dit que c'était ce qu'elle allait faire, Connie. Vous lui avez prouvé que vous n'aviez pas confiance en elle. Alors elle a peut-être simplement fait ce qu'on lui demandait.

— Je suis désolée, Rose. Vraiment. Mais je ne l'ai pas obligée à partir. Peut-être qu'elle a fini par se convaincre que partir était la meilleure solution.

— Eh bien, ça ne l'était pas. Putain de merde. Il me faut une tasse de thé. »

Je mis la bouilloire à chauffer. C'était comme si nous étions dans cette cuisine depuis un jour, une nuit, une vie entière.

« Vous dites ça, reprit Connie, mais imaginez la vie instable avec elle...

— Connie. Arrêtez, lâchai-je, ma voix se brisant malgré mes efforts. Vous n'avez aucune idée de ce qu'a été ma vie. »

Connie garda le silence et la bouilloire se mit lentement à siffler. Je levai les mains pour les y réchauffer, pour éprouver quelque chose. « Je ne la retrouverai jamais, c'est ça ? »

Elle se tourna sur sa chaise. « Je ne pense pas, non. Je ne sais même pas par où il vous faudrait commencer.

— Elle restera un éternel fantôme », dis-je.

Connie parut hésiter. « Pardonnez-moi de vous poser cette question... Mais que cherchiez-vous exactement, Rose ? »

J'attrapai deux mugs et y laissai tomber les sachets de thé. « Comment ça ? C'est plutôt simple. Et notre conversation commence à être un peu répétitive. Je cherchais ma mère.

— Tout cela s'est passé il y a trente-quatre ans, Rose. La femme qu'elle était à l'époque ne serait plus la même aujourd'hui. » J'étais encore à côté de la bouilloire quand Connie se leva et s'approcha de moi. Elle affichait une expression timide. « Depuis que vous êtes entrée dans ma vie – et j'en suis profondément heureuse, si difficile que ça puisse être en cet instant –, j'ai commencé à comprendre pourquoi vous étiez ici.

— Je vous ai déjà dit pourquoi j'étais ici…

— Rose. Je ne crois pas que vous l'ayez vraiment cherchée. »

Je fis un pas en arrière. « Mais si. »

Connie secoua la tête. « Je crois que vous cherchiez une idée abstraite. Je crois en réalité… que c'est vous-même, que vous cherchez. »

Je serrai la mâchoire, déterminée à retenir mes larmes, et je saisis la bouilloire, versai l'eau sur les sachets que je regardai gonfler et flotter à la surface. « Vous ne savez pas ce que vous dites, Connie. Vous n'en avez aucune idée. Parfois, j'ai l'impression de la chercher en permanence.

— Je sais, mais…

— Non, vous ne savez pas. Quand quelqu'un frappe à la porte, il y a toujours une seconde où je me dis, *Et si c'était maintenant ? Et si elle était de retour ?* » Ma voix se mit à trembler et les larmes que j'essayais désespérément de refouler coulèrent sur mon visage. Je m'effondrai, incapable de m'arrêter. « Ce n'est jamais maintenant. Elle n'est jamais de retour. »

Avec hésitation, Connie tendit les bras et m'enlaça. Le visage contre son épaule, je sanglotai comme une enfant.

*

Peu après, Connie s'écarta et se rendit à la salle de bains. Épuisée, vidée, je regardai d'un œil morne par la fenêtre de la cuisine et repensai à mon père. Il avait toujours été là pour moi. À chaque représentation théâtrale de l'école, il avait été là, si mineur que soit mon rôle. Chaque projet d'art plastique. Les vacances passées avec lui et mes grands-parents avant leur décès, sans jamais quitter l'Angleterre car nous n'avions pas les moyens de nous offrir des billets d'avion ou de beaux hôtels. Avant que j'entre dans l'adolescence et m'éloigne de lui, il avait toujours été là.

Je songeai combien j'avais été obnubilée toute ma vie par ma mère, et je me sentis déloyale. J'avais été si concentrée sur le parent absent que je n'avais jamais su apprécier celui qui était présent.

Je posai les mugs sur la table tandis que Connie revenait à la cuisine d'un pas silencieux. Elle semblait presque apeurée, comme si je refuserais qu'elle s'approche de moi.

« Le tableau de ma mère que Shara avait peint, qu'est-ce qu'il est devenu ? demandai-je.

— Je ne sais pas. Je regrette de ne pas l'avoir pris. Elle a dû peindre par-dessus.

— Ce serait logique. »

Connie afficha un petit sourire, se glissa à nouveau sur sa chaise et tira le mug vers elle. « Elle a fini par épouser un autre homme. Ils ont adopté trois enfants. Elle vit encore en Californie. Elle est même grand-mère, maintenant. Elle ressemble toujours à une grande déesse dorée. À ses yeux, rien de tout ça n'a vraiment existé. Ni ton père. Ni Elise. »

J'éprouvai un sentiment familier : le désir de me renfermer sur moi-même face à la résilience des autres. Je résistai. « Eh bien, tant mieux pour elle.

— Oui, tant mieux. C'est bien de savoir que l'on peut recommencer à zéro. Mais pas toujours comme on l'imagine. Elle méritait d'être heureuse.

— C'est vrai. » Je pris une gorgée de mon thé et grimaçai. Il avait trop infusé. « Et… vous avez revu Barbara Lowden ?

— Une seule fois, avant sa mort, répondit Connie. Simplement comme une amie. Elle était de passage à Londres, quelques années après tout ça, pour une tournée promotionnelle après l'obtention de son oscar, et pour un nouveau film. Nous nous sommes retrouvées dans sa suite du Claridge.

— Vous lui avez dit qu'Elise avait disparu ?

— Non. J'ai sûrement dit que nous n'étions plus en contact. Je n'aimais pas en parler. En fait, je crois que Barbara était un peu honteuse de sa propre conduite pendant le tournage de *Terres de cœur*. Sa vie personnelle était tellement chamboulée – je n'étais qu'un dommage collatéral. Malheureusement, Elise aussi.

— Et qu'est-ce qu'il vous est arrivé, Connie, à votre retour à Londres ? »

Elle hésita. « Ce n'était pas idéal. J'étais comme… brisée.

— Vous n'avez pas écrit d'autre roman. Peut-être que les insultes d'Elise vous ont atteinte, vous aussi. »

Elle sourit. « Peut-être que oui. Nous avions appris à nous connaître. Mais au sujet de l'écriture, j'avais le sentiment d'avoir dit tout ce que j'avais à dire. Tout me semblait… creux. Alors j'ai voyagé. J'ai loué un logement en Grèce, où j'ai vécu quelque temps. Puis dans le Sussex. C'était une période agréable, de bien des manières. J'écrivais pour moi-même. Je me suis essayée à un scénario, que j'ai rangé dans un tiroir. J'ai vécu grâce au loyer de cette maison, grâce aux royalties perçues sur mes livres et le film.

— Mais vous êtes une artiste. Vous aviez besoin de... produire de l'art.

— Pas nécessairement. Je n'en voyais plus l'intérêt, Rose. Ça me déprimait. La perte d'Elise, le rôle que j'y avais joué me hantaient, je crois. Son absence pesait lourd. L'absence de preuves matérielles. Les souvenirs. Je n'ai jamais réussi à l'exprimer de façon précise.

— Jusqu'à maintenant ? me risquai-je. Jusqu'à *L'Inconstance* ? »

Connie me décocha un regard en coin. « Jusqu'à maintenant. Rose..., commença-t-elle, avant de s'interrompre.

— Oui ?

— Je crois qu'il est possible de se libérer d'un fantôme. Il faut juste le vouloir. »

Je pensai à l'autre petit fantôme que je portais en moi, et même si j'étais épuisée – même si je savais que j'allais devoir prendre une décision bientôt –, je me sentis soulagée. Plus légère. Libre, même. « Encore une question, dis-je en prenant une inspiration.

— Tout ce que vous voulez.

— Quand vous me regardiez, vous ne vous êtes jamais interrogée ? Quand vous me regardiez, vous n'avez vraiment pas vu Elise ? »

Connie posa ses yeux las sur mon visage et

m'adressa un sourire presque aimant. « Vous voulez une réponse honnête ?

— Une réponse honnête.

— Non, Rose. Je vous ai bien regardée. Et je n'ai vu que vous. »

49

C'était une pièce minimaliste et lumineuse où se côtoyaient plantes vertes grimpantes et tableaux formidablement neutres. Quelqu'un avait passé du temps à imaginer cette salle. Cela me rassura, surtout après avoir dû longer les manifestants et leurs pancartes dehors. Je n'arrivais pas à définir si la décoration était censée avoir des airs professionnels, fades et insouciants, indifférents aux émotions des femmes qui se succédaient là – ou si elle se voulait plutôt douce, affirmant ainsi le besoin d'un espace impartial et soigné.

Chaque femme y voyait peut-être ce qu'elle souhaitait.

« Tout ira bien, dit l'infirmière, une femme âgée aux cheveux gris et aux lunettes rondes. Ça ne sera pas long. »

Je ne savais pas quoi répondre à cela. L'idée qu'une procédure pareille puisse être rapide, comparée aux années futures, vierges et inconnues.

Pour l'intervention chirurgicale, on m'avait demandé de ne pas porter de bijoux. Je n'en portais jamais vraiment. À vrai dire, le seul que j'avais ce jour-là était le pendentif en L. Dans la chambre d'amis de Connie, je l'avais retiré et l'avais soulevé à la lumière de la fenêtre. C'était un ouvrage artisanal si beau et si délicat. Mais je savais qu'après ce jour jamais plus je ne le porterais.

À la clinique, j'enfilai la chemise que l'infirmière me désignait, sans rien en dessous, et je m'allongeai sur le lit. Elle posa ses mains fraîches sur moi et m'annonça qu'elle allait injecter un anesthésiant local dans le col de mon utérus. Elle n'était ni trop familière ni froide. Elle était respectueuse. Je relevai les genoux et entendis le discret cliquetis des instruments dans les plateaux métalliques, le silencieux bourdonnement de concentration au pied du lit.

« Bien, dit-elle. Détendez un peu vos jambes et inspirez. »

Je m'exécutai.

« Et maintenant, soufflez. »

Pendant mon expiration, elle inséra le spéculum et fit aussitôt l'injection. Je m'engourdis rapidement et entendis le bruit du tube qu'on devait glisser en moi, qui aspirait et aspirait encore.

Sans surprise, ils appellent ça un avortement par aspiration.

*

Étendue sur le lit, je fermai les yeux et regrettai qu'on ne m'ait pas proposé d'anesthésie générale, horrifiée d'être consciente, d'entendre ces sons, même si l'activité autour de moi était dissimulée à mes autres sens. J'éprouvai de la rage – d'être dans cette situation, de m'être mise moi-même dans cette situation. Que Joe n'ait jamais à se trouver dans une telle situation ! Observant la scène de façon presque détachée, j'éprouvai un grand chagrin. De la peur

– des images de caillots de sang noir, des morceaux gluants de placenta, la douceur vulnérable de cette partie de mon corps. J'éprouvai une vague de nausée à l'idée de m'être fait aspirer de l'intérieur. J'éprouvai de la stupeur, de me voir ainsi retirer une histoire que je n'avais pas voulue. Je me sentais malade, et je me sentais pleine d'espoir.

*

Quelques jours plus tôt, peu après que Connie m'eut parlé de ma mère, je m'étais enfin décidée. J'avais pris rendez-vous, j'étais allée voir le médecin, j'avais fait la prise de sang. J'y avais réfléchi, encore et encore et encore. J'éprouvais un certain soulagement d'avoir pris une décision – et du chagrin, de la honte aussi, à l'idée de pouvoir éprouver simultanément ces sentiments contradictoires, de m'autoriser à les éprouver. Quand j'avais annoncé mon choix à Connie, elle m'avait enlacée plusieurs minutes alors que je pleurais, et elle s'était montrée douce envers moi depuis ce moment. Des tasses de thé, des suggestions de films à regarder ensemble à la télé, des conversations quand j'avais envie de parler, me laissant seule quand je le souhaitais.

Je ne voulais pas être insensible. Je ne voulais pas être froide. Je voulais juste être moi-même. J'avais éprouvé une telle pression – une pression que je peinais à nommer. D'où venait-elle ? De l'intérieur, ou de l'extérieur, je l'ignorais. Mais je me percevais comme une mauvaise personne.

« Vous n'êtes pas une mauvaise personne, m'avait dit Connie alors que nous étions assises au salon, la veille au soir de mon intervention chirurgicale. Loin de là. Vous êtes très courageuse.

— Est-ce que je ne suis pas en train de fuir, à mon tour ? »

Nous avions gardé le silence, songeant à cette autre femme qui avait fui. « Non, avait-elle fini par répondre. D'abord Joe. Puis ça. Vous affrontez votre propre vérité, Rose. Mais je pense que vous connaîtrez le chagrin, quelle que soit la décision.

— Sans doute. J'ai l'impression que ça a déjà commencé.

— C'est une bonne chose de l'admettre. Refusons les faux-semblants. » Elle s'était penchée vers moi. « Et je serai là. Quand vous entrerez dans la salle. Et quand vous en sortirez. »

Je lui étais reconnaissante de ne pas avoir mentionné ma mère. Elle avait fait cette erreur une fois, auparavant.

*

J'étais venue chez Connie en quête de ma mère et, au lieu de cela, c'est moi-même qu'elle m'avait offert. Je m'en rendais désormais compte : je ne pouvais plus perdre mon temps à espérer que les gens m'aiment et me respectent. Zoë et ses amis m'avaient prouvé que j'avais appris bien plus que je ne le croyais, au cours de cette trentaine d'années sur terre. Joe m'avait libérée, mon père m'avait aimée. Il fallait que j'arrête de me trouver incomplète en m'observant. Il fallait que j'arrête d'embellir la vie des autres et de négliger la mienne. Il fallait que je m'accroche à la confiance de Laura Brown, à sa détermination, que je me les approprie. Ma vie s'ouvrait enfin devant moi. Vivre ici, à Londres, avec un enfant ; le moment n'était pas venu. J'ignorais quand il viendrait, ou même s'il viendrait un jour, mais en cet instant, ce n'était pas le cas.

On dit souvent d'une femme qu'elle est insensée de se prétendre maîtresse de son temps. Son corps a d'autres projets en réserve. Quand il s'agit des enfants, les gens répètent bêtement : « Ce n'est jamais le bon moment » – mais je rétorquerais qu'il peut aussi y avoir de mauvais moments. Quand il n'est pas question de leur propre corps ou de leur propre vie – de leur temps à eux –, les gens ont tendance à généraliser allègrement, voire à prioriser le mythe du bébé parfait au détriment des existences intriquées qui évoluent déjà sur cette planète. Seules les mères peuvent parfois vous poser la main sur le bras et vous dire, *Attends*.

Aucune des deux voies n'est parfaite. On peut attendre et rater sa chance. Mais je n'estime pas que la précipitation vous garantisse le succès.

En fermant les yeux dans mon lit, après coup, je vis une femme marchant sur une plage. Elle s'était arrêtée et j'avais essayé de l'atteindre. C'était ma mère, la petite créature brune et mince de la photo de Connie, vêtue d'une robe noire au bord d'une piscine hollywoodienne. Mais ce n'était pas simplement ma mère : c'était moi. Et c'était Margaret Gillespie, les pieds dans l'eau peu profonde, sans sa fille, attendant de décider si elle allait nager ou couler. Je voulais tendre les bras vers elle et, à ma stupéfaction quand j'effectuai ce geste, une main toucha la mienne.

Connie était assise là, à mes côtés. « Tout ira bien », dit-elle en me serrant la main. Elle posa l'autre main sur mon front et l'y laissa, longuement.

50

Il y aura toujours des femmes, bien sûr, qui ne sentiront pas le sol glisser sous leurs pieds, qui percevront une grossesse non souhaitée comme une situation surmontable, qu'elles la mènent à terme ou non. Elles saisissent l'immense différence entre être une créature de sexe féminin en gestation et une mère en devenir. Elles ne seront pas les esclaves d'une horloge biologique indésirable. Elles ne laisseront pas leur esprit prendre une direction qu'elles n'auront pas choisie.

Je n'étais pas de celles-ci. Je sais que nous pleurons tous ce qui nous a échappé ; un amant, un enfant. Une vie différente. Mais par bien des manières, ma vie avait été un fantôme. Je devais la solidifier si je voulais un jour bâtir une existence pour quelqu'un d'autre.

Après l'avortement, je passai deux jours chez Connie, alitée en quasi-permanence. Elle avait insisté pour que je revienne avec elle après ma petite escapade chez Zoë, et c'était exactement ce que je voulais. J'avais l'impression de m'appartenir à nouveau. Les sensations d'épuisement et de nausée avaient disparu, remplacées par un sentiment de possession de soi, d'une énergie curieusement intense. Quand je reçus l'argent de la vente de la camionnette, déposé par Joe sur mon compte peu après mon retour de la clinique avec Connie, je préférai ne pas m'attarder sur la coïncidence vaguement ironique de ces deux événements. Devant la somme reçue, mes yeux me jaillirent des orbites. Nous étions au début de février, à Londres ; la pire période de l'année, à n'en pas douter – et cet étrange cadeau était pareil à une petite bougie allumée à une fenêtre.

J'envoyai un SMS à Kelly. On se boit un café ?

Ouiiii !!!! Tu me manques, écrivit-elle. Mais t'étais où, putain ?

Longue histoire.

Après avoir convenu d'un rendez-vous avec elle, je restai assise sur mon lit dans la chambre d'amis de Connie et composai le numéro de mon père en France. Il décrocha au bout de quelques sonneries, ce qui m'étonna ; d'habitude, c'était Claire qui s'en chargeait.

« Allô ? dit-il.

— C'est moi.

— Rosie. Ça me fait plaisir de t'entendre ! Je pensais à toi.

— Moi aussi, Papa. Tu vas bien ?

— Je vais bien. Et toi, ça va ?

— Bien. D'ailleurs, Papa… » Je marquai une pause. « Je suis chez Constance Holden. »

Un silence résonna à l'autre bout de la ligne. « Tu es *où* ?

— Tout va bien, Papa. Tout va bien. »

*

Je lui racontai tout et il écouta dans un profond silence. Je lui parlai de mon boulot avec Connie, et de la confiance que j'avais bafouée en me faisant passer pour une autre. Et de la façon dont elle m'avait pardonné, comme pour s'excuser de ses propres erreurs. Je n'évoquai pas Shara. Ce serait pour une prochaine fois – ou jamais. Les événements dataient d'une époque révolue, une époque qui ne m'englobait pas, et une époque à laquelle il avait tourné le dos bien longtemps auparavant. Mais je lui révélai ce qu'il ignorait : la dispute finale entre Connie et Elise, la suggestion de Connie que ma mère me place à l'adoption. Le chèque laissé sur la table basse. Les paroles malveillantes.

« Papa ? dis-je. Tu es toujours là ?

— Je suis là.

— Je sais que ça semble pas terrible dit comme ça. Mais Connie n'est pas celle que tu crois. Elle a été gentille avec moi. C'est toi qui m'as donné ses livres. Ne la déteste pas. »

Il ne disait toujours rien.

« Je suis désolé », finit-il pas lâcher. Sa voix était rauque et j'entendais qu'il faisait au mieux pour se maîtriser.

Je fermai les yeux, les larmes montaient en moi. « Je le sais bien. C'est pas grave. »

Je l'imaginais dans le vestibule sombre de la maisonnette bretonne de Claire, parmi les cirés et les vieilles bottes, tandis que le vent hurlait dehors. Il me semblait impossible que mon père ait pu vivre un jour sur la côte californienne, à surfer les vagues du Pacifique dans le corps d'un jeune homme.

« Donc Connie a payé Elise pour qu'elle parte, dit-il avec une brutalité dans la voix que je ne lui avais encore jamais entendue.

— Je crois que ce n'était pas aussi simple que ça. Je crois que Connie voulait l'aider. Elle était à cran et ça a dégénéré. Peut-être qu'Elise avait toujours prévu de s'enfuir ?

— C'est ce que dit Connie ? » Je percevais l'irritation dans sa voix. Je ne dis rien car c'était exactement ce qu'avait affirmé Connie.

« Yolanda est retournée à Porto Rico ? demanda-t-il.

— Connie n'est pas sûre. Mais elle ne l'a pas retrouvée en revenant à New York.

— J'y crois pas.

— Papa. C'est par toi que tout a commencé.

— Je sais. »

Je pris une profonde inspiration. « Papa. Vous vous connaissiez, à l'époque, Connie et toi. Tu aurais pu retrouver son numéro. Tu aurais pu reprendre contact…

— Je t'ai ramenée en Angleterre, Rose, et j'ai essayé de t'élever au mieux. Connie était une célébrité. Je ne supportais pas la façon dont elle m'avait parlé, après la disparition de ta mère. On aurait cru la foutue reine d'Angleterre. C'était plus simple de ne plus jamais en parler.

— Plus simple pour qui ? »

Il y eut une nouvelle pause à l'autre bout. « Je ne voulais pas que tu sois malheureuse

— Je ne suis pas malheureuse, Papa. Je ne le suis plus. »

Il poussa un soupir et je me demandai s'il était en train de pleurer. « Je suis content de te l'entendre dire.

— Et puisqu'on est dans les aveux, je crois qu'il faut que je te dise que j'ai rompu avec Joe.

— Quoi ? En plus de… Tu vas bien ?

— Ça va. Vraiment, ça va.

— Il n'a rien fait de mal, hein ? Une autre femme ? »

Je pensai à Shara et grimaçai face à l'hypocrisie paternelle. « Non. Il n'a rien fait de mal. Le moment était juste venu.

— Ça remonte à quand ?

— Un petit bout de temps. J'étais en train de… résoudre quelques trucs. » Je fermai les yeux et mon esprit me ramena un instant à la clinique. « On est restés amis. Tout va bien.

— Et maintenant, alors ? Tu travailles toujours pour elle ? Pour Connie ? Je n'arrive pas à croire que je viens de prononcer ces mots. »

Je ris et regardai par la fenêtre de la chambre, vers le jardin gris et battu par le vent, ses arbres grêles et nus. Je repensai à l'argent de la camionnette. « J'ai quelques projets en tête, Papa. Je te tiendrai au courant. Il faut que j'y aille. Je vais voir Kelly.

— Dis-lui bonjour de ma part.

— D'accord, Papa. Salut.

— Rose ?

— Oui… »

Malgré les centaines de kilomètres qui nous séparaient, je le sentis se ressaisir. « Connie ne sait *vraiment pas* où est ta mère ?

— Non, Papa. Elle ne le sait pas. Elise est partie. »

Il soupira. « Tu as raison. Bien sûr. Elle est partie. »

*

Kel m'attendait déjà dans le café. Elle était vraiment énorme, à présent. Il ne lui restait plus qu'un mois environ avant le terme. « Je sais, dit-elle en voyant mon expression. J'ai l'air d'une nana qui va accoucher d'une équipe de foot tout entière. Et du ballon aussi.

— Tu vas bien ? »

Elle sourit. « Je vais très bien. Apparemment, on est toujours plus grosse la deuxième fois parce que nos abdos sont niqués. Tu peux me faire un câlin d'où tu es ? J'ai pas le courage de lever mon cul.

— Bien sûr. »

Je l'enlaçai. « Ooh, tu sens bon, dit-elle. Nouveau parfum ? »

Je lui annonçai que c'était du Chanel et elle me décocha un regard curieux. « Dixit la fille qui ne porte habituellement que du déo Impulse.

— Kelly, va te faire foutre. C'était en 1995.

— Bon, alors. Silence radio. Nouveau parfum. C'est quoi, son nom, au mec ?

— Personne.

— Oh, allez. Quoi de neuf ?

— J'ai décidé d'arrêter de chercher ma mère. »

Kelly ne parvint pas à dissimuler sa surprise. « D'accord. Eh bien, Rosie, je pense que c'est une bonne idée. C'est une idée courageuse. Je suis fière de toi. Bravo.

— Merci, Kel.

— Tu sembles plus… *légère*. C'est cette femme, là, hein ? Celle pour qui tu travailles ?

— Ouais. Je crois que c'est ça. Je crois qu'elle te plairait, Kel. Son histoire t'intéresserait vraiment. Tu devrais discuter avec elle. Elle a un nouveau roman qui va sortir. Elle a une personnalité plutôt… puissante. »

Kelly hocha la tête, pensive. « Je vois ça. Je pense toujours que c'est une sorcière.

— Joe a vendu la camionnette.

— Wouah ! s'écria Kelly, les yeux écarquillés. Ça, c'est du scoop.

— C'est clair. Il m'a donné la moitié de l'argent, Kel. »

Elle s'esclaffa. « Et il t'a donné combien ? Trois livres cinquante ?

— Deux mille cinq cents livres.

— Tu déconnes ! » Rayonnante, Kelly se tapa la cuisse. « C'est incroyable. »

Je sentis une joie bouillonner en moi. « C'est clair.

— Un beau cadeau de rupture. Je commence enfin à le respecter, ce mec. C'est un peu tard, mais bon. Qu'est-ce que tu vas faire de l'argent ?

— Je vais partir un peu.

— Ah ? Où ça ?

— Je ne sais pas trop encore. »

C'était un mensonge. Je savais exactement où j'irais : je voulais simplement garder le secret encore un peu. La magie, les possibilités qu'il évoquait.

« OK, dit Kelly. Mais tu seras dans les parages pour l'accouchement, hein ?

— Je… ne sais pas, Kel. »

Il y eut un temps mort. « D'accord… Non, bien sûr. Fais ce que tu as à faire, Rosie. Mais envoie-moi une carte postale. S'ils ont des cartes postales, là où tu iras. »

Je n'arrivais pas à croire combien tout cela l'avait déstabilisée. « Je vais revenir, dis-je.

— Oui, bien sûr. Sauf si tu ne reviens pas. »

Nous restâmes assises un moment en silence. « Bon, finis-je par reprendre. Il y a toujours cette éventualité. Mais tu me manquerais trop. »

Elle éclata de rire. « Envoie-moi juste ton adresse quand tu sauras exactement où tu seras, d'accord ? »

Je le lui promis. Elle semblait pensive. « C'est juste les hormones, pas de problème, dit-elle.

— Je sais. »

Je me levai impulsivement, m'approchai d'elle et l'enlaçai en une étreinte serrée. « Je t'aime, dis-je.

— Je t'aime aussi. Rose, tu m'étrangles.

— Oh, merde. Pardon », m'excusai-je avant de la relâcher.

51

J'allai préparer un gin-tonic à Connie dans la cuisine, que j'apportai au salon.

« Merci », dit-elle en acceptant le verre prudemment à deux mains. Elle avait les yeux brillants, le dos droit comme un i. « Vous êtes prête ? demanda-t-elle en baissant les yeux vers l'enveloppe A4 posée sur la table basse. Allez-y. Ouvrez-la. »

Je m'exécutai et sortis la jaquette dépliée de l'édition grand format de *L'Inconstance*. Elle était sublime. Les deux tiers étaient couverts d'une palette de bleus – lapis-lazuli, céruléen, roi, prussien, ciel – les uns au-dessus des autres en strates pareilles à une coupe de bois. Une étendue impressionniste de plage jaune tournesol agrémentait le tiers inférieur, se prolongeant sur le dos et la quatrième de couverture du livre. Le texte était du carmin des boîtes aux lettres londoniennes, la typographie irisée inspirée des années 1960. Les couleurs primaires jaillissaient de la page, tout comme les deux femmes – découpées, semblait-il, en un collage de photos de magazines, pieds dans le sable, leurs jupes à un angle différent de leurs chemisiers, et le visage dessiné d'un fin trait de plume noire. L'illustration paraissait mue d'une existence propre.

« Oh, Connie, m'écriai-je. C'est incroyable.

— Oui. Bien plus joli que les merdes qu'on me pondait avant.

— Tenez, prenez-la. »

Elle saisit délicatement la jaquette comme si elle tenait l'original de la Magna Carta. Elle passa un long moment à en absorber les couleurs, les sensations.

« Ça vous plaît ? murmurai-je.

— Je l'adore. Oh, mon Dieu. C'est incroyable. Rose, ça ressemble à l'endroit où vous allez bientôt. »

Nous observâmes la plage de papier. « Je crois que le Costa Rica est un peu plus sauvage que ça, Connie.

— Prenez beaucoup de photos, d'accord ? Je veux tout un reportage de vos vacances. Un rétroprojecteur dans mon salon, la totale. Quand vous rentrerez. » Elle leva les yeux vers moi.

Je vins m'asseoir sur le bras du fauteuil. « Je serai rentrée à temps pour la sortie du livre. Ne vous inquiétez pas, je vous le promets. Impossible que je rate cette occasion. On n'est qu'en février. »

Elle hocha la tête. « Je veux absolument que vous fassiez ce voyage. C'est important que vous le fassiez. »

Entre nous, l'air sembla s'épaissir du poids des mots impossibles à prononcer.

« Vous savez, dis-je, je crois que je n'ai jamais vu de palmier dans son élément naturel. »

Connie sourit. Nous gardâmes un instant le silence. « Bien, dit-elle enfin, brisant l'ambiance de son ton sec et sérieux. Je crois qu'il est l'heure d'y aller. »

*

Elle avait proposé de m'accompagner à l'aéroport et j'avais eu beau protester, lui dire que je prendrais les transports en commun, elle avait insisté. Je songeais à sa sécurité – à ses mains, notamment – mais, une fois au volant, Connie se montra plutôt confiante. Elle possédait une vieille voiture de sport, petite et basse sur la route. Elle n'avait que deux places, et mon sac à dos logeait tout juste dans le coffre. Connie conduisait vite – trop vite même, mais je voyais qu'elle s'amusait tandis que nous roulions à vive allure en direction de Heathrow.

« Deborah veut organiser des entretiens d'embauche et me trouver une nouvelle assistante personnelle, annonça Connie alors que nous nous insérions dans la circulation dense de l'autoroute. Je lui ai répondu que c'était hors de question.

— Je crois que ce serait bien que vous ayez quelqu'un. »

C'était vrai, je le savais. Connie le savait, elle aussi. Elle en était venue à compter sur moi, autant que moi sur elle.

« Elles risquent de me faire manger des biscuits pour diabétiques, dit-elle.

— Peut-être. Mais vous pourriez cacher des barres de chocolat dans votre chambre. »

Nous parcourûmes quelques kilomètres en silence. « Est-ce qu'elles… vivraient avec vous ? » demandai-je.

J'entraperçus le petit sourire familier sur ses lèvres. « Non. Et ce ne serait qu'un contrat à durée déterminée.

— D'accord.

— Jusqu'à votre retour. C'est votre chambre, Rose. Elle sera là dès que vous la voudrez. Entendu ? »

Je sentis ma gorge se serrer. Je m'étais juré de ne pas pleurer. « Merci. »

Elle se concentra sur la route et je sortis mon téléphone pour envoyer un SMS à Kelly. Destination : le Costa Rica, écrivis-je.

Elle répondit sur-le-champ. Nooooooon ! Puis l'émoji du drapeau costaricain, une vague, un surf et un cœur. Tu vas voir des jaguars ! écrivit-elle. Elle s'en souvenait donc. Je lui communiquai l'adresse de la maison d'hôtes où je logerais et lui dis que j'écrirais à nouveau, une fois arrivée là-bas.

T'as intérêt. Ne disparais pas avec un sauveteur de tortues. Pas trop longtemps, en tout cas.

Je posai le téléphone sur mes cuisses et scrutai le défilé flou et brouillon des voitures devant l'accotement vert. « Je n'ai pas encore annoncé mes projets à mon père », dis-je.

Connie intégra l'information. « Donnez-moi son numéro. Je vais l'appeler.

— *Hein ?*

— Je crois que le moment est enfin venu, non ? Nous avons à nouveau quelque chose en commun, lui et moi. »

J'imaginai l'effet explosif de la nouvelle ; Connie qui appelait mon père avec toutes ces informations au sujet de sa fille, et mon père comprenant qu'on l'avait laissé dans l'ignorance, une fois encore. Sauf que, cette fois-ci, elle partagerait avec lui tout ce qu'elle savait.

« Tout se passera bien, c'est promis, m'affirma Connie. Je sais dire pardon. On est vieux, maintenant. Il vous aime. » Elle marqua une pause. « Et moi aussi. »

*

Nous approchions du terminal des départs et de son parking courte durée. « Vous croyez que vous écrirez un jour au sujet d'Elise ? » demandai-je.

Connie étudia la question. « Peut-être. Sur ce qu'il s'est passé. Où elle pourrait être. Ça ferait une bonne histoire. Mais ne pensez pas à ça maintenant, Rose.

— Non. »

Elle se gara. « Ça vous dérange si j'entre avec vous ? »

*

Dans un aéroport, les gens deviennent anonymes, homogènes. L'air est lourd du chagrin de la séparation – ou du soulagement des départs, ou de la joie des retrouvailles, toutes ces émotions indistinctement entremêlées. Impossible d'avoir l'esprit clair, dans un aéroport. Vous êtes déjà à mi-chemin de votre destination. Personne n'a vraiment envie d'être là, mais c'est le prix à payer pour se rendre quelque part. J'enregistrai mon sac à dos et retournai vers Connie qui attendait.

« Faites attention à vous, là-bas, me dit-elle.

— Prenez soin de vous aussi.

— Oui. Deb va passer tout à l'heure. On dînera ensemble.

— Tant mieux. J'ai mis plein de plats au congélateur. Toutes les boîtes sont étiquetées. Il suffit de les sortir la veille au soir et…

— Merci, Rose. Je sais décongeler un plat. »

Je voyais bien qu'elle était gênée et j'étais frustrée devant ma propre incapacité à articuler ce que j'avais à dire. *Merci*, en substance. Pour tout – pour la vérité, pour le toit au-dessus de ma tête, pour votre confiance. Merci de m'avoir accordé une chance. « Je vous enverrai beaucoup de cartes postales, dis-je. Mais elles arriveront sûrement après mon retour. »

Elle rit. « Merci de m'avoir laissée conduire jusqu'ici. Je vous attendrai ici même à votre retour. Prévenez-moi juste de la date.

— Bien sûr. »

Connie s'approcha de moi, me prit dans ses bras et me serra fort. « Bien, vas-y, va voir ces palmiers, dit-elle avant de reculer d'un pas. Vas-y.

— Au revoir, Connie. »

Je marchai vers les portiques de sécurité. Quand je me retournai pour la saluer une dernière fois de la main, elle était encore là et attendait que je sois la première de nous deux à disparaître.

Quand elle est partie

52

Quand vous faites vos valises pour partir, les gens sont désarçonnés. Ils veulent que vous restiez où vous êtes, car c'est plus simple à comprendre. Moins éprouvant. Mais l'heure est venue pour vous de partir. Peut-être dans une région chaude avec des zones ombragées, où résonne au loin le grognement stupéfiant de gros félins. Moins de vêtements sur la peau, vos épaules à l'air libre. La simplification des jours, le lâcher-prise.

Ils pensent toujours que vous fuyez, que vous refusez de vous retourner et d'affronter la réalité. Sauf que votre réalité est la suivante : quelqu'un vous a donné de l'argent. L'achat d'un billet d'avion, le voyage, être nulle part avant d'arriver quelque part.

Vous n'êtes plus si crédule, à penser qu'il s'agit d'un nouveau départ. Vous avez pénétré dans de nombreuses maisons, que vous avez ensuite quittées. Vous avez établi votre foyer ailleurs, pour vous rendre compte qu'on vous avait raconté des histoires. Et que ce n'était jamais vraiment idéal – pas à cet instant, pas à cet endroit, pas avec lui, pas avec elle. Que ce n'était jamais votre histoire.

Vous savez aussi que vos choix ne sont pas faits à la légère. Le mouvement de votre bras lorsque vous tendez votre passeport peut donner l'impression que vous pataugez à travers la végétation aquatique d'un étang boueux, où les brochets vous frôlent la hanche, où vos pieds s'enfoncent dans la vase brune. Vous pouvez sentir peser sur vous le fardeau quotidien de devoir garder la tête hors de l'eau, de rester en vie. Mais vous persistez à avancer, car c'est votre histoire que vous créez. Si imparfaite, parfois incorrecte et malheureuse.

Et quand apparaissent des perles de lumière, quand elles s'épanouissent et laissent entrevoir des orbes éclatants comme le soleil, et qu'une explosion donne naissance à une planète de bonheur, que vous déambulez en la sentant logée là, entre vos côtes – vous comprenez. Que vous avez attendu si longtemps dans l'obscurité, pour connaître enfin cet instant d'illumination.

REMERCIEMENTS

Mes sincères remerciements à Juliet Mushens, Francesca Main et Kate Green, pour leurs infatigables encouragements, leur travail acharné et leur imagination généreuse.

Merci à l'équipe de Picador, que j'ai la chance de pouvoir appeler mes éditeurs.

Ma plus profonde gratitude aux lecteurs, aux libraires et aux bibliothécaires de cette planète.

Et merci, éternellement, Papa et Maman.

Remerciements tout particuliers à Alice O'Reilly, Amy Cudden, Elizabeth Day, Jean Edelstein, Lorna Beckett, Luke Kernaghan, Maura Wilding, Teasel Scott et Zoe Pilger.

Margot : compagne éternelle, toujours là.

Et Sam : ma lumière la plus éclatante, mon bijou le plus serein. Mes remerciements ne suffiront jamais à embrasser tout le chemin parcouru ensemble, mais c'est un début. Je t'aime.

DE LA MÊME AUTRICE

Aux Éditions Gallimard

MINIATURISTE, 2015 (Folio nº 6273).

LES FILLES AU LION, 2017 (Folio nº 6499).

LES SECRETS DE MA MÈRE, 2020 (Folio nº 7046).

Tous les papiers utilisés pour les ouvrages des collections Folio sont certifiés et proviennent de forêts gérées durablement.

Composition IGS-CP à L'Isle-d'Espagnac (16)
Impression Grafica Veneta à Trebaseleghe
en février 2022
Dépôt légal : février 2022

ISBN 978-2-07-296312-4 / Imprimé en Italie

401355